이어령 전집
06

하나의 나뭇잎이 흔들릴 때 · 현대인이 잃어버린 것들

베스트셀러 컬렉션 6
문명론_한국의 명문과 문명비판

이어령 지음

21세기북스

상상력과 흥의 근원에 관한 깊은 탐구

박보균 | 문화체육관광부 장관

이어령 초대 문화부 장관이 작고하신 지 1년이 지났습니다. 그러나 그의 언어는 여전히 우리 곁에 남아 새로운 것을 볼 수 있는 창조적 통찰과 지혜를 주고 있습니다. 이 스물네 권의 전집은 그가 평생을 걸쳐 집대성한 언어의 힘을 보여줍니다. 특히 '한국문화론' 컬렉션에는 지금 전 세계가 갈채를 보내는 K컬처의 바탕인 한국인의 핏속에 흐르는 상상력과 흥의 근원에 관한 깊은 탐구가 담겨 있습니다.

선생은 우리 시대를 대표하는 지성이자 언어의 승부사셨습니다. 그는 "국가 간 경쟁에서 군사력, 정치력 그리고 문화력 중에서 언어의 힘, 언력言力이 중요한 시대"라며 문화의 힘, 언어의 힘을 강조했습니다. 제가 기자 시절 리더십의 언어를 주목하고 추적하는 데도 선생의 말씀이 주효하게 작용했습니다. 문체부 장관 지명을 받고 처음 떠올린 것도 이어령 선생의 말씀이었습니다. 그 개념을 발전시키고 제 방식의 언어로 다듬어 새 정부의 문화정책 방향을 '문화매력국가'로 설정했습니다. 문화의 힘은 경제력이나 군사력같이 상대방을 압도하고 누르는 것이 아닙니다. 문화는 스며들고 상대방의 마음을 잡고 훔치는 것입니다. 그래야 문화의 힘이 오래갑니다. 선생께서 말씀하신 "매력으로 스며들어야만 상대방의 마음을 잡을 수 있다"라는 말에서도 힌트를 얻었습니다. 그 가치를 윤석열 정부의 문화정책에 주입해 펼쳐나가고 있습니다.

선생께서는 뛰어난 문인이자 논객이었고, 교육자, 행정가였습니다. 선생은 인식과 사고思考의 기성질서를 대담한 파격으로 재구성했습니다. 그는 "현실에서 눈뜨고 꾸는 꿈은 오직 문학적 상상력, 미지를 향한 호기심"뿐이었다고 말했습니다. 그는 마지막까지 왕성한 호기심으로 지知를 탐구하고 실천하는 삶을 사셨으며 진정한 학문적 통섭을 이룬 지식인이었습니다. 인문학 전반을 아우르는 방대한 지적 스펙트럼과 탁월한 필력은 그가 남긴 160여 권의 저작물로 남아 있습니다. 이 전집은 비교적 초기작인 1960~1980년대 글들을 많이 품고 있습니다. 선생께서 젊은 시절 걸어오신 왕성한 탐구와 언어의 발자취를 따라가다 보면 지적 풍요와 함께 삶에 대한 진지한 고찰을 마주할 것입니다. 이 전집이 독자들, 특히 대한민국 젊은 세대에게 문화 전반을 아우르는 교과서이자 삶의 지표가 되어줄 것으로 확신합니다.

100년 한국을 깨운 '이어령학'의 대전大全

이근배 | 시인, 대한민국예술원 회원

여기 빛의 붓 한 자루의 대역사大役事가 있습니다. 저 나라 잃고 말과 글도 빼앗기던 항일기抗日期 한복판에서 하늘이 내린 붓을 쥐고 태어난 한국의 아들이 있습니다. 어려서부터 책 읽기와 글쓰기로 한국은 어떤 나라이며 한국인은 누구인가에 대한 깊고 먼 천착穿鑿을 하였습니다. 「우상의 파괴」로 한국 문단 미망迷妄의 껍데기를 깨고 『흙 속에 저 바람 속에』로 이어령의 붓 길은 옛날과 오늘, 동양과 서양을 넘나들며 한국을 넘어 인류를 향한 거침없는 지성의 새 문법을 만들기 시작했습니다.

서울올림픽의 마당을 가로지르던 굴렁쇠는 아직도 세계인의 눈 속에 분단 한국의 자유, 평화의 글자로 새겨지고 있으며 디지로그, 지성에서 영성으로, 생명 자본주의…… 등은 세계의 지성들에 앞장서 한국의 미래, 인류의 미래를 위한 문명의 먹거리를 경작해냈습니다.

빛의 붓 한 자루가 수확한 '이어령학'을 집대성한 이 대전大全은 오늘과 내일을 사는 모든 이들이 한번은 기어코 넘어야 할 높은 산이며 건너야 할 깊은 강입니다. 옷깃을 여미며 추천의 글을 올립니다.

시대의 언어를 창조한 위대한 상상력

'이어령 전집' 발간에 부쳐

권영민 | 문학평론가, 서울대학교 명예교수

이어령 선생은 언제나 시대를 앞서가는 예지의 힘을 모두에게 보여주었다. 선생은 한국전쟁이 끝난 뒤 불모의 문단에 서서 이념적 잣대에 휘둘리던 문학을 위해 저항의 정신을 내세웠다. 어떤 경우에라도 문학의 언어는 자유가 되어야 한다는 신념으로 문단의 고정된 가치와 우상을 파괴하는 일에도 주저함 없이 앞장섰다.

선생은 한국의 역사와 한국인의 삶의 현장을 섬세하게 살피고 그 속에서 슬기로움과 아름다움을 찾아내어 문화의 이름으로 그 가치를 빛내는 일을 선도했다. '디지로그'와 '생명자본주의' 같은 새로운 말을 만들어 다가오는 시대의 변화를 내다보는 통찰력을 보여준 것도 선생이었다. 선생은 문화의 개념과 가치의 중요성을 일깨우고 그 새로운 방향을 제시하면서 삶의 현실을 따스하게 보살펴야 하는 지성의 역할을 가르쳤다.

이어령 선생이 자랑해온 우리 언어와 창조의 힘, 우리 문화와 자유의 가치 그리고 우리 모두의 상생과 생명의 의미는 이제 한국문화사의 빛나는 기록이 되었다. 새롭게 엮어낸 '이어령 전집'은 시대의 언어를 창조한 위대한 상상력의 보고다.

일러두기

- '이어령 전집'은 문학사상사에서 2002년부터 2006년 사이에 출간한 '이어령 라이브러리' 시리즈를 정본으로 삼았다.
- 『시 다시 읽기』는 문학사상사에서 1995년에 출간한 단행본을 정본으로 삼았다.
- 『공간의 기호학』은 민음사에서 2000년에 출간한 단행본을 정본으로 삼았다.
- 『문화 코드』는 문학사상사에서 2006년에 출간한 단행본을 정본으로 삼았다.
- '이어령 라이브러리' 및 단행본에서 한자로 표기했던 것은 가능한 한 한글로 옮겨 적었다.
- '이어령 라이브러리'에서 오자로 표기했던 것은 바로잡았고, 옛 말투는 현대 문법에 맞지 않더라도 가능한 한 그대로 살렸다.
- 원어 병기는 첨자로 달았다.
- 인물의 영문 풀네임은 가독성을 위해 되도록 생략했고, 의미가 통하지 않을 경우 선별적으로 달았다.
- 인용문은 크기만 줄이고 서체는 그대로 두었다.
- 전집을 통틀어 괄호와 따옴표의 사용은 아래와 같다.
  『 』: 장편소설, 단행본, 단편소설이지만 같은 제목의 단편소설집이 출간된 경우
  「 」: 단편소설, 단행본에 포함된 장, 논문
  《 》: 신문, 잡지 등의 매체명
  〈 〉: 신문 기사, 잡지 기사, 영화, 연극, 그림, 음악, 기타 글, 작품 등
  ' ': 시리즈명, 강조
- 표제지 일러스트는 소설가 김승옥이 그린 이어령 캐리커처.

차례

하나의 나뭇잎이 흔들릴 때

현대인이 잃어버린 것들

하나의 나뭇잎이 흔들릴 때

나의 가상 현실

　기억은 단순히 사라져버린 시간을 저장하는 창고가 아니다. 그 것은 포도주를 익히는 지하실의 어둠처럼 시간과 사건과 그리고 모든 의식을 발효시킨다. 그 속에서 기억의 포도알들은 일찍이 없었던 향내와 빛깔을 얻어내고 한 방울 한 방울에 여름 햇살과 들판의 그 바람들을 부활시킨다.

　『하나의 나뭇잎이 흔들릴 때』는 그렇게 씌어진 글이다. 글을 배우기 이전 그리고 한글 대신 일본의 '이로하니'를 배웠던 식민 지 시대의 교실에서 얻은 기억들이 20년 뒤에 발효되어 나온 글 들이다. 그렇기 때문에 이 글에는 육체의 윤곽은 모두 소멸되고 단지 어떤 향내와 주정酒精으로 변해버린 언어들만이 존재한다.

　나는 언제나 타자로부터 그리고 역사로부터 자유로워지기 위 해서 글을 쓴다. 마지막에는 내 몸뚱이로부터 자유로워지기 위해 서 글을 쓴다. 그것이 내가 글을 쓰는 유일한 이유일지도 모른다. 평생에 내 의식의 동굴 하나를 소요해도 모자랄 것이다.

내가 이 책을 다시 단장해 펴내는 뜻도 거기에 있다. 이 글들은 역사를 기록한 것이 아니기 때문에, 몸뚱이를 등록한 글이 아니기 때문에 시효가 없다. 서기 몇천 년이든 관계가 없다. 완전히 물리적 공간을 벗어나 자유로운 시공 속을 넘나드는 이 글들은 내가 아직 컴퓨터를 모르던 시절에 만들어낸 나의 가상 현실이기 때문이다.

나의 육체는 다시 젊어질 수가 없다. 아무리 몸부림치고 애원하고 탄식해도, 내 얼굴의 주름살 하나도 펼 수는 없다. 하지만 나의 옛 책들은 이렇게 새로운 얼굴로 다시 태어나지 않는가.

이제 희수의 나이를 맞는다. 그러나 여기 이야기들에겐 나이가 없다. 새 기획으로 개정판을 내면서 오랜 친구들인 문학사상 여러분들에게 감사를 드린다.

이어령

프롤로그
기억의 순례자

나의 순례지巡禮地는 예루살렘도 메카도 아니다. 거기에는 뜨거운 사막도 없고 올리브의 암산도 없다.

나는 사라진 시간 속으로 간다. 그것은 기억의 땅…… 과거가 폐사원廢寺院처럼 닫혀진 시간의 땅이다.

언어言語는 나의 게으른 낙타다. 그림자만이 있는 낙타다. 살바도르 달리의 그림처럼 원근법遠近法이 애매한 기억의 땅으로 들어서면 낙타는 아주 기진해서 쓰러진다. 나는 채찍을 가지고 있지 않다. 몇 시간이고, 몇 시간이고 참을성 있게 기다려야 한다. 그런 날일수록 달이 밝다.

이렇게 해서 나는 나의 순례지에 다다른다. 어두운 밀실로 한 줄기 광선이 새어들어오면 여태껏 눈에 보이지 않던 먼지들이 분명하게 그리고 갑자기 움직인다. 그것들은 작은 은빛 벌레들처럼 이상한 광채를 번득이면서 난무한다.

그러나 그 먼지와 같은 과거의 기억들을 망각의 암실暗室 속에 묻어둔 채 살고 있다. 어쩌다가 의식의 광망光茫이 스치면 그것들은 하나의 '전달현상'을 일으킨다.

　시간의 폐사원 앞에서 나는 햇살처럼 문틈으로 기어든다. 그리하여 나의 순례지는 기억의 유적지遺跡地다. 과거가 오히려 미래처럼 싱싱하게 머리 들고 일어나는 기억의 유적지다.

바나나 팬터마임

그때 나는 무엇 때문에 읍내로 나갔는지 알 수가 없다. 지금 기억할 수 있는 것은 한여름의 눈부신 광선뿐이다. 모든 것이 화염처럼 타오르고 있었다. 몹시도 울어대던 매미 소리를 폭양이 흔들리는 음향이었다고 내 기억은 아직도 고집하고 있다. 분명히 말할 수 있는 것이 있다면 여름의 햇빛 속에는 인간의 권태가, 그러면서도 크나큰 동요動搖가 있다는 사실이다. 누구든 여름의 그런 날, 그런 햇볕, 그런 흔들림 속에서는 무슨 일을 저지르고 싶어 한다.

마을 아이들에겐 언덕과 냇물을 지나야 하는 읍내 길이 금제되어 있었다. 아이들에게 있어서 작은 언덕과 그 얕은 냇물은 하나의 국경이었던 셈이다.

그러고 보면 내가 몰래 혼자서 읍내로 빠져나간 것은 권태로운 일광과 여름의 정적과 금제를 당한 마을 풍속이 서로 공모해서

꾸며낸 모험이었을는지도 모른다.[1]

읍내에는 많은 가게가 있었다.

진열대의 풍선과 고무공들은 집에 있는 것들보다 훨씬 크고 아름답다고 생각되었다. 나는 지남철 팽이가 돌아가고 있는 것을 보았다. 팽이의 둘레에선 생철로 만든 파랗고 빨간 두 마리의 뱀이 혀를 떨며 원을 그리며 꿈틀거리고 있다.

무슨 냄새였을까. 가게 속에는 박하 같은 냄새와 마술적인 경이가 졸고 있었다. 낯선 사람들 사이에서 사물을 본다는 것은 그 사물 자체까지도 낯설게 하는 것 같다. 더구나 기억 속의 그 풍경들에는 소리가 없다.

낡은 필름이 돌아가는 채플린 시대의 무성 영화無聲映畵처럼 소리는 소멸하고 몸짓만 남는다. 소리 없이 흔들리는 해조海藻라든가, 흐느적거리는 어군魚群의 율동이라든가, 심지어는 잠수부까지도 숨소리를 낼 수 없는 그 수족관水族館 속의 동작들……. 최초로 본 읍내의 시가는 그러한 몸짓들만이 남아 있었다.

내가 구별할 수 있었던 것은 햇볕과 그늘이었다. 어두운 것은 포목상이었을 것이다. 중국 사람은 긴 자를 가지고 비단 폭을 재고 있었다. 현란한 색채들이 어두운 그늘 속에서 풀려나온다. 빨

---

[1] 모험은 씩씩하고 썩지 않고 신선한 탄력이 있는 힘이다. 그러나 그것을 뒤집어보면 나약과 권태와 금제의 어두운 그늘이 있다. 허무를 아는 자만이 진정한 모험을 한다.

갈고 노랗고 하얀 광채들이 풀려나온다.

바람개비가 돌고 있다. 유령들처럼 마차 바퀴들이 돌아가고 있다. 어째서 늘 어린 시절의 기억에는 색채만 있고 소리는 없는 것일까?[2] 지금 기억에 남아 있는 소리는 그 침묵 속에서 갑자기 울려온 '산옥이 아버지'의 웃음소리와 그리고 내 울음소리뿐이다. 가게를 기웃거리고 다닐 때 술내를 풍기는 사람 하나가 나를 번쩍 안아 일으키고 껄껄거리며 웃었다. 갑작스러운 웃음소리……. 이러한 소리들은 정적 가운데서 무엇인가 사건을 만들어내고 있다. 몸짓과 그 색채에 하나의 소리가 있게 될 때 비로소 사건이 생겨나게 되는 것인지도 모른다. 음성이 있기 전까지는 원시의 혼돈이, 그 침묵만이 사물을 지배한다.

나의 여름도 그러했다.

"용인댁 애기가 웬일이야(마을 사람들은 나를 용인댁 아이라고 불렀다)?"

꺼칠꺼칠한 수염이 상기된 내 볼에 와닿을 때 나는 울음을 참고 있었다. 울음이 터져나오기만 하면 정말 무서운 일이 벌어질 것만 같았다. 그 사람은 과일 가게 앞까지 나를 안고 왔다. 나는 울지 않으려고 학교 마당에서 나부끼는 만국기를 생각했다. 만국

---

2) 소리는 생명의 증거다. 무기물이라 하더라도 그것이 소리를 내고 부서질 때는 살아 있는 생물처럼 보인다. 현실에서 소리를 빼내면 그것은 유리 상자에 갇혀버린 미라가 되어버린다.

기가 있는 학교 마당에선 누나가 책을 읽고 있을 것이다. 누나 이름을 부르려고 했지만 울음처럼 목소리도 영 튀어나오질 않는다.

그 사람은 과일 가게에서 바나나를 샀다.[3] 여러 송이가 달려 있는 한 아름의 그 바나나를 사다가 내 품에 안겨주었다. 그리고 귀에다 입술을 대고 말했다.

"아버지가 묻거든 '산옥이 아버지가 사주었어요'라고 말해야 된다. 산옥이…… 산옥이……. 애기야! 산 알지? 설화산, 그런 산 말이야. 산을 생각해요. 산…… 산……. 산옥이, 잊어버리지 않겠지? 그럼 어디 한번 말해봐. 산옥이 아버지라고……. 산옥이, 산옥이, 산옥이……."

그러나 나는 아무 대답도 하지 않고 뛰기 시작했다. 이 기쁨을 지키기 위해서는 빨리 그 사람으로부터, 술 냄새와 기름기 묻은 그 손가락들 사이에서 어서 도망쳐야 한다고 생각했다.

사람들은 이렇게 어린애들처럼 기쁜 일이 생기면 안전한 곳으로 도망치려고들 한다.[4] 재물이나 사랑을 얻은 자리에서는 빨리 도망쳐야 된다고 믿고 있다. 훔친 물건은 그 현장에서 멀리 떠나

---

3) 바나나는 먼 이국, 뒷동산에서는 딸 수 없는 바다 건너 이국의 먼 숲에서 열리는 열매라는 데에 그 맛이 있다.

4) 탈출, 인간은 탈출하게끔 운명지어졌다. 신이 내쫓지 않아도 인간은 자진해서 에덴동산에서 탈출했을 것이다.

야만 완전한 자기 소유가 된다고 생각하는 것처럼. 대체로 뜻밖에 기쁜 일이 닥쳐왔을 때는 그것이 훔친 물건이나 혹은 곧 다시 빼앗기고 말 물건처럼 여겨진다.

우리는 그만큼 기쁨에 익숙해 있지 않다. 그러나 슬픔은 대개가 다 자기 것으로 생각하고 있는 것 같다. 당연히 자기가 가지고 있어야 할 것으로 믿는다.

바나나를 완전한 내 것으로 만들기 위해서 나는 뛰어야 했다. 풍선과 지남철, 팽이와 비단을 자질하고 있는 중국집 가게와 그리고 바람개비와 만국기가 펄럭이고 있는 그 읍내에서 빨리 도망쳐나와야 했다.

그러다가 나는 길바닥에 엎어지고 만 것이다.

바나나 송이들은 사방으로 찢기어 흩어졌다. 나는 한 송이라도 잃을까 조바심을 낸다. 그것을 하나하나 주워 모아서 가까스로 품에 안는다.

그러나 몇 발자국 안 가서 제각기 떨어져나간 바나나들은 하나둘 길에 다시 떨어진다. 한 송이도 흘리지 않기 위해 나는 애를 쓴다. 그것을 주우려고 몸을 굽히면 이번에는 다른 바나나들이 와르르 땅으로 굴러떨어진다.

이것을 주우려면 저것이, 저것을 주우려면 또 이것이 떨어진다. 줍고 흘리고 줍고 하며 걸어간다. 한참을 이런 동작으로 걷고 있었지만 나는 몇 발자국도 움직이지 못했다. 욕심과 집착은 나를 지치게 했다.

아, 얼마나 먼 길이었던가. 모래알이 깔려 있는 뜨거운 강변 길
은……. 숨 막히는 황토의 언덕길은……. 그리고 끝없이 퍼져 있
는 깨밭 길은…….

이제는 떨어진 바나나를 주우려고 하지 않았다. 하나 둘 굴러
떨어지는 바나나를 누가 주워갈까 조바심 내던 마음도, 술내 나
는 산옥이 아버지의 얼굴도 없었다. 한 아름 껴안았던 두 팔을 그
냥 풀지 않은 채 울며 걷고 있었다. 나는 나의 울음소리만 듣고
있었다.

집 문 앞에서 행랑 아줌마가 달려왔을 때는 이미 바나나를 한
아름 안고 있던 앞가슴은 텅 비어 있었다.

행랑 아줌마는 내가 팔을 다친 줄로만 알았던 모양이다. 구부
린 두 팔을 펴려고 할 때 나는 한사코 거부하며 더욱더 기를 쓰고
울었던 것이다. 끝내 팔만은 펴려고 하지 않았다. 이미 거기에는
한 송이의 바나나도 남아 있지 않았는데도 팔은 아직도 그것을
흘리지 않으려고 고집하고 있는 것 같았다.[5]

집안 식구들이 모여들었을 때 나는 헛소릴 하듯 "산옥이 아버
지예요……. 산옥이 아버지예요."란 말만 되풀이했다. 아무에게

---

5) 무엇인가 상실한 다음에도 인간은 옛날과 같은 태도를 고집한다. 타락한 귀족이라 해
도 거지처럼은 웃지 않는다. 거적 위에서도 대리석 위에서처럼 웃는 것이다.

도 잃어버린 바나나에 대해서는 말하지 않았다. 더구나 혼자서 구경한 읍내 이야기는 입 밖에도 내지 않았다.

너무 많은 바나나였다고 생각한다. 그가 단 한 개의 바나나를 사주었더라면, 아니 그렇지 않았어도 좋다. 비록 많은 바나나였다고 하더라도 내가 가질 수 있을 만큼의 바나나에만 집착했더라면, 그날은 기쁜 날이 되었을 것이다.[6] 기쁨은 그보다 더 크고 집요한 욕망 때문에 더 쉽게 지나간다. 기억할 수도 없는 여름의 소나기처럼 언제나 급히 지나가버린다.

왜 많은 것을 주려고 하는가? 많이 준다는 것은 아무것도 주지 않는다는 것. 가득한 햇살에는, 여름의 충만한 공기에는 사람을 미치게 하는 권태가 있지 않은가. 많은 햇살이 어두운 그늘보다도 우리를 슬프게 하는 것이다.

물속에는 소리가 없다. 가득히 괸 물속에는 햇살 같은 침묵이 있다. 물속에서는 소리들이 울리지 않고 거품이 된다. 소리는 물방울이 되어 뜬다. 바나나도, 읍내의 그 많은 가게들도 물방울처럼 떠서 거품이 된다.

그러나 아무 일도 없었다고 나는 말하고 싶지만, 무엇을 한 아름 안고 돌아온 두 팔의 그 무게만은 잊을 수가 없다. 지금도 행

6) 더 많은 가구, 더 많은 애인, 더 푹신한 의자, 더 높은 명성, "더, 더, 더……."란 말을 외쳐대다가 사람들은 죽어간다. 페르시아 궁전 같은 사치를 주어도 인간은 가난하게 죽어간다.

랑 아줌마는 그때 분명히 내 두 팔 안에는 아무것도 없었다고 말할 것이다. 아무것도 가지고 있지 않았었다고 생각할 것이다. 집안 식구들도 나도 모두 마찬가지다. 누가 그것을 알 것인가? 정말 읍내에서 돌아오던 날 나는 아무것도 갖고 오지 않았었던가? 텅 빈 손뿐이었을까?

바나나의 향내를 맡으려고 하면 아무 냄새도 없다.[7] 그러나 단념하고 돌아서서 저만큼 물러나 앉으면, 은은한 향내가 코끝에서 어른거린다. 다시 바나나를 코에다 대면 그 향기는 여전히 도망치고 만다. 이런 일을 몇 번이고 몇 번이고 되풀이하면서 그 여름은 성숙해간다.

[7] 인생은 향기와 같은 것일까? 맡으려고 하면 없고 뿌리치려고 하면 다시 풍겨오는 그 향내일까?

나의 선악과

　서울에서 온 소녀는 살결이 희다. 동네 머슴애들은 보기만 해도 약이 올라서 돌팔매를 치려고 한다. 그런데 웬일일까. 나는 서울에서 온 소녀를 보자 뿔 없는 소처럼 유순하기만 했다. 그게 최초의 성의식性意識이었다면 부끄러운 말일까.

　소녀와 함께 나는 들판을 걷고 있었다. 아무래도 그 애는 나를 깔보고 있는 것이라고 느끼면서, 무엇이든 자랑을 해야만 된다고 생각했던 것 같다.[8]

　"나에게는 많은 형제가 있단다."

　그러나 소녀는 놀라지 않았다.

　"우리 집에는 라디오와 유성기(축음기)가 있단다."

　그러나 그 소녀는 다른 시골 아이들처럼 놀라지 않았다.

　"우리는 많은 땅을 가지고 있어."

---

8)　아무리 철없는 때의 사랑이라 하더라도 사랑은 평화보다도 투쟁의 감정에 가깝다.

소녀는 그제야 내 얼굴을 쳐다보았다. 그때 나는 처음으로 내가 시골 지주의 아들이라는 것을 자랑스럽게 여겼다.

"우리는 많은 땅을 가지고 있단다. 어디나 다 우리 땅이란다. 정말 한번 보렴. 눈에 보이는 것이면 모두가 우리 집 거란다. 우리밖엔 땅을 가지고 있는 사람이 없어. 일표 아버지도, 원순네 아버지도……. 너희 집 아저씨네도 우리 땅에서 살고 있는 거란다. 기차를 타고 가면 더 많은 땅이 있단다. 우리 아버지가 그 땅만 보고 다니셔도 한여름이 다 가버리고 말 거야."

소녀의 얼굴에서 놀라움을 보고 싶었던 것이다.[9] 아무래도 간지럽게 목이 긴 소녀 앞에서는 내가 왕자처럼 보여야만 된다고 믿었다.

그러나 소녀는 근시안이었다.

"저 철둑길 너머 아지랑이가 피어 있는 데도 너희 땅이니? 산 너머 푸른 하늘 밑에도 너희 땅이 있니? 강 끝으로 가도, 보이지 않는 강 끝으로 가도 너희 땅이 있니?"

이렇게 물었다면 더 우쭐했을 일이다. 그리고 그날 아무 일도 일어나지 않을 뻔했다.

비록 작은 사랑이라도, 의식이 들기 전의 어렴풋한 본능의 사

---

[9] 남을 놀라게 하는 것, 그것은 시인詩人의 본능本能만이 아니다. 남을 놀라게 하는 것으로 우리는 타인을 정복해간다.

랑이라 해도 그것을 얻기 위해서는 자기를 분장하려는 슬픈 허세가 필요했던가 보다.[10] 상처를 내지 않고는 사랑을 할 수 없다는 말이 거짓말이 아닌 것 같다. 짐승도 사랑할 때는 깃털을 세우고 허세를 부린다.

서울의 소녀는 슬픈 근시안이었다. 먼 땅을 묻지는 않았던 것이다. 소녀는 바로 내가 서 있는 발끝의 땅을 가리켰다.

"그러면 이 밭도 너희 땅이겠구나."

말풀이 깔려 있는 길가 밭고랑에서는 수박이 열리고 있었다. 주먹만 한 수박들이 열리고 있었다.

원두막을 세우기에는 이른 철이었나 보다.

"그럼 정말 너희 땅이면 저 수박을 따올 수 있겠구나."

나의 소녀는 실증주의자實證主義者였다. 여자란 사실 공작새처럼 허황해 보이지만 남자보다는 모두 알맹이가 단단한 현실주의자들이다.

어리석은 소년은 그것이 자기 땅인 것을 증명하기 위해서 밭고랑을 헤치며 수박을 땄다. 먹을 수도 없는 수박을……. 소녀는 비로소 눈이 휘둥그레진다. 사방을 살펴본다.

그 소녀는 수박을 따 들고 나올 때 실눈으로 눈웃음을 쳤다고 생각된다.

10) 아무리 순수한 사랑에도 허영의 공작새가 잠들어 있다.

"정말 괜찮니?"

말은 근심스러운데 눈은 그렇게 재미있게 웃었던 것 같다.

여인은 태어나면서부터 남자가 가지고 있지 않은 또 하나의 얼굴을 지니고 있는 것이다.[11] 그 두 개의 얼굴이 얼마나 많은 남자들을 뜬눈으로 밤을 새우게 했던 것일까.

거리에서 만나는 그 많은 여인들은 지금도 나와 무관한 것 같지 않게 생각된다. 웬일인지 언젠가 꼭 인사를 했던 여인들처럼 생각된다. 그런데 지금은 저렇게 모른 척하고 지나가는 것이라는 엉뚱한 생각이 든다. 여자는 고향 같은 것이라고 생각한다. 속눈썹이 긴 여인들을 보면, 오후 여섯 시에 포도鋪道의 가등 밑을 지나가는 여인들을 보면, 상춘등常春藤이 우거진 양옥집에서 피아노 소리가 울려올 때 마침 문이 열리고 은은히 떠오르는 여인의 좌신상坐身像을 보면, 나는 고향을 생각한다.

많은 산을 넘어야 비로소 돌아갈 수 있는 멀고 먼 땅, 그러나 사실은 어디에도 존재하지 않는 땅.

그러나 향수는 현실이 아닌 것이다.[12] 서울에서 온 소녀 앞에

---

11) 아담을 파멸시킨 이브의 손! 삼손의 머리를 깎은 델릴라의 칼! 유왕幽王을 망친 '포사'의 웃음, 최고의 사랑은 최악의 파멸이다.
12) 향수는 현실에서 멀리 떨어져 있을수록 아름답게 보인다. 먼 데서 쳐다봐야 한층 더

서 수박을 따서 바쳤던 그 소년은 이제는 자랑할 땅을 가지고 있지 않다. 기왓골에는 잡초가 자라나고 있다. 엄청나게 큰 붉은 대문엔 빗장이 떨어져서 덜거덕댄다. 후원은 옥수수밭이 되었고 누각의 현판들은 판독하기 어려운 암호가 되었다. 훌쩍거리며 몰락해가는 고가古家는 문서에서 사라진 왕릉王陵과도 같다. 분노도 저항도 없이 시들어간다. 이제 찾아가면 그 솟을대문에는 낯선 문자가 적혀 있다. 당 사무실 간판이 붙어 있는 것이다.

그리고 가을밤이면 휘황한 전등을 켜고 볏섬을 져 나르던 앞마당엔 조그만 시골 교회당이 세워졌다. 지금은 노랫가락 같은 시골 아낙네들의 찬송가 소리가 울려 나온다. 대청마루에 불던 바람들은, 굴뚝에서 오르던 그때의 연기들은 모두 다 어디로 가버렸는가.

수박을 따던 날 나는 이 회심한 앞마당에서 매를 맞았다.[13] 아버지는 내가 땅에 속해 있다고 믿었던 모양이다. 한 알의 곡식과 한 포기의 푸성귀라도 헛되게 생각해서는 안 되는 땅의 아들이라고 믿었던 것이다. 이러한 아버지의 신념은 익지도 않은 수박을 따버린 자식을 용서하지 않았다.

붉게 보이는 단풍과도 같다.
13) 가시에 찔리지 않고 장미를 딸 수 없다는 그 비극, 죄를 짓지 않고는 사랑을 느낄 수 없다는 인간의 그 형벌.

왜 내가 수박을 따야 했는지를 모르는 것처럼, 왜 그토록 심한 매를 맞아야 했는지 그때는 몰랐었다.

서울 소녀는 매를 맞지도 않았는데 나보다도 크게 울었다. 그것이 종아리에서 흐르는 핏자국보다도 내 마음을 더 아프게 했다. 못난 꼴을 보인 것이 부끄러웠다.

얼마 후 나는 성경 속에서 선악과를 딴 아담과 이브의 이야기를 들었다. 시골 전도 부인은 까만 몽당치마에 남자 같은 구두를 신고 이따금 우리 집을 찾아왔다. 우치마키[14)를 하고 손에는 깜장 가방을 들고 다닌다. 나는 그런 부인이 싫었지만 주일 학교를 구경시켜준다는 바람에 함께 따라나섰던 일이 있다.

석회 칠을 한 흰 벽에는 목상木像이 하나 걸려 있었다. 앞만 가린 이상스러운 사나이가 십자가에 매달려 있는 것이었다. 눈을 감고 머리를 수그리고 있는데도 자꾸 그 사나이는 나를 노려보고 있는 것 같았다.

주일 학교 여학생은 딱지처럼 생긴 여러 가지 그림들을 보여주면서 옛날이야기를 들려주었다. 칠이 벗겨진 작은 풍금 위에 가느다란 햇빛이 흐르고 있었다. 이브는 자꾸 아담에게 선악과를 따오라고 한다. 아담은 무서워서 그 말을 듣지 않으려는데 이브라는 계집애가 졸라댄다. 아담은 끝내 에덴동산의 선악과를 따서

14) 일제 강점기에 여자들이 했던 머리카락을 안으로 마는 헤어스타일.

나누어 먹는다.[15]

'먹으면 안 되는데……'

나는 속으로 조바심을 낸다. 그러나 그들은 하나님이 먹어선 안 된다는 열매를 끝내 삼키고 말았다는 것이다.

나는 '에덴동산'이라는 게 꼭 설화산 둔덕에 있는 치마 바위, 그 언저리의 과수원 같은 곳이라고 생각했다. 많은 열매들이, 탐스럽고 맛있는 열매들이 주렁주렁 매달린 과수원이라 생각했었다.

그런데도 선악과는 꼭 내가 딴 그 수박…… 주먹만 한 그 푸른 수박이었다고 느껴진다. 사과나 복숭아를 생각해내려는데 자꾸 눈앞에 어른거리는 것은 그 수박이었다.

이따금 주일 학교에서 본 그 수염 난 목상의 사나이가 꿈에 나타나곤 한다. 회초리를 들고 때리는 것이었다. 그것은 분명히 아버진데, 얼굴은 그 목상에 매달린 사나이인 것이다. 서울 계집애는 울면서 달아나고 나도 그 애의 뒤를 쫓아 울면서 따라간다. 손에 수박을 든 채로……. 그것을 내버리려고 했지만 영 손바닥에서 떨어지질 않는다. 꽃들이 피어 있고 별들이 웅웅거리는 과수

---

15) 가장 큰 모순―그것은 태양을 진정으로 이해하는 자가 어두운 감방 속에 갇힌 죄수라는 것이다. 위대한 신을 진정으로 갈망하는 자가 가장 가난하고 미천한 자인 것과 마찬가지로.

원 밖으로, 철조망이 쳐진 그 과수원 밖으로 옷을 찢기며 도망쳐 나오고 있는 것이다.

최초의 이성異性, 그것은 내 성경의 첫 구절이었다.[16] 나는 수박을 따고 서울 소녀와 함께 추방된 것이다. 지금은 땅의 아들도 아니며 풀숲을 헤치고 수박을 따는 소년도 아니다. 그것은 머나먼 옛날의 이야기……. 살결이 흰 서울의 소녀도 이름조차 기억에 남기지 않고 사라져버렸다.

이제 아버님은 그런 일 때문에 매를 드시지는 않으리라. 땅의 면적과는 아무런 상관도 없는 사람들이 된 것이다. 잃어버린 땅도, 잃어버린 소녀도 나에게는 의미가 없다. 다만 못 먹는 수박만이 남아 있다. 영글지 않은 푸른 수박 너머로 나는 향수처럼 여인을 본다.

오만과 죄악과 실의는 사랑의 열매 속에 숨겨져 있는 이상한 맛인가 보다. 여인은 현실처럼 생각되지 않는다. 다만 이성異性은 내 성경의 슬픈 첫 구절이었다.

16) 성경의 첫 구절은 자유의 언어로부터 시작하는 것이 아니라 금제와 구속의 언어로부터 시작된다. 생의 출발도 마찬가지다.

그림자들

　다실茶室 카운터의 돌벽 위에 베토벤의 데스마스크가 위태롭게 걸려 있다. 흔해 빠진 것이었지만 그 데스마스크의 그림자를 보자 마음이 뭉클해진다.

　그림자! 그림자를 본 순간 나는 데스마스크가 석고처럼 보이지 않고 광선의 한 덩어리로 느껴졌다. 그 광선의 강렬한 음영은 마치 바다 위에 뜬 코르크의 구명대처럼 음악 위에 표류하고 있었다.

　그림자는 존재의 단순한 흔적이 아니다. 오히려 존재에게 의미를 던져주는 어떤 문자다. 물체에서 그림자를 빼면 나프탈렌 상자에 진열해놓은 표본실의 나비 같은 것이 되어버린다. 날개도 촉각도 모두가 살아 있는 그대로인데 생명이 빠져나간 그리고 얼어붙은 시체의 촉감을 던져주고 있는 표본실의 나비. 노출이 심해 음영이 사라진 사진을 보면 알 것이다.

　광선과 그림자는 모순되는 것이지만 광선이 존재하기 위해선 그림자를 필요로 한다. 하나는 밝고 하나는 어둡다. 하나는 겉으로 드러내려고 하고 하늘에 접근하려 하고 분명하게 강렬하게 살려고 한다. 그러나 또 하나의 것은 감추려 하고 땅에 묻히려 하고 애매한 채로 어렴풋이 잠들려 한다.

진리는 그 어느 편에도 있지 않다. 두 개가 합칠 때 비로소 현실의 드라마가 생겨난다. 생명감이 솟아나는 것이다. 그 모순 속에서 비로소 태어나는 현실감. 그것이 입체立體의 질서다.[17]

데스마스크를 보던 순간 눈앞을 스쳐 지나간 것은 그 그림자가 지니고 있는 비밀들이었다.

수업이 끝난 오후였다. 여선생은 시험 답안지를 한 뭉텅이 꺼내놓고 흑판에 백묵으로 '규조요하이[宮城遙拜]'라고 썼다. '요遙' 자에 동그라미를 치면서 여선생은 말했다.

"이 글자가 틀렸지. 그것만 맞았더라면 100점이 되었을 텐데……. 이제는 알겠어? 규조요하이의 '요' 자 말이야. 그러면 답안지를 채점할 수 있을 거야."

방과 후의 텅 빈 교실에서 여선생이 시키는 대로 나는 붉은 연필로 점수를 매기기 시작했다. 초등학교 2년생의 실력으로는 '요' 자가 너무 어려웠다. 군국주의자들은 어린 학생들에게 그 어

---

17) 어둠 없는 광명이 어디 있는가? 죽음 없는 생명이 어디 있는가? 그것이 인간의 부조리. 그러나 이 부조리를 사랑하는 자만이 생을 소유한다.

려운 한자를 쓸 수 있도록 강요한 셈이었다.

그러나 그날 내가 발견한 것은 획수가 까다로운 '요' 자가 아니라 '그림자'였던 것이다. 채점을 끝마쳤을 때 이미 여선생은 그 자리에 있지 않았다. 교실의 텅 빈 의자와 벽에 붙어 있는 일장기日章旗 그리고 흑판에 써놓고 간 '규조요하이'란 문자밖에는 아무 것도 없었다.

어느새 많은 시간이 흐른 것이다. 너무 늦은 것 같았다. 불안스럽고 무서운 생각이 들었다. 가방을 메고 복도로 나왔을 때 어느 먼 교실에선가 한 손가락으로 치는 풍금 소리가 들려왔다.

"소라니 사……에……즈루……도리노……고에……."

음계가 자주 틀리는 「천연교향곡天然交響曲」의 멜로디가 끊겼다가 다시 울리고 울리다가는 다시 멎는다.[18] 그것은 깊은 지하地下에서 울려나오는 소리 같았다. 어느 교실도 다 텅 비어 있다. 공허를 견디지 못하는 것처럼 바람도 없는데 유리창들이 덜컹거린다. 현관에는 벌써 전등불이 들어와 있었다. 그때 나는 그림자들을 본 것이다. 비끼는 석양 때문에 나무 그림자들은 환각처럼 길게 뻗쳐 있었다. 빈 신발장 밑에서 신발을 신다가 기다랗게 뻗친 그림자를 보고 놀랐던 것이다.

[18] 서투른 음악이 때로는 명연주보다도 감명을 줄 때가 있다. 잘 정리된 철학자의 인생론보다도 철없는 아이의 질문이 진리에 한층 더 가까울 때가 있다.

운동장으로 나오던 그때, 나는 공연히 가슴이 두근거리는 것을 느꼈다. 막 땅거미가 지는 무렵이었다. 사람 하나 없는 텅 빈 운동장이었다. 지금 생각해보면 꼭 키리코의 그림 「거리의 우울과 신비」 같았다.[19] 그것은 그림자였던 것이다. 굴렁쇠를 굴리고 빈 거리를 달리는 아이와 이상한 고딕 건물들이 있는 저쪽 골목에서 이유도 없이 문득 나타난 긴 그림자들. 서쪽 교정의 높은 미루나무의 그림자가 운동장 한복판으로 기어가고 있었던 것이다.

처음으로 나는 그림자를 본 것이다.

가슴이 두근거렸다. 누가 지금 죽고 있다는 생각이 들었다. 무서워서 몸이 떨렸다. 운동장을 가로질러 교문을 나설 때까지 나는 끔찍스럽게 긴 내 그림자가 나보다도 앞서 걸어가고 있는 것을 보았다.[20] 이미 그것은 내 그림자처럼은 생각되지 않았다. 가늘고 긴 내 그림자는 막막한 흙바닥 위에서 시체처럼 늘어져 있었다. 나에게서 사라지려는 듯이 그것은 지평을 향해 까무러쳐가고 있었다.

나는 더 걷질 못하고 그 그림자들 사이에 포위되어 잠시 못 박

19) 초현실주의자의 그림에는 불안이 있다. 약속을 무너뜨리고 현실을 보면 당신은 불안을 느낄 것이다. 약속에서 만족하기보다는 이 불안의 땅으로 가라. 거기에서 실존하는 자신의 자아와 만나리라.
20) 잃어버린 자기 그림자를 찾으러 가는 피터 팬의 모험은 유쾌하다. 그러나 황혼녘의 그림자는 동화가 아니라 만장의 문자처럼 비창하다.

힌 듯 서 있을 수밖에 없었다.

　그전에도 물론 그림자들을 많이 보아왔다. 애들은 가끔 운동장에서 그림자밟기 장난들을 했다. 나도 달밤에 혹은 오후의 운동장에서 그런 장난을 많이 했다. 그것은 상대편의 그림자를 밟는 장난이었다. 그림자를 밟으려고 하면 재빨리 몸을 피해서 자기 그림자가 사라지도록 해야 하는 것이다. 마치 자기 그림자를 남에게 밟히면 죽게 된다고 생각하는 어느 토인들처럼 그림자를 남에게 밟히지 않으려고 애를 썼다. 밟히면 이번에는 내가 그 애의 그림자를 쫓아다녀야 한다. 그러나 그때까지 그림자를 보고 놀란 적은 없었다.

　해가 지기 시작하면서 온통 마을은 그림자에 덮여가고 있었다. 나는 그것을 지금도 뚜렷이 기억해낼 수가 있는 것이다.

　모든 것은 지쳐서 늘어진 듯했다. 그것들은 헐떡거리면서 그림자를 토해내고 있었다. 그 그림자들 때문에 길가의 진주나 가로수들은 어디로 떠나가고 있는 듯이 보였다. 해가 완전히 기울고 어둠이 깃들 때 그것들의 형체는 서서히 파괴되어가기 시작했던 것이다. 그림자가 어둠이 된 것이다.[21] 그림자만 남고 실체는 소멸해버리고 만 것이다.

　두려움 때문인지 나는 꼭 고아가 된 것 같은 느낌이 들었다. 돌

---

[21]　원시인들은 밤을 두려워했다. 그것은 죽음을 예감하는 본능의 언어였기 때문이다.

아갈 집도 없고 기다리는 어머니도, 형제도 없는 아이처럼 의지할 데가 없었다. 늘 다니던 학교의 골목길이었지만 웬일인지 낯설게만 보였다.

어느새 그림자들도 차차 볼 수 없게 되었다. 생선 굽는 냄새와 뽀얀 저녁연기(혹은 안개였는지도 모르지만)와 거리로 흘러나오는 라디오 소리와 문틈으로 새어나오는 전깃불과 그런 것들이 어둠 속에서 흐느적거렸다. 동구나무에서는 참새들이 새까맣게 모여 울어대고 있었다. 집과 나무와 돌들은 더 이상 안간힘을 쓰지 못하고 포승에 묶여 쓰러진 짐승처럼 사지四肢를 늘어뜨렸다.

나는 그 속에서 그림자들이 어떻게 어둠이 되어가는지를 그리고 물체들이 어떻게 그림자들에게 그 형체를 빼앗기고 사라져가는지를 똑똑히 목격했던 것이다.

지금 생각해보면 그림자는 하나의 죽음이었다. 그 공포와 불안은 죽음에서 오는 것이었다고 생각된다. 대낮에도 그림자는 있다. 그러나 그 그림자 못지않게 강한 일광이 그와 대조되어 나타나는 것이다. 도리어 그늘이 있기 때문에 밝은 부분이 돋보이는 것이라고 생각된다.[22] 꼭 우리들의 생명처럼 말이다. 생명의 기쁨은 기쁨까지 가지 않는다 하더라도 생명을 느낀다는 것은 어느

---

22) 광명과 어둠을 동시에 볼 수 있는 사람은 행복한 사람이다. 그림자가 없고 광명만이 있다면, 광명은 없고 그림자만 있다면 거기에는 다 같이 생명의 드라마가 없다.

부분엔가 죽음의 그림자가 있어야 된다. 죽음에 대한 생각 없이 생을 느낄 수는 없는 일이다. 그러나 황혼녘의 그림자는 생명이 다 빠져나가서 죽음만이 남게 되려는 순간이었다고 나는 믿고 있다. 아직도 나는 그때의 영상들이 무엇이었는지를 확실히 꼬집어서 말할 수가 없지만…….

나는 집으로 돌아가자 그림자 이야기를 했다. 이미 주위는 깜깜해지고 방 안엔 불이 환하게 켜져 있었다. 그런데 그날만은 그 불빛이 환하다고 느낄 수가 없었다. 그 불빛이 어둠 속에 포위되어 있다는 것을 어렴풋이 느꼈다. 빽빽한 어둠을 몰아내느라고 등불들은 안간힘을 쓰고 있는 것 같았다.

나는 어머니에게 그림자들이 무서웠다고 했다.[23] 어머니는 "어째서 선생님이 그런 일을 너에게 시키셨니? 이제부턴 좀 늦거든 마중을 나가도록 해야겠다."라고 하셨다. 어머니는 늦게까지 채점을 시킨 여선생을 원망하고 계시는 눈치였다. 그러나 아무도 그림자에 대해서는 시원한 대답을 해주지 않았다.

그날 밤, 그런 일이 있었던 날 밤 나는 잠자리에 들자 어머니께 불을 꺼달라고 했다. 보통 때는 늘 불을 켜놓고 잠이 들곤 했었다. 나는 불을 끄면 잠이 오지 않는 버릇이 있었기 때문이다. 하

---

23) 공포든 즐거움이든 격한 감정은 개인에게 전달되기 어렵다. 평범한 것만을 서로 이해할 수 있기 때문에 인간은 항상 평범한 것처럼 보인다.

지만 그날 밤엔 자꾸 그림자들이 마음에 걸렸다. 전깃불 때문에 벽 위에 걸어놓은 옷들은 그림자를 늘어뜨리고 있었다. 내가 손을 움직일 때마다 그림자들이 따라다녔다. 나는 그 그림자들을 없애버리고 싶었던 것이다.

어머니는 약을 먹어야 한다고 말씀하셨다. 한약 냄새가 나는 환약이었다. 아마 놀란 데에 먹는 약일 것이다. 깜깜한 어둠 속에서 나는 떨고 있었으니까……. 무서운 생각이, 의지할 데 없는 막막한 느낌이 들었다. 어머니를 껴안고 가슴에 얼굴을 묻었지만, 아, 보통 때 같으면 나는 그것으로 충분했을 일이다. 그러나 얼굴을 어머니 가슴속에 묻었지만 무섭고 쓸쓸한 생각을 쫓아버릴 수는 없었다.

텅 빈 운동장을 가로지르는 그림자는 떨고 있었던 것이다. 누군가 죽어가고 있다는 생각이 들었다.[24] 어머니는 내 얼굴을 어루만지시다가 축축한 눈물이 손에 묻으셨던가 보다. 아무 말도 하지 않고 나를 꼭 껴안아주셨다. 그때 어머니도 분명히 그 그림자들을 생각하고 계셨을 거라고 나는 믿는다. 생의 비밀, 우리가 알아서는 안 될 인생의 비밀을 어머니도 알고 계셨던 것이다. 그림자들로부터 나를 보호해주시려는 듯 아주 꼭 감싸주셨다. 시계

---

[24] 죽음은 생의 비밀, 누구나 다 간직하고 있으면서도 서로들 제각기 숨기고 있다는 아이러니…….

소리가, 불규칙한 시계 소리가 들리고 있었다.[25] 먼 데서 밤하늘을 향해 짖는 개의 울음소리가 들려왔다.

그로부터 2년…… 2년이 지난 어느 날, 어머니는 돌아가셨다. 우리는 이미 그때 그날을 생각하고 있었는지도 모른다.

그것은 불길한 밤이었다. 먼 데서 개 짖는 소리를, 그림자를 토해내는 개 짖는 소리를 듣다가, 그리고 그 시계 소리를 듣다가 잠이 들어버렸지만 지금도 의식 속에서는 그 밤이 깨어 있다. 그림자를 볼 때마다 그날 밤이 소스라치게 놀라 눈을 뜨고 일어나는 것이다.

카운터의 데스마스크에서 빛나던 광선이 사라지고 그림자만이 깊숙이 부각되어 있었다. 아래로 내려감은 눈두덩만이 어렴풋하게 광선을 반사하고 있었다.

밖에서는 비가 내리고 있었다. 축축한 포도에는 바쁘게 달려가는 사람들의 그림자가 얼룩져 있다.

혼자서 골목길로 접어들었다. 어디에선가 밑도 끝도 없는 유행가 소리가 왈칵 쏟아져나왔다.

"소라니……사에즈루……도리노고에."

텅 빈 복도에서 듣던 서투른 풍금 소리 같았다. 한 손가락으로

---

25) 밤에 듣는 시계 소리는 왜 슬픈가? 무의식적으로 죽음을 향해 다가가는 시간의 발자국 소리를 듣고 있기 때문이다.

치던 「천연교향곡」이 들려오고 있는 것 같았다. 모든 것이 그림 자뿐이었다. 실루엣만이 움직이고 있었다. 무엇을 꼭 껴안아야 한다고 생각했다. 갑자기 그때의 그 무서운 감정이 꿈틀대기 시작했다.

그림자들…… 그림자들…….[26] 집에 돌아가면 한약 냄새가 나는 환약을 먹어야 한다고 나는 생각했다. 저녁 안개와 빗발 속에서 도시는…… 그 육중하고 견고한 도시의 건물들은…… 형체를 상실해가고 있었다. 그림자…… 그림자들. 문득 이유도 없이 저편 길목에 나타난 그림자 속에서 나는 지금도 그때처럼 몸부림을 쳐야 한다.

---

[26] 실체는 보이지 않고 그림자만이 보일 때 그것은 우리를 불안하게 한다. 마치 영상만 있고 실체는 알 수 없는 생의 불안과 마찬가지로.

악기와 사상가

오월이었을 것이다. 감꽃이 뚝뚝 떨어지고 있었으니까. 바깥뜰에서 나는 감꽃을 주워 목걸이를 만들었다. 노랗고 파란 그리고 말랑말랑한 그 감꽃을 하나하나 실에 꿸 때의 촉감, 그것이 바로 오월이었다.

"야, 그것 멋진 목걸이구나."

나는 흠칫 놀라서 뒤를 돌아다보았다. 검은 테 안경을 쓴 약장수가 북을 툇마루에 내려놓으면서 그렇게 말했던 것이다. 그 사람은 며칠 전에 읍내로 들어온 떠돌이 약장수였다.[27] 그러나 잠자리가 없다 하여 우리 집 문간방에서 잠시 머무르고 있는 참이었다. 학교에서 돌아오던 길에 나는 그 약장수가 사람들을 모아놓고 한바탕 신파를 벌이고 있는 것을 본 일이 있다. 노래도 불렀

---

[27] 아무리 남루해도 방랑자는 설명할 수 없는 매력을 지니고 있다. 그는 어디에서나 손님이다. 시골 마을로 떠돌아다니는 약장수도 조금은 그런 매력을 지니고 있는 법이다.

고 짐승이 우는 흉내도 냈다. 그런데도 사람들은 다른 약장수들보다 재미가 없다고 불평들을 하는 것이었다.

"약장수 선생은 앵금을 켜야지요. 그래야 고약이 많이 팔리지요."

나는 그 사람이 어깨에 메고 있던 북을 내려놓는 것을 보면서 동정 삼아 말했다.

"약장수 선생이라."

선생이란 말이 우스웠던지 그는 한참을 껄껄대고 혼자 웃었다.

"그렇지 암, 앵금을 켜야지. 나도 옛날엔 참말 멋진 앵금이 있었단다."

시골 아이들은 바이올린을 앵금이라 했다. 그리고 그나마 앵금은 양금洋琴의 사투리다. 바이올린이라고 하면 그것은 으레 약장수가 켜는 것이라고 생각해왔다. 그런데 우리 집 골방에도 바이올린이 하나 있었다. 심심하면 나는 곧잘 골방 속에 들어가 물건을 뒤지는 버릇이 있었다. 전깃줄, 부서진 소켓, 나사못, 발동기의 부속품……. 어둑어둑한 곳에서 나는 온몸에 먼지를 뒤집어쓰고 궤짝 속에 든 고물을 신나게 들추어내곤 했다.

그러다가 나는 울리지 않는 악기를 찾아냈던 것이다.[28] 아버지가 젊은 시절에 켜던 것이었을까? 그렇지 않으면 만주로 가신 큰

---

28) 거미줄에 얽힌 바이올린, 침묵하는 악기…… 그것은 잠들어버린 사화산이다.

형님이, 아니면 서울의 둘째 형이 쓰던 것일까?

울리지 않는 악기였다. 줄이 두 개나 끊어져 있었고, 활도 쥐가 쏠았는지 반이나 상해 있었다. 이것을 꺼내서 약장수 놀이를 하면 아주 재미있었다. 활로 바이올린 줄을 아무리 긁어도 소리는 잘 나지 않는다. 녹슨 소리가, 이 갈리는 마찰음이 기껏이었다. 그러나 나는 거리의 약장수처럼 바이올린을 밑으로 수그리고 멋진 가락을 뽑아내는 시늉을 하며 즐거워했다.

골방 속의 연기演技는 아무도 보아주는 사람이 없다.[29] 연기란 남이 보아줄 때 정말 값어치가 있는 것이다. 자기를 다른 사람인 것처럼 꾸며 보여준다는 것, 그것은 가면을 쓰고 자기를 속이는 일처럼 흥미가 있다. 사람들은 '남'이 되고 싶어 한다. 자기 아닌 다른 존재가 되고 싶어 한다. 하지만 골방의 물건을 뒤져낸다는 것은 어른들에게 야단맞는 금지된 장난이다. 그러니까 연기보다는 그 비밀을 혼자 만지작거리는 쾌감이 더 큰 것이다.

"약장수 선생은 그럼 앵금을 잘 켜겠네요."

"하지만 그게 어디 있어야지."

"자신 있어요?"

"앵금만 있으면 멋지게 켤 수 있지……."

---

[29] 타인의 존재를 인식하는 순간부터 인간은 연기를 배운다. 누가, 대체 누가 배우의 운명에서 도피할 수 있을 것인가?

나는 골방으로 달려가고 있었다. 약장수는 앵금을 처음 보는 사람처럼 한참을 그냥 어루만지고 있었다.

그러다가 끽끽거리면서 줄을 맞추더니 "기차는 떠나간다, 보슬비를 헤치며……" 하는 노래를 켜기 시작했다.

뒷짐을 지고 나는 그냥 약장수의 얼굴만 쳐다보고 있었다. 다른 약장수처럼 바이올린 대를 아래로 숙이지 않고 하늘을 향해 뻗치고 켜는 것이 다르다고 생각했지만, 썩 잘한다고 나는 감탄을 했다. 「타향살이」니 「도라지 타령」이니 하는 노래를 들려주다가 갑자기 이상스러운 곡 하나를 켜는 것이었다. 이상한 노래였다. 들어보지 못했던 노래……. 어쩌다가 라디오의 양곡 시간에 이따금 흘러나오던 노래 같은 것이었다. 약장수에게는 어울리지 않는 무슨 명곡이었나 보다. 바이올린 협주곡 아니면 무슨 간단한 미뉴에트였던가?[30]

오월의 하늘로 바이올린의 길게 흐느끼고 꺾이는 가락이 미풍처럼 불어왔다. 어쩌면 저런 소리가. 빨랐다가는 느려지고 느리다가는 다시 빨라지는 계음階音. 음악은 저편, 아주 먼 땅의 저편에서 울려오는 것이었다.

뒷짐을 진 채로 나는 나를 잊고 있었던 것 같았다. 약장수의 검

---

[30] 당신은 음악을 듣고 있다고 말해서는 안 된다. 우리는 항상 음악 쪽으로 나가고 있는 것이다. 당신이 머물러 서 있는 자리에서 비켜서거나 혹은 떠나가고 있는 행위다.

은 테 안경도, 먼지 낀 바이올린도 보이지 않았다.

그 바이올린은 오랫동안 어둠 속에서 침묵하고 있던 소리를, 먼지에 묻혀 있던 음악을 바깥바람 속에 풀어헤쳐놓는 것 같았다. 나는 그 바이올린 소리와 함께 둥둥 떠서 어디론지 미끄러져 들어가는 것이었다. 벽이 무너지고 있었다. 가로막혀 있는 목책木柵들이 뽑히고 자유로운 초원이 펼쳐지는 것이었다.

거품을 품고 녹아가는 비누처럼 시간 속에서 그 음들은 풀려가고 있었다. 혹은 딱딱한 실톳에서 실오리가 풀려나오는 것처럼. 그러다가 이윽고는 비누 덩어리도 완전히 풀려서 남아 있지 않게 되듯이 음악은 그렇게 끝나고 있었다.

"아, 줄이 두 줄밖에는 없구나."

처음에는 아무 말도 않더니만 바이올린을 다 켜고 나서 그제야 줄이 끊어져 있다고 그는 불평을 하는 것이었다.

음악은 '말'로 표시할 수 없는 기호 뒤의 세계에서 흘러나온다. 그것은 항상 시간과 함께 왔다가 사라지지만, 언제나 시간 밖에서 존재한다. '말'로 고칠 수 있는 것들은 순수한 것이 없다. '말'은 지평地平 안에 있기 때문에 인간의 호흡 속에서 때가 묻고 이지러지고 변질된다. 그렇지만 어떤 경우에 있어서도 음은 의미로[31]

---

31) 의미—그 의미란 무엇인가? 의미 이전의 세계, 그것이야말로 가장 순수한 세계다. 하지만 등에 언어의 혹을 메고 다니는 인간은 약대가 바늘귀로 들어갈 수 없듯이 그런 세계

환산시킬 수가 없기 때문에, 아침녘의 바람이나 보드라운 흙에서 갓 돋아난 푸성귀 같은 것이라 할 수 있다. 우리는 음악을 듣는 것이 아니라, 음악 속에 있다. 언어나 색채는 언제나 우리 앞에서 속삭이고 있는데 음악은 우리의 영혼 안에서, 한 번도 경험해보지 못한 미지의 영혼 속에 있다. 그것은 우리를 영원 속으로, 실재하지도 않는 영원 속으로 밀어내고 있는 것이다.

"손이 굳어서 옛날 같지 않구나."

검은 테 안경 너머에서 약장수의 눈은 무엇을 부정하려고 애쓰는 것 같았다.

"사람은 음악에 빠져서는 안 되거든. 음악은 무서운 힘을 가지고 우리를 삼켜버리는 거야. 이 세상에서 살아갈 수 없게 말이야. 바이올린(그는 앵금이라 하지 않고 처음으로 바이올린이란 말을 썼다)은 나를 말야, 내 생각을 말야, 엉뚱한 곳으로 끌고 가는 거야. 그래서 난 바이올린을 내버렸던 거지."

약장수는 혼자 씨부렁거렸다.[32] 나에게 이야기하는 것이었지만, 내가 들으라고 하는 소리 같지는 않았다. 그게 무슨 뜻이었는지 나 역시 잘 몰랐으니까.

다음 날 나는 학교에서 돌아오자마자 문간방 문을 열었다. 약

로 들어갈 수는 없다. 음악만이 그 바늘귀로 자유로이 왕래한다.
[32] 역사의 참여자는 비음악적 상태를 동경한다.

장수가 있으면 바이올린을 다시 켜달라고 부탁할 참이었다. 그러나 웬일인지 그의 '북'만이 뒹굴고 있을 뿐이었다.[33]

"약장수가 어디로 갔어? 북은 있는데."

행랑 아줌마는 내가 약장수를 찾고 있는 것을 알자, 아무 말도 해서는 안 된다고 손으로 입을 가로 막았다.

"쉬, 약장수 말을 해서는 안 돼요. 그리고 약장수가 와도 가까이 가서는 안 된답니다."

행랑 아줌마는 중대한 비밀이라도 되는 듯이 설설 기었다. 그리고 일표 어머니와 귀엣말로 수군거리는 것이었다.

주재소에서 데리고 갔지…… 대학을 나왔다누만…… 겉으로는 저래도 정말은…… 사상가래요…… 네? 아이구머니나, 사상가였던가배…….

띄엄띄엄 이런 말들이 들려왔다. 주재소라면 도둑을 잡아가는 곳이다. 그리고 사상가, 그래 사상가도 순사들이 잡아간다고 했다. 나는 덜컥 가슴이 내려앉았다. 독립운동가나 좌익사상을 가진 지하의 지식인들을 시골에서는 보통 '사상가'니 '이인(위인의 사투리)'이니 했다.

동네 사람들은 외가의 먼 친척 집 아저씨보고도 사상가라고들 했다. 결혼까지 한 사람이었지만 미쳐 있었다. 외가의 그 친척 집

---

33) 북은 항상 남는다. 다만 그것을 두드리던 사람이 먼저 멸망해간다.

으로 놀러가면 으레 그 집 사람들은 내가 후원 건너에 있는 초당
草堂 근처를 가지 못하게 했다. 그렇지만 어른들을 피해 나는 몰래
초당 속을 들여다본 일이 있었다. 창마다 나무로 틀을 해 박아놓
았다. 그 어두운 방 속에서 미친 사상가는 앉아 있었다.[34]

물씬 냄새가 났다.

혼자서 손으로 살랑살랑 파리를 쫓고 있으면서 무엇이라고 중
얼거렸다. 싱긋 웃다가는 또 무서운 표정을 하고 중얼거린다. 일
본말인지 영어인지 어쨌든 한국말은 아니었다.

사람들은 그가 동경에서 돌아오자 순사들에게 잡혀 매를 맞아
서 미쳤다고도 했고, 또 누구는 원래 그 집안에는 꼭 한 사람씩
미치는 사람이 있다고도 했다.

나는 그 미친 사상가의 사진이, 비워둔 그 집 건넌방 벽에 걸려
있었던 것을 기억한다. 사각모자를 쓰고 있었는데 아주 얼굴이
멋있었다.

그 방에는 수많은 책이 먼지에 뿌옇게 싸여 사그라져가고 있었
다. 초당 속에 갇혀 있는 미치광이 사상가처럼 그 책들은 소리 하
나 지르지 못하고 사그라져가고 있었다.[35]

---

34) 애들은 광인에게 이상한 호기심을 갖는다. 광인은 어른이면서도 애들과 가장 닮은 데
가 있기 때문이다.
35) 책, 그것은 어느 책이든 인간의 현실이 아니라 추억일 따름이다.

약장수의 얼굴이 초당 속의 어둑한 방 속에서 박꽃처럼 하얗게 떠오른 미친 사상가의 얼굴과 뒤범벅이 되었다. 그리고 바이올린의 이상한 노래가 생각나는 것이었다.

며칠 있으면 돌아올 것이라던 약장수는 영영 돌아오지 않았다. 골방 속에서 바이올린을 꺼내보았을 때 그것은 그냥 침묵하고 있었다. 그것은 그냥 나무토막에 지나지 않았다. 그 속에 정말 그런 음악이 있었는가. 음악은 어디에 숨어 있는가. 약장수가, 사상가라던 그 약장수가 켜던 음악은 지금 먼지가 되어 쌓여 있다. 아무 소리도 울리지 않는다. 은퇴해버린 완고한 노인처럼 바이올린은 입을 다문 채 썩어가고 있는 것이었다.

바이올린을 넋 잃고 쳐다보고 있자니까 갑작스레 밖에서 북소리가 울려왔다.

두두두둥, 두두두둥.

약장수의 북소리였다. 나는 바깥뜰로 뛰어나갔다. 약장수가 돌아온 것이다. 그러나 약장수는 보이지 않았다. 그것은 동네 아이들이었다. 주인 없는 북을 꺼내서 치고 다니는 것이었다. 이제는 약장수가 절대로 돌아오지 못할 것이라는 것을 애들도 소문으로 알고 있는 것 같았다.

두두두둥, 두두두둥.

둔탁한 북소리는 여름이 오고 있는 바깥뜰의 가벼운 공기를 헤쳐놓고 있다.

또 감꽃이 떨어진다.

많이 많이 감꽃이 떨어진다. 그러나 감꽃을 줍지 않고 슬며시 집 안으로 들어오고 말았다.

밖에서는 자꾸 주인 없는 북소리가 들려오고 있다.

네 잎의 클로버

현대인에게 있어 행복은 잃어버린 숙제장宿題帳이다. 누구나 이제는 행복이란 문제에 대해서 깊이 생각하기를 주저한다.

그것은 하나의 장식 문자裝飾文字가 되어버렸다.

사기그릇 뚜껑이나 아이들 복건이나 금박 댕기 그리고 돗자리와 베갯모와 주머니와 방석과…… 그런 것들 위에 어쩌다가 수놓아진 복福 자를 보면 이미 사자死字가 되어버린 옛날 금석문金石文을 보는 것 같다. 옥편에서는 좀처럼 찾아보기 힘든 글자 같은…….

실상 철이 든다는 말과 행복이란 말은 역비례한다. 행복을 장식품 정도로 알고 세상을 살아갈 수 있게끔 되어서야 사람들은 비로소 어른이라고 불러준다.[36]

---

36) 삼십이 넘어서도 어린애들의 만화책을 즐겨 읽는 사람이 있다. 그러나 결혼한 지 10년 후에도 여전히 행복을 꿈꾸는 그런 사람은 드물다.

이웃집 개 이름만 하더라도 해피다. 행복이란 말은 그렇게 전락하고 만 것 같다.

책상머리에 불이 켜지는 그런 시각에 나는 이따금, 이웃집에서 개를 부르는 소리를 듣는다.

해피…….

해피…….

해피…….

어둠의 조수가 잔잔하게 밀려오는 골목길을 향해서 기침을 하듯 혹은 각혈을 하듯 이웃집의 미망인은 개를 부른다. 여운도 없이 번져나가는 목소리다. 나에게는 그것이 처량하면서 모질게만 들린다.[37)]

개를 부르는 소리가 아니라 아직도 체념하지 못한 행복을 찾기 위해서 어둠을 향해 고함치고 있는 소리처럼 느껴지는 것이다. 혹은 좌초된 깨진 선박 위에서 치맛자락을 찢어 흔들고 구원을 청하는 한 여인의 광경이 연상되기도 한다. 그녀는 구원을 청하고 있다. 시꺼먼 파도가 밀려오는 막막한 바다 가운데서 찢어진 치맛자락을 기폭처럼 내흔들고 있다.

더구나 그 개의 이름 '해피'는 '해피니스(행복)'의 형용사형이다.

---

37) 부름 소리! 짐승들은 다만 포효할 뿐이다. 인간은 무엇인가를 부르고 있기 때문에 인간이다.

형용사는 홀로 존재할 수 없다. 그것에는 반드시 수식해야 할 실체實體가 따라야 한다. 그러므로 해피의 부름 소리는 수식해야 할 실체를 찾지 못하고 언제까지나 축축한 저녁 공기 속에서 표류하고 있는 것이다.[38]

행복한…….

행복한…….

행복한…….

그다음에 올 말은 실종된 채 얼굴을 나타내지 않고 있다. 물론 이런 영상들은 내 상상 속에서 벌어지고 있는 것에 불과하다. 미망인은 치맛자락 같은 것을 찢어 휘두르지는 않는다. 밀려오는 검은 파도도 없다. 다만 여인의 손에는 찌그러진 양재기가 하나 들려져 있을 뿐이다.

그 속에 생선 가시를 담아가지고 개가 돌아올 때까지 잠시 동안, 아주 잠시 동안 그녀는 어둠을 지켜보고 서 있을 뿐이다. 더구나 그 미망인은 16밀리 흑백 영화나 무슨 신문 연재 소설이나 혹은 유랑 악극단에 등장하는 파란 많은 미망인, 젊고 아름다운 극적인 그런 미망인이 아니다.

사람은 평범할수록 현실적으로 보인다. 결혼할 때 가지고 온

---

38) 원시시대에는 실체만 있고 형용사는 없었다. 그러나 거꾸로 실체는 사라지고 형용사만 남아 있는 시대—그것이 바로 우리가 처해 있는 시대의 운명이다.

혼수가 이제는 걸레가 된 것처럼, 그녀에겐 지금 생활에 대한 기대나 소망도 또한 남아 있지 않을 것이다. 무거운 짐을 져나르는 사람의 어깨에는 굳은살이 박혀 단단한 근육이 생기게 되는 법이다. 그 굳은살은 아픔을 견뎌낸다. 고된 나날은 보드랍던 그녀의 마음에도 감각이 통하지 않는 굳은 못을 박아놓았을 것이다. 남편에 대한 생각조차 잊어버린 지 오래일 것이다.

그러나 일몰의 시각이면 숲속의 맹수들도 구슬피 우는 것이다. 낮과 밤이 옮겨가는 그 경계선에는, 노동과 휴식이 엇갈리는 그 경계선에는 깊은 고백의 낭떠러지가 있다.[39] 누구나 때때로 이곳으로 떨어지게 되면 일상적인 평원平原을 회의하게 된다.

그 미망인도 예외일 수는 없다. 저녁 설거지를 끝내고 부엌문을 열었을 때 그리고 개를 부르며 잠시 어둠을 지켜보고 있을 때 분명히 그녀는 무엇인가 발자국 소리 같은 것을 들었을 것이다. 오랫동안 잊고 있었던 옛날 그 남편이 돌아오던 발자국 소리 같은 것을. 자기는 지금 개가 아니라 분명히 무엇인가 소중한 것을 기다리고 있는 것이라는 생각이 들었을 것이다. 그때부터 참으로 많은 시간이 흘러갔다고 독백을 했을 것이다.

39) 그렇다, 생활에도 단애란 것이 있다. 이 변칙의 땅이 있기 때문에 가끔 우리는 신의 목소리 같은 것을 듣는다.

사람들에겐 누구에게나 '그때'라는 것이 있다.[40] 다른 것은 다 시골의 간이역처럼 기억도 없이 지나쳐버리고, 언제든 변하지 않는 '그때'가 말뚝같이 박혀 있다.

'그때보다도……', '그때처럼……', '그때와 같이……' 그렇게 마음속으로 온갖 생애의 내용과 견주어서 말할 수 있는 '불변의 시간'이란 게 있다.

그러나 분명한 것은 이 미망인이 '해피'라고 부를 때 돌아오는 것은 그때의 행복이 아니라 한 마리의 개에 지나지 않는다는 점이다.

'해피'는 지쳐 있다. 온종일 쓰레기통을 뒤지다가, 하수구 속에서 죽은 쥐를 뜯다가, 해피는 배를 척 늘어뜨리고 그렇게 지쳐서 돌아오는 것이다. 눈은 언제 보아도 짓무르고 잔등이는 벌겋게 헐어서 털이 빠져 있다. 병든 개, 수척하고 게으르고 눈치만을 살피는 돌림병을 앓고 있는 늙어빠진 개, 이것이 '해피'다.

미망인의 해피는 그런 꼴을 하고 돌아온다. '수술대 위의 마취된 환자'처럼 하늘로 저녁놀이 번져가는 엘리엇의 그 일몰의 시각에 해피는 절뚝거리면서 온다. 한 토막의 생선 가시와 먹다 버린 밥찌꺼기를 찾아 해피는 쩔뚝거리며 온다.

---

40) "그때는……"이라고 말하는 사람의 얼굴에는 언제나 일말의 우수가 있다. 상실한 시간 속에서만 행복이 있었던 것처럼 생각하고 있기 때문이다.

우리의 행복도 그러한 꼴을 하고 쓰레기통과 질퍽한 하수구와 연탄재가 깔려 있는 음산한 골목길로 해서 문득 우리 곁으로 온다. 출타한 여인이 불의의 시각에 비단옷 구겨지는 소리를 내며 문턱 앞에 와 앉듯 그렇게 돌아오는 행복이란 없는 것 같다.[41]

그러나 나는 평범한 사람들과 마찬가지로 어린 시절에 꿈꾸던 행복의 모습들을 더듬고 있다. 그것은 푸른 언덕길 이슬 속에서 숱하게 빛나던 클로버의 잎사귀들이다.

누나는 그때 말했었다.

"이것들은 모두 잎사귀가 세 개밖에 없잖아. 그런데 지금 우린 네 잎짜리 클로버를 찾는 거야! 저 흔해빠진 세 잎 클로버들 사이에서 그것은 몰래몰래 숨어 있거든……. 그래서 행복하게 될 사람만이 숨어 있는 그 네 잎 클로버를 찾아낼 수 있다는 거지……. 이 길섶에도 지금 그것들이 숨어 있을 테지만 보통 사람 눈에는 띄지 않는 거야. 남들이 뜯어가기 전에 우리는 빨리 그 숨어 있는 행복의 잎새를 찾아내야만 된단다."[42]

우리는 말이 없었다. 풀숲을 헤치면서 정신없이 네 이파리의

---

41) 보바리 부인이 꿈꾸던 행복은 비소의 독약이 되어 돌아왔고, 맥베드 부인이 꿈꾸었던 행복은 피 묻은 손의 악몽이 되어 돌아왔다. 희망이 크면 절망도 크다.

42) 사람 눈에 잘 띄지 않도록 어디엔가 숨어 있는 행복, 그렇게 숨어 있는 것이기에 그것을 찾으려고 애쓰는지도 모른다.

클로버를 찾고 있었다. 많은 시간이 흘렀던가 보다. 그러나 손에
잡히는 것은 모두가 흔해빠진 세 잎 클로버뿐이었다. 아주 기진
해서 머리를 들었을 때, 하늘에는 온통 하얀 클로버 잎들의 환영
幻影이 둥둥 떠서 사라져가고 있었다.

거기에도 네 잎짜리는 보이지 않았다. 전나무 끝에서는 쏴쏴
바람 소리가 울린다. 광산鑛山으로 뚫린 산길을 따라 파란 클로버
들은 한없이 뻗쳐 있다. 흰 꽃도 피어 있었다. 누나도 나처럼 지
쳐 있었지만 그래도 열심히 풀숲을 뒤지고 있었다.

"무엇 때문에 우리는 그 클로버를 찾는 거야? 누나, 나는 이제
멀미가 나. 해가 넘어가고 있는데, 무엇 때문에 우리는 있지도 않
은 네 잎짜리 클로버를 찾는 거야?"

그러면 누나는 풀어진 단추를 잠가주면서 어른처럼 나를 달래
는 것이었다.

"참을성 있게 기다려야만 행복해지는 것이란다. 사람들은 이
세상에 태어날 때부터 누구나가 행복하게 되려고 애쓰는 거야.
일순이는 말이다…… 누나 친구 말야……. 일순이는 책갈피 속
에 네 잎짜리의 클로버를 잔뜩 넣고 다닌단다. 벌써 열 개가 넘는
댄다. 이제 두고 봐라. 일순이네는 가난해도 그 애는 다음에 부자
가 될 거야. 공주처럼 말이다. 우리도 져서는 안 돼. 누가 먼저 따
나 나와 경주를 해야 돼. 분명히 말야 네 잎사귀 클로버는 어디엔
가 숨어 있을 테니까……."

나는 빨리 클로버를 따고 싶었다. 그래야 집으로 돌아갈 수가 있는 것이다. 그리고 누나보다 일찍 그것을 따서 놀라게 해주고 싶었다. 이러다가 해가 기울면 더 이상 풀숲을 헤치지는 못할 것이다.

누나는 먼 데까지 갔다. 비탈진 둔덕에 엎드려서 풀 냄새를 맡듯 머리를 풀숲에 박고 엎드려 있었다. 아직도 행복의 클로버를 찾지 못한 것이다.

그때 문득 나는 전나무 사이에서 반짝거리는 선교사의 붉은 양옥집 유리창을 보았다. 그것은 저녁 햇살을 받고 보석처럼 빛나고 있었다. 그러나 갑자기 이 세상에 네 잎 달린 클로버란 없는 것이라는 생각이 들었다. 없다면……. 없다면 만들 수밖에 없다. 누나는 멀리 떨어져 있으니까 보지는 못할 것이다. 가짜라도 네 이파리의 클로버를 만들어야 한다. 클로버의 잎사귀 하나를 줄기째 찢어내서 세 잎 달린 클로버의 줄기에 갖다 붙였다. 아주 그럴 듯하게 침을 발라서. 숨을 죽이고 몰래 숨어서 행복의 모조품을 만들어낸 셈이다.[43]

창조創造와 속임수는 피가 같은 쌍둥이다. 창조나 속임수나 그것은 다 같이 숨어서 해야 한다는 점에서 일치한다. 그리고 약간

---

43) 미국의 화원사들은 인공적으로 네 잎짜리의 변종 클로버를 재배해내고 있다. 현대의 과학은 행복을 인공적으로 만들어내고 있다.

의 수줍음과 오만이 서로 미묘한 갈등을 이룬다는 점에 있어서도 그것은 아주 유사하다.

다만 창조는, 예술과 같은 그런 창조는 신神에 대한 속임수이지만, 우리가 단순히 '속임수'라고 하는 것은 노름판에서 도박사들이 화투장을 속이는 것처럼 다만 인간의 눈을 속이는 데에 불과하다. 그 점이 다를 뿐이다. 그리고 예술가는 '보상 없는 모조품'을 만들어낸다는 면에서 도박사나 가짜 보석 상인과 구별될 따름이다.

어쨌든 나는 그날 애매하게 행복을 '속여서 창조'했다. 속임수이면서도 동시에 하나의 창조이기도 했다. 네 잎사귀 클로버를 발견한 것이 아니라 만들어낸 것이니까.

딱하게도 누나는 속아 넘어갔다.[44] 너무 지쳐 있던 탓이었을까. 놀랍고 부러운 표정을 하고 누나는 내 손끝에서 뱅글뱅글 돌고 있는 클로버의 이파리를 세어보는 것이었다.

"하나…… 둘…… 셋…… 넷……. 그……그래, 그래. 정말 이파리가 네 개 있구나. 네가 이겼다. 나보다 빨리 찾아냈으니까. 그런데 대체 어디서 그것을 땄니?"

애초에는 장난이었지만 누나가 속고 있다는 것을 알자 내 태도

---

[44] 대부분의 거짓말은 장난으로 시작되지만, 결과적으로 자기 자신까지 속이게끔 발전한다.

는 달라지고 말았다. 무엇을 훔친 것처럼 가슴이 두근댔다. 속아 넘어가게 한 것이 기뻐서였을까? 그렇지 않으면 남을 속였다는 가책 때문이었을까. 남이 완전히 믿어만 준다면, 남을 끝내 속일 수만 있다면, 이것은 진짜 네 잎의 클로버와 다를 것이 없다. 나는 다시 보다 완벽하고 멋진 모조품들을 만들어냈다.[45)

속임수도, 창조도, 기도도 그것은 다 같이 남의 눈에 띄지 않는 자리를 택한다. 착한 일도 악한 일도 그 산실産室은 남이 보지 않는 어두운 밀실에서 생겨난다. 몰래 뒤돌아 앉아서 그렇게 나는 행복의 클로버를 만들어냈던 것이다.

두 번째도, 세 번째도 누나는 나의 속임수에 넘어가고 말았다. 마지막엔 잎사귀들을 확인해보려고도 하지 않았다. 얼굴이 핼쑥했던 것을 보면 누나는 몹시 초조했던 모양이다. 그때까지 끝내 하나도 따지 못했던 것이다.

전나무 가지 사이에서 누렇게 빛나던 선교사 집 양옥의 유리창이 어두워지기 시작했다. 가야 할 시간인 것이다.

집으로 돌아가다가 누나는 울먹이면서 말했다. 너는 나보다 행

---

45) 모조품의 비극을 아는가. 모조품을 모조품으로 알았을 때는 비극이 생기지 않는다. 마틸드(모파상의 소설 「목걸이」에 나오는 주인공)는 가짜 다이아몬드의 모조품 목걸이를 진짜로 알았기 때문에 그의 일생을 망쳐야 했다. 우리들이 보고 있는 그 생이 모조품이라고 한다면, 아! 이 노력과 이 투쟁과 이 회상은 얼마나 억울한 일이냐.

복하게 될 것이라고……. 그리고 너는 세 개씩이나 가지고 있으니까 그중에서 하나만 자기에게 달라는 것이었다. 누나네 반 아이들은 모두 네 잎 클로버를 가지고 있다는 것이었다. 한 개도 없는 것은 자기 혼자뿐이라고 했다. 그래서 오늘은 일부러 숙제도 하지 않고 깜깜할 때까지 네 잎 클로버를 따려고 했다는 것이다. 그러나 네가 졸라서 집으로 가는 것이니 한 개만 달라고 했다. 내가 싫다고 하니까 누나는 꿔달라고까지 했다. 언젠가 재수 좋은 날 자기도 틀림없이 한 개쯤은 딸 수 있을 것이라 했다. 그러니 소중하게 책갈피 속에 넣어두었다가 돌려줄 테니까 그때까지만 꿔달라는 것이었다.

　누나는 울고 있었다. 분해서 분해서 울고 있었다.

　비로소 나는 후회하기 시작했다. 그것은 가짜였다고, 주고 싶어도 줄 수가 없는 가짜 네 잎 클로버였다고, 나는 그렇게 진실을 말하고 싶었다. 나는 겉으로는 완강히 거절했지만 마음속으로는 내가 딴 클로버가 진짜였기를 얼마나 바랐는지 모른다. 그랬더라면 나는 그때 한 개가 아니라 몽땅 누나에게 주었을 것이다.

　왜 나는 끝내 진실을 말하지 않았던가? 누나가 너무도 모조 클로버를 진짜라고 믿어주었기 때문인지 모른다.

　누나는 나를 원망하고 있었을 것이다. 그리고 자기는 절대로 행복하게 될 수 없을 거라고 슬퍼했을 것이다. 아무것도 아닌 일이었지만, 누나는 지금도 그때의 일을 잊지 않고 있다. 주고 싶어도 줄 수가 없었던 모조의 행복, 모조의 클로버.

누나는 전쟁 때 남편을 잃었다. 젊은 나이로 가난하게 그리고 외롭게 살지 않으면 안 되었다. 지금도 어쩌다 내 집에 들르면 그때의 일을 말하곤 한다.

"피아노를 들여놨구나. 어디 제니? 너는 어려서 네 잎 클로버를 잘 찾아내더니 정말 그래서 잘사는가 보구나.[46] 그러면서도 욕심은 또 얼마나 대단했니…… 글쎄 한 개만 달라는데도 끝내 그 클로버를 혼자 다 움켜쥐고 보여주지도 않았었지. 정말 이상스러운 일이었지. 남들은 누구나 다 찾아내는 그 네 잎 클로버를 어째서 나만 한 개도 찾아내질 못했을까. 언제나 뒤늦었어. 남들이 뒤지고 간 뒷자리만 쫓아다녔었어. 그래서 지금도 이 모양인가 봐."

나는 말하고 싶었다. 위로를 해주기보다도 진실真實을 말해주고 싶었다.

'누님, 이게 어디 행복인가요. 가짜지요, 전부 가짜지요. 그때 내가 땄다는 클로버도 가짜였어요. 이 피아노도, 번쩍거리는 자개 장롱도, 서재의 자개 화병과 그 꽃까지도 모두가 행복의 모조품입니다. 행복의 모조품. 모조품은 남이 속아줄 때만이 진짜처

---

46) 세상엔 예금 통장 액수가 커져갈수록 인간의 행복도 커져간다고 믿는 사람이 많다. 그러나 그런 사람들도 행복을 캐비닛 속에 잠가둘 수 없다는 것쯤은 알고 있을 것이다.

럼 행세할 뿐입니다. 누님, 자기 자신을 증명할 수 없다는 것이 바로 모조품의 비극입니다. 이것들은 남에게 자신을 행복한 척 보이려고 꾸며낸 속임수들이지요. 남들이 행복한 사람이라고 믿어주면 자기가 행복한 것 같은 착각이 드는 것이 인간들입니다. 누님, 왜 사람들은 큰 대문을 세우고 싶어 하는지를 아십니까? 페르시아의 왕처럼 왜 사람들은 자기가 다 소유할 수도 없는 많은 방을 원하고 있는지 아십니까? 아무리 불행한 사람도 여러 사람 앞에서는 억지로라도 웃는 법입니다. 남들한테 그렇게 보이고 싶은 거예요. 모조품인 줄 알면서도 남에게 들키지 않으면 진짜와 다름없다고 생각하는 것이 인간이지요. 제 스스로 제 행복을 증명할 수 있는 사람만이 정말 행복한 사람입니다. 누님! 그때의 클로버는 가짜였어요.'

나는 그렇게 말하고 싶었다. 그러나 누나는 내 이야기를 곧이 들어주지 않을 것이다. 자기 행복을 또 나누어달라고 할까 봐서 공연히 변명을 늘어놓는 것이라고 오해할는지도 모를 일이기 때문이다.

사람들은 대개 행복의 모조품으로 자신을 속이면서 살아가고 있다. 사실 행복을 느끼는 순간 벌써 우리는 행복 그 밖으로 나가게 된다. 설령 진짜 행복을 말한다 하더라도 그것은 언제나 과거형일 경우 또는 미래형일 경우다. 지금 당장 자기가 행복과 함께 있다고 말할 수 있는 사람은 없다. 행복은 '내'가 아니라 '나의 대상'이다. 그것은 '앞에' 혹은 '뒤에' 있다.

나는 단 하나 행복과 같이 있는 사람, 행복과 손잡고 있는 사람을 알고 있다.[47] 그는 시골의 기독교인이었다. 새벽마다 설화산 둔덕에 있는 황새바위에 올라 하나님께 기도를 드렸다. 예수교를 믿는 사람인데도 마을 사람들은 그를 '산부처'라고들 했다. 천한 농부의 자식이었지만 얼굴에는 온화한 희열의 미소가 감돌고 있었다. 그는 늘 아이들과 함께 놀았다. 나도 몇 번인가 그의 등에 업혔던 기억이 있다. 그의 입에서는 언제나 샘물처럼 찬송가가 흘러나오고 있었다.

그러나 전쟁이 끝난 뒤 내가 고향에 들렀을 때, 이미 그는 천치의 불구자가 되어 있었다. 공산군이 이 마을을 휩쓸고 지나갔을 때 그는 예수를 믿는다는 그 이유 하나로 모진 매를 맞았다는 것이다. 그것도 장난으로 시작된 고문이었던 것 같다. "나는 신을 믿지 않습니다."라고 한마디만 말하면 풀어준다고 했는데, 끝내 그는 입을 다물고 말았다. 그러다가 내리치는 몽둥이에 머리와 등뼈를 다쳤던 것 같다. 기억상실에 걸려버렸고 전신은 마비되어 움직일 수 없게 된 것이다. 그는 이 지상의 것은 아무것도 원하지

---

47) 불행은 같이 느낄 수 있으나 행복은 남에게 나누어줄 수 없다. 불행한 사람이 옆에 있으면 사람들은 덩달아 침울해진다. 그러나 행복한 사람이 옆에 있다고 해서 곁의 사람들도 모두 다 즐거워지지는 않는다. 도리어 그 반대인 것이다.

않는 사람이었다. 다만 하나님과 함께 살기를 원했던 사람이다.

그들은 그에게서 신을 빼앗아갔던가? 그럴는지도 모른다. 그는 다 쓰러져가는 초가의 뜰 양지바른 곳에 쪼그리고 앉아서 세월을 보낸다고 했다.

이제는 청년이 아니라 사십 고개를 넘어가고 있었지만 그는 젖먹이 아이처럼 말을 하지도 알아듣지도 못하게 되었고, 가끔 또 무슨 생각이 나면 벙실거리며 웃는다는 것이다.

내가 그 집을 찾아갔을 때에도 그는 햇볕이 드는 뜰아래 쪼그리고 앉아 있었다. 침을 질질 흘리면서 마치 아이들이 뒤를 보는 것 같은 자세를 하고, 눈은 어딘가 먼 데를 쳐다보고 있었다. 다리를 잡힌 베짱이가 방아를 찧듯 머리를 끝없이 끄덕이고 있었다.

"저를 알아보시겠어요?"

그는 아무 반응도 보이지 않았다. 다만 앉아 있던 자리에 그늘이 지자 짐승처럼 두어 발자국 햇볕이 드는 곳으로 옮겨 앉았다. 그는 온종일 소리 하나 지르지 않고 이렇게 해바라기처럼 햇볕을 따라 옮겨다니는 것이다. 그는 알고 있을까? 지금 그의 아내가 어떤 꼴을 하고 있는지를. 그렇게 효성을 바쳤었던 그의 부모가 모두 이 세상을 떠나고 말았다는 것을, 그도 알고 있을 것인가. 또 그는 알고 있을까, 하나님이 있다는 것을……. 아니, 아니, 저 성서의 말을, 마태복음 5장 5절에 적힌 예수의 말을 기억하고 있을 것인가.

짐승처럼 졸고 있는 이 시골의 기독교도 앞에서 나는 행복을 정의한 성서의 구절을 외워보았다.

"예수께서 무리를 보시고 산에 올라가 앉으시니 제자들이 나아온지라 입을 열어 가르쳐 가라사대, 심령이 가난한 자는 복이 있나니 천국이 저희 것임이요, 애통하는 자는 복이 있나니 저희가 위로를 받을 것임이요…… 의에 주리고 목마른 자는 복이 있나니 저희가 배부를 것임이요…… 마음이 청결한 자는 복이 있나니 저희가 하나님을 볼 것임이요…… 의를 위하여 핍박을 받은 자는 복이 있나니 천국이 저희 것임이라."[48]

그렇다. 그는 의義에 주리고 또한 의를 위해서 핍박을 받았다. 그런데 그는 행복한가? 과연 천국이 그의 곁에 있는 것일까? 지금 저 희끄무레한 눈은 무엇을 보고 있는가? 하나님인가? 아니면 텅 빈 하늘인가? 그는 가난하며 애통하며 목마르다 하는 자다. 그러나 그는 그것조차도 지금 느낄 수가 없다.

그는 아무 말도 하지 못한다. 또 아무것도 생각할 수 없을 것이다. 그렇기 때문에 그 무서운 고독과 절망과 억울한 핍박에 대해서도 아무 원한이 없는 것이다. 백치는 왜 웃는가. 모멸과 고통

[48] 우리가 흔히 믿고 있는 불행을 예수는 도리어 행복이라고 가르쳤다. 역설을 알았던 예수는 그만큼 현실주의자였다.

속에서도 백치는 어째서 웃는가. 백치는 행복과 같이 살고 있기 때문이다. 그러나 대체 그러한 행복을 누가 원할 것인가. 물론 그것은 정반대로 만들어진 행복의 모조품이다. 사람들은 불구가 된 그 무명의 기독교인이 불행하다고 할 것이다. 그러나 그 자신은 자기가 비참하다고는 생각지 않는다. 자기가 불행을 의식하지 않는 한 그는 불행하지 않다.[49] 남이 행복하다고 믿어주는 한 자신이 행복하다고 믿는 것과는 정반대로…….

네 잎 클로버는 흔하지 않기 때문에 찾아내려고 한다. 행복은 누구나 가지고 있지 않기 때문에 누구나가 가지려고 애쓰는 것이다. 행복은 순수한 주관 속에서도 살지 않으며 따라서 객관적인 것으로 평가할 수도 없다. 그리고 그것은 속되어서도 안 된다.

마테를링크는 아무래도 잘못을 저지른 사람 같다. 행복의 궁전에서도, 미래의 나라에서도 발견할 수 없었던 파랑새를 자기 집 울타리 새장 속에서 찾아냈다는 그 이야기 때문에 얼마나 많은 사람들이 더 비참해졌던가?

"여러분, 그 새를 찾은 사람을 우리에게 돌려주세요."라고 치르치르 소년이 소리치는 데서 「파랑새」의 막은 내린다. 하지만 관객들이 아무리 그 자리를 지키고 앉아 있어도 막이 다시 오르

---

49)   가장 불행해 보이는 저 백치가 웃는 까닭을 완전히 설명할 수 있는 사람이 있다면 그는 신의 의사를 아는 자다.

지는 않을 것이다. 아무도 그 새를 찾은 사람이 없기 때문에 「파랑새」의 연극은 다시 계속할 수 없는 까닭이다.

우리는 치르치르에게 돌려줄 새를 갖고 있지 않다. 그런데도 마테를링크는 "파랑새란 먼 데 있지 않고 바로 가까운 자기 집 울타리 안에 있다"고 했기 때문에, 사람들은 더욱더 근시안적으로 행복을 찾게 된 것이다.[50]

말하자면 치르치르와 미치르처럼 긴 환상의 여로를 더듬지 않고서도, 개와 고양이와 설탕 또 빵의 요정 같은 것을 데리고 가지 않더라도, 마법의 다이아몬드가 빛나는 초록 빛깔의 모자를 쓰지 않고서도 행복은 우리 곁에서 손쉽게 찾을 수 있는 것이라고 믿고 있다.

그리하여 '행복'이란 말은 '모험'의 뜻을 상실했고 '동경'의 뜻을 상실했고 '영원'의 뜻을 상실했다. 사람들은 가까운 곳의 행복만 찾아다니다가 행복이란 말까지 상실해버린 것 같다. 보잘것없는 녹슨 새장에 모조품 파랑새를 사육해가면서 자위하고 있는 거다.[51] 행복의 개념도 나날이 줄어들어서 이젠 연하장年賀狀 한구석에 깨알만 한 자리를 차지하고 있다.

---

50) 어차피 불가능할 것이라면 꿈이라도 찬란하게 꾸자.
51) 동양의 오복을 보면 철저하게 신분적이고 가정적인 것이다. 마테를링크 이전부터 자기 집 처마 끝에 파랑새가 산다고 믿었던 사람들이다.

월급봉투의 숫자나 또는 출근부에 적힌 이름의 서열, 까나가는 월부 액수, 때 묻어가는 보험 통장. 이런 것들의 변화 속에서 사람들은 행복의 물거품을, 떴다 꺼지는 그 물거품을 바라보고 있다. 멀고 먼 나라, 칼 부세의 '산 너머 마을'보다도 한층 더 멀고 먼 마을에 살고 있을 찬란한, 거대한, 영원한 그 미지의 행복을 말하는 사람은 아무 데서도 찾아볼 수 없게 되었다.

그리하여 일몰의 시각에 실종된 우리들의 행복은 돌아오는 것이다. 비에 젖은 들개처럼 온종일 쓰레기통을 쑤시다가 뱃가죽을 늘어뜨리고 어둠을 질질 끌면서, 그리고 눈곱이 낀 눈을 끔벅거리면서 털 빠진 붉은 잔등이에 희미한 별빛을 받으면서 우리 곁으로 그것은 돌아오는 것이다.

그렇지 않으면 억지로 찢어 붙인 네 잎 클로버처럼, 들킬까 조바심을 내는 그 모조 클로버처럼.

아니 그렇지 않으면 백치와 같은 표정으로 침을 질질 흘리며 쪼그리고 앉아 있는 무영의 그 시골 기독교인처럼, 고개를 끄덕이며 햇볕을 따라 옮겨다니면서 싱그러운 미소를 짓는 그 시골의 기독교인처럼.

그런 꼴을 하고 행복은 우리들 곁으로 온다. 어느 일몰의 시각엔가.[52]

---

52) 주여! 일몰의 시각입니다. 고단했던 하루의 첫걸음을 되돌려주소서.

수의 비극

"몇 살 먹었니?"

"형제는 몇이나 되지?"

"식구는 얼마나 되구?"

"너의 집이 몇 번지냐?"

어른들은 늘 그렇게 수에 대해서 묻기를 좋아했다. 그러면 나는 또 자랑스럽게 대답한다.

"여섯 살."

"다섯."

"열둘."

묻는 대로 그 수를 대주면 사람들은 똑똑하다고 머리를 쓰다듬어준다.

"엄마를 얼마만큼 좋아하니?"

어머니도 가끔 그렇게 물으셨다. 그때마다 나는 으레 두 손을 활짝 펴 보이고 "하늘, 땅, 모래 수만큼"이라고 말한다.

그리고 혼자서 생각해보는 것이다. 정말 이 세상의 모래알들은 얼마나 될 것인가. 아, 그것은 얼마나 많은 수일까? 아무리 세도 다 셀 수가 없는 모래들, 마을 어귀를 흐르는 새파란 시냇물과 하얀 강변의 모래를 생각하곤 했다.

어른들도 모래알 수는 모른다고 했다. 그러면서 사람들은 사랑까지도 숫자로 나타내려고 애쓴다. 그래야 마음을 놓는다. 확실히 믿을 수 있고 변하지 않는 것은 오직 숫자밖에 없다고 생각하기 때문이다.[53]

"그래 그래, 하늘, 땅, 모래 수만큼. 엄마도 널 그만큼 사랑한다."

나는 그렇게 말씀하시는 어머니가 좋았다. 나는 아직도 수의 비극을 모르고 있었던 것이다.

숫자를 알게 되면서부터 무엇이든 세어보고 싶은 호기심에 사로잡혔다. 하늘의 별들은 언제나 세다가 그만 잠이 들어버렸지만, 병풍 속의 짐승과 꽃과 나무들은 샅샅이 다 셀 수가 있었다. 나비는 여섯, 사슴은 둘, 매화는 스물둘, 심지어는 난초 이파리까지도 빼놓지 않고 다 세었다, 몇 번씩 되풀이하면서.

그 후부터는 어머니의 품에 그냥 안겨 있지 않았다. 치마폭에 감춰진 예쁜 향낭을 들추어서 그 꽃술을 하나하나 세었다. 장롱

[53] 동물에겐 수의 의식이 없다. 그래서 자연히 빈부의 의식도 없다.

의 자개, 영창문의 창살, 대청의 마룻장, 무엇이든 셀 수 있는 것이라면 세려고 들었다.

이 세상에는 참으로 많은 수가, 가지각색의 수가 존재하고 있다는 것을 그리고 사람의 힘으론 죽을 때까지 손꼽아도 셀 수 없는 것이 많다는 것을 차차 알게 되었다.

언젠가는 병상에서도 수를 센 일이 있었다.[54] 그것은 천장 벽지의 꽃무늬였던 것이다. 파란 꽃이었다. 올림픽 마크처럼 꽃잎이 서로 얽혀서 여섯 개의 둥근 원을 그리고 있었고 그 안에도 또 둥근 점이 찍혀 있는 무늬가 있었다. 꽃은 반씩 서로 얽혀 있었기 때문에 따로따로 셈하기가 힘들었다.

"하나, 하나, 둘, 셋, 셋, 넷."

더구나 열에 들떠 있어서 천장의 꽃무늬들은 파도처럼 넘실거리는 것 같았다. 갑자기 눈앞으로 크게 나타났다가는 멀리, 아주 멀리 까마득하게 사라져버리기도 한다. 그런데도 동그란 꽃무늬를 놓치지 않으려고 애를 썼다. 혼수상태에 빠져 있으면서도 나는 숫자를 세고 있었던 것 같다. 무엇이기에 수는 그렇게 모질게 따라다녔던가.

어머니는 내 헛소리에 놀라 나를 흔들어 깨우셨다.

---

54) 사물을 셀 때 우리는 그 사물의 본질을 보지 않는다. 다만 그 개수만을 본다. 여기 열 사람이 있다고 할 때 이미 거기에는 개성의 얼굴이란 존재하지 않는 것이다.

"얘가 아까부터 무엇을 세고 있어요. 아무래도 얘가 열이 많은가 봐요, 큰일났어요."

누구에겐가 어머니는 아주 근심스러운 어투로 말을 하셨다.

"꽃이에요, 푸른 꽃, 꽃을 세고 있는 거예요."

눈앞에서 커졌다 작아졌다 하는 얼룩진 천장의 꽃무늬를 생각하면서 나는 말했다.

"마흔까지 세었는데 자꾸 헷갈려, 엄마……."

어머니는 불길한 일이라고 생각하셨던 것 같다. 40이란 수를 언짢게 생각하셨던 것 같다.[55]

"꽃이 어디 있다고 그러니? 이렇게 깜깜한데……. 얘가 헛것을 본 모양이구나……."

사실 방 안은 어두웠고 밖에서는 비가 내렸는지 낙숫물 소리가 들려왔다. 그때의 소리를 지금도 기억하고 있다. 그때 내가 세고 있었던 천장의 꽃은 환각이었던 것이다. 노란 벌판 위에 컴퍼스로 그린 것 같은 대칭형의 둥근 꽃이 피어 있었다. 그 기계 같은 꽃의 환각은 명멸하고 있었다.

"꽃이 자꾸 없어지는걸요. 없어지기 전에 빨리 세어야지요."

아무 말이고 그냥 지껄여댔다.

---

[55] 수의 미신, 좋은 수와 나쁜 수, 합리주의의 극치인 수에도 미신이 따라다닌다는 것은 즐거운 일이다.

"아니다. 아무것도 없어지지는 않는다. 엄마가 꼭 이렇게 붙들고 있어 꽃은 없어지지 않는다. 언제나 그것은 우리 곁에서 피어 있는 거다. 내일 아침에도 볼 수 있을 거야. 세지 않아도 없어질 리가 없지. 이렇게 엄마가 꼭 붙들고 있잖니."

어머니는 내가 세고 있는 꽃이 무엇인지 모르셨지만 내 마음을 진정시키려고 기도하듯 말씀하셨다. 열이 오른 눈꺼풀에 어머니의 촉감이 묻어왔다. 그 순간 모든 숫자들은 사라지고 퇴색한 꽃무늬도 보이지 않았다.

수를 세는 버릇은 얼마나 나를 피곤하게 했는지 모른다. 백 다음에는 천이 있고, 천 다음에는 만과 만 다음에는 억이, 또 억을 지나면 조라는 것이 있다고 했다. 조 다음에는 또 무엇이 있는가? 아무도 그다음 것은 가르쳐주지 않았다. 어른들도 그것은 모른다고 했다.

나의 빈약한 상상력에 의하면 조 다음에는 하얀 강변이 있었다. 반짝이는 모래알들이 물굽이를 따라 한없이, 한없이 깔려 있는 하얀 강변이 있었다. 그 강변까지 가기 전에 나는 언제나 지쳐버린다.

숫자는 벌써부터 슬픈 현실을, 인간의 불모성不毛性을 잉태해가기 시작했던 것이다. 어떠한 사물에도 숫자가 닿기만 하면 핏기가 사라져버린다. 병풍의 나비도 화단의 꽃들도 모두 없어지고 숫자의 부호만이 남는다.

말하자면 사물을 셀 때 우리의 시선은 그것들의 모양이나 본질에 머물러 있지는 않을 것이다.[56] 병풍의 나비가 어떠한 모습으로 날고 있는지, 난초의 이파리가 어떻게 늘어져 있는지 그런 것들은 전연 문제가 되지 않는다. 그런 것들을 건너뛰어서 다만 가짓수에만 그리고 총체적인 그 숫자에만 도달한다. 아름다운 꽃도 하나고 미운 꽃도 하나다. 숫자는 개성과 감상을 허락해주는 일이 없다.

그뿐만이 아니라 이 수를 세는 버릇 때문에 때때로 집안에서는 엉뚱한 싸움들이 벌어지게 된다.

'많다', '적다', '똑같다'…… 이러한 말들이 숫자의 구체적인 계산에 의해서 표현되는 순간 우리는 작은 차이에 대해 집착하게 된 까닭이다.

말하자면 저녁마다 우리에게 주시는 어머니의 그 과자 분배가 어렵게 된 것이다. 별사탕은 그 알이 작기 때문에 일일이 개수로 나누기가 힘드셨나 보다. 어머니는 그것을 눈대중으로 한 움큼씩 집어 나누어주셨다. 그러나 두 살 위 형과 나는 분배받은 별사탕을 방바닥에 늘어놓고 각기 자기 몫을 세었다.

숫자는 엄밀한 것이다. 숫자는 물처럼 출렁거리지도 않으며

56) 수가 있는 이상 모든 것은 유한하다. 무한 그리고 영원, 그것은 숫자에서 탈출했을 때에만 이를 수 있는 초월이다.

해면海綿처럼 졸아들지도 부풀지도 않는다. 숫자는 얼어붙은 빙하처럼 싸늘하게 고정되어 있다. 서로 섞이거나 애매하게 드나들 수 없는 분명한 한계선을 가지고 있다. 세 개는 세 개고, 두 개는 두 개다. 세 개는 두 개가 될 수 없고, 두 개는 세 개와 같을 수가 없다. 아, 그 작은 차이, 분명한 차이, 숫자는 그것을 가르쳐준다.[57]

어머니가 눈대중으로 똑같이 나누어주신 별사탕도 수로 계산하면 차이가 있었다. 이 차이가 우리를 괴롭혔던 것이다.

나의 몫이 형보다 한 알이라도 적으면 어머니가 그만큼 나를 덜 사랑하시는 거라고 생각했다. 또 한 알이라도 많으면, 자랑하지 않고서는 못 배긴다. 숫자는 작은 차이와 함께 비교 의식이라는 것과 그리고 또 축적蓄積이라는 것을 동시적으로 가르쳐준다. 숫자는 많은 비극의 씨앗을 잉태하고 있다. 숫자는 분쟁을 낳는다.[58]

별사탕의 셈이 끝나면 서로 비교를 하고 비교가 끝나면 약탈의 싸움이 벌어지게 된다.

---

57) 인간은 양이 아니라 질의 세계까지도 숫자로 나타내려 한다. 이젠 인간의 지능까지도 'IQ'라는 숫자로 측정해내고 있다. 통계나 퍼센티지로 저울질하는 인간의 마음은 고깃간의 그 쇠고기처럼 저울대 위에 오르고 있는 것이다.

58) 분쟁은 어린애들이 타고 노는 시소와 같아서 균형을 잃었을 때에만 활발해지는 게임이다.

"형은 몇 개?"

"난 서른넷."

"난 서른하나. 형이 세 개나 많이 가졌으니까 두 개만 내놔."

"엄마가 내게 준 거야. 한 알이라도 손대면 일러준다."

이러다가 주먹이 오간다. 어머니는 그 때문에 늘 마음이 편치 않으셨던가 보다. 그 뒤부터는 작은 별사탕을 하나하나 세어서 똑같은 수로 쪼개주셨다.

"2, 4, 6, 8……."

두 알씩 우수로 세시는 것이 신기했다.

그러나 숫자는 평화를 조정할 수 있을까?[59] 세상에 꼭 같은 수라는 것이 존재할 수 있는 것일까. 수는 또 하나의 수에 의해서 그 균형이 깨어진다. 로마 군대의 백 명은 갈리아 군대의 백 명과 같지 않다. 튤립 열 송이와 장미 열 송이는 벌써 다른 것이다.

서른 개의 별사탕은 분명히 동수였지만 이번에는 그 색채가 문제가 된다. 별사탕에는 대체로 흰 것이 제일 많았고, 그다음이 노랑 그리고 무슨 이유에서였는지 붉은 것이 제일 적었다. 그래서 이번에는 누가 붉은 색깔의 별사탕을 더 많이 가졌느냐로 시비가 벌어진다.

---

[59] 3과 같이 쪼개지지 않는 기수가 존재하는 한 너와 나 사이엔 언제나 평화라는 것이 없을 것이다. 3은 평화의 무덤이다.

"난 빨간 별이 다섯 개나 있다."

"그래? 난 두 개밖에 없는데. 내 흰 것과 바꿔야 돼. 자, 빨리 바꿔줘."

이러다가 어느새 형제는 또 멱살을 잡는다.

어머니는 그 비밀을 모르신다. 숫자만 같으면 싸움이 없을 줄로만 아셨는가 보다. 그런데도 다시 싸움판을 벌이는 것을 보시자 매우 화를 내신 것 같다. 어머니는 그때 처음으로 회초리를 드셨다.

"또 싸움이구나. 똑같이 나누어주었는데 왜 그렇게 셈을 따지는 거냐? 형제끼리는 남들처럼 야박스럽게 따져서는 안 되는 거다. 무엇이든 따지려 들면 끝이 없는 법이다. 너희들의 그 셈하는 버릇을 아무래도 뿌리 뽑아야겠구나."

어머니는 근심하고 계셨던 것 같다.

'저것들이 커서도 저렇게 하나니 둘이니 하고 따지다가는 유산 분배로 형제끼리 소송을 벌이는 비극을 저지를지도 모른다.'

어머니는 그렇게 생각하셨을 거다. 저렇게 숫자를 가지고 따지는 형제가 한 몸처럼 화평하게 살 수 있을 것인가.

우리는 모진 매를 맞다가 식모가 말리는 틈을 타서 도망쳐 나왔다. 밖은 깜깜한 어둠이었다. 형과 나는 무작정 행길로 뛰었다. 불빛이 새어나오는 쓸쓸한 골목길을 지나 무턱대고 마을을 빠져나갔다. 숨이 차서 주저앉은 곳은 논바닥을 굽어볼 수 있는 개울

둑이었다. 작은 방죽과 미나리꽝이 있는 동리 밖에까지 우리는 와 있었다.

　부서웠다. 인적이 끊긴 밤길, 길에서 서성대야만 한다. 영영 집으로 다시 돌아갈 수 없다는 생각이 들었다. 조금 전까지만 해도 멱살을 잡고 싸우던 우리들은 어느새 서로 몸을 맞붙이고 쪼그리고 앉았다.[60]

　여름밤은 가벼운 안개에 덮여 있었다. 캄캄한 어둠 속에는 논판의 물이 불투명한 진줏빛으로 번득인다. 한낮에 받아들였던 일광을 뱉고 있는 것처럼 안개와 어둠에 가려 구획이 확실치는 않았지만, 성채산의 검은 산봉우리가 둥실 떠서 검은 하늘에 한층 더 짙은 그림자를 던져주고 있었다.

　정적, 어둠, 깊숙한 침몰……. 기억 속의 그 밤은 거리도 한계도 없는 공간이다. 어둠은 거리를 없앤다. 밤새도록 걸어도 밤길은 늘 제자리인 것 같은 생각이 들게 한다. 어디를 봐도 무엇인가를 매듭짓게 하는 한계선이 없다. 하나하나의 나무들이 우거진 숲이지만 밤에 보면 모두가 한 덩어리로 보인다. 윤곽조차도 확실치가 않은 것이다. 밤은 양量을 소멸시킨다. 숫자를 없애는 것이다. 밤은 숫자의 무덤 그리고 분할分割의 종착점이다. 거리도,

---

[60]　밀림에 살육이 없는 순간은 산불이 일어날 때뿐이라고들 한다. 산불을 피해 도망갈 때는 늑대도 사슴도 한 식구가 된다.

계산도, 한계도, 너무나 분명하고 너무나 생동생동한 그것들이 잠들어버리는 순간…… 어둠 속에서 우리가 필요로 하는 것은 시체와 같은 숫자의 법칙이 아니라 영혼이다. 하나로 타오르는 영혼들…….[61]

"개구리가 운다, 그치?"

형이 어둠 속을 들여다보면서 나직이 속삭였다.

정말 개구리들이 울고 있었다. 보드라운 안개, 그 깊숙한 어둠의 밑바닥에서 개구리들은 정말 울고 있었다.

"그래, 형. 참 개구리가 많이 울지."

나는 아직도 울고 난 뒤끝이라 그렇게 말하고는 흑흑 하고 흐느꼈지만 그러나 이미 우리는 울고 있지 않았다. 또 개구리가 많이 운다고는 했어도 개구리의 울음소리를 숫자로 세려고는 하지 않았다. 어떻게 들으면 한 놈이 우는 것 같기도 하고 또 어떻게 들으면 수천, 수만 마리가 우는 것 같은 개구리 소리. 사실 그것을 누가 셀 수 있겠는가.

그것은 어둠이 찰람거리는 소리다. 하늘과 땅이 맞닿는 소리다.

안개가 움직이는 소리이며, 시간이 흘러가는 소리이며, 구름장 틈으로 별안간 왈칵 쏟아져나오는 별빛의 소리다.

---

61) 밤은 영혼들의 시간이라고 도데는 말했다. 온갖 정물들이 속삭이는 소리가 들려온다고.

내 기억 속에는 적어도 그 개구리 소리와 그 안개와 그 별빛과 바람과 부드러운 어둠을 서로 떼어낼 수가 없다.[62]

형과 나는 한 몸이 되어 있었다. 두려움을 그리고 그 개구리 소리를 함께 듣고 있었다. 나뭇가지를 잠시 빌려 잠들고 있는 참새처럼 들판의 어둑한 둑 밑에서 우리는 서로 몸을 의지하고 있었다. 말은 하지 않았지만 우리는 서로 용서하고 있었으며 깊이 이해하고 있었다.

빨간 별사탕이 다섯 개든 두 개든, 아니 하나도 없든 간에 벌써 그러한 숫자는 우리의 마음을 괴롭게 하지는 않았다.

나는 그때 어렴풋이 숫자의 비극 같은 것을 느끼고 있었다.

'다시는, 다시는 숫자를 세지 않으리라. 아무것도 다시는 세지 않으리라.'

그러한 생각을 했다. 어머니의 매가 무서웠기 때문만은 아니다. 무서움 속에서 그 개구리 소리에 젖어 있는 밤 풍경을 보면서 그렇게 생각했던 것 같다. 얽혀 있는 것들…… 개구리 소리와 안개와 어두운 논판의 불빛 같은 것……. 그렇게 서로 어렴풋이 얽혀 있는 것들은 수를 거부하고 있다. 분간할 수 없는 것의 희열, 두려움에 의해서 뭉쳐진 결합, 거기에는 수로 표시되는 거리와 계산이란 것이 없다.

---

[62] '조화의 세계'에서는 전자계산기만큼 쓸모없고 비능률적인 기계도 없을 것이다.

하나의 나뭇잎이 흔들릴 때 **87**

무섭고 쓸쓸했지만 그것은 얼마나 놀라운 밤이었던가.[63] 서로 움켜잡은 두 손에서 내 손과 형 손을 식별하기조차 어려운 그러한 밤이었다. 따스한 것만이, 어렴풋한 것만이 우리를 지배하고 있었다.

어떻게 해서 집으로 돌아갔는지, 지금 그 뒤의 기억은 없다. 분명한 것은 그날 이후에 나는 수를 세는 버릇을 끊어버리고 말았다는 사실이다. 그 때문인지는 몰라도 여러 과목 가운데서 산수 점수는 늘 시원치 않았다. 산수책 표지의 그 쑥빛 색깔만 보아도 가슴이 불안했다. 이따금 월급봉투를 받아들고 돈을 세다가, 우연히 아내의 가계부를 들여다보다가, 거리의 간판과 전화번호부와 경찰의 흉장과 저울, 차량, 달력, 찢어진 복권, 타이프라이터 그런 것들 위에 찍힌 숫자를 보다가, 지금도 나는 갑작스레 그날 밤의 개구리 소리를 듣는다. 그리고 확실치도 않는 신에게 무작정 기도를 드린다.

'주여, 시간을 숫자로 환산하는 자들을 불쌍히 여기소서. 지금이 몇 시냐고 묻는 자들을 용서해주소서. 몇 살이냐고 나이를 묻는 자와 주소의 번지수를 따지는 자와 월급 액수로 생활을 재는 자 그리고 주여, 노동과 사랑과 웃음을 숫자로 환산하는 자들을 구제해주소서. 내가 군인이나 수인처럼 지금 이름이 아니라 번호

---

63) 무섭고 쓸쓸한 벌판으로 가라. 그대는 그때 사랑을 원할 것이다.

로 불리고 있는 그 많은 사람들 가운데 하나라는 것을 주여, 어여
삐 여기소서. 누구보다도 한 살을, 하루를, 한 시간을 더 많이 살
았다고 기뻐하거나, 누구보다 천 원을, 백 원을, 십 원을 더 벌었
다고 자랑하는 일이 없도록 주여 나에게 용기를 주소서.'[64]

병풍의 나비가 두 마리였거나 혹은 세 마리였거나, 향낭의 꽃
술이 열 개였거나 스무 개였거나 그리고 반자의 꽃무늬를 다 세
었거나 못 세었거나, 그것들은 그런 숫자와는 관계없이 분명히
거기 그렇게 존재해 있을 것이다.

그날 밤 몇 마리의 개구리가 울었든지 그것은 상관할 바가 아
니다. 중요한 것은 개구리 소리에서 들었던 쪼갤 수 없는 화해和解
의 언어였다.

64) GNP라는 것 때문에 우리는 한층 더 가난한 것이다. 그 숫자 때문에 국가와 국가간에
계급이란 게 분명해졌다.

싸움의 의미

싸움은 흉터와 기억만을 남긴다. 시간이 조금만 흘러도 애초의 그 승부 같은 것은 거의 의미를 상실하고 만다. 애들은 싸워야 키가 큰다고 한다. 그러나 사실 성장成長만이 아니라 인간은 싸워가면서 파멸해간다. 누구나 싸움 속에서 커지고 싸움 속에서 멸망해간다고 하는 편이 정확할 것이다. 마치 오만한 수탉의 볏[冠]처럼 싸움에 찢겨 피에 젖어 있는 순간에만 생명은 아름답다.[65]

표범은 깨어 있어야 할 것이다. 사지를 뻗고 활시위처럼 긴장해 있어야 할 것이다. 얼룩말이나 기린의 잔등이를 뛰어오르는 그 짐승의 도약은 얼마나 아름다운가. 그 동작과 탄력에는 한 치의 빈틈도 낭비도 없다. 참으로 순수하고 황홀한 생명력의 결정結晶이다.

[65] 토인들의 춤은 전장 속에서 생겨난 것이다. 피를 치르지 않는 미라고 하는 것은 드물다. 미의 가장 큰 대가는 죽음이다.

그러나 웅숭그리고 앉아서 먹이를 뜯어먹고 있는, 혹은 나무 그늘에서 포식한 배를 깔고 낮잠을 자는 그런 표범은 생각지 말아야 할 것이다. 이미 거기에는 탐욕과 수면의 부패밖에는 없다.

엿가락처럼 녹아버린 근육, 고깃덩어리가 낀 누런 이빨, 흙과 기름투성이의 모피, 그것은 추악하고 부끄럽고 슬프고 또 죄악의 덩어리처럼 보인다. 어째서 평화로울 때가 도리어 추악해 보이는가?[66] 그것이 싸움 속에서 파멸하게끔 운명지어진 표범의 비극인지도 모른다. 먹이를 쫓고 있는 순간만이 아름다운 표범.

어떤 종류의 싸움이든 전쟁이나 놀음이나 씨름이나 말다툼이나, 싸움 그 자체는 슬픈 것도 괴로운 것도 아니다. 항상 싸움의 대가가, 그 결과에 대한 기대가 우리를 비참하게 만든다. '전후戰後'란 말의 뉘앙스가 어째서 그처럼 절망적으로, 전쟁이란 말보다도 절망적으로 들리는가를 우리는 알고 있다. 탄생誕生이 있고 싸움이 있는 것이 아니라 싸움이 있고 탄생이 있는 것 같다. 탄생하기 위해서 싸운다.

나의 싸움은 흙비[土雨]가 내리던 날의 어느 봄으로부터 시작된다.[67] 며칠째 흙비가 내리고 있었다. 하늘도 산도 황톳빛으로 젖

---

66) 향연의 식탁에 앉아 포도 씨를 뱉고 있는 시저는 전장에서 승리를 빼앗긴 시저보다도 더 초라해 보였을 일이다.

67) 누가 아이들의 얼굴에서 천국을 보았다고 했는가? 아이들은 우리가 아는 것보다 훨

어있다. 늘 보던 마을의 풍경들이 유달리 멀리 보인다. 우뚝 솟은 소방대의 종탑과 도살장의 목책들이 어렴풋하게 허공에 떠 있었다.

온천장으로 가는 언덕길은 마치 하늘로 향해 뻗쳐 올라간 것 같다. 그 위로는 흙바람이 불고 있었다. 하늘과 땅의 경계선이 맞붙어 있는 혼돈 속에서 훈훈하고 축축한 난풍暖風이 불고 있었다고 기억된다. 강 쪽에 서 있는 포플러도, 내 호흡도 흑흑 느끼고 있었으니까. 한마디로 그때의 기분을 말할 수는 없지만 확실히 '흙비'는 앓고 났을 때 같은 이상한 쾌감을 주었다. 답답하면서도 신기한 것 같고, 두려우면서도 즐거운 그것은 불안한 환희였다. 오랫동안 병상에서 앓다가 처음 밖으로 나왔을 때의 그 묘한 기분처럼 뻐근하도록 몽환적夢幻的인 즐거움이었다.

"무슨 일이 일어나려고 한다. 신에게 응석을 부려야겠다."

"나는 살아 있다. 무슨 비감한 일이 벌어지려고 한다."

성장한 후에도 가끔 흙비가 내리는 날이면 일기장에다 그렇게 적었다. 보통 때와 마찬가지로 아무 일도 일어나지는 않았지만, 그 불안한 환희를 기록해두지 않고서는 견딜 수가 없었다.

대체로 나는 집에 갇혀 지내는 편이 많았다. 그렇게 혼자서 놀

씬 전투적이다. 애들이 가지고 노는 장난감을 보라. 평화로운 것보다는 군사 무기적인 총과 칼을 주어야 그들이 신나게 노는 법이다.

러 나가는 일은 드문 일이었다. 계집애들처럼 인형이 아니면 일하러 온 행랑 아줌마들과 어울려 놀았다. 그러기에 흙비가 오던 날 나는 불안한 바깥세상으로 나가보려고 했던 것 같다.

"바깥 아이들하고 놀면 안 돼요. 그 애들하고 놀면 상스러워지고 나쁜 짓을 배우게 되거든……. 형이 학교에서 돌아올 때까지 그림책을 보고 놀아요."

어쩌다가 마을 아이들과 놀면 기겁을 해서 식모는 나를 안고 집 안으로 들어갔다. 그렇지 않을 때는 그들의 부모가 와서 나와 놀고 있는 그 애들을 데리고 갈 때도 있었다.

"용인댁 애기와 놀다가 싸움이라도 하면 어쩌려고."

그들은 이미 싸움에 지쳐버린 가난한 농부들이었다.[68] 지주들로부터 미움을 사지 않도록 노력하는 것이 유일한 생존 수단이었다.

진흙 바닥에서 뒹굴며 놀고 있는 애들을 나는 혼자서 멀리 떨어져 뒷짐을 지고 바라보았다. 나에게 있어 그 애들은 그림책의 그림과 같은 것이었다. 아, 인형처럼 나는 유리 상자 속에 있다. 유리 너머에서 그들은 숨을 쉬고 있는데 나는 먼지가 내리지 않는 투명한 유리 상자 안에서 살고 있다. 그것을 깨치고 나는 밖으로 나가야 할 것이다.

---

[68] 농부는 평화를 사랑하는 것이 아니라 싸움에 지쳐 있기 때문에 평화롭게 보일 따름이다.

맞부딪칠 것을 원한다.[69] 나는 그것을 원하고 있다. 흙과 살이 만나는 부딪침이 있어야겠다. 그러기에 그날 나는 강둑으로 갔던 것이다. 포플러가 홍수처럼 흙바람 속에서 울고 있었다. 그리고 나는 최초로 사람과 부딪쳐본 것이다. 육체와 육체가 서로 얽혀서 뒹구는 싸움이었다. 나와 같은 또래의 한 아이가 강둑에서 내려오고 있었다. 한 손에는 무언가 꼭 움켜쥐고 이따금 손을 펼치고 그것을 조심스럽게 들여다보고는 다시 걷는다. 이렇게 손을 쥐었다 폈다 하는 동작을 되풀이하면서 그 애가 내 앞에 다가올 때까지 나는 정신없이 그 애만을 노려보고 있었다.

무엇이 일어나려고 하는 것이다. 그 애는 얼굴이 마주치자 흠칫 손을 움켜쥐고 뒤로 감추었다. 흙투성이의 얼굴이었다. 머리카락에도 모래가 묻어 있었던 것 같다.

그 애는 재빨리 곁으로 빠져서 달아나려고 했던 것이다.

순간 나는 손을 벌리고 길을 막았다. 가슴이 쩌릿했다. 불안한 희열. 그것은 한 생명과 부딪치고 싶은 무의식의 욕망이었는지 모른다. 열병을 앓듯 떨려오는 즐거움 속에서 나는 소리쳤다.

"이건 내 길이야. 그냥 갈 순 없어."

그 애는 열없게 웃고 있었지만 두려움에 찬 얼굴로 멍하니 나

---

[69] 부딪침······. 원시인들은 이 부딪침의 원리 속에서 불이라는 것을 발견했다. 그리고 오늘날의 인간들도 그 원리 속에서 생의 불꽃을 얻는다.

를 쳐다보았다. 그러나 여전히 손에 움켜쥔 것은 뒤에 숨기고 있었다. 감출수록 나는 그것이 보고 싶어졌다.

"손에 가진 것을 보여줘. 그럼 내 길을 비켜줄게."

손을 더 크게 벌리면서 나는 그 애에게 한 발자국 다가섰다. 서로 떠밀고 있는 체중을 느낄 수가 있었다. 작지만 그것은 하나의 힘이었다.[70]

"아무것도 아냐."

"아무것도 아닌데 왜 안 보여주려고 하니."

"차돌멩이야. 어두운 데에 가서 불을 켜보려고 하는 건데."

"잠깐만 보재두."

그 애는 하는 수 없이 손을 펴 보인다. 하얀 차돌이었다.

"이리 내놔!"

그 차돌을 뺏어야 한다. 움켜진 그 애의 손바닥에서 그것을 뺏어내야겠다. 나는 그 애의 손목을 잡았다. 머뭇거렸지만 그 애도 결심을 했던 것 같다. 서로 노려보았다. 그 애의 얼굴은 아주 딴 사람처럼 보였다. 그러한 경험은 그 뒤에도 여러 번 겪었다. 싸우려고 덤빌 때는 상대방의 얼굴이 언제나 딴사람처럼 보이는 것이다. 아주 낯설게.

---

[70] 힘, 생명의 증거력…… 역도 선수가 무거운 바벨을 추켜세울 때 느끼는 것은 무엇인가? 그것은 쇠의 무게가 아니라 생명력의 무게일 것이다.

벌판이다. 아무도 없는 벌판이다. 우리의 싸움을 말릴 어떤 힘도 거기에는 존재하지 않는다. 흙비가 오고 있었고 바람이 불고 있었다. 그 속에 우리들 둘밖에 없다. 나는 처음으로 부딪친다는 것을 체험했다. 두 육체는 강둑에서 구른다. 마른 잔디 속에는 아직도 축축한 물기가 남아 있었던가. 옷엔 진흙이 묻었다. 그러나 나는 옷을 버렸다고 책망하는 엄마의 얼굴 같은 것은 생각지 않았다.

인형이나 집이나 그런 것은 생각하고 있지 않았다. 생명의 가장 연한 부분, 후회라든가 부끄러움이라든가 하는 부분에서 빠져나가기 위해서 몸부림치는 힘만이 필요했던 것이다. 소유所有란 언제나 불리한 법이다.[71] 그 애는 한 손을 거의 쓰지 못했다. 움켜쥔 걸 빼앗기지 않으려고 한 손을 돌리고 있었다.

소유한 자는 언제나 공격이 아니라 방어 쪽에 선다. 진정한 의미에서 그것은 싸움이 아니다. 옷이 찢겼다. 입술이 터지고 힘이 빠져서 나는 지치고 말았다. 처음으로 나는 온몸으로 지쳐 쓰러질 때까지 해야 할 일이 세상에 있다는 것을 알았다.

그 애가 자꾸 풍선처럼 부풀어서 커지는 것만 같다. 그런데 갑자기 그 애는 울음을 터뜨리고 말았다. 코에서 피가 흐르기 시작한 것이다. 피…… 피를 보고 그 애는 우는 것이었다. 눈도, 코도,

71) 소유한다는 것, 그것은 자기를 구속하는 일이다. 가장 자유로운 자는 아무것도 소유하고 있지 않는 자다.

입도, 인체의 어떠한 것도 피보다 더 직접적인 것은 없다. 그것은 생명이다. 피를 볼 때의 그 공포감이나 흥분이야말로 생명을 느끼는 감정과 일치한다. 피는 생명의 증거, 싸움의 결론이다.

시골 아이들의 싸움은 언제나 '코피'를 흘리는 것으로 승부가 났다. 그 애는 피를 보자 손에 쥐었던 돌을 비로소 내던지고 달아났다. 한동안 나는 멍하니 서서 거친 숨만 내쉬었다. 멀어져가는 그 아이의 울음소리가 바람결을 타고 완전히 사라지자 나는 내 신발이 벗겨져 있고 내 입술에서도 피가 흐르고 있다는 것을 알았다. 쓰라리다.

그러나 나는 그 애의 차돌을 빼앗고 만 것이다. 옷이 흙투성이가 되고 얼굴이 터지도록 싸운 끝에 간신히 얻은 차돌멩이.[72] 나는 신발이나 단추를 찾기도 전에 먼저 그 애가 버리고 간 차돌멩이를 뛰어가 집었다. 그리고 그것을 그 애처럼 꼭 움켜쥐고 또 이따금 펴보면서 자랑스럽게 집으로 돌아왔다.

우물가에서 마을 아줌마들은 빨래를 하고 있었다. 나는 누구에게든 그 차돌을 자랑하고 싶었다.

"아줌마, 이것 좀 봐요."

눈물까지 글썽거리면서 나는 손을 내밀었다. 그러나 아줌마들

---

[72] 옛날엔 전리품으로 적장의 부인을 약탈하는 습속이 있었다. 전리품이란 이유 하나 때문에 추모의 여인이라도 미인처럼 보였을 일이다.

은 "차돌멩이"라고만 말했을 뿐 누구도 눈여겨보지 않았다. 그네들은 내가 어떻게 싸웠는지 모른다. 어떻게 해서 그것을 얻었는지를 모른다. 형에게도 어머니에게도 그 차돌멩이를 보여주었지만 아무도 신기해하거나 칭찬을 해주지는 않았다. 사실 그것은 돌과 조금도 다를 게 없는 평범한 그리고 흔해빠진 하나의 차돌멩이에 지나지 않았던 것이다.

비로소 나는 그런 돌멩이면 아무 데서도 주울 수 있다는 것을 알았다. 아무 데 가도 그런 돌은 있는 것이다. 허리만 잠깐 구부리는 것으로 된다. 그런데 무엇 때문에 우리는 그런 차돌을 가지고 기를 쓰며 싸웠는지 모른다. 왜 그 애는 코피를 흘리면서까지 그 돌멩이를 놓지 않으려고 했는가.[73]

어두운 방구석에 가서 차돌을 부딪치면 파란 불꽃이 튀었다. 그 애도 그런 장난을 하려고 그 돌을 주웠을 것이다. 하지만 어느 차돌이고 치면 불이 난다. 굳이 그것을 빼앗기지 않으려고 움켜쥔 그 마음은 무엇일까. 그리고 또 그것을 뺏으려고 덤벼든 나의 소행은 무엇이었을까.

나는 그렇게 애써 빼앗은 차돌을 슬며시 뜰 위에 내던지고 말았다. 다른 돌과 분간할 수조차 없다. 그 돌이 다른 것과 달랐던

---

73) 싸우기 위해서 싸울 때가 많다. 달걀이 먼저냐, 닭이 먼저냐와 같은 공허한 논제를 놓고도 인간은 수천 년을 싸웠던 것이다.

것은 아마 그것을 **빼앗기지** 않으려고 꼭 움켜잡았던 그 애의 땀과 그 따스한 손의 체온이 묻어 있었다는 점뿐일 것이다.

내가 그 돌을 주워들었을 때 과연 그 애의 땀과 체온을 느꼈었는지 지금 내 기억은 확실치 않다. 그러나 분명히 말할 수 있는 것은 그 싸움에서 내가 원했던 것은 '차돌'이 아니었다는 사실이다. 그때는 몰랐지만 날이 갈수록 그것은 분명해져갔다.[74]

어디엔가 지금도 그 차돌은 뒹굴고 있을 것이다. 평범한 다른 돌과 마찬가지로 강변이나 풀숲이나 축축한 어느 길가에서 그 차돌은 뒹굴고 있을 것이다.

그것은 하잘것없는 돌멩이를 지키다가 코피가 터져 울던 그 아이의 울음소리, 지금도 흙비가 내리는 어느 침침한 하늘 한구석에서 울려오고 있는 그 소리다.

싸움은 끝나지 않았다. 싸움은 다만 흉터와 기억을 남기고 간다. 평범한 것을, 아무도 눈여겨보지 않는 것을. 사랑하기 위해 사람은 또 싸워야지. 그래서 우리는 살고 있는 것이다.

종탑鐘塔과 목책, 홍수처럼 울던 포플러나무의 앙상한 가지들, 번득이며 흘러가던 냇물, 흙비가 내리던 날의 그 차돌은 어디엔가로 던져진 것이다.

---

[74] 하늘을 나는 새를 보라고 했다. 그러나 그 새는 정말 평화로운가? 새들은 바람과 독수리의 공포 속에서 필사의 날갯짓을 한다.

꽃의 빛깔은 향기로워도

"이로하니호에도 지리누루오……."

아이들은 모두 귀를 틀어막고 제각기 입속말로 그렇게 외고 있었다.[75] 꿀벌이 웅웅거리고 있는 벌집처럼 교실 속의 공기는 가볍게 진동하고 있었다. 운동장으로 면한 창문에서는 초여름의 미풍과 느긋한 햇살이 흘러들어왔다. 어둑한 교실의 정면 네모진 회색 벽 위에도 무엇인가 수면에 어리는 반사광선 같은 것이 얼비치고 있었다.

남들은 모두 "이로하니……"를 외치고 있는데, 나는 낡은 교탁 위, 사이다 병에 꽂힌 채로 누렇게 시들어가는 철쭉꽃만을 멍하니 쳐다보고 있었다.

담임 선생은 조는 듯이 앉아 있다가 이따금 교편敎鞭으로 교탁

---

75) 암기한다는 것은 어떤 사상에 항복한다는 뜻이다. 어떤 아름다운 시도 암기하고 있는 순간만은 축문과 다를 게 없다.

을 두드리면서 교실 안을 훑어보셨다.

"열심히들 외워요. 외우지 못하는 사람은 집에 돌려보내지 않을 테니까."

선생님은 '이로하니'를 먼저 외운 사람부터 집에 돌려보내주기로 한 것이다.

외우는 일이라면 언제나 나는 자신이 있었다. 그날도 나는 제일 처음에 손을 들 수 있을 것이라고 생각했다.

"선생님, 다 외웠어요."

손을 번쩍 들고 이렇게 말하면 선생님은 믿어지지 않는다는 듯이 고개를 내저으며 말할 것이다.

"아니 벌써 정말 다 외웠어? 자, 여러분 조용히 하고 한번 들어봐요."

나는 눈을 감고 단숨에 그것을 줄줄 외워버릴 것이다. 마치 알리바바가 도둑놈의 바위 굴 앞에서 "열려라! 참깨"라고 주문을 외듯이. 그러면 돌문이 활짝 열리듯 굳게 닫힌 교실 문을 열 수 있을 것이다. 일부러 큰 소리를 내어 그것을 열어야겠다. 아이들은 모두 부러운 눈초리로 나를 쳐다볼 것이다. 란도셀을 메고 뒤도 돌아보지 않은 채 복도로 걸어나오자. 자랑스럽게 천천히 걸어나오자. 집에 가서 나는 또 그것을 자랑해야만 된다.

그러나 웬일인지 "이로하니……"를 외려고 할 때 갑작스레 이상스러운 생각이 들었다. 그것은 '아이우에오(일본어의 알파벳)'나 구구법과는 아주 다른 것이었다. 확실히는 알 수 없었지만 거기에는 분명히 무엇인가 의미가 있다는 것을 발견했다.[76] 대체 그것은 무슨 뜻일까? 이로(색)…… 다레조(누구인가)…… 오쿠야마(깊은 산속)…… 쿄오(오늘)…… 유메(꿈)…… 이런 단어들의 뜻이 부분적으로 희미하게 떠올랐기 때문이었다.

대체 그것은 무슨 뜻일까? 나는 그 궁금증을 참지 못하고 선생님에게 물어보았다.

"선생님! 선생님! 이로하니는 무엇을 말한 건가요, 그것은 무슨 뜻이지요?"

이상스럽게도 선생님은 좀 거북해하는 눈치였다.

"너는 늘 어려운 질문만 하는구나. 그냥 외우면 돼. 아이우에오처럼 그냥 외기만 하면 되는 거야. 뜻은 몰라도 좋아."

"그러면 뜻이 있긴 있는 것이군요. 이로하니의 이로는 크레용 같은 색깔이란 뜻이군요!"

선생님은 잠시 동안 말이 없었다. 무엇을 한참 생각하시다가 하는 수 없다는 듯이 설명을 하는 것이었다.

"너희들에겐 이야기해도 모를 것이지만, 대개 이러한 뜻이다. 이로하니호헤도 지리누루오는, 꽃은 향기로워도 곧 시들고 만다

---

76) 사물의 뜻은 당신의 걸음걸이를 멈추게 할 것이다. 꽃의 의미를 아는 사람이 꽃의 곁을 그냥 스쳐 지나갈 수 없는 것처럼.

는 것이다.[77] 말하자면 그래, 이 꽃처럼 말이다.”

선생님은 교탁 위의 철쭉꽃을 가리켰다. 어째서 당번은 시든 꽃을 그냥 저렇게 내버려두었을까. 칙칙한 꽃은 가시에 부스럼처럼 눌러붙어 있었다.

“며칠 전만 해도 이 꽃은 참 아름다웠었지. 그러나 지금은 벌써 시들어버린 거야. 이 세상일도 모두가 그렇다는 것이다. 어제의 그 빛나던 꽃들을 우리는 어디서 다시 찾을 수 있겠니.[78] ‘와가요다레조츠네나라무’, 이 세상에 누구인들 변하지 않고 오래오래 살 수 있겠는가라는 말이다. 역시 사람은 봉오리처럼 나서 피어가다 결국엔 다 죽어버리고 만다는 것이다. 선생님도 너희들처럼 소학교에 다니지 않았겠니. 보려무나, 너희들은 지금 이 교실에 앉아 있지만 내년만 되어도 이 교실을 떠나 다른 교실로 옮겨가야 하는 거야. 책상도 선생님도 달라지지. 그것처럼 모두들 떠나가는 거다. 잠시도 한곳에 오래 머물러 있지 못하는 거야. 사람뿐이겠니, 너희들이 앉아 있는 책상도 처음엔 아주 새것이었겠지, 그런데 지금은 어떠냐. 칼자국이 나고 색깔도 바래고 못이 빠

---

77) 꽃이 시들어버리면 그냥 내버리는 사람이 많다. 그러나 우주를 사색하는 사람은 꽃이 시들 때 비로소 꽃의 아름다움을 본다.

78) 우리는 두 번 다시 똑같은 강물 속에 서 있을 수 없다. 물이 흘러가고 있기 때문이다. 시간도 그런 것이다. 우리는 같은 현실 속에 머물러 있을 수 없다.

져서 삐걱거리는 거란다."

선생님은 쓸쓸하게 웃고 있었다. 그리고 주름진 얼굴을 손등으로 문질러보셨다.

"우이노오쿠야마 쿄오코에테 아사키유메미찌 요이모세즈, 그렇지, 이 마지막 말은 꼭 세상일은 꿈속 같다는 것이다. 꿈속에서 본 것들은 어디로 갔는지 깨고 나면 흔적도 찾아볼 수 없는 거야. 눈앞에 있는 이 모든 것들이 말이다. 구름이나 집이나 옷이나 나무나 그런 것들은 꿈속에서 잠깐 만나는 것들이구, 아버지도 어머니도 떠나고 말아. 꿈을 꾸고 나듯이 없었던 것이나 마찬가지다. 냄새 맡을 수 있고 만질 수 있는 이 분명한 것이 실은 꿈이고, 그나마 즐겁지도 않다는 거야. 그 꿈에 취할 수도 없다는 거야. 험한 산길을 혼자 넘는 것처럼 괴롭고 피곤하다는 거다. 너희들도 산을 넘어본 일이 있지. 그것처럼 산은 넘고 또 넘어도 끝없이 나타나거든. 우이노오쿠야마(깊으나 깊은 산꼴)를 오늘 넘었다는 것이다. 지금 넘고 있는 것이다. 우리는 깊은 산을 넘고 있는 거야. 너희들도 모르는 사이에 그 산을 넘어가고 있는 중이다."79)

놀란 듯이 선생님은 말을 멈추었다.

"너무 어려워서 너희들은 오히려 그 뜻을 모르는 것이 좋겠다.

---

79) 인생의 골짜기는 혼자 넘을 수밖에 없다는 데에 그 고독이 있다. 그러기에 어떤 알피니스트의 등산보다도 그것은 어렵고 또 외롭다.

또 이것은 뜻을 알려고 배우는 것이 아니야. 1학년 때 배운 아이우에오처럼 그냥 외워서 표적으로 쓰려고 하는 거다. 첫째, 둘째, 셋째, 하는 것 대신 이……로……하……니로 나타낼 때가 많으니까 그냥 말 순서만 외우면 되는 거야."

선생님의 설명은 끝났지만 내 마음은 몹시 두근대고 있었다. 교탁 위의 철쭉꽃을 보면서 나는 "누구나 죽고 만다"는 선생님의 말을 생각하고 있었다.

'이로하니'를 욀 마음이 나지 않았다.

"꽃은 향기로워도 시들고 마는 것……."

선생님의 말을 듣기 전에도 나는 꽃이 시들고 만다는 것쯤은 알고 있었다. 화분에서, 숲 속에서, 뜰 위에서 시드는 꽃들을 많이 보았다. 그러나 꽃이 시든다는 것을 근심해본 일은 그때까지 없었다.[80] 정말 꽃은 떨어지고 말지, 사람도. 나는 교탁 위의 철쭉꽃을 멍하니 쳐다보고 있었지만, 어머니 생각을 하고 있었다.

"그러면 어머니도 우리 곁을 떠나게 되겠구나. 아니 아니, 나도 어른이 되고 늙고 그러다가 죽게 되는 거야. 그러면 이 교실도 다 없어지고 마는 것일까. 아무것도 남아 있지 않는 것일까?"

갑갑하고 무서운 생각이 들었다. 벽에 걸려 있는 '노기 다이쇼

---

[80] 심각한 사상도 일단 부호처럼 사용되게 되면 허리띠가 된 악어처럼 그 힘을 상실하고 만다.

(노일 전쟁 때 공훈을 세운 일본의 대장)'의 사진이 나를 노려보고 있는 것 같았다. 노기 다이쇼도, 그런 유명한 대장도 죽고 만 것이다. 모든 것이 이상스럽게 느껴졌다. 처음으로 경험하는 불안과 공포였다.

아무리 '이로하니'를 외려고 노력했지만, 이제는 무엇이든 머릿속에 들어오질 않았다. 아! 어머니가 돌아가시면……. 숨이 막혀왔다. 빨리 이 교실을 빠져나가야겠다고 생각했다. 그렇게 하려면 '이로하니'를 외워야 한다. 그러나 그것을 외우려고 하면 "누구나 이 세상에서 죽게 된다"는 선생님의 말씀이 되살아나곤 하는 것이다.

이로하니호헤도(꽃은 향기로워도)

지리누루오(시들고 마는 것을)

와가요다레조(이 세상 누구인들)

츠네나라무(한결같으랴)

손을 드는 아이들이 하나둘 늘어가고 있었다. 첫째를 빼앗기고 말았다. 모두들 외우고 나서는 책보를 싸가지고 집으로 돌아가고 있었다. 그럴 때마다 교실 문소리가 요란스럽게 들려왔고 나는 그 소리를 들을 때마다 초조해졌다. 그 때문에 나는 한 줄도 욀 수가 없었다. 분하고 약이 오르기까지 했다. 눈앞의 글자들이 보이지 않는다. 내가 어디에 앉아서 무엇을 하고 있는지조차 느낄 수가 없었다. 가슴이 뛰고 골치가 아프기 시작했다.

교실은 자꾸 비어갔다. 모두들 자리를 떠나고 집으로 가고 있는 것이다. 그것은 무서운 일이었다. 혼자 남게 된다는 것.[81] 하나, 둘, 곁에 있는 아이들이 줄어들어가고 혼자 텅 빈 교실에 남게 된다는 것. 이제는 그냥 멍하니 교탁 위의 철쭉꽃만을 넋 잃고 바라다볼 뿐이었다. 꿀벌처럼 웅웅대던 애들의 목소리도 사라지고 교실은 조용해졌다. 마지막 아이가 자리를 뜨고 정말 나 혼자 교실 안에 남게 되었다.

조금 전까지만 해도 애들로 꽉 차 있던 교실, 목소리와 햇볕으로 충만해 있던 교실, 그 교실이 썰렁하게 텅 비었다. 빈 책상들 틈에 나만 혼자 남아 있는 것이다.

선생님은 내 곁으로 와서 이마를 짚어주셨다.

"네가 웬일이야? 어디가 아팠구나. 진작 말을 하지 그랬니. 나는 네가 손을 들지 않기에 무언가 장난을 치고 있는 줄로만 알았다."

억지로 울음을 참고 나는 선생님을 쳐다보았다. 선생님은 또 쓸쓸하게 웃으셨다. 부끄러운 생각과 분한 마음이 뒤얽혀서 나는

---

81) 모든 사람이 떠나가고 있을 때 혼자 앉아 있다는 것은 외로움 중에서도 가장 큰 외로움이다. 만인이 떠날 때 혼자 있고 만인이 있을 때 혼자 떠나는 그 외로움을 이겨내는 자만이 실로 용기 있는 자다.

무엇인가 말을 하려고 했지만 목소리가 나오질 않았다.

"선생님이 집에까지 데려다주겠다. 어디, 책보는 다 쌌어?"

집으로 돌아온 후에도 울적한 마음은 가시지 않았다. 그러나 보통날보다도 어머니를 만났을 때 한결 더 그립고 반가운 마음이었다.[82]

"엄마, 엄마는 집에 계셨군요."

어머니는 내 말에 영문도 모르시고 웃으셨다.

"갑작스럽게 그게 무슨 말이냐. 언제 내가 어디 간다고 했었니. 어째서 그런 말을 하는 거냐?"

"엄마, 사람은 누구나 죽는 거래지. 꽃처럼 아무리 예쁘게 피었다가도 죽는 거래. 그래도 엄마는 죽으면 안 돼."

"애가 늙은이 같은 소리를 하고 있어. 아이들은 그런 말을 하는 게 아냐. 어디서 무슨 말을 들었어? 꽃은 져도 또 피지 않겠니. 개나리가 지면 진달래가, 진달래가 지면 벚꽃이 핀다. 벚꽃이 떨어지면 또 이번엔 목단꽃이 피지. 가을엔 국화, 겨울에도 꽃이 피지 않든? 너도 봤지. 눈이 내리는데도 계선인장에 빨간, 빨간 꽃이

---

82) 회자정리 생자필멸會者定離生者必滅이란 불가의 말이 있다. 그러나 이 말을 뒤집어 생각하자. 헤어지는 것이 있기에 우리는 만나는 기쁨을 알고, 죽음이 있기에 생명을 느낄 수 있다고…….

달리는 것을.[83] 그런 걸 걱정하면 안 되는 거야. 시들지 않는 새 꽃을 찾아다니면서 사는 거다. 사람은 죽어도 또 만나요. 더 조용하고 더 깨끗하고 더 오래오래 살 수 있는 극락이란 세상에서 만나는 거다. 그런 걸 벌써부터 걱정하면 아무 일도 할 수가 없어. 이 세상엔 죽음보다도 더 오래 남아 있는 것이 많단다."

어머니는 극락 세상 이야기를 해주셨다. 졌던 꽃들이 다음 해 봄이면 또 피어나듯이 착한 일을 하면 그렇게 사람들이 살아나는 멀고 먼 극락 세상 이야기를 들려주셨다.

어머니의 옛날이야기를 들으면서 나는 죽음이나 텅 빈 교실에 혼자 남아 있었던 그때의 불안함에서 벗어나려고 애썼다.

다음 날 아침, 학교에 가기 전에 나는 정원에 피어 있는 많은 꽃들을 보았다. 꽃 이름들을 다 기억할 수는 없었지만 꽃 이파리에는 반짝이는 이슬이 맺혀 있었고 그윽한 내음이 풍겨나왔다. 손으로 만지거나 하면 부서질 것 같은 투명한 아침 햇살이 정원 가득히 넘쳐흐른다. 어느 것도 변하지 않을 것처럼 생생하기만 했다.[84]

학교에 가면 무엇이든 보통 때보다 잘 될 것 같은 생각이 들었

---

83) 하나하나의 꽃은 유한한 존재지만 꽃 전체로 보면 그것은 무한하다. 영원을 얻는 길은 하나에서 전일적인 데로 나아가는 것이다.

84) 밤의 고통을 지나야만 아침의 환희를 느낄 수 있다.

다. 아침의 꽃밭은 어머니가 말하시던 극락 세계였다. 꽃이 시든다는 것을 알고 나서 비로소 꽃이 아름답다는 것을 알게 된 것일까.

아침 공기를 들이마시면서 나는 커다란 소리로 '이로하니'를 외웠다. 노래하듯이 가락을 맞추면서.

이로하니호헤도(꽃은 향기로워도)

지리누루오(시들고 마는 것을)

와가요다레조(이 세상 누구인들)

츠네나라무(한결같으랴)

우이노오쿠야마(깊으나 깊은 산골)

쿄오코에테(오늘 넘어서)

아사키유메미지(옅으나 옅은 꿈결)

요모세즈(취할 수도 없어)

텅 빈 교실에 혼자 남아 오들오들 떨고 있던 그 소년과 아침 햇살이 비끼는 이슬 맺힌 정원에서 만개한 꽃들을 바라보던 그 소년은 서로 엎치락뒤치락하면서 싸우고 있다.[85] 나는 그때 두 쪽이 되어버린 것일 게다. 그리고 날이 흘러도 이 두 개의 분신은

85) 인생은 두 개의 리듬 속에서 반복한다. 어둠과 대낮의 리듬 속에서 시간이 흘러가듯이.

결코 하나로 합쳐지는 일이 없었다.

"꽃은 향기로워도 시들어버리는 것."

가끔 나는 그렇게 적다가 또 그 위에 이렇게 덮어쓰는 것이다.

"시들기 때문에 꽃은 향기로운 것."

잃어버린 물건들

거리를 지나가다 이따금 이삿짐을 나르는 광경을 보면 슬픈 생각이 든다. 거리를 누비고 지나가는 가구들의 인상은 생활에 시달린 늙은 아버지의 얼굴 같다.[86] 아무리 부잣집 이삿짐이라 하더라도 거기에는 피로한 생이 묻어 있다. 공허하게 빛나는 장롱의 거울이라든가 칠이 벗겨진 상다리라든가, 색종이로 바른 궤짝과 자질구레한 생활용품들, 그것들은 왜 그렇게 초라해 보이는지 모르겠다. 그러나 그것은 우리들이 사랑해야 할 생활인 것이다.

이상스럽게도 가구는 낡아질수록 사람을 닮아간다. 사물은 뜻이 없는 물질이지만 사람과 함께 오랫동안 살면서 손때가 묻게 되면 생명감을 풍기게 된다. 가구상이나 잡화상에 진열된 주인 없는 물건들은 비정적이다. 그것들은 죽은 물체에 지나지 않는

---

86) 가구가 거리로 나오면 초라하게 보인다. 일상생활의 가치관도 일단 공중의 자리에서 바라다보면 초라한 것으로 보일 것이다.

다. 물질이 지니고 있는 생소한 그 감각에서 우리는 사물 그 자체를 본다.

그러나 인간의 체취가 밴 물건들은 물질세계의 얼어붙은 정적으로부터 조금씩 빠져나오게 된다. 고물상의 의자는 물체가 아니라 늙은 창녀의 추억과 같은 것이며 쓰레기터에 내던져진 부서진 완구玩具는 방황하는 미아迷兒의 모습이다. 그것들은 결코 우리와 무관할 수 없다. 사물은 침묵하는 언어이며 우리들 생의 한 부분이다.

고물들은 버려지지만 살아 있다. 퇴색해갈수록 살아 있다.[87] 신흥도시의 빌딩가보다도 1천여 년 전 폐허의 유적지에서는 하나의 돌, 하나의 기왓장에도 피가 흐르고 있다. 단순한 감정 이입感情移入만은 아닐 것이다.

혼자 심심하면 이따금 나는 낚시질을 했다. 강가에 가서 고기를 잡는 그런 낚시질이 아니다. 그것은 참으로 기이한 놀이였다. 긴 대나무 끝에 철사를 구부려서 장롱 밑과 가구와 가구의 틈바귀 그리고 마룻장 밑에 버려진 물건들을 끌어내는 일이다. 말하자면 잃어버린 물건, 모르는 사이에 우리 생활 속에서 아주 잠적해버린 그 사물을 낚시질하는 장난이었던 것이다.

처음에는 장롱 밑으로 연필이 굴러들어갔기 때문에 그것을 꺼

87)　인간은 묵을수록 무기물화하고 가구는 묵을수록 유기물화한다.

내려고 한 일이었다. 그러다가 연필만이 아니라 잃어버렸던 물건들이 많이 있다는 것을 알아낸 것이다.

사람의 눈이나 손이 미치지 않는 구석진 곳엔 언제나 어둠과 먼지가 깔려 있었다. 좁지만 그 망각의 지대를 탐색한다는 것은 정말 재미가 있었다. 나에게 있어서 그것은 '솔로몬의 동굴'과 같은 것이었다. 얼굴을 방바닥에 깔고 가구가 놓인 밑바닥 같은 데를 들여다본다. 처음엔 깜깜해서 아무것도 보이지 않지만, 시간이 좀 흐르면 어둠 속에 눈이 익어 어렴풋이 무엇인가 사물의 윤곽들이 떠오른다.

그러나 대나무로 그것을 끄집어내는 일이란 그리 쉬운 일이 아니었다. 너무 힘을 주면 그것들은 더 깊숙이 안으로 굴러들어가게 된다. 호흡을 죽이고 조금씩 앞으로 당겨야 한다. 물건과 대나무가 부딪치는 촉감과 매캐한 먼지 냄새 그리고 곰팡내 같은 것이 나의 상상력을 자극시켰다.

먼지와 어둠에서 졸고 있던 그 물건이 이윽고 밝음 속으로 나와 그 정체를 드러낼 때 기쁨은 절정에 달한다. 물론 보석 같은 것은 아니다. 내 '솔로몬의 동굴'에서 찾아낸 물건들은 사이다 병마개나 단추나 안약 병이나 녹슨 호루라기 그리고 언제가 잃어버렸던 셀룰로이드 삼각자, 지우개, 몽당연필, 나뭇조각…… 같은 것들이다. 그래도 내 마음은 언제나 흡족했다. 대체 이것들은 어떻게 하다 이 속으로 숨어버리게 되었을까? 그중에서도 아주 낯

익은 것들 그리고 찾고 있었던 물건들이 나오게 되면 나는 가벼운 흥분에 취해서 소리치기도 했다.[88]

"아! 이게 여기 있었구나."

그리고 먼지도 털지 않고 그것들을 가슴에 꼭 껴안는다. 사방탁자 밑에서 찢겨진 만화책을 발견해냈을 때에도, 그리고 사랑방 약장 밑에서 소리 나는 생철 팽이를 꺼냈을 때에도 모두 그러했다. 그러나 대개는 보잘것없는 물건들일 경우가 많았다. 용도를 상실한 쓸모없는 폐품들만 있었다.

생활에서 떨어져나간 운석隕石들이다. 깨지고 마멸되고 껍데기만 남아 있는 물건들이었으나 그래도 나는 실망한 적이 없었다.

하나도 버리지 않고 커다란 상자에 주워 담아서 온종일 물로 씻어내기도 하고 종이로 붙이기도 한다. 그러나 이 일 때문에 집안 식구 사이에 작은 논쟁이 벌어졌다. 누님은 방 안을 늘어놓고 먼지를 피우는 그 장난에 반대였다. 하지만 형들은 물건을 아끼고 폐품을 이용하는 것은 좋은 일이라고 했다. 어머니는 중립을 지키셨다. 내가 닭띠이기 때문에 그렇다는 말씀이다. 닭은 흙을 헤적여서 먹이를 찾아내는 습성이 있는데, 내가 하는 일이 꼭 그와 닮은 데가 있다고 생각하신 모양이다.

---

88) 폐물 속에는 잃어버린 일상생활의 향수가 있다. 녹슬고 퇴색한 폐물의 모습은 바로 잃어버린 시간의 모습이다.

쓸데없이 방구석을 뒤져 어지럽게 만드는 것을 어머니도 좋아하시지는 않으셨다. 다만 무엇을 찾고 얻으려는 마음씨만은 길러주어야 한다고 생각하시는 눈치였다. 나는 내 의견을 정확하게 표현할 수는 없었지만, 무언가 좀 다른 이유를 들어 내 '낚시질'을 설명해보려고 애썼다. 방을 어지럽히기 위한 심술도 아니었고 또 그렇다고 무엇을 뒤져내어 폐품을 이용하려고 하는 소유욕도 아니었기 때문이다.

지금 생각해보면 그것은 사물 그 자체에 대한 흥미였을 것이다. 사라지고 있는 것, 녹슬고 있는 것, 깨지고 마멸해가고 있는 것…… 그런 것에 대한 무의식적인 애정이었을지 모른다. 구질구질한 생활을 사랑하는 의지였던가? 버려진 사물에는 버려진 생활이 있다. 잃어버린 생활을 아쉬워하는 것은 인간의 본능이기도 하다.

그날도 나는 '낚시질'을 하고 있었다. 가장 어둡고 지저분한 마루 밑을 탐색하는 일이었다.[89] 마루청에 배를 깔고 머리를 숙여 마루 밑을 들여다보면서 물건을 끄집어내야 했기 때문에 유난히 힘이 들었다. 마루 밑은 깜깜했다. 어디서 흘러들어오는 광선이 있는지 한 줄기 가느다란 햇살이 어둠 속을 찌르고 있었다. 그때

[89] 햇볕이 안 드는 마루 밑을 뒤지는 아이나, 지도에 없는 미지의 대륙을 향해 돛을 올리는 모험가나 결국 숨겨진 것에 대한 발굴의 호기심은 같은 것이다.

나는 가느다란 그 광선 줄기가 머무는 곳에 '빨간 것'이 빛나고 있는 것을 보았다. 긴 대나무가 닿을락 말락 한 곳이었다. 대청마루 끝에 박쥐처럼 매달려서 허리까지 뻗치지 않으면 안 되었다. 그 빨간 물체를 끌어내는 데에 얼마나 많은 시간이 걸렸는지 모른다.

거꾸로 매달려서 손을 놀리고 있었기 때문에 현기증이 났다. 더구나 그것은 무거운 편이어서 앞으로 쉽게 당겨지지 않았다. 참을성이 있어야만 했다.

그렇게 해서 꺼낸 물건은 빨간 고무장화 한 짝이었던 것이다. 나는 그 고무장화를 기억하고 있었다. 그것은 소학교에 입학했을 때 선물로 받은 장화였다. 비가 오지 않는 날에도 나는 그 고무장화를 신고 돌아다녔다. 고무가 구겨지는 가벼운 그 장화 소리가 좋았다.[90]

"아! 내 장화!"

가슴이 미어지듯이 반가웠다. 나는 그 장화 한 짝을 잃어버리고 돌아왔던 그날 일을 생각하면서 소리쳤다. 도랑물에서 놀고 있었을 때 한쪽 장화가 벗겨진 것이다. 곧 집으려고 했지만 그것은 아래로 자꾸 내려갔다. 결국은 나까지 물에 빠지고 말았다. 나머지 한쪽 장화만 신고 집으로 돌아올 때의 그 안타깝던 마음에

90) 아이들에게 있어 신발은 단순한 생활필수품이라기보다 하나의 장난감이기도 하다.

는 흙탕물이 흐르고 있었다.

나는 우물터에 가서 깨끗이 씻었다. 색깔도 바래 있었고 고무도 이제는 다 삭아버렸다. 미키마우스의 얼굴도 그 윤곽만이 어렴풋했다. 그것을 신어보았지만 이미 내 발에 맞지도 않았다. 발이 큰 것이다. 그것을 신고 도랑물에 물탕을 치며 놀던 그 아이는 이제 아무 데서도 찾아볼 수가 없는 것이다.

외짝 장화처럼 시간의 흐름 속에서 그 아이는 떠내려가고 말았다. 그러나 또 한쪽 장화는 여기 이렇게 남아 있지 않는가?

시간은 이 사물(장화) 가운데 멈춰져 있었다. 흘러가버리는 것이 아니라 시간은 괴어 삭고 있는 것이다.

그것이 역사다. 역사는 사물 같은 데서 숨쉬고 우리를 향수에 젖게 한다.[91]

인간은 사물과 함께 살고 있지만 사물은 훨씬 더 많은 생활의 기억을 간직하고 있는 까닭이다.

무엇 때문에 나는 그 외짝 장화를 보고 그렇게 좋아했는지? 나는 지금 어른의 안목으로 그때의 일을 설명하고 있지만, 아마 그보다도 훨씬 순수한 감정이었는지 모른다.

낡은 장화를 들고 들어왔을 때 집안 식구들은 모두 놀라서 소

---

91) 역사란 흘러가버린 시간이 아니라 괴어 있는 시간, 미래를 향해 도리어 흘러내려오는 그런 시간이다.

리치는 것이었다. 그때만은 누구도 내 편이 되어주지 않았다. 폐물을 이용하는 것은 훌륭한 일이라고 역설하던 형들도 어처구니없는 표정을 하고 있었다.[92]

"세상에…… 그게 무슨 짓이냐. 나중엔 별걸 다 끌고 들어오는구나."

나는 완전히 고립되어 있었지만 버리고 오라는 그 말에 양보하지 않고 상자에 진열해놓았다.

"엿장수한테 팔려고 그러니?"

"아니……."

"그럼 무엇에다 쓰려고 그러니?"

"몰라, 아무것에도 쓰지 않아."

무슨 말에도 신통한 대답을 하지 않으니까 '저놈은 다음에 고물장수를 할 거'라고 누나는 약을 올려주는 것이다.

나는 정말 엿 사먹을 생각 때문에 그것을 가지고 들어온 것은 아니었다. 쓸모없는 장화였지만 그냥 갖고 싶었다. 짝 잃은 장화를 한 쪽에만 신고 돌아오던 그날처럼 그냥 버릴 수 없다는 생각이 들었던 것이다.

그것은 무엇이었을까, 어두운 그늘 속에서 퇴색하고 있는 물

---

92) 어른들은 돈으로 환산할 수 없는 것이면 모두 무가치한 것으로 안다. 그 점이 바로 아이들과 가장 다른 점이다.

건들은……. 그것은 무엇이었을까, 먼지처럼 묻어 있는 매캐한 그 냄새는……. 그리고 무엇이었을까? 낡은 사진첩에서 먼 옛날 죽어버린 사람들의 얼굴을 찾아냈을 때 같은 그 서글픈 놀라움은……. 아! 그것은 무엇이었을까?

수챗구멍과 같이 역겹고, 폐가廢家처럼 적적하고 시효時效 넘긴 증서와도 같고, 해어진 모닝코트 자락에서 떨어진 나프탈렌 같고, 추녀 밑에서 녹슬어가는 풍경風磬 같고, 삭아서 끊어진 구두끈 같고, 입김이 새어버리는 낡은 호루라기 같은 그것은 대체 무엇이었을까? 사라져버리는 사물들에의 감각은, 폐품의 퇴적 같은 생활은, 그 애수哀愁는 어디에서 오는 것인가?[93]

'낚시 놀이'를 언제부터 그만두었는지, 그리고 그 외짝 고무장화가 그 후에 어떻게 되었는지 지금 나는 기억할 수가 없다.

거리를 지나다가 이삿짐을 끌고 가는 사람을 보게 되면 으레 나는 그 삭아버린 빨간 고무장화를 생각한다.[94] 온통 그 짐들이 외짝 장화들로 쌓여 있는 것이라는 착각이 든다. 아니, 고물 상자, 푸른 '로이드' 안약 병과 '삿포로' 맥주 병마개와 찌그러진 단

---

[93] 어린애들의 호주머니와 늙은이의 주머니에는 쓸모없는 물건들이 소중하게 간직되어 있다. 그들은 순수하기 때문이다.

[94] 용도의 목적을 잃은 낡은 물건들은 다시 순수한 원소의 고향으로 돌아간다. 인간의 죽음과 마찬가지로.

추, 녹슨 치차齒車, 셀룰로이드 비눗갑, 부러진 칫솔, 폐품으로 가득 찬 고물 상자를 생각하는 것이다.

도시의 미로

길이 너무 많으면 길을 잃어버린다. 그러기에 '길은 아무 데나 있고 길은 또 아무 데도 없다'. 그것이 인간의 역설逆說이고 바로 우리들 도시의 모순이기도 하다.[95]

도시에는 많은 집들이 있다. 많은 창과 불빛과 많은 사람과 또 셀 수 없이 많은 골목들이 있다. 이러한 도시는 나를 미아로 만든다.

분명히 그랬었다. 도시는 길이 많아서 길을 잃게 만드는 곳이다. 도시에서 겪은 내 최초의 경험도 바로 미아가 된 불안에서부터 시작된다.

그것은 온천장 호텔이었을 것이다. 나는 안개 속에서 나왔다. 선뜻한 바람이 잠을 깨우는 것 같았다. 욕탕은 모든 것이 몽롱하

---

[95] "태초에 길이 있었다."는 성서의 말이다. 그러나 길이 있기에 인간은 또 방황할 수밖에 없다고 나는 적고 싶다.

고 유연해서 정말 꿈결 속 같다. 그러나 숨이 막히도록 후텁지근했다. 비누 거품과 동굴 속처럼 소리가 울리는 그 음향에서 빠져나올 때까지 나는 부드러운 솜에 싸여 있는 것이라 생각했다.

　이따금 천장에서 떨어지는 식은 물방울이나, 수증기가 서린 네모난 창구窓口 한 귀퉁이로 파랗게 잘린 하늘만이 바깥세상의 공기를 느끼게 하는 것이었다. 탈의실에서 옷을 주워 입고 복도로 나오면서 나는 조롱에서 풀려나온 새처럼 몸이 가볍다고 생각했다. 일종의 해방감이었을 것이다. 하지만 복도를 지나다니는 사람들과 알 수 없는 창문들이 줄지어 늘어선 진경珍景들은 나를 한 구석에 머물러 있게 하지 않았다.[96]

　빨간 양탄자를 깐 긴 복도와 나선형 계단이 걸어오기를 기다리고 있는 것 같았다. 숨을 죽이고 한 발짝 한 발짝 앞으로 걸어가본다. 군인들이 지뢰 묻힌 산길을 조심스럽게 전진해가는 그런 걸음이었을 것이다. 그러다가 두려운 생각이 들면 급히 먼저 서 있던 자리로 뛰어 돌아오곤 했다. 두근대는 마음이 가라앉는다. 그러나 마음이 놓이게 되면 다시 또 나가보고 싶은 충동이 생긴다. 두려움이나 불안감은 도리어 호기심에 부채질을 하는 것이다.

---

[96]　낯선 통로는 사람을 유혹한다. 파우스트 박사에게 있어 메피스토펠레스는 하나의 낯선 통로에 지나지 않았다.

몇 번인가 이런 거동을 되풀이하면서 나는 조금씩 자신도 모르는 사이에 먼 거리로 나갔다. 이윽고 복도가 꺾이고 계단이 있는 곳에까지 이르렀다. 발걸음을 옮길 때마다 세상이 달라지는 것 같았다.[97] 이젠 애초에 서 있던 그 자리가 보이지도 않는다.

계단 어귀에는 커다란 거울과 선인장 화분이 있었다. 어디선가 사람들이 떠들어대는 소리가 들려온다. 갑작스레 무서운 생각이 들었다. 돌아가야 한다. 어머니가 나를 찾고 있을 것이다. 그러면서도 호기심은 보이지 않는 밧줄처럼 나를 묶어 끌어들인다.

복도를 지나고 있는 사람들은 모두가 양복을 입은 낯선 사람들뿐이다. 웬일인지 안경을 쓴 사람들이 많은 것 같다. 그것이 더욱 내 마음을 불안스럽게 했다.

그것은 새로운 공간, 하나의 들이었다. 대체 여기는 어디일까? 내가 서 있던 맞은편 홀은 식당이었던가 보다. 순사처럼 제복을 입은 사람들이 '식초' 냄새가 풍기는 공간을 헤엄치듯 음식을 나르고 있었다. 시골길에서 만나던 잠방이 바람의 농부들은 하나도 없었다. 그들은 모두 딴 세상 사람들처럼 조용히 앉아서 음식을 먹고 있다.[98] 얼굴은 모두 희고 키들이 커 보였다. 많은 음식들이

---

97) 걸음걸이에 따라 풍경도, 그 지평의 둘레도 변화된다. 이 변화를 위해 우리는 평생 지쳐 쓰러질 때까지 걸어야 한다.

98) 낯선 사람들, 타향에서 온 사람들, 풍속이 다른 사람들, 흡사 항해자에게 있어 하나의

나오고 들어가고 했지만 지금 기억에 남아 있는 것은 빨간 사과와 맥주병 같은 것들이다.

나는 뒷걸음을 치면서 돌아섰다. 떠났던 자리로 빨리 돌아가야 하는 것이다. 어머니는 나를 찾고 있을 것이다. 한 칸씩 계단을 내려와 눈으로 익혀두었던 복도로 돌아오려고 애썼다.

그러나 복도는 하나만이 아니었다. 어느 곳이 내가 걸어왔던 복도였을까? 모두 똑같은 양탄자를 깔아놓았다. 똑같은 의자, 똑같은 거울들이 걸려 있다. 갑자기 여기에서 다시 빠져나갈 수 없다는 생각이 들자, 아무 데고 무작정 복도가 끝나는 벽을 향해서 뛰기 시작했다. 거미줄에 걸린 나비는 순간적으로 몸을 파닥이는 법이다. 눈에 보이지 않는 거미줄에 나는 걸리고 만 것이다.

문득 저쪽 벽에서도 세일러복을 입은 한 소년이…… 뚜께머리를 한 소년이 공포에 질린 얼굴을 하고 달려오고 있었다.

그것은 벽에 붙은 커다란 거울 속에 비친 내 모습이었다. 거울 속으로도 똑같은 복도가 길게 무한히 뻗쳐 있었다. 나는 그쪽으로 걸어들어가고 있고 그 거울 속에 있는 나는 이쪽으로 걸어나오고 있는 것이다. 점점 우리 둘은 가까이 다가섰다. 우리 외에는 아무도, 아무도 없었다.

어디로 가야 할지 아무도 가르쳐줄 사람은 없었다. 나는 혼자

파도처럼 그것들은 이상한 불안의 손짓으로 우리를 부른다.

였고 텅 빈 허공에서 내가 만난 것은 거울 속의 나였다. 아는 사람이라고는 거울 속에 비친 나밖에는 없다.[99]

거울에 비친 내가 나를 더 겁나게 했다. 발자국 소리도 없이 거울 너머로 사람들은 유령처럼 지나가고 있다.[100]

서서히 복도가 꺾인 곳으로 돌아선다. 그러면 거기 어머니가 기다리고 있을 것이다. 놀란 표정으로 나를 보시고 한참을 찾아다녔다고 원망스럽게 말씀하실 것이다. 숨을 죽이고 복도를 돌았다. 거울 속의 나도 사라져버리고 완전히 나는 혼자였다.

저쪽일 것이다. 거기 욕실이 있을 것이다. 안개가 자욱이 낀 욕실, 조금 전에 물탕을 치던 욕실, 빨간 비눗갑에서 거품이 일던 그 욕실이 있을 것이다. 어머니는 그 앞에 서 계실 것이다.

허공을 걷는 걸음걸이로 그곳으로 걸어가보았다. 분명히 아까서 있던 그 자리인 것 같다. 발돋움을 해 그 방 안의 창 안을 넘겨다보았다. 그러나 거기는 좁은 탈의실이 아니라 넓고 넓은 홀이었다. 안개도 없었다. 동굴 속처럼 멍멍하게 울리는 그 욕탕의 음향도 없었다. 눈물이 괸 눈앞에 펼쳐진 풍경은 참으로 놀랍고도 괴이한 것이었다. 넓은 홀 안에는 아스파라거스처럼 섬세한 일

---

99) 자기가 자기를 만나는 무의 장소, 그 정적의 시간, 거울은 하나의 함정이다.
100) 거울은 '소리'를 거부한다. 그러기에 거울 속에는 동작이 있을 뿐 '시간'이란 것이 없다.

광이 비치고 있었고 서너 사람의 신사들이 무슨 막대기 같은 것을 들고 서성대고 있다. 한 사람은 네모난 탁자에 허리를 구부리고 긴 막대기로 공을 때린다. 빨갛고 하얀 공들이 파란 탁자 위로 구른다.[101] 직선을 그으면서 공은 소리도 없이 굴러간다. 지남철에 걸린 것처럼 하얗고 빨간 상아象牙의 공이 서로 부딪치면 "따악······" 하고 미묘한 소리가 흘러나왔다.

그것은 머나먼 세계, 한 번도 본 일이 없는 아주 멀고 먼 나라에서 일어나고 있는 일 같았다. 소리는 들리지 않았지만 그 사람들은 무엇인가 손가락질을 하기도 하고 허리를 구부렸다 폈다 하면서 같은 동작을 되풀이하고 있었다.

자막대기 끝에서 빨갛고 하얀 공들이 튀어나오고 있다. 파란 탁자의 천 위에서 뱅글뱅글 돌면서 그것들은 서로 부딪치기도 하고 제각기 흩어지기도 한다. 그것들은 살아 있는 것 같았다. 공 속에는 어떤 신경이 있어서 꿈틀대며 돌아다니는 것 같다.

빨간색과 하얀색과 파란색과 그리고 그 공이 부딪치는 미묘한 음향과 허리를 구부렸다 폈다 하는 사람들의 몸짓과 아스파라거스 같은 일광의 섬세한 그늘과 그런 것들은 거울 저편의 세계, 우리가 들어갈 수 없는 딴 세상의 일처럼 보였다. 초조한 가슴속에

---

101) 공. 굴러가는 구체─천체의 운행과도 같은 신비한 의지.

서 그것들은 아주 상관없이 뛰어놀고 있었다.[102]

나는 내가 어디에 와 있는지도 알 수 없었다.

"내 어머니를 찾아주세요!"

이렇게 외치려고 했지만 목소리가 나오지 않았다. 아무도 눈여겨보는 사람이 없다. 여기는 어디일까? 한 번도 와본 적이 없는 곳이다. 그냥 묵묵히 창문 밖에 서서 나는 심심하게 그 공이 굴러다니는 것을, 유리 상자처럼 밀폐된 공간에서 소리 없이 입술만을 움직이고 있는 사람들을, 불규칙하게 울려나오는 공의 그 울림소리만을 듣고 있었다.

미아―나는 미아의 울음이 어떤 것인지를 알고 있다. 태아가 이 세상, 이 새로운 세상으로 태어날 적에 의식도 없이 울고 있는 것과 같은 울음인 것을 나는 안다. 미아는 새로운 세상 앞에 홀로 내던져진 것을 알았을 때 울음을 터뜨린다. 그것은 분명히 하나의 탄생임에 틀림없다. 낯선 곳에 대해서 그는 우는 것이다. 낯선 곳은 하나의 새로운 세계를 의미하는 것이며, 불안의 자리를 의미하는 것이며, 뜻하지 않았던 새로운 영상에 대한 발견을 의미한다.

알고 있는 세계로부터 친숙했던 그 결과 그 사람들로부터 떨어

---

102) 유아 같은 눈으로 세상을 바라볼 수 있다면, 늘 보는 일상적인 풍경도 전혀 색다른 '감각의 공간'으로 느껴질 것이다.

져 자기가 홀로 딴 곳에 있다는 것을 미아는 알고 있다. 그러기에 미아는 두 번 탄생한다. 아, 그것은 얼마나 선명하고 강력한 장소일까? 길을 잃어버렸다는 것은 새 길 속에 있다는 말이다. 사람을 잃어버렸다는 것은 새로운 사람들 틈에 있다는 말이다. 내가 길을 잃었을 때 당구를 치며 놀던 사람들은 나와는 아무 관계가 없는 타인들이었다. 그 타인들의 세계가 내 울음을 터뜨리게 한 것이었다.[103]

금 단추를 달고 금테를 두른 모자를 쓴 영감에게 끌려 나는 많은 복도를 돌아다녔다. 나는 아무 말도 하지 못했다. 아무 생각도 할 수가 없다. 나는 혼자서 이렇게 제복 입은 늙은 사람의 손에 끌려 다니면서 수많은 복도를 그냥 걸어다녀야만 하는 것이다.[104]

금 단추의 제복을 입은 할아버지는 나를 호텔 정원으로 데리고 가 등나무 아래 긴 벤치 위에 앉혀놓았다.

"길을 잃어버린 아이예요. 호텔 복도에서 울고 있었어요. 애 어머니를 찾아봐야겠어요. 정문에서 연락을 기다려야지요. 그동안

---

[103] 항상 새롭게 탄생하는 사상 속에서 살 수만 있다면 우리는 항상 새로운 인간들 틈에서 살 수 있을 것이다.

[104] 타인과 영원히 같이 걸을 수 있는 '길'이란 없다. 혼자 걸어야 하는 길. 미아처럼 울면서 혼자서 찾아다니는 길. 그것이 바로 고독한 인간의 자아일는지도 모른다.

이 애를 좀 봐줬으면 해요. 사람들이 나가는 곳이니까 어쩌면 이리로 찾아올지도 모르겠구요."

제복 입은 할아버지는 벤치에 앉아 있는 어느 여인에게 이렇게 말하는 것이었다. 여인은 나에게 캐러멜을 주었다. 그 여인의 곁에는 나와 같은 또래의 아이가 목발을 끼고 놀고 있었다. 여인은 그 애의 얼굴과 나를 번갈아 쳐다보면서 무엇을 생각하고 있는 것 같았다. 그 애는 소아마비에 걸려 있었던 모양이다. 여인은 몇 번인가 한숨을 쉬면서 내 눈물을 닦아주고 있었다. 그리고 이름과 나이를 물었던 것 같다.

제복 입은 영감이 호텔 정문에서 어머니와 함께 걸어나올 때 그만 나는 다시 옛날의 그 친숙한 세계로 되돌아온 느낌이었다.

어머니는 아무 말씀도 하시지 않았다. 온천장의 시가를 빠져서 건널목을 건넜다. 어머니는 손을 움켜잡고 고갯길을 넘을 때 비로소 내가 길을 잃은 것이 벌써 두 번째라고 말씀하셨다.

정말 그것이 두 번째였다. 아버지를 따라서 처음 서울로 올라왔을 때에도 나는 그렇게 길을 잃었던 것이다. 정류장에서 전차를 기다리고 있었다. 그때 나는 혼자서 무턱대고 전차에 올라탄 것이었다. 전찻간을 훑어보아도 아버지는 계시지 않았다. 얼마나 많은 정류장을 지났던가? 전차가 설 때마다 차장은 나를 들어 창문 밖으로 내밀었다.

"이 애를 잃어버린 사람 없으십니까?"

정류장에 모인 사람들은 나를 보고 웃는 것이었다.

"그놈 멋쟁이 가방을 들었구나."

그렇게 말하는 사람들도 있었다. 나는 정말 조그만 가방을 들고 있었다. 그들은 역시 낯선 사람이었다. 가방이 어떻다거나, 얼굴이 귀엽다거나 그런 말밖에는 해주지 않았다. 심지어 사탕을 주면서 노래를 불러보라는 사람까지 있었다. 모르는 사람들 틈에 끼어 나는 「기차는 떠나간다」라는 노래를 불렀던 것 같다. 그들을 의지하는 수밖에 없었던 것이다.[105]

등나무 벤치 위에서 낯선 여인의 손을 꼭 붙들었던 것처럼 그때도 나는 한 번도 본 일이 없는 전차 차장 곁에 붙어 다녔었다. 결국 나는 가등街燈에 불이 켜지는 저녁, 파출소에서 아버지를 만났다. 그때도 꼭 딴 세상에서 살다 돌아온 느낌이었다.

"이번이 두 번째구나. 조심하라는데도 왜 아무 데나 혼자 다니니."

어머니는 길이란 참으로 무서운 것이라고 말씀하신다. 늘 다니는 길이 아니면 다니지 말라고 하신다.

"한 발자국만 틀려 길을 잘못 들면 집으로 다시 돌아오지 못하는 법이다.[106] 우리가 지금 이 길을 걷고 있지? 만약 똑같은 길이

---

105) 의지해야 할 사람이 필요하다. 그것이 불가능할 때 인간은 신을 찾는다.

106) 사상, 그것은 우리가 처해 있는 '장소'다 그러기에 피레네 산맥의 저편에서는 진리

지만 거꾸로 걸어가보아라. 이 길을 타고 북쪽으로 가면 엄마도 아빠도, 아무도 아는 사람이라고는 없는 도시로 가게 되는 거야. 서울, 그것뿐인 줄 아니? 거기에서 또 가면 아주 다른 나라가 있단다."

나는 궁금한 생각이 들었다. 그러면 그 길은 대체 어디서 끝나는 것일까? 북쪽의 나라, 우리와는 다른 그 나라는 어떤 나라일까? 어머니는 이 길의 북쪽 끝에는 눈이 많이 내리는 추운 나라가 있다고 했다. 얼음 벌판에 싸인 나라, 거기에서는 사람들이 썰매를 타고 다닌다고 했다. 구두 끝까지 긴 외투를 끌고 다니는 아라사 사람들, 모자를 푹 눌러쓰고 눈보라 속을 다니는 사람들이라고 했다.

그러나 이 길을 남쪽으로, 남쪽으로 가면 이번엔 바다가 나타난다고 했다. 바다, 푸른 물이 한없이 펼쳐져 있는 바다. 눈부신 햇살이 부서지는 녹색의 파도 위로 이상한 배들이 떠다니는 따뜻한 남쪽의 바다. 섬들이 있고 일 년 내내 뜨거운 여름만이 있는 나라들도 있다고 했다. 노란 귤과 혹은 바나나가 열리는 숲들……. 한 발자국 차이지만 길의 끝은 아주 다르다는 것이었다.

어머니는 낯선 길로 가지 말라고 하셨지만 내 머릿속에는 이상스럽고 신기한 사람들이 사는 먼 나라의 일로 꽉 차 있었다. 우리

인 것도 이쪽에선 도리어 악덕일 수 있다고 말한 사람이 있었다.

들의 마을이 아니다. 초가집들이 있고 정자나무와 우물터가 있는 그런 마을이 아니다.

그곳은 많은 길들이 엇갈리는 곳, 그곳이 두렵기는 하면서도 언젠가는 한번 가보고 싶은 마음이 들었다.[107]

크리스마스카드에서 본 일이 있는 그런 집이…… 빨간 굴뚝과 지붕 위에 소복이 쌓인 흰 눈들 그리고 반짝이는 별들이 붙은 전나무 숲의 언덕…… 그런 세계가 정말 이 땅 위에 있을까? 그리고 이 길은 그런 것들과 맞닿아 있는 것일까?

우리는 마을 앞에 있는 냇물을 건너고 있었다. 반가웠다. 집으로 돌아왔다는 그 기쁨은 아마 내가 길을 잃고 혼자 방황했기 때문인지 모른다. 향수란 고향을 잃어버렸을 때 생기는 감정에 지나지 않는다.

나는 지금 고향에 있지 않다. 그리고 혼자다. 여기는 도시고 무수한 길들이 있는 곳이다. 어머니는 그렇게 염려하셨지만 나는 이 도시의 미아다. 어머니가 생존해 계신다면, 지금쯤 나는 이런 편지를 썼을는지도 모른다. 아니 수신인受信人이 없어도 이따금 나는 이런 글을 쓴다.[108]

---

107) '나'는 '나' 밖으로 탈출할 것을 원한다. 이 탈출극의 마지막이 바로 죽음이다.
108) 당신이나 나나 다 같은 실향민이다. 실향민의 주소는 도시. 만나도 서로 인사하지 않고 지나가는 그 도시의 가두다.

어머니…… 어머니는 그날 내가 두 번째 길을 잃었다고 하셨습니다. 그러나 두 번만이 아니었습니다. 세 번, 네 번 그리고 수백 번이나 나는 이 도시에서 미아가 되는 것입니다.

도시는 미로迷路입니다. 어머니…… 더구나 여기에서는 내 손목을 끌고 다니던 그 금테 두른 모자와 금 단추를 단 수위 할아버지도 없습니다. 캐러멜을 까주던 낯선 여인도 없고 앉아서 기다릴 벤치도, 등나무도 없습니다.

태아처럼 매일 탄생합니다. 낯선 세계로 탄생하는 것입니다. 많은 정류장을 지났지만 아무도 나를 기다리고 있는 얼굴은 보이지 않습니다. 네온이 켜지는 빌딩가衙에서 상품이 많은 거리와 술내가 풍기는 뒷골목에서 문득 나와 마주치는 것은 뚜께머리를 너털거리며 뛰어오는 세일러복 입은 한 소년, 아니면 작은 가방을 꼭 움켜잡고 파출소의 딱딱한 의자에 앉아서 울고 있던 한 소년의 모습입니다. 호텔 복도에 걸려 있던 거울 속에서 길 잃은 내가 나와 만났듯이 어머니, 이 도시의 길목에서 만날 수 있는 것은 오직 나 자신의 영상뿐입니다.

어머니는 늘 길을 조심하라고 하셨습니다. 낯선 길은 가지 말라고 하셨습니다. 한 발자국만 틀려도 우리는 서로 딴 곳으로 헤어지게 된다고 하셨습니다.[109]

109) 「탕자 돌아오다」의 우화는 실종되었다. 현대의 우화는 탕자는 영원히 돌아올 수 없

그러나 어머니, 길은 우리를 유혹하고 길은 언제나 낯선 곳으로 우리를 이끌어갑니다. 길이 많으면 결국 길을 잃을 수밖에 없는 것입니다. 길을 잃으면 방황하지 말고 한곳에 머물러 있으라고 충고를 하셨습니다. 하지만 어머니, 미아는 미아이기 때문에 한곳에 서 있을 수가 없는 것입니다. 숙명입니다. 미아는 노력할수록 점점 애초에 서 있던 그 길목에서 멀어져가는 것이고 점점 더 방황하는 것이며, 그리고 깊숙이 낯선 길로 떠돌아다니게 마련입니다.

상아의 공이 무의미하게 서로 마주치면서 소리를 내듯이 이 미로 속에서, 빨갛고 하얀 그 공들처럼 사람과 마주칩니다. 누구나 이 도시에서는 미아이기 때문입니다.

우리들의 자유가 우리를 미아로 만듭니다.[110] 우리들의 미래가 우리를 미아로 만듭니다. 두려움과 불안이 우리를 떠나도록 합니다. 다시는 돌아올 수 없게……

요컨대 도시는 미로입니다. 다시 우리는 고향으로 돌아가지 못하는 사람입니다. 길이 너무 많으면 길을 잃어버립니다. 어머니……

는 것이다.
110) 자유! 오, 이 고독한 형벌.

도화 시간과 왕자

미래의 사람들이여, 나를 기억해다오.

나는 왕자들이 멸망해가는 시대에 살고 있었다.

한 사람, 또 한 사람, 그들은 소리도 없이

슬프게 죽어갔으며

그리고 세 배나 더 용감하게, 세 배나 더 위대해졌다.

—아폴리네르, 「포도월葡萄月」에서

　도화圖畵 시간이 되면 크레용과 도화지를 잊어서는 안 된다. 선
생님은 늘 도화를 그리기 전에 그것을 검사하신다.

　내 크레용은 왕자 크레용(오사마 크레용). 크레용 갑에는 트럼프의
'킹'과 똑같이 수염을 기르고 왕관을 쓴 왕자의 초상이 그려져 있
다. 나는 이 왕자를 사랑한다. 펜촉같이 뾰족한 칼을 들고 있다.
왕자는 백마를 타고 많은 나라와 싸운다. 그는 언제나 이기고 예
쁜 공주와 결혼한다. 넓은 땅을 차지하고 값진 보물 상자를 들고

돌아오는 날 신하들은 나팔을 분다. 동화童話에서 늘 읽었던 왕자가 바로 크레용 갑의 왕자다.

크레용은 이 세상이 가지고 있는 모든 빛을 가지고 있다. 해가 떠오르는 동녘 하늘 같은 오렌지가 있다. 딸기밭 같은 푸른 색깔과 붉은빛이 있다. 한밤중의 어둠이나 까마귀의 날개처럼 검은 빛깔 그리고 장다리꽃이 피는 노란색, 무지개보다도 많은 열두 색이다.

그러나 나는 늘 도화를 잘 그리지 못한다.[111] 선생님은 썩 잘 그린 그림들을 골라 동그라미 다섯 개를 치고 교실 뒤편의 벽에 붙여주신다. 나는 한 번도 거기 낀 일이 없다.

선생님은 늘 말씀하신다.

"너는 그림만 잘 그리면 좋을 텐데……."

어머니도 그렇게 말씀하신다.

"너는 왜 언제나 귀퉁이에다 이렇게 조그맣게 그리니? 크게만 그려도 마루(동그라미)를 더 많이 받을 텐데 말이다."

도화 시간이었다. 나는 크레용 갑의 왕자를 사랑한다. 그는 용감하다. 넓은 땅을 정복한 왕자다. 그림보다도 나는 이 왕자가 좋

---

111) 애들은 하얀 백지 위에 공상을 그린다. 그러나 이 지상에서 완전히 해방될 수 있는 공상이란 없는 법이다. 공상까지도 현실의 그물에 얽혀 있는 시대에 우리는 살고 있다.

다. 그러나 하얀 도화지 앞에 앉으면 늘 마음이 떨린다.[112) 넓은 벌판, 그것은 지금껏 한 사람도 발을 들여놓은 일이 없는 처녀지 處女地와 같다. 어디서부터 그림을 그려가야 할지 막막하다.

선생님은 '장난감 호랑이'를 그리라고 하신다. 노란색, 검은색, 그리고 빨간색만 있으면 된다. 아무것도 없는 하얀 도화지 위에 저 호랑이를 그려야 한다. 잘못 그리면 도화지를 버려야 한다. 도화지가 아까운 것이 아니라 아무것도 없는 흰 도화지의 백지가 마음을 불안하게 한다.

그날도 나는 또 귀퉁이에다, 넓은 도화지의 한구석에다 손가락만 하게 호랑이를 그렸다. 그러나 내가 보아도 호랑이는 아주 잘된 것 같다. 그날따라 신이 났다. 이제는 '동그라미 다섯'을 받을 수 있을지도 모른다. 그러면 이 그림이 교실 뒷벽에 붙게 될 것이다.

"선생님,"

작은 소리로 선생님을 불러본다.

"저는 다 그렸어요."

선생님은 내 그림을 한참 들여다보셨다.

"정말 잘 그렸다. 그런데 왜 이 넓은 도화지에 가득 그리지 않

112) 백지의 공포, 그것은 자유를 직면했을 때 공포다. 무한한 가능성 앞에서도 우리는 그것을 다 채우지 못한다. 한정되어 있는 존재이기 때문에.

고 이렇게 구석에다가만 그렸니?"

"선생님, 저는 아무리 크게 그리려고 해도 안 되는걸요. 언제나 이렇게 한구석에다가만 그리게 돼요."

선생님은 웃으신다. 못 그려도 좋으니 한번 도화지에 꽉 차도록 크게 그려보라는 것이다. 여백을 남기지 말고 하나 가득, 시원스럽게, 널찍하게, 꽉 차게, 그렇게 그려보라는 것이다.

그리고 선생님은 말씀하셨다. 사람은 욕심이 있어야 된다. 도화지를 한 땅덩어리로 생각해라. 크레용 갑의 왕자처럼 이 땅덩어리를 정복하라. 너는 겨우 이 땅의 한구석밖에는 차지하지 못한 게 아니냐. 그러니 이 왕자처럼 도화지의 흰 땅을 전부 차지해보라.[113]

"선생님, 크게 한번 그려볼게요."

나는 자신 있게 말했다.

"크게 그리면 동그라미 다섯 개를 주세요? 꼭 주셔야 해요."

이 도화지는 내 것이다. 내게 주어진 공간이다. 그것을 소유하는 것은 내 자유이다. 아무도 이 흰 공간을 메우는 크레용의 빛깔을 막을 사람은 없다. 그런데 어째서 나는 그 좁은 구석밖에는 차지하지 못하는가?

---

113) 정복할 수 있을까? 저 무한을. 신이여 나에게 무한한 욕망을 주신다면 나는 왕자가 되고 싶습니다. 그러나 지금 왕자들은 모두 죽어가고 있습니다.

새 도화지에 다시 커다랗게 호랑이를 그리기 시작한다.

그러나 몇 번인가 지우개로 지우고 연필로 윤곽을 잡다 보니까 다시 그 그림은 도화지 한구석에 몰렸다. 아까 것보다는 커졌지만 아직도 도화지에는 빈 구석이 많다.

어째서일까? 어째서 도화지 전체를 메울 수 없는 것일까? 나는 많은 도화지를 찢었다. 그리고 또 그렸다. 크레용 갑의 왕자가 나에게 말하는 것 같았다.

"크게 그리란 말야. 넓은 땅 전부 차지하란 말야. 구석을 남기지 말고, 전부 휩쓸어버리란 말야. 넌 겁쟁이인가 보구나."

시간이 자꾸 흐르는데도 내 호랑이는 도화지를 다 삼키지 못한다. 몇 번이고 실패를 하고 만다.[114]

선생님은 딴 아이가 그린 호랑이 그림을 들고 나에게 왔다.

"자, 이걸 좀 봐라. 이렇게 큼직하게 그려야 돼. 도화를 잘 그리려면 우선 이렇게 크게 그리는 법부터 배워야 하는 거야. 그래야 그림이 늘어…… 그렇게 옹색하게 그리면 안 되는 거다."

그 아이는 정말 도화지가 모자랄 정도로 한복판에 크게 그려놓았다. 나는 아무래도 안 되겠다. 기껏 크게 그린다는 게 그 애의 반도 안 된다. 도화지가 이제는 무서워졌다. 하얀 여백…… 아무

---

114) "너는 커서 무엇이 될래?" 애들의 대답은 자유롭다. 하지만 그 소원마저도 작고 초라할 수밖에 없는 애들도 있다. 위대한 소망을 거부하는 비극의 아이들이다.

것도 그려져 있지 않은 그 백지는 하나의 공포였다.

그날도 나는 '동그라미 다섯 개'를 얻지 못했고 뒷벽에는 다른 아이들의 커다란 호랑이만이 전시되었다.

나는 내 크레용 갑의 왕자를 사랑한다. 그러나 나는 그 왕자처럼 될 수가 없다. 왕자들은 흰 여백 위에서 죽어가고 있다. 나는 죽은 왕자다. 이 흰 도화지는 말발굽 소리가 들리지 않는다. 칼이 부딪치는 소리와 나팔 소리도 들려오지 않는 그냥 정적靜寂이다. 왕자들은 하나씩 둘씩 모두 사라져가고 있다. 마지막 왕자가 이 크레용 갑 위에 남아 있다.

그러나 나는 죽은 왕자다.

도화 시간만 되면 나는 길을 떠난다.

왕관을 벗고 깃발을 내린 왕자의 행렬에 섞여, 나는 떠나고 있다. 도화지의 흰 영지領地는 나에게 있어 너무 넓다.

식민지의 아이들

그것은 우표딱지만 한 마분지였다. 월사금을 내는 봉투나 동지표처럼 담임 선생의 도장이 찍혀 있었다. 선생님은 우리에게 그것을 스무 장씩 나누어주시면서 설명하였다. '국어'를 쓰지 않고 부주의로 조선말을 쓰는 친구들이 있으면 어느 때 어느 곳이든 관계없이 "후다(표 딱지)"라고 소리치라는 것이다. 그래서 표를 많이 빼앗은 학생에겐 상을 줄 것이고 표를 다 빼앗긴 학생은 벌을 줄 것이라 했다. 물론 '국어'는 일본말이다.

그날부터 우리들은 재미난 장난거리 하나가 더 는 셈이다. 숨바꼭질이나 딱지놀이를 하듯 표를 많이 빼앗는다는 것은 신나는 일이다.[115]

나는 과목 중에서도 '국어'가 제일 좋다. 형제가 많아서 학년이 높지 않은데도 '국어'로 말하기란 떡 먹는 일이다. 그런데도 힘이

---

115) 정치, 그것은 인간의 본능까지도 바꿔버리는 현대의 신이다.

든다. 표를 나누어 가진 후부터는 누구나 경계하고 있기 때문에 무심코 조선말을 지껄이는 학생이 드물다.

첫날엔 다섯 장이나 빼앗았다. 그렇게 조심을 했는데도 나도 한 장을 빼앗기고 말았다. 새끼 호주머니에 스물넉 장을 소중하게 간직하고 당나귀처럼 귀를 곤두세우고 다녔다.

"어느 놈이든 조선말을 써야 표를 빼앗을 수 있을 텐데……."

줄곧 관심은 그런 데로만 쏠린다.

영 표는 늘지 않는다. 일주일에 한 번씩 표 검사를 하기로 되어 있는데 1등 하기가 어려울 것 같다. 나는 꾀를 써서 빼앗을 궁리를 한다. 오랜 연구 끝에 나는 아주 신기한 비법을 하나 창안해냈다. 애들은 완벽할 정도로 '고쿠고조요[國語常用]'를 하고 있었다. '욕'도 국어(일본말)로 고쳐서 말했다. 욕만은 '조선말'로들 했지만, 표 뺏기 경쟁을 하고부터는 '나쁜 자식'이 '와루이 야쓰'로 변하고 '뒈져버려라'는 걸쭉한 욕이 '신데시마에'라는 맥빠진 말로 바뀌어버렸다.

그러나 위급할 때만은 저도 모르게 조선말이 튀어나온다. "아이구, 죽겠다"라든가 "아이구, 어머니" 같은 말은 아무리 조심해도 숨을 쉬듯 부지불식간에 입으로 튀어나온다. 내가 표를 한 장 빼앗겼던 것도 책상머리에 넘어져 다리를 찧었을 때 "아이구, 어머니"라고 비명을 질렀기 때문이다. "후다!" 나는 그 소리를 들었다. 같은 책상에 앉아 있는 내 짝이 만면에 웃음을 띠고 손을 내

밀고 있었다. 아파서 그랬는지, 분해서 그랬는지 나는 눈물이 글썽한 채로 표를 내주었다.[116]

여기에서 나는 힌트를 얻었다. 무심코 놀고 있는 아이들 등을 기습하면 백발백중 "아야" 하고 비명을 지른다. 나는 그 순간 "후다!" 하고 소리친다. "'아야'도 조센고(조선말)냐"고 대들지만, 나는 아주 아카데믹한 해석으로 위압해버린다. "'이타이(아프다)'라고 해야 고쿠고(국어)지 '아야'는 '아이고 아파'의 뜻이니까 표를 내주어야 한다"고 역설했다. 이런 수법으로 참 많은 표를 **빼앗았다**. 벌써 50장이 넘는다.

그러나 곧 이 방법이 유행되어 하루가 지나니까 소용이 없다. 딴 애들도 그냥 당하고 있지만은 않았다. 평소에 나는 화장실 가는 것이 무섭고 싫다. 뒷간의 달걀귀신 이야기가 영 개운치가 않다. 화장실에 갈 때는 항상 긴장된다. 그때도 역시 그런 기분으로 화장실 문을 열려고 하는데 "카약" 하는 소리가 들렸다. 얼마나 놀랐던지 나는 "아이구, 어머니"란 말을 또 쓰고 말았다. 지능적인 역습을 받은 것이다. 변소 뒤에 숨은 특공대들에 의해 나는 몇 장의 표를 **빼앗기고** 말았다.

이 "후다" 전쟁은 시시각각으로 신전법과 신무기를 낳았다. 애

---

116) 모국어가 죄가 되는 식민지 아이들, 식민지의 땅에서는 자기의 씨앗조차도 뿌릴 수가 없다.

들은 집에 돌아가면 그의 부모하고는 으레 '조센고(우리말)'를 썼다. 이것을 노리는 것이다. 마을 친구들 집 담 밑에 숨어 있다가 일본말을 모르는 그 부모들과 '조센고'를 쓰는 학생을 잡아 표를 **빼앗**기란 확률이 거의 100퍼센트였다.[117]

이 '게릴라' 전술 때문에 애들은 집에 가도 마음을 놓지 못했다. 한 애는 어머니가 묻는 말에도 끝내 대답을 하지 않다가 굉장히 매를 맞은 일이 있다. 담 너머로 표를 노리는 적들이 넘겨다보고 있었기 때문이다. 일본말을 모르는 그의 어머니는 표를 **빼앗**기지 않으려고 조바심을 태운 불쌍한 식민지 아이들의 마음을 몰랐던 것이다. 그의 어머니만도 아니다. 우리는 모두 식민지 애들이 겪어야 했던 그 자신의 비극과 고통을 이해하지 못했던 것이다.

우리 반에는 말 없는 아이가 있었다. '가네실'이라는 산골에서 살고 있는 아이였다. 천품이 그런 것은 결코 아니었다. 일본말이 서툴렀기 때문에 날로 말하는 습관을 잃어가고 있었다. 애들은 운동장에서 뛰어놀고 있는데, 그 애는 혼자서 교사 담에 기대어 아이들을 멍하니 쳐다보고만 있었다. 그렇지 않을 때에는 제 차례도 아닌데 자진해서 교실 당번을 바꾸어주었다. 그리하여 노는

---

117) 사막에도 물이 흐른 자국이 있단다. 아무리 없애려고 해도 모국어의 사투리는 남아 있다. 이 남아 있는 사투리 그것이 '엑소더스'의 길이다.

시간에도 텅 빈 교실에서 혼자 우두커니 앉아 있는 일이 많았다. '후다' 제도가 있고부터 그 애는 더 말을 하지 않으려고 했다. 아이들이 죽 따라다녔다. 언제나 주말이 되면 선생님한테 벌을 선다. 언제나 한 장도 없이 표를 빼앗기고 만 탓이다.

교장 선생님한테까지 불려가 비국민非國民이라고 야단을 맞았다. 다시 한 번 그 표를 모두 빼앗기면 퇴학을 시키겠다는 협박까지 받았던 모양이다.

주말이었다. 표 검사를 시작했을 때 나는 많이 딴 표 딱지들이 몽땅 없어진 것을 발견했다. 누가 훔쳐가고 만 것이다.

선생님은 그 애를 의심했다. 늘 표를 빼앗기기만 했던 그 애가 40장 가까운 표 딱지를 내놓았기 때문이다.

"이 애한테서 표를 빼앗긴 사람 손들어봐요."

성난 목소리로 선생님은 이렇게 말했지만 손을 드는 학생은 없었다.

"그러면 이 애에게서 표를 빼앗은 사람!"

거의 스무 명 가까운 학생들이 손을 들었다.

그 애는 끌려가서 혹독한 매를 맞았다.

길게 흐느끼는 소리가 복도 저편 직원실에서 들려오고 있었다. 그때는 몰랐다. 그러나 철이 들면서 그 애의 울음소리가 내 마음속에서 자꾸 크게 울려왔다. 어둑한 교실에서 혹은 학교 뒤뜰 아무도 가지 않는 실습지의 가지밭 둑에서 우두커니 앉아 있던 산골 아이, 입을 열기를 거부한 그 침묵 속에서 들려왔던 흐느낌 소리. 집으로 돌아가자 나는 아버지와 어머니가 계신 자리에서 상품을 내보였다.

"어머니, 또 탔어요. 내가 제일 많이 후다를 땄거든요. 그런데 하마터면 상을 타지 못할 뻔했어요. 내 후다를 훔쳐간 애가 있었어요."

"그 애는 어떻게 되었니?"

아버지는 웬일인지 성나신 목소리로 꾸짖듯 말씀하셨다. 어머니는 난처한 얼굴로 아버지에게 무어라고 눈짓을 하시는 것 같았다.[118] 웬일인지 '후다'를 많이 빼앗아 상을 타고 돌아오기만 하면 어머니나 아버지는 기뻐하지 않으셨다. 웅변대회에서 상을 타오거나 우등상은 말할 것도 없고 시시한 개근상을 타와도 좋아하셨지만, 웬일인지 '고쿠고조요쇼[國語常用賞]'에는 어두운 표정을 짓고 계신다.

아버지가 왜 그렇게 성을 내셨는지 어머니가 왜 또 그렇게 당황하셨는지 '식민지의 아이'는 모르고 있었다. 아침마다 천황이 있다는 동방東方을 향해 절을 하고 "나는 고코쿠[皇國]의 신민臣民"이라고 몇 번이고 고래고래 선서를 외워야 했던 식민지의 아이는

---

118) 어른들에게는 많은 비밀이 있다. 특히 나라를 잃어버린 어른들은 수천 년의 역사를 비밀 속에서만 바라보는 것이다.

자기가 식민지의 아이라는 그 사실까지도 모르고 있었다. 일본은 우리나라고 일본말은 '국어'라고 모두들 그렇게 가르쳐준 것이다. 아버지는 무엇을 참고 계신 듯했다.

"사실은…… 사실은" 이렇게 똑같은 말을 몇 번인가 되풀이하고 있는 아버지의 입을 틀어막으시고 어머니는 나보고 밖으로 나가라고 하신다. 어머니는 분명히 무엇을 두려워하고 있는 눈치였다.

'국어 점수를 많이 딴 것인데 웬일일까?'

칭찬을 받을 줄 알았던 내 마음도 언짢았다.

훨씬 뒤의 일이다. 그런 일이 있은 지 2, 3년이 지났을 때였을까? 어머니와 아버지가 서울에 가 계시는 동안 외할머니가 우리를 돌봐주실 때의 일이다.

겨울 밤, 밖에서는 눈이 오고 있었고, 나는 어머니 생각을 하느라고 잠을 잘 수가 없었다.

"할머니, 나 옛날이야기 한 자루만!"

이불 속에서 나는 할머니를 보고 졸라댔다.

할머니는 거북선 이야기를 해주셨다. 이순신 장군이 일본 배를 쳐부순 신기한 거북선 이야기를…….

나는 얼마나 놀랐었던가.

"어떻게 자기 나라와 자기 나라가 싸움을 해요? 일본은 우리나라 아니에요?"

외할머니는 덕수 이씨의 집안, 바로 이순신의 후예였던 것이다.

"일본이 우리나라를 쳐들어와 임금님을 죽이고 제 땅으로 만든 거지 어디 일본 땅이냐? 이런 이야기를 하면 순사에게 잡혀가니까 너희들에게 모두 쉬쉬하고 있지만 일본은 우리나라가 아니야. 나야 늙었으니까 저희들이 어쩌겠니……. 그래도 너 혼자만 알아야 한다.[119]

나는 할머니가 불쌍하다고 생각했다. 이젠 많이 늙으셔서 아무것도 모른다고 생각했다. 그렇다면 저 학교와 소방서와 가게와 이 집들은 내 나라 것이 아니란 말인가? 우리는 커서 군인이 된다. '히노마루[日章旗]'를 들고 사람들은 군대에 나가는 사람에게 만세를 불러주지 않았던가? 제 나라가 아닌데 어떻게 쌈싸우러 나갈 수 있겠는가? 아니다, 절대로 아니다. 일본이 우리 땅을 빼앗았다면 왜 어른들은 가만히 있는 거냐.[120]

씨름판에서 황소를 끌어가는 힘센 장사들이 많은데 왜들 가만히 있는 거냐……. 나는 할머니가 순사에게 붙잡혀갈까 봐 아무

119) 건장한 청년보다는 노인이 더 용기가 있는 경우가 많다. 생에 대한 미련이 없기 때문에 그리고 죽음 앞에서 체념하고 있기 때문에…….
120) 누구나 아이들은 자기 아버지가 이 세상에서 제일 훌륭한 사람이라고 생각하며 자라난다. 이 미신에서 깨어나면서 아이들도 성장해간다. 제 '나라'에 대해서도 그런 감정을 품고 성장하는 비극이 있다. 그것이 식민지의 아이들이 겪어야 하는 운명이다.

에게도 "일본이 정말 우리나라가 아니냐"고 물어볼 수도 없었다.

식민지의 아이는 할머니 이야기를 믿지 않았다. 그러나 그날 처음으로 내 표를 훔쳤다가 매를 맞았던 산골 아이가 불쌍하다는 생각이 들었다. 그리고 내가 잘못을 저질렀는지도 모른다는 생각이 어렴풋이 떠올랐다.

잠수함 같은 거북선을 몰고 일본 배를 쳐부쉈다는 이순신 장군의 이야기를 가끔 꿈꾸기도 했다.

동요가 아니라 군가를

동요가 아니라 군가를 부르며 자라났다.[121] 깃발과 플래카드에 묻혀서 국방색 각반으로 새 다리 같은 어린 종아리를 묶고 자라났다, 우리는. 그런데 아무도 무엇을 근심하는 사람은 없었다.

학교에서는 야단들이었다. 운동화가 없어 게다를 끌고 다니던 그때, 좀처럼 엄두도 못 내던 공 하나씩을 받은 것이다. 하얗고 말랑말랑한 고무공의 촉감은 꼭 잊었던 동요 그것이었다.

공에는 일장기와 함께 '싱가포르 함락 기념'이라고 하는 스탬프가 찍혀 있었다. 일본인이었던 시오이 교장은 한 시간 가까이 긴 기념사를 했다. 확실히는 모르지만 싱가포르란 곳은 고무가 많이 난다는, 남양南洋 지도를 봐도 그냥 퍼렇게 뚫린 넓고 넓은 태평양을 건너야 갈 수 있는 먼 곳에 있었다. 매일같이 교실 뒷벽에 붙어 있던 세계 지도에는 붉은 빛깔(일본군 점령 지구)이 늘어가고

---

121) 동요가 말살되는 시대! 동요의 종말 속에서 인간은 종말해가리라.

있었는데, 그날도 지도 한구석에 새로운 붉은 점이 찍혀 있었다.

교장 선생은 조금만 있으면 일본인이 빼앗은 남양에서 이런 공이 많이 올 것이라고 했다. 운동화도 석유도 무한정으로 생겨난다는 것이었다. 공 하나 얻는 데에 꽤 지루하고 긴 시간이, 그리고 천황天皇이 주신 것이라 해서 '교이쿠초쿠고[敎育勅語]'까지 외면서 머리를 조아렸지만 아무도 불평하는 애들은 없었다.

얼마나 기뻤던가?

공은 그때까지 돈을 주고도 만져보기 힘든 물건이었다. 시골 아이들은 동리에서 어쩌다 돼지나 잡아야 공놀이를 할 수 있었다.[122] 어른들에게 졸라 못 쓰는 돼지 오줌보를 얻어가지고는 거기에 바람을 불어넣는다. 끝을 단단히 매놓으면 부풀어오른 돼지 오줌보는 제법 공처럼 잘 튀었다. 이것을 맨발로 걷어차면서 아이들은 깜깜한 밤중까지 축구 시합을 했다.

나는 말랑한 고무공의 탄력을 가슴에 안고 집으로 달려왔다.

"공…… 공을 탔어요. 우리 군대가 싱가포르를 빼앗았거든요. 이 공은 싱가포르에서 온 것이에요."

"빼앗은 지가 엊그젠데 어떻게 벌써 공이 왔니?"

머슴 녀석이 이렇게 반문할 때 답변이 궁했는데도 여전히 나는

---

122) 전쟁의 의미는 포화가 튀는 일선의 고지보다도 황폐해진 어린이 놀이터에서 더 실감할 수 있다.

어머니에게도 그렇게 말했다.

어머니는 아무 말씀도 하지 않으셨다. 싸우고 난 사람처럼 마루에 멍하니 앉아 계셨다. 이사라도 가는 것일까? 마당에는 놋주발이 쌓여 있었고 놋대야, 놋수저 같은 것들이 늘어져 있었다.

어른들은 '놋그릇'으로 포탄을 만들기 때문에 집 안에 있는 것을 모두 공출하는 것이라고들 했다. 그런 것은 늘 보는 일이다. 딴 날 같으면 공출하는 데에 가서 놋그릇을 부수는 일에 열중할 테지만, 우선 마루에서 계집애들처럼 공치기를 해보았다.

"하나…… 둘 …… 셋…… 넷……."

그러나 공을 가지고 논 일이 까마득해서 익숙하지가 않다. 열 이상을 치지 못했다. 하나…… 둘…… 셋…… 넷…… 몇 번씩 되풀이 하는 동안 열에서 스물, 스물에서 서른, 이렇게 공치기의 횟수가 불기 시작하는 바람에 점심도 잊어버리고 만다.

공뿐이 아니다. 연필도, 지우개도, 살 수가 없었다. 학교에서 배급을 타는데 그나마도 제비를 뽑아야 한다. 운이 나쁜 나는 언제나 빈탕으로 돌아올 때가 많았다. 넓은 운동장은 아주까리밭으로 변했다. 아주까리 기름을 짜서 전쟁하는 데에 쓴단다.

매일같이 징용을 가는 사람들로 시골 역은 깃발과 플래카드로 붐비었다. 학교에서는 수업이 별로 없었다. 일꾼들이 징용을 가서 고사리 같은 우리 손으로 대신 모를 심고 밭을 매야 했다. 선생들은 우리도 군인이라고 했다. 전선 뒤에서 싸우는 군인들, 검

은 모자도 이제는 국방색 전투모로 바뀌고 만 것이다.[123]

　폭양이 내리쬐는 들판 논두렁길을 행진하면서 우리는 군가를 불렀다. 아침 조회 때는 늘 사람 죽이는 이야기, 어디에서 적군 몇 명을 죽이고 어디에서 군함과 비행기를 몇 대 부쉈다는 숫자를 듣는 것이 우리들의 공부였다. 교장은 뉴스 해설가가 된 셈이다.

　죽은 군신軍神들을 위해 묵도를 드리는 일과 산비탈에서 비행기 기름을 만든다는 소나무 뿌리 캐는 일, 그리고 교실 문을 틀어막고 방공 훈련을 한다든지 출정 가는 사람들에게 만세를 불러주는 것이 우리들 생활의 전부였다.

　'옥쇄玉碎를 했다'는 소식이 있으면 울어야 하고, 어디를 점령했다고 하면 손뼉을 치고 만세를 부른다. 신문을 봐도 철모를 쓴 군대나, 탱크나, 비행기나, 야자수 밑에 시체가 늘어서 있는 어느 섬나라의 풍경만이 보인다. 우리는 그러기에 놀 줄도 몰랐다. 한가로운 시간이 있으면 겨우 나뭇가지를 꺾어 일본도日本刀와 총을 만들고 서로 격돌하는 전쟁놀이밖에는 아무것도 아는 것이 없었다.[124]

　나는 모 심으러 간 논바닥에서 벌을 서는 일이 많았기 때문에

---

123)　전쟁은 단 하나의 빛깔만을 남기기 위해 모든 색채를 죽인다. 카키색…… 이 하나의 빛을 위해.

124)　아이들은 평화로워 보여도 전쟁을 좋아한다. '전쟁놀이'를 하는 아이들. 워즈워스의 무지개보다는 포화 쪽을 향해 아이들은 맨발로 뛰어가고 있다.

학교 가는 시간만 되면 끔찍했다. '벤또(도시락)' 검사를 한다.

"너는 쌀밥만 싸가지고 왔구나……. 비국민의 집이야! 벤또를 두 손으로 들고 남들이 밥을 다 먹을 때까지 서 있어……."

애국심(?) 많은 그 한국인 선생은 나를 미워하고 있는 눈치였다. 건뜻하면 '비국민의 집'이라고 했다. 여름 뙤약볕에서 쌀밥을 싸가지고 왔다는 죄 때문에, 돼지처럼 옥수수나 납작보리 밥을 먹으려하지 않는다는 죄 때문에, 나는 아틀라스처럼 두 손으로 벤또를 들고 서 있지 않으면 안 되었다.

몸이 약한 나는 머슴을 시켜 송진을 따게 하는 일이 많았다. 들키면 책임량을 다 채웠는데도 벌을 서게 된다. 학교는 벌서는 형무소요, 나는 그 속의 죄수다.

공을 배급받았을 때 처음으로 나는 평화 같은 것을 느꼈다. 아직도 세상에 그런 일이 남아 있다는 것은 기적 같은 일이었다.

나는 드디어 공을 '백'까지 쳤다.

"백……."

나는 안방으로 뛰어들어갔다.

"어머니 백이에요. 백이나 쳤어요."

그러나 어머니는 나를 쳐다보지 않으셨다. 아버지와 말다툼을 하고 계셨던 것 같다.

"그건 마지막 남은 내 혼수예요. 일부러 쓰지 않고 남겨둔 주발이에요. 그것을 어떻게 내놓을 수 있겠어요."

어머니는 눈물이 글썽하셨다.

"다른 건 다 내놓았어요. 이제 누가 뭐라고 말하겠어요. 가마니로 세 덩어리가 나갑니다. 누가 뭐라 해도 할 수 없어요. 그건 누구도 손을 댈 수 없는 물건이에요. 돌아가신 이 애의 할아버지 유품이기도 해요. 안성에서 특별히 맞춰 글자까지 새긴 유기인걸요. 그건 안 돼요."[125]

아버지는 어머니를 타이르고 계셨다. 남들이 우릴 주목하고 있다는 것과 관헌에서 그렇지 않아도 트집거리를 잡아내 괴롭히려고 하는 판인데 말썽을 일으키고 싶지 않다고 하셨다. 그들은 선전하기 위해서 고가高價인, 그것도 한 번도 쓰지 않은 주발 하나를 따로 공출해달라고 부탁까지 했다는 것이다.

이런 시국에서는 말없이 목숨을 붙이고 지내는 일만 해도 고마운 것이라고도 했다.

놋그릇 공출 때문에 그러시는가 보다. 나는 내 밥그릇과 수저도 이미 공출 나간 것을 알고 있다. 그때 나는 불평하지 않고 이렇게 말했다.

"멋있는 일이다! 내 그릇이 말이야, 총탄이 되어 날아간단 말이야. 적병을 쏘아 죽이지! 얼마나 멋있겠어……. 나도 한번 그런 데에 가보고 싶다."

---

125) 전쟁은 악덕은 청동靑銅 화병을 부숴다가 포탄을 만든다는 데에 있다.

언니들은 웃었지만 아버지와 어머니는 한숨을 쉬고 계셨다.

"어머니! 나는 공을 백까지 쳤어요."

아버지가 밖으로 나가시자 나는 어머니에게 되풀이해서 자랑했다. 어머니는 나를 꼭 껴안아주셨다. 공을 가지고 노니 좋으냐는 것이었다. 언젠가는 마음대로 공을 치고 노는 좋은 세상이 오리라고 하셨다. 그런 세상이 빨리 와야지 그렇지 않으면 어른이 되니까 아무 소용도 없을 것이라고 나는 말했다. 어머니는 내가 밖에 나가서 다시 공을 치려고 했는데도 잠시 곁에 있어달라고 하셨다.

"너희들이 근심 없이 잘 살 수 있는 때를 꼭 보고 죽어야 할 텐데." 하고 어머니는 자꾸 혼잣말처럼 되풀이하고 계셨다.

조용한 세상, 방공 훈련을 하지 않아도 되고 치마를 뜯어 몸뻬를 만들지 않아도 되는 그런 세상에서 살아보고 싶다고 하셨다.

나는 어머니가 말씀하시는 '좋은 세상'이란 게 어떤 것인지 잘 모른다. 그러나 쌀밥을 먹어도 죄가 안 되는 그런 세상인 것만은 어렴풋이 짐작할 수 있었다. 그런 세상이 오면 나는 더 많은 공을 가질 수 있을 것이다. 아주까리를 심은 운동장은 다시 내가 뛰어놀 수 있는 넓은 마당이 될 것이다.[126]

---

126) 빈 터에 무엇을 만들어 세우느냐 하는 것이 인간의 문명이다. 아프로디테냐? 군신 마르스냐?

어머니는 조용히 일어나 반닫이 문을 여셨다. 그리고 깊숙이 넣어둔 주발함을 꺼내신다. 그렇게 무겁지 않았는데도 나와 같이 들자고 하신다. 어지럽다고 하셨다.

그러고는 밖으로 그것을 들고 나가신다. 주발함을 열어보지도 않고 그냥 마당에 늘어놓은 놋그릇 곁에 놓아두신다.

"나는 아무래도 누워 있어야겠다."

어머니는 안방 문을 굳게 닫고는 들어오지 말라고 하신다. 아마 이불을 쓰고 또 우시려는가 보다. 어머니는 늘 우는 모습을 우리에게 보이지 않으시려고 한다.

어머니의 울음을 난 잘 모른다. 가끔 기쁠 때도 우는 것이다. 만주에서 큰형님이 오셨을 때에도 어머니는 손을 붙잡고 우셨다.

"어머니는 왜 좋은데도 우셔요……."

그렇게 말하니까 그제야 놀란 듯 눈물을 닦고 돌아서셨다.

그러나 난 공이 좋았다. 마루에서 다시 공을 치기 시작한다.

"하나…… 둘……."

이번에는 이백까지 쳐야겠다.

"히…… 후…… 미…… 요……."

"도이치…… 도니…… 도산…… 도시(일본의 수사)."

그런데 거의 같은 박자로 안뜰에서 갑자기 놋그릇 부서지는 소리가 들려왔다.

쨍그렁…….

쨍그렁…….

금속이 깨지는 소리 때문에 공이 뛰는 가벼운 그 탄력의 소리가 잘 들리지 않는다. 공출하는 놋그릇은 으레 그렇게 구멍을 뚫는다.

한 번도 써본 일이 없다던 어머니의 혼수 주발도 깨져가고 있었다.

"히…… 후…… 미…… 요……."

쨍그렁, 쨍그렁…….

비끼는 석양에서 두 음향은 서로 얽혀 펴져가고 있었다.

'싱가포르 함락, 뉴델리로 진격.'

'프린스 오브 웰즈 격침.'

푸짐한 뉴스의 사태 속에서 사람들은 하루하루 메말라가고 있었다. 깃발과 군가軍歌에 파묻혀 농군들은 소처럼 화물차에 실려 어디론가 떠나가고 있었다.

우리들의 길들인 그릇도, 그리고 동요童謠도 어디론가 실려가 폭발하고 있는 것이다.

'빅터' 상표의 개

종이배가 다시 쏟아지는 빗발 속에서 침몰한다. 형체는 사라지고 펀펀하게 퍼진 종이쪽만이 흙탕물 속에서 흐느적거린다.

심심하다. 단조한 낙숫물 소리가 졸립다. 얼마 남지 않은 여름 방학이 장마를 만나 갇혀버렸다.[127] 종이배를 접어 마당에 띄우는 장난도 이젠 싫증이 났다. 비 오는 날엔 유리창도 운다. 하늘이 가라앉고 산도 길도 빗살에 스몄다. 회색 공간이 질펀하게 번져가고 있다. 아무것도 할 일이 없다.

이런 날에는 신기한 '놀이'를 발견하지 않으면 안 된다. 신은 인간에게 권태를 주었다. 권태를 이기기 위해 인간은 '놀이'를 만들어야 한다.

질척한 장마철, 그때 우리들은 별의별 '놀이'를 꾸며대며 놀았지

---

[127] 장마철에는 곰팡이가 슨다. 그와 마찬가지로 인간의 의식 속에서도 곰팡이가 피는 그런 홍수의 시각이란 게 있다.

만 그럴수록 자꾸 더 심심해졌다('우리'라고 했지만 실상은 두 살 위인 형과 나밖에는 없다. 놀 수 있는 상대도 단둘뿐이다. 웬일인지 집안 식구들은 모두 낮잠만 자고 있다).

그래서 나중에는 장롱을 열어 겨울옷을 꺼내 입어보기로 했다. 날씨가 추워서 그랬던 것만은 아니다. 무슨 변화를, 색다른 일을 그리고 놀라운 일을 원하고 있었던 것이다.

여름철에 묵은 겨울옷을 입는다는 것은 역설적인 쾌감이 있었다.[128] 우선 그 나프탈렌 냄새로 가득 찬 옷은 장마철의 우울증에서 깨어나게 했다. 단추가 떨어진 옷, 구김살이 펴지지도 않은 옷 그리고 벌써 품이 죄는 그 옷을 몸에 걸치는 것만으로도 우리는 현실에서 멀리 떠나 있는 기분을 맛보게 된다. 분명히 그것은 훌륭한 하나의 유희였다. 나는 외투까지 꺼내 입었고 형은 방한모를 뒤집어쓰기도 했다. 겨울에 그런 옷을 입는다는 것은 조금도 신기할 것이 없는 일이다. 그러나 한여름에 외투를 입고 방한모를 쓴다는 것은 마술적인 즐거움이 있다.

어른들에게 들키지 않으려고 우리는 빈 뜰아랫방에 들어갔다. 폐실廢室이기 때문에 창고처럼 쓰지 않는 가구들이 하나 가득 쟁여 있었다. 병풍, 난로, 부서진 의자들. 그리고 깨진 체경에 몸을 비춰보고 우리는 이유 없이 끼들거리고 웃는다.

그날이었다. 우리가 참으로 기괴한 놀이를 발견해낸 것은. 겨

128) 상상력이란 여름에 겨울옷을 꺼내 입는 것 같은 일이다.

울옷을 입고 다니는 것만으로는 아무래도 심심해서 뜰아랫방의 다락 속에 있던 유성기를 꺼내다가 레코드 감상을 하기로 했다. 그날만의 일은 아니다. 심심하면 우리는 곧잘 유성기를 꺼내 틀었다. 그런데 그날은 좀 색다른 일이 벌어졌다.

유성기는 '빅터'였다. 뚜껑을 열면 한복판에 노란 금박으로 '빅터' 상표가 찍혀 있었다. 에디슨 시대의 낡은 유성기 나팔 앞에서 개 한 마리가 귀를 기울이고 우두커니 앉아 있는 그림이다. 보통 때는 그 상표에 대해 별 관심이 없었겠지만, 비 오던 그날은 그런 상표까지도 우리의 관심을 끌었다.

"저 나팔은 옛날 유성기야. 그리고 저 개는 지금 주인의 노랫소리를 듣고 있는 거야……."

형은 태엽을 감으면서 그렇게 말했다. 나는 이 유성기를 가져오던 날 서울 언니가 말씀하시던 이야기가 생각났다.

"나도 들었어…… 이 개의 주인은 죽었어. 주인은 가수였거든. 그런데 이 개는 말이야, 주인이 죽은 줄도 모르고 매일같이 기다리고 있었지. 그러다가 말이야, 어느 날……."

밖에서는 여전히 바람에 뿌리는 빗발이 차양을 두드리고 있었다. 우리는 잠시 동안 서로 말이 없었다. 주인을 찾아 헤매다니던 '빅터' 상표의 개를 생각하고 있었다.[129]

---

129) 동화는 반드시 숲이나 구름에만 있는 것이 아니다. 아이들의 시선 속에서는 하찮은

아무리 기다려도 주인은 돌아오지 않았다. 그러나 개는 그 주인이 저녁마다 돌아오던 그 시각, 그 길목에 앉아서 자꾸만 기다린다. 매일같이, 매일같이, 개는 돌아오지 않는 주인을 애타게 기다린다. 눈보라가 치는 날에도 비가 뿌리는 궂은 날에도……. 그러다가 개는 주인을 찾아 마을을 떠난다. 낯선 도시를 헤매면서 길거리에서 그냥 잠이 든다. 어느 날, 우연히 지나치던 골목에서 주인의 목소리를 들었다. 개는 그 소리를 향해 뛰어간다. 그러나 주인의 얼굴은 보이지 않는다. 유성기의 나팔 속에서 흘러나오는 주인의 노랫소리밖에는 들을 수 없다. 개는 무릎을 꿇고 귀를 기울인다. 그리운 그 목소리에 다소곳이 귀를 기울인다. 사람들이 쫓아도 개는 죽은 듯이 그 유성기 앞에서 떠나질 않는다.

"참…… 불쌍하지. 이 개는 지금 주인의 목소리를 듣고 울고 있는 거야."

"개도 사람처럼 우나?"[130]

"누렁이도 울었잖아? 죽을 때 울었댔잖아?"

"그래, 누렁이도 울었을 거야. 정말 사람처럼 울었을 거야."

누렁이는 나와 나이가 같았다. 10년 이상 묵은 누렁이를 미신이 많은 마을 사람들은 좋아하지 않는다. 묵은 개는 둔갑을 한다

쓰레기라도 환상의 날개를 달고 번뜩거린다.

[130] 슬픔은 때로 동물과 인간의 구별마저도 없게 하는 경우가 있다.

는 것이다. 인간들은 오래 묵은 것에 대해 일종의 공포에 가까운 경외심敬畏心을 갖는다. 오래된 정자나무도 그렇고, 고가古家도 그렇고, 심지어 개도 그렇게들 생각한다. 거기에는 무엇인가 초자연적인 힘이 머무르고 있다고 굳게 믿고 있다.

누렁이를 끌고 마을 길을 다니면 사람들은 으레 서로 수군댔다. 그 개가 밤마다 늑대와 어울려 논다고도 했고, 한밤중에 산으로 들어가는 것을 보았다고 말하는 사람도 있었다.

또 묵은 개는 귀신을 본다는 것이다. 달밤에 누렁이가 짖으면 마을 사람들은 두려워했다.[131] 죽음이 골목으로 다니는 것을 보고 짖는 것이라는 거다. 원순네 아버지가 죽던 바로 그 전날 밤에도 누렁이가 그 집 골목을 향해 몹시 짖어댔다는 소문도 있었다.

사람들은 묵은 개를 집에 두면 주인을 해치는 법이니 죽여야 한다고 몇 번인가 아버지에게 귀띔을 했지만 애들 때문에 그럴 수가 없다고 거절을 하시곤 했다.

아버지는 우라와 누렁이 사이를 잘 알고 계셨다. 그리고 그 개가 우연히도 나와 한동갑이라는 데서 차마 죽일 수가 없으셨던 것 같다. 하지만 누렁이에 대한 좋지 못한 소문은 자꾸 늘어만 갔다. 그러다가 최후의 시각이 왔다.

학교에서 돌아오는 길에 나는 동리 사람들이 나무 밑에서 술을

---

131) 개가 달을 향해 짖는 시각이야말로 인간의 죽음을 생각하게 되는 그런 시각이다.

뚝배기로 마시는 것을 보았다. 술에 취한 사람들은 나를 붙잡고 커다란 소리로 개장국이 있으니 먹고 가라고 했다. 정말 그들은 손에 뚝배기를 들고 있었다.

집에는 누렁이가 없었다. 우리가 학교에 가고 없는 틈을 이용해서 집안 식구들은 결단을 내렸던 모양이다. 어른들이 미웠다.[132] 그런데도 가족들은 누렁이가 집을 나가 돌아오지 않는 것이라고들 하면서 울고 있는 나를 달랬다.

"누렁이는 어른들이 몰래 목을 졸라 죽인 거야……."

"불쌍하지…… 누렁이도 눈물을 흘렸을 거야."

형은 레코드를 걸었다. 판이 돌아간다. 사각거리면서 노래가 흘러나온다.

"강남 달이 밝아서……."

유성기에서 흘러나오는 소리에 빗소리는 멎는다.

"강남 달이 밝아서……."

슬프게 가락을 굴리는 여가수의 가냘픈 목소리가 폐부를 찌른다.

'빅터' 상표의 개가 으스름한 언덕길을 방황한다. 겁에 질린 누렁이가 새끼줄에서 벗어나려고 애를 쓴다. 발바닥이 따가운 강변

---

132) 단순히 생명을 살해했다 해서 잔악한 것은 아니다. 정을 지닌 생명을 죽일 때만이 우리는 잔학성을 느낀다. 정은 생명보다도 더 깊은 뜻을 가지고 있다.

에서 개와 함께 뜀박질을 한다. 빗방울 소리…… 침몰해가는 종이배…… 나프탈렌 냄새와 빗방울이 굴러떨어지는 유리창…… 레코드의 슬픈 음악이 흐느적거리며 습기처럼 가슴속으로 젖어든다. 장마철. 흐린 하늘과 빗발 속에 젖은 언덕길…….

마음이 울컥하면서 괸 물이 넘치듯 눈물이 흐르기 시작한다. 불쌍한 개…… 누렁이…… '빅터' 상표의 개…….

나는 뜰아랫방의 낡은 가구에 기대어 훌쩍거렸다.[133]

"너, 우는구나."

형이 얼룩진 내 얼굴을 쳐다본다. 그러는 형의 눈도 벌겋게 젖어 있었다.

"저도 울면서, 뭘……."

레코드의 음악은 끝나고 소리만이 빈 줄에 걸려 사각거리는데도 우리는 마냥 눈물을 흘렸다.

속이 개운했다. 울고 있는데 마음은 한결 가볍고 즐거웠다. 그것은 가장 멋있는 유희였다. 이 기발한 '놀이'에 대해서 우리는 서로 비밀을 지킬 것을 약속했다. 그날부터 우리는 '비밀 놀이'에 아주 열중해버렸다.[134]

---

133) 비오는 날에 클래식보다 값싼 유행가가 더 큰 감동을 불러일으킬 때가 많다.
134) 웃음보다는 눈물이 더 즐거울 때가 있다. 신이 아무리 인간에게 비참한 형벌을 준다 해도 눈물의 즐거움을 아는 이상 인간은 외롭지가 않다.

"유성기를 틀러 가자."

이렇게 말하면 벌써 그것은 "울러 가자"는 암호로 통한다. 심심하고 견딜 수 없이 지루한 날에는 '눈물 놀이'가 가장 멋지고 재미난 장난이다. 유성기를 틀자 모든 것은 자동적으로 진행된다.

우리는 먼저 아랫방으로 들어간다. '빅터' 상표의 개를 보고 누렁이 생각을 한다. 어지간히 무드가 무르익으면 "강남 달이 밝아서……"라는 지정곡을 튼다.

한참을 노력하면 가슴이 찡해온다. 처음에는 주인을 찾는 '빅터' 상표의 개나 동리 사람들에게 맞아 죽은 누렁이에 대한 슬픔이지만, 일단 가슴이 찡해지고 짭짤한 눈물이 목구멍으로 흘러들어가면, 이젠 그 어떤 것에 대한 슬픔도 아니다. 그냥 무턱대고 형언할 수 없는 슬픔이 가슴을 적시기 시작한다.

고물이 널려 있는 부서진 의자에 앉아서 우리는 소리 없이 한참을 우는 것이다. 짜릿한 쾌감, 아슬아슬한 전율을 맛본다. 이러한 '눈물 놀이'는 가끔 실패할 때도 있다. 아무리 누렁이와 '빅터' 상표의 개를 생각해도, "강남 달이 밝아서……"의 구성진 판을 몇 번이나 되풀이해서 걸어도 눈물이 나오지 않는 경우도 있다.[135]

---

135) 감상을 경멸하는 사람들이 많다. 그러나 요즈음 세상에선 감상에 젖는다는 것도 그

"누렁이 생각을 해봐."

"언덕길에 앉아 주인을 기다리는 그 개를 생각해봐."

서로 격려해서 울음을 터뜨리려고 애를 쓴다. 그래도 안 되면 『엄마 찾아 삼만 리』나 『집 없는 아이』 같은 슬픈 동화 이야기를 한다. 주로 그 역할은 형이 맡아서 한다.

"……눈이 펑펑 쏟아지는데 레미는 개 카피와 할아버지 손을 끌고 언덕길을 걸어갔어. 할아버지는 병들어 있었고, 눈보라가 치는데 레미는 얼마나 추웠겠니. 그리고 할아버지는 눈 구덩이에 쓰러져 죽어가는 거야. 재롱을 떨던 카피도 오들오들 떨고 있었어. 그런데 레미와 카피는 언 몸을 녹여주려고 자기 몸으로 할아버지를 끌어안았지. 그러다가 레미는 정신을 잃고 말았어."

불쌍한 레미. 이야기가 그 대목에 이르면 눈물이 왈칵 쏟아진다. 그제야 그 '눈물 놀이'는 겨우 성공을 한다.[136]

유희를 통해서 인간은 원죄를 인식한다. 아이들의 '놀이'에는 작든 크든 인간의 원죄가 깃들어 있는 법이다. 나는 그 슬픔의 종류가 무엇인지 모른다. 다만 슬픔을 찾아다녔고 '놀이'가 나의 운명이요, 원죄를 걸머지고 사는 인간의 운명이었음을 분명히 이해

리 쉬운 일이 아니다.
[136] 알 수 없는 슬픔이란 게 있다. 그것은 탄생 이전, 먼 태초에 있었던 인간의 슬픔을 회억하는 것이다.

할 수 있다.

또 어째서 인간은 '우는 것'을 부끄럽게 여기는 것일까? 철이 든 어른만이 아니라 아이들도 이유 없이 우는 감상을 부끄러워한다. 눈물을 흘리는 동안에만 인간은 순수할 수 있다. 그런데도 그 순수성에 대해서 사람들은 모두 쑥스럽게 여기고 있다.

그러기에 어느 초상집이든 한구석에는 즐거운 축제 기분이 있는 것이다. 초상집에서만은 누구나 마음 놓고 울 수 있는 자유가 허락되어 있기 때문이다. 초상집의 마당은 인간의 순수성을 해방시킨다.

애끓는 슬픔으로 가득 찬, 그리고 잘 다듬어진 추도사의 그 허영을 나무랄 권리가 우리에게는 없다. 금제된 눈물을 터뜨리기 위해서 누구나 초상집을 기웃거리고 있다는 사실을 이해한다면, 그리고 자기의 슬픔을 울기 위해서 추도식장에 모이는 딱한 인간의 마음을 생각한다면, 추도사의 수식어를 우리는 용서해야 할 것이다.[137]

'빅터' 상표의 개 놀이를 남에게 들키지 않게 하기 위해 우리는 얼마나 애썼는지 모른다. 지금도 나를 슬프게 하는 것은 '눈물 놀이'를 그처럼 쑥스럽고 그처럼 죄악시하고 있었던 점이다. 철없는 아이에게 있어서도 눈물은 수치였다. 어째서 눈물은 수치일까?

---

137) 인간이 상실한 자유 가운데 마음 놓고 울 수 있는 그 자유도 한몫 끼어 있다.

누나에게 그 현장을 들키던 날, 우리는 아주 절망적인 기분이었다. 누나는 우리의 비밀을 끝내 탐지했고 한참 유성기 앞에서 눈물을 흘리고 있을 때 밀실의 문을 열어젖혔다.

죽고 싶을 정도로 부끄러웠다. 만약 이 이야기를 퍼뜨리면 누나의 수틀을 찢어버리겠다고 우리는 협박까지 했다. '눈물 놀이'는 그것으로 끝나버리고 말았다. 비극영화를 보고 눈물을 흘리다가 갑자기 불이 켜지면 사람들은 눈물의 흔적을 감추기 위해 애쓴다. 멋쩍은 일이라고 생각한다. 그때의 기분도 그와 다를 것이 없었다.[138)

그 기괴한 '눈물 놀이'는 끝났다. 그러나 긴 장마철, 축축한 회색 공간이 생활의 권태 속으로 파고들 때, 나는 문득 빗발 속에서 침몰한 종이배를 생각한다. 구식 유성기의 나팔 앞에 앉아 있는 '빅터' 상표의 개, 값싼 애상哀像의 유행가, 레미의 고달픈 여정, 개장국을 먹는 사람들 그리고 겨울옷을 생각한다.

'눈물 놀이'가 아직도 끝나지 않았다는 생각을 해본다.

138) 참된 비극은 슬픔 속에 있는 것이 아니라 슬픔을 감추려는 그 행위 속에 있다.

그것은 빈 상자다

판도라의 상자나 우라시마 다로[浦島太郎]의 상자는 다 같이 인간에게 실망과 불행을 주었다. 신화 속에서만이 아니라 지금도 사람들은 미지의 상자를 열고 싶어 한다. 그것이 굳게 닫혀 있을수록, 그 속에 들어 있는 것이 무엇인지 알 수 없을 때일수록 사람들은 상자를 열고 싶어 한다.

그것은 호기심이며 기대이며 불안이며 가진 것이 없는 마음의 공허이기도 하다. 나는 가끔 공상에 잠겨 있다. 여러 가지 동화나 소설이 현실로 착각되는 순간이다. 산길을 걷다 이상한 상자가 떨어져 있는 것을 본다. 녹슨 자물쇠를 부수고 상자를 열어보면 옛날 산적들의 지도가, 양피로 만든 보물 지도가 나타난다. 혹은 그것은 마술 상자일 수도 있다. 그것을 열면 연기 속에서 거인이 나타난다.

"도련님, 무엇을 원하십니까?"

나는 궁전과 말과 공주와 보물을 원한다. 숲은 아름다운 궁전으로 변하고 나는 눈부신 옷을 입은 왕자가 된다. 그 상자만 있으면 이 세상을 내 멋대로 할 수가 있다. 시험도 언제나 100점을 받을 수 있다. 운동회 때 나는 1등을 한다. 세계 신기록을 세우면 교장 선생님은 놀라서 나를 얼싸안을 것이다.[139]

보잘것없는 약 상자나 초콜릿 상자를 보면서 혹은 누님의 반짇고리 같은 것을 보면서 나의 상상은 자꾸 비약한다. 그것들은 나에게 있어서 어마어마한 보물 상자이며 거인이 들어 있는 요술 상자이다.

그러나 동화는 현실 속으로 오지 않는다. 기적은 일어나지 않는다. 어느 길에도 상자 같은 건 떨어져 있지 않다.

어느 날 나는 실망한 동화에 복수하려고 음모를 꾸며냈다. 형과 나는 벽장 속에서 빈 상자들을 꺼내다가 가짜 보물 상자를 만들기 시작한 것이다. 빈 상자 속에 신문지와 돌, 흙, 나무토막 같은 것을 집어넣고 겉만 예쁘게 포장했다. 가게에서 물건을 싸줄 때처럼 종이끈으로 상자마다 열십자로 묶었다. 누가 보든지 값진 상자라 할 것이다.

대개 겉을 소중하게 싸놓으면 누구나 그 속에는 그만큼 또 소중한 물건이 들어 있을 것이라고 생각하는 법이다.[140]

139) 동화를 읽기 때문에, 아이들은 자라면서 현실에 대해 더 큰 실망을 갖는다.
140) '운명의 장난'이라고 사람들은 말한다. 인간은 운명에 속고 있다. 그렇기 때문에 가

"으리으리한 상자가 됐다. 누가 이 안에 신문지 쪽이나 들어 있으리라고 생각하겠니."

우리는 이렇게 만든 대여섯 개의 상자를 들고 읍내로 가는 신작로로 나갔다. 그 길에는 언제나 많은 사람들이 다닌다. 여기에서 장난을 벌이기로 했다.

상자를 길 한복판에 떨어뜨리고 우리는 언덕 숲 속으로 숨어버렸다. 숨도 크게 쉴 수 없는 긴장감 속에서 한참을 기다리다가 망을 보고 있자면 사람이 나타난다.

아아, 사람 하나가 걸어오고 있다. 상자 가까이로 한 발짝 두 발짝 다가서고 있다. 폭죽에 불을 켜대고 그것이 막 터지려고 하는 순간을 기다리는 것처럼 숨이 턱에 찬다. 정말 그 사람은 상자를 집을 것인가? 그리고 그것을 열어볼 것인가?

일은 너무나 쉽게 이루어졌다. 사람들은 예외 없이 정말 그 상자를 집어가는 것이다.

"물렸다!"

형은 내 귓속에다 대고 속삭인다. 기쁨을 참을 수가 없는 것이다. 낚시질을 하듯이 사람들이 가짜 보물 상자에 걸려들면 가슴으로 반응이 온다. 나는 지금도 그것을 분명히 하나하나 그려낼 수 있을 것 같다.

끔 남을 속이고 싶은 유혹을 느낀다. 자신이 하나의 운명, 그것이 되기 위해서.

길에 떨어진 상자를 보는 순간 사람들의 그 표정이 어떻게 변하는지 나는 똑똑히 기억하고 있다. 상자를 더 이상 보려 하지 않고 주변부터 먼저 훑어본다. 그럴 때 그 사람의 눈은 이상하게 빛난다. 그것은 불안을 이기려는 노력이다. 약간 공포에 질린 듯한 표정이지만, 어떤 기대를 가진 사람들만이 지어낼 수 있는 미소가 입가로 번져간다.

상자를 줍는 사람들은 누구나 한 번씩, 그 무게를 알아보기 위해 그것을 아래위로 추스른다. 성급한 사람은 그 자리에서 황급히 포장지의 끈을 풀어 열어보기도 한다. 좀 소심한 사람은 몇 발자국 걸어가서 연상 주위를 살피다가 조금씩 떨리는 손으로 상자의 포장지를 벗긴다.

그러나 상자를 열고 난 후의 그들 표정은 누구나 다 마찬가지다. 실망, 수치, 분노, 이런 감정들이 한데 엉클어졌을 때의 그 표정은 한마디로 설명하기 어렵지만 굉장히 우습게 보인다. 우리는 그 표정이 우스워서 입을 틀어막고 한참을 웃는다. 기대를 주고 그 기대를 무너뜨리는 재미는 어째서 그처럼 통쾌한지 모른다.

신도 그 재미를 알고 있기 때문에 아마 인간에게 그처럼 많은 기대를 주었다가 다시 **빼앗아가버리는**가 보다.[141]

---

141) 가장 불행한 사형수는 어쩌면 특사를 받을지도 모른다는 그 기대를 버리지 못한 채 형장으로 끌려가는 자다. 부질없는 기대는 사형보다 더 큰 형벌이다. 인간은 기대를 버리

우리의 장난은 성공적이었다. 어른들이 우리의 꾀에 넘어갔다는 즐거움보다도 한 사람, 한 사람 상자를 집어들고 펴보고 하는 그 거동이 연극을 보는 것처럼 재미있었다. 그들은 숲에 숨어 있는 우리를 모르고 있었다. 몰래 숨어서 그들의 일거일동을 지켜보고 있는 우리들의 시선을 그들은 모르고 있다.

그것은 신만이 느낄 수 있는 자유다. 어디선가 인간들을 지켜보고 있는 신의 절대 자유絶對自由도 그 전지全知의 힘도 아마 그와 같은 것일는지 모른다.

하지만 뜻밖의 일이 생겨났다. 마지막 상자를 길에 놓았을 때의 일이다. 숨을 죽이고 그 상자를 지켜보고 있자니까 길 저편에서 꼬부랑 할머니 하나가 나타났다.[142) 가난하고 늙고 힘없는 그 노파는 지팡이에 매달려 허덕거린다. 가랑잎처럼 바람에 나부낀다.

한참을 기다려야 했다. 겨우 상자 앞에 이르자 노파는 다른 사람들과 마찬가지로 갑자기 걸음을 멈추고 둘레둘레 사방을 훑어본다.

희끄무레한 노파의 눈이 우리 있는 쪽을 바라다보는 것 같았

지 못하고 사는 이중의 형벌을 지닌 수인이다.

142) 누구의 말대로 하나님에게 자식을 생각하는 아버지만큼의 자비가 있었다면 이 세상은 이렇게까지 비참하지는 않았을 것이다.

다. 무엇인지 입속으로 중얼거렸다. 그러다가 상자를 들어 흙을 깨끗이 털고는 치마폭 속에 몰래 감추는 것이었다. 절대로 누구에게도 빼앗기지 않으려는 듯이 한 손으로 치마폭에 감춘 상자를 꼭 움켜잡았다.

더구나 그 상자는 다른 것과 달리 좀 크고 무거웠다. 아버지의 백구두가 들어 있었던 통이었다. 거기에 우리는 돌덩어리와 풀을 뜯어 넣었다.

쫓기는 사람처럼 노파는 허둥지둥 걷기 시작했다. 달팽이 같은 걸음이 상자를 집어들고부터는 갑자기 빨라졌다. 아마 노파는 그 상자 속에 정말 값진 보물이, 귀한 물건들이 하나 가득 들어 있을 것이라고 믿는 모양이었다.

손자나 틀어지기 잘하는 며느리를 생각했을 것이다. 간밤에 좋은 꿈을 꾸었다고 꿈 이야기부터 할 것이다.[143]

가난한 사람들은 대개 그런 꿈 이야기를 좋아한다. 식구들이 모여 앉은 자리에서 노파는 아무도 손대지 못하게 하고 손수 그 상자의 끈을 풀 것이다. 아이들은 그게 과자였으면 좋겠다고 할 것이다. 며느리는 그게 무슨 화장품이었으면 좋겠다고 할 것이다. 혹은 돈, 혹은 값진 보석. 아 그러나 그것은 돌덩어리와 풀이었다.

143) 가난한 사람은 '꿈의 부자'다.

우리는 웃을 수가 없었다. 할머니는 걸음을 재촉하다가 그만 벌써 두 번이나 길 위에 엎어졌다. 나는 아무래도 죄를 저질렀다고 생각했다.

"할머니, 아니에요. 그것은 빈 상자예요."

우리는 숲에서 뛰어나와 할머니의 뒤를 쫓아갔다. 우리를 본 할머니는 이제 뒹굴다시피 도망친다.

"이건 내가 주운 거다. 이건 내가 떨어뜨린 거여."

지팡이를 잡은 손에서는 피가 흐르고 있었다.

우리는 그냥 집으로 돌아왔다. 무슨 말을 해도 노파는 들으려 하지 않았다. 조금 전까지만 해도 우리는 얼마나 즐거웠던가? 그러나 그 할머니가 나타나는 바람에 풀이 죽어버렸다. 마음이 무겁고 언짢았다.

"형, 그 속에 토마토라도 넣을 걸 그랬다."

"난 돌이 아니라 누룽지라도 넣을까 했었지."

말을 하지는 않았지만 우리는 후회하고 있었다. 빈 상자를 소중하게 틀어쥐고 엎어지며 뛰어가던 할머니의 모습이 우리를 향해 매질을 했다.

"어떤 빌어먹을 놈이 이런 장난을 했어."

술이 거나하게 취한 밀짚모자 농부 하나가 그 상자를 열어보고 그렇게 욕지거리를 했을 때도 우리는 겁을 먹지 않았다. 좋아라고 속으로 손뼉을 치기까지 했다.

그런데 할머니는 우리 솜씨에 완전히 넘어갔는데도 우리는 후회하고 있었으며 겁까지 났다.

　상자를 열지 말라.

　그것들은 모두가 빈 상자다. 판도라여, 상자를 열어서는 안 된다. 불행과 실망이 좁은 상자 속에서 날갯짓하고 있다.[144]

　착한 어부여, 우라시마여, 용궁의 상자를 열지 말라,[145] 빈 상자는 갑작스레 사람을 늙게 한다.

　누구도 비밀의 그 상자를 열지 말라.

---

[144] 신이여! 많은 것은 원치 않습니다. 다만 약한 자를 괴롭히지 않고 살아갈 수 있는 일생을 주시옵소서.

[145] 우라시마 다로―일본의 민담. 용궁에서 '다마데바코'란 상자를 선물 받는 우라시마 다로는 절대로 도중에 열어보지 말라는 말을 어기고 그 상자를 열었다. 그때 그 상자 안에서 연기가 나와 우라시마를 호호백발의 늙은이로 만들어버렸다.

별들의 오해

　어둡고, 광막하고, 텅 빈 공간……. 무한한 그 우주 속에 흩어져 있는 별들을 생각해본다. 별들은 혼자 있다. 어느 것과도 일치하지 않는 자기만의 궤도를 돌고 있다. 별과 별들의 거리는 수십만 광년을 넘는 것도 있다. 아직 그 빛이 우리에게 도달하지 않은 숨은 별들도 있는 것이다. 현기증이 난다.

　별들은 빛을 가지고 있기 때문에 존재한다. 끝없는 공간을 향해 뻗어가는 광채를 가지고 그들은 서로 통신한다. 그러기에 별빛은 하나의 언어다. 지극히 먼 우주의 한 심연 속에서 자기가 존재하고 있다는 것을 다른 별들과 이야기한다. 바닥없는 공간은 그 빛에 의해서 연결되고 우리는 그 희미한 별빛의 밀어를 통해서 우주의 깊이를 잰다.

　그러나 빛은 많은 공기층을 지날 때마다 굴절할 것이다. 두꺼운 층, 두꺼운 대기의 벽을 지나서 나에게로, 혹은 너에게로 전달된 그 빛은 하나의 오해를 낳는다. 별은 동요처럼 깜박거리는 촛불도 아니며 장군들의 견장에서 빛나는 그런 오각의 모서리를 가지고 있는 것도 아니다. 그러므로 별빛의 근원에 있는 것은 고독의 광망이다. 사람도 그러한 별들의 하나에 지나지 않는다.

아이들의 시선은 나에게 향했다. 교실 문을 열었을 때, 아이들은 모두 제자리에 앉아 머리를 숙이고 있었다. 그 무거운 침묵을 내가 깨뜨렸던 것이다.[146]

무슨 일일까? 나는 습자 도구를 잊었기 때문에 점심시간을 이용하여 집에 갔다 오는 길이었다. 보통 때 같았으면 한창 떠들썩했을 교실 안이다. 담임 선생의 얼굴도 굳어 있었다.

가슴이 두근거렸다. 무슨 일일까? 나는 발끝으로 걸어서 소리 없이 조용히 내 책상에 가 앉았다. 영문도 모르고 나도 고개를 숙였다. 침을 삼키고 코를 훌쩍거리는 소리밖에는 아무것도 들려오지 않는다.

"조금 있으면 순사가 올 것이다. 그전에 빨리 나오지 않으면 감옥살이를 하게 된다."

갑자기 담임 선생의 말이 울려 나왔다. 가슴이 또 한 번 두근거렸다. 교실 문을 열고 들어올 때보다도 한층 더 불안했다. 무슨 일일까? 막연했던 예감이 조금씩 구체화되어 갈수록 가슴은 점점 더 뛰기 시작한다.

---

146) 불안은 대개가 정숙 속에서 음모된다.

내 바로 앞자리에 앉아 있는 아이가 월사금(수업료)을 도난당했다는 것이다. 주재소의 순사가 와서 하나하나 조사할 것이라고 선생님은 말했다. 그렇게 되면 매를 맞게 될 것이고 감옥으로 끌려가게 된다. 그러니까 지금 빨리 죄를 자백하고 돈을 돌려주어야 한다.

이상하게도 나는 내가 의심을 받고 있다는 생각이 들었다.[147] 웬일인지 담임 선생은 나를 노려보면서 그런 말을 하고 있는 것처럼 보였다. 아니, 그럴 리가 없다. 나는 아무 죄도 없다.

이렇게 다짐하고 있었지만 자꾸 이가 떨린다. 옆의 아이들은 모두 태연한 것 같은데 내 얼굴만이 붉어진 것 같다. 이러다가 정말 내가 의심을 사게 될지 모른다. 몰래 고개를 들어 선생님의 얼굴을 쳐다보았다. 선생님의 안경이 번쩍 빛난다. 나와 눈이 부딪친 것이다. 아, 무엇이 휘감겨 목과 가슴을 조르고 있는 것 같다.

내가 지금 의심을 받고 있는 것이다. 선생님뿐 아니라 아이들 전체가 나를 의심하고 있는 것 같다. 아까 교실 문을 열었을 때 아이들의 시선이 나에게 쏠릴 때부터 그들은 나를 의심했던 것이 분명하다. 그때 나만 부재중이었다. 습자 도구를 가지러 간 것이지만, 그들은 내가 돈을 훔쳐 어디엔가 감추러 나간 것으로 알고

147) 당신이나 나나 이 세상에 있어선 모두 다 하나의 혐의자다. 무죄한 자일수록 불안의 고통은 심할 것이다.

있을는지 모를 일이다.

현장에 있었다는 그 이유 하나로 죄인이 되는 수도 있다. 피의자란 범죄자보다 한층 더 불안한 법이다. 피의자는 벌써 스스로가 자기를 범죄의 시점에서 생각하게 된다. 자기의 결백을 주장한다는 것부터가 의심의 자료가 된다.[148]

"선생님, 저는 아니에요, 습자 도구를 가지러 집에 간 것뿐이에요."

나는 그렇게 말하고 싶었다. 그러나 묻지도 않는 것을 어떻게 말할 수 있을 것인가. 그들은 내 눈치를 살피고 있는 것인지도 모른다. 모두들 마음속으로는 내가 그 애의 월사금 봉투에 손을 댄 것이라고 믿고 있는지도 모른다. 다만 내가 스스로 죄를 자백할 때까지 기다리고 있는 것일 게다.

……그럴 리 없다. 아무도 나를 의심한다고는 말하지 않고 있지 않은가. 그 애가 바로 내 앞자리에 앉아 있다 해서 꼭 내가 의심받고 있다고 말할 수는 없다. 그 옆에 앉아 있는 애도 있지 않은가. 그럴 리가 없다. 선생님은 내 얼굴만 본 것이 아니라 교실속의 애들 전부를 바라보고 있는 것이다. 아니, 유난히 나를 보고 있는 것 같다. 내가 이렇게 떨고 있는 것을, 얼굴이 빨갛게 달아

---

148) 고독자는 자기 무죄를 증명할 수도 없는 사람이다. 고독의 세계에는 증인이란 것도 없다.

오른 것을 수상하게 생각하고 있는 거야. 선생님은 분명 그렇게 생각하고 있을 것이다. 내 얼굴이 혹시 빨개지지 않았을까. 그렇게 생각하니까 점점 더 의심받을 짓을 하게 된다. 아, 주재소 순사들이 이 문을 박차고 들어올 것이다. 칼을 찬 순사들이. 그리고 공포에 떨고 있는 나를 발견하겠지. 어떻게 나는 내가 도둑이 아닌 것을 그들에게 밝힐 수 있을 것인가.

도둑질은 남이 보지 않는 데서 혼자서 하는 것이다. 아무도 도둑질한 것을 본 적이 없다. 그렇다면 내가 도둑이 아니라는 증인도 없는 것이다. 죄인이 묶여가는 것을 본 적이 있다. 숨이 답답해온다. 다락 속처럼 어두운 감옥, 아버지와 어머니가 그것을 안다면 얼마나 낙심할 것인가……[149]

모든 것이 낯설게 보였다.[150] 멀리 떨어져 있는 것 같았다. 다정하던 친구들, 늘 보던 선생님 그리고 어머니와 아버지까지도 서로 모르는 사람들이라는 생각이 들었다. 내가 도둑질했는지 안 했는지를 남들은 알 수가 없다. 나만이, 나 자신만이 그것을 안다. 누구에게도 분명한 이 내 마음을, 그 사실을 알려줄 수 없는

[149]　영원히 타인의 마음을 알 수 없듯이 내 마음을 타인에게도 알릴 수 없다. 이 벽만으로도 우리는 감옥에서 살고 있는 것이다.

[150]　여자가 신부의 옷을 입으면 모든 세상이 새롭게 보인다. 사람이 수인의 옷을 입을 때에도 마찬가지다. 다만 그 새로움을 느끼는 마음이 신부의 그것과 다를 뿐이다.

일이다.

선생님은 모두 책상에서 일어나 마룻바닥에 무릎을 꿇고 앉으라고 말씀하셨다. 걸상에서 일어나는 소리와 일제히 무릎을 꿇는 진동이 나에게는 아주 먼 곳에서 울려오는 소리처럼 들렸다.

조금 전까지만 해도 나는 마당에서 아이들과 터치볼을 하고 놀았다. 즐겁게 체조 시간에 뛰어놀던 나는, 이제 아주 딴 사람처럼 되어서 이렇게 차가운 마루청에 꿇어 엎드려 있다.

눈물이 나올 것 같았다. 그러나 울어서도 안 된다. 아무 죄도 없이 내 자유는 체포된 셈이다. 일거일동 감시를 받고 있다. 피의자는 자신이 자신의 주인이기를 박탈당한 사람이다. 그것이 고독과 불안의 차이다. 고독은 내가 혼자 있는 것을 의미한다. 그러나 혼자 있는 내가 남과 섞이게 될 때 고독자는 하나의 피의자로 변하고 그 고독은 불안으로 변한다. 인간이 현실 속에 있는 한 순수한 고독이란 없게 된다. 그것은 불안을 동반한 고독이다.

선생님은 눈을 감으라고 했다. 이게 마지막 기회라고 했다. 돈을 가져간 것은 일시적인 잘못이지만 만약 그 죄를 지금 고백하지 않으면 영구히 잘못을 저지르는 것이라 했다.[151] 순사가 와서 조사하기 전에 몰래 손을 들라는 것이었다. 남들이 모두 눈을 감

---

151) 종교─인간에 대한 신의 문책, 차라리 분명하게 고백할 수 있는 죄라도 가지고 있었더라면…….

고 있으니 친구들도 누가 도둑질을 했는지 모를 것이다. 선생님
하고 단둘이 아는 일이다. 비밀을 지켜줄 테니 안심하고 어서 손
을 들라고 하셨다. 그때 나는 불안에서 도망치고 싶었다. 의심을
받기보다는 차라리 범죄자가 되는 것이 낫다고 생각했다.[152] 더
구나 의심은 나에게만 쏠리고 있는 것 같았다. 내가 고집을 해도
남들이 다 나를 범죄자로 생각한다면 어떻게 할 것인가?

그때 나는 몰래 손을 들었다. 가슴이 미어질 것 같았다. 어머니
의 얼굴이 떠올랐다.

'어머니, 나는 절대로 돈을 훔치지는 않았어요. 그런데 선생님
과 아이들은 나를 이상한 눈초리로 바라보고 있어요.'

선생님은 몰래 직원실로 나를 부르셨다. 아이들은 소지품을 모
두 교실에 남겨두고 체조 시간처럼 팬츠만 입고 운동장으로 나갔
다. 선생님은 내 머리를 쓰다듬고 나는 이유 없이 울었다. 선생님
은 월사금을 훔쳐간 애를 대라고 했다. 내가 그런 짓을 했을 리는
없다는 것이었다. 그런데 왜 손을 들었느냐고 물으셨다.

나는 아무 대답도 하지 못했다. 누구에게도 내가 왜 손을 들었
는지를 설명한다는 것은 불가능한 일이다. 불안을 이기지 못했다
거나 남들이 나를 의심하고 있다는 것을 어떻게 말로 설명할 수

---

152) 스스로 자기가 죄인이라고 생각하는 사람들 가운데는 실은 아무 죄도 짓지 않은 경
우가 많다. 예수처럼…… 그것이 인생의 역설이다.

있겠는가?[153) 말이라고 하는 것은 구체적인 것밖에는, 뻔하기 짝이 없는 것밖에는 표현할 수 없다.

그때 교실에서 소지품을 검사하던 체조 선생이 돈을 찾아냈다고 하면서 들어왔다. 바로 내 짝이었던 아이의 필통 밑바닥에서 그것이 나왔다고 했다. 그 애는 가난했다. 몇 달이나 수업료가 밀려 늘 변소 소제를 도맡다시피 했다. 나는 그 애를 동정하기 전에 우선 내 허물이 가시게 된 것을 기뻐했다. 그런데 선생님은 나를 꼭 안아주셨다.

"아름다운 일이다! 아름다운 일이다!"

이렇게 말을 되풀이하면서 나를 교장 선생님에게 데리고 갔다.

"친구의 죄를 대신 짊어지려고 했지요. 이 애는 그 학생이 얼마나 가난한가를 잘 알고 있었으니까요. 참으로 훌륭한 일을 한 겁니다. 그러니까 이 애가 월사금을 훔친 것을 알고 감싸준 것입니다."

선생님은 마치 내가 남의 죄를 대신해 십자가를 걸머진 예수나 된 것처럼 칭찬하고 있었다.

"아닙니다. 저는, 저는."

몇 번인가 나는 사실을 고백하려고 했지만 번번이 실패하고 말

153) 오해, 이것이 역사를 만들어낸다. 때로는 성자를, 때로는 영웅을, 때로는 반역자와 죄인을…… 오해의 밑바닥에 있는 것, 그것은 인간의 고독이다.

앉다. 손을 들던 때의 그 막막했던 기분을 타인에게 이해시킨다는 것은 어려운 일이었다. 그것은 나 자신마저도 확실히 이해할 수 없는 행동이었기 때문이다.

"어른도 감히 못하는 짓을. 참 장한 일이다!"

"아닙니다, 아닙니다."

진상을 말하려고 하면 할수록 사람들은 나를 더 칭찬해주었다. 그것을 겸손으로 알았기 때문이다.

교장 선생님은 조회 때 전교 학생들을 앞에 놓고 나의 미담을 이야기해주었다. 소심한 내가 수신교과서의 주인공이 된 것이다. 집으로 돌아가도 그 이야기뿐이었다.

"글쎄, 우리 집 애가 말입니다."

나는 정말 무슨 죄를 진 것 같았다.[154] 교실에서 도난 사건이 일어난 그 순간부터 나는 내가 무슨 죄를 짓고 있다는 생각에 눈을 뜬 것이다. 범인이 드러난 후에도 마찬가지였다.

남들로부터 의심을 받고 있다는 생각이 들 때에도 그랬고, 칭찬을 받고 있을 때에도 그랬다. 그러니까 타자他者는 두꺼운 벽이라는 것을 어렴풋하게나마 최초로 느끼게 된 것이 그때였다. 타자 앞에서 나는 '범죄자'이며 동시에 '예수'이기도 하다. 진짜 나

---

154) 죄는 내가 짓는 것이 아니라 남들이 죄를 짓도록 하는 것이다. 어떤 범죄도 알고 보면 단독 범죄일 수는 없다.

와는 아무 관계도 없는 나의 별빛. 그것이 바닥없는 공간 속을 스쳐 지나가고 있다.

별들은 자기 위치를 알리기 위해서 심연과 같은 우주 속에 빛난다. 그러나 별빛은 너무나 먼 거리를 거쳐서 다른 별과 교신하고 있기 때문에 그 빛의 속도와 굴절은 하나의 오해를 만들어낸다.

별빛의 근원에 있는 것은 영원히 타자와 단절된 고독의 광망光芒이다.

별은 혼자서 잠든다.

밀레의 「만종」

대청마루 한구석에는 그림 한 폭이 걸려 있었다. 그 그림에 관심을 가지고 있는 식구는 한 사람도 없다. 액자는 헐어서 파리똥이 더덕더덕 붙어 있고, 유리 위에는 뿌연 먼지가 끼었다.

주의해서 보는 사람이 없기 때문에 낡은 이 화폭을 치우려고 드는 사람도 없다.

그러나 대청마루에 누워 뒹굴다가 나는 곧잘 그 그림에 눈을 준다. 고개를 수그리고 있는 두 사람이 꼭 벼락 맞은 미루나무처럼 벌판 위에 우뚝 서 있다. 어두컴컴해서 얼굴이 잘 보이지 않지만 모자를 벗어 든 사람이 남자고 그 옆에 치마 같은 것을 두른 사람이 여자일 것이다.

이상한 손수레가 놓여 있다. 마차나 리어카와는 다르다. 먼 외국…… 우리나라와는 아주 멀리 떨어져 있는 곳인가 보다. 그 뒤로는 바다 같은 벌판이 끝없이 펼쳐져 있는데, 먼 하늘은 붉게 칠해져 있어서 꼭 불이라도 난 것 같다. 자세히 들여다보면 희미한 지평선에 소방서 종탑 같은 것이 떠오른다. 저 사람들은 지금 종 소리를 들으면서 묵념을 하고 있는 중이라고 누나가 말한 적이 있다.

우리는 기도란 말을 모르면서 자라났다.[155] 그 대신 학교에서 점심때만 되면 묵념을 올려야 했다. 열두 시 사이렌이 울리면 길을 걷다가도 제자리에 서서 고개를 숙인다. 전쟁터에서 죽은 병정들을 위해 그리고 전쟁에 이겨달라고 비는 것이라 했다. 만약 묵념을 하지 않으면 벌을 섰다. 그런데 어째서 저들은 대낮이 아니라 황혼이 내리는 저녁에 고개를 수그리고 묵념을 하고 있는 것일까?

그 그림을 볼 때마다 나는 이상한 생각이 들었다.

더구나 저 빈 밭엔 아무것도 없다. 그들을 보고 있는 사람도 없다. 단둘뿐인데 무엇하러 귀찮은 묵념을 드리는 걸까? 이상한 것은 그들의 거동만이 아니었다. 저들은 밭에서 일하는 농사꾼이지만 우리의 머슴과는 조금도 닮은 데가 없다. 손에 든 모자도 신사들이 쓰는 것이고 옷도 또한 신사복이다. 머슴들은 저녁이 되면 지게를 지고 돌아오거나 황소를 몰면서 돌아온다. 그런데 그들은 이상한 손수레밖에는 가진 것이 없다.

매일같이 보는 그림이지만 볼 때마다 그 느낌은 아주 달랐다.

---

155) 나는 신을 믿지 않는다. 그러나 기도하는 그 마음은 믿고 싶다.

저들은 지쳐 있다. 일을 너무 많이 해서 아픈 것이다. 그래서 저렇게 우두커니 걷지도 못하고 서 있는 것이리라.

또 어느 때 꼭 그들이 지금 무엇인가 찾고 있는 것처럼 보이기도 한다. 발밑에 무엇을 떨어뜨린 모양이다. 날이 어두워서 잘 보이지 않는 탓일까? 엉거주춤 서 있는 채로 열심히 무엇인가를 들여다본다.

또 어느 때 그들은 벌판에서 사는 사람이라고 생각하기도 했다. 집이 없어서 돌아갈 곳이 없는 것이다. 배가 고픈데 마을로 돌아갈 수도 없다. 저녁놀이 지는 쓸쓸한 벌판에서 그들은 눈물을 흘리고 있다. 그래서 이따금 "묵념을 하고 있는 것"이라는 누나의 설명과 논쟁이 붙는다.[156]

"묵념은 낮에 하는 건데 어째서 저녁에들 저러지?"

내가 이렇게 반박하면 누나는 얼른 대답을 하지 못한다. 그러나 어디서 누나는 분명히 들은 기억이 있는 모양이었다.

"서양 사람들이 하나님께 묵념하는 거야⋯⋯."

"서양 사람들이 묵념을 하는 것이라면⋯⋯."

나는 우리 편(일본)이 지금 서양과 전쟁을 하고 있다는 것을 생각하면서 소리쳤다.

---

156) 저쪽 세계에서는 현실인 것이 이쪽 세계에서는 꿈일 수도 있다. 그래서 그들은 이곳으로 오고 우리는 그들이 있는 곳으로 가려 한다.

"그게 정말 묵념을 하는 것이라면 말이다. 그들이 싸움에 이기게 해달라고 하는 거겠구나. 일본이 지고 미국이 이기라고 말이야……."[157]

식민지의 아이들은 전쟁 교육을 받으며 자라난 까닭이다. 자고 일어나면 모두가 싸움 이야기뿐이었다. '장개석'이나 '차치루(처칠)'나 '루즈베루토(루스벨트)'라는 별명이 붙은 아이들은 엉엉 울면서 덤벼드는 일이 많았다. 완구도 모두 그런 것들뿐이었다.

입으로 불어서 화살을 쏘는 활이 있었는데 그 표적에는 희화화戲畵化한 '차치루'의 얼굴이 그려져 있었다. 미·영에 대해서 적개심을 불러일으키기 위한 술책이었음은 말할 것도 없다.

"그렇다면 그림을 찢어버려야 해. 자기 나라를 이기라고 비는 것인데 그냥 둘 수 있겠어……."

일본은 우리나라고 미국과 영국은 우리의 적이라고 선생님들은 늘 그렇게 말하고 있었다.

나는 그날 끝내 그 액자를 부수고 말았다. 그런데 굉장한 꾸지람을 들으리라고는 생각지도 않았던 그 그림은 뜻밖에도 바로 그림을 그리던 큰형님, 만주로 떠나 있는 큰형님의 모작품이었다.

어머니는 내가 그 그림을 찢은 이유를 들으시고는 긴 한숨을 쉬었다. 그리고 성내시던 모습은 슬픈 얼굴로 변했다.

---

157) 브레인 워싱―정치는 인간을 파블로프의 개처럼 만든다.

그들은 전쟁 같은 것을 생각하고 있는 것이 아니라고 하셨다. 누가 이기고 지고 그런 것 때문에 묵념을 하는 것이 아니라고 하셨다. 더구나 그들은 전쟁과는 아주 다른 것을 생각하고 있는 것이라 하셨다. 누가 이기고 지고 그런 것보다 더 깊고 더 절실한 일이 이 세상엔 많다는 것이었다.

그들은 먼 옛날의 서양 사람들이라 '대동아 전쟁(태평양 전쟁)' 같은 것은 모르는 사람이라고도 했다. 그것은 '묵념'이 아니라 '기도'라는 것이었다.

세상엔 전쟁보다도 더 중요하고 또 나라보다도 더 귀한 것들이, 사랑해야 할 것들이 있다고 했다. 우리가 죽어버리고 난 후에도, 오랜 세월이 흘러 전쟁의 승패 같은 이야기가 사라지고 난 후에도, 여전히 빌어야 할 일들이 있다는 것이다.

그들은 지금 곡식을 거두고 뿌리는 그 땅과, 뜨고 지는 저 태양과, 비를 내려주는 하늘과 서로 한 가족끼리 모여 조용히 살아가는 사랑과 평화를 위해서 빌고 있는 것이라고 했다.[158]

우리도 그런 것들을 위해서 빌어야 한다고 하셨다. 전쟁놀이나 하고 전쟁 뉴스만 듣던 나는 그게 무슨 뜻인지는 잘 몰랐지만, 황혼이 깔리는 어두운 벌판에서 두 손을 모아 고개를 숙이고 있는

---

158) 평생을 두고 빌고 빌어도 다 이루지 못할 소망—비록 그것이 이루어지지 않는 것이라 해도 그런 마음을 가지고 세상을 살아가는 사람은 복된 사람이다.

두 서양 사람이 분명 나쁜 사람들은 아니라는 느낌이 들었다.

찢겨진 그림은 다시 때워져서 벽장 속으로 들어가고 말았다. 그들은 어두운 벽장 속에서도 여전히 기도를 하고 있을 것이다. 어쩌다 부드러운 안개에 싸인 저녁 들길을 걷다가 나는 그 그림 속의 서양 사람들을 생각하곤 했다.

해가 져가는데 먼 데서 종소리가 들린다. 하루의 노동이 끝나고 그들은 가족들이 기다리는 식탁으로 간다. 백조가 떠 있는 호숫가의 양옥집…… 풍차가 달린 밀 방앗간…… 전쟁영화에서 보는 그 서양이 아니라 어렸을 때의 동화책에 나오는 그 풍경이 되살아나기도 한다.

"조용하고 평화로운 생활을 위해서 그들은 기도하고 있는 거다……."

그 뜻을 알 수 있을 것도 같았다.

정오의 사이렌 소리를 들으며 묵념할 때마다 나는 그 평원의 농부들을 생각해본다.

그 그림은 밀레의 「만종」이었다.

잠자리 전쟁

가을은 전쟁을 치른 폐허다. 그리고 가을은 사라지는 것이 아니라 침몰한다. 하나의 모반謀反, 하나의 폭풍. 들판의 꽃들과 잎과 열매와 모든 생명의 푸른 색채가 쫓긴다. 쫓겨서 어디론가 망명하는 것이 아니라 가을은 그 자리에서 침몰한다.

고추잠자리들이 모여들기 시작했다. 여름이 기울어가는 것이다. 잠자리들은 결코 소리를 내며 날지는 않는다. 무슨 웃음소리를 내는 일도 없다. 그런데도 마을로 잠자리 떼가 모여들어 어지럽게 날아다니는 것을 보면 꼭 숲속에 숨어 있던 복병들이 일제히 함성을 지르며 나타나는 것 같다.

아이들은 댑싸리비를 들고 이 잠자리 떼를 쫓아다닌다. 밀려가는 잠자리 떼를 따라서 아이들의 패거리는 이동해간다. 파란 하늘 위에 너울거리는 투명한 잠자리의 날개에는 가을의 비정非情이 묻어 있다. 그것은 단풍이 든 나뭇잎처럼 아름답다. 그러나 그것 역시 처참한 아름다움이다. 그것이 투명해 보일수록, 그 날개가 가볍게 보일수록, 하늘이 높고 푸를수록 아이들의 마음을 잔인하게 한다. 온종일 기진맥진할 때까지 잠자리의 학살虐殺은 계속된다.

나의 비는 짧았다. 조금만 높이 떠도 잠자리를 잡을 수가 없다. 무중력無重力 속에서 떠다니는 것처럼 잠자리 떼에겐 체중이 없다. 눈앞에 얼씬거리다가도 비를 휘두르면 금세 높은 허공으로 올라가버린다. 공간을 나는 것이 아니라 물거품처럼 그것은 떠오르는 것이다. 약이 오른다. 이유 없는 복수심이 불을 지른다.[159]

나는 긴 대나무에 비를 매어서 다시 하늘 위에 뜬 낙엽들에 도전한다. 한 마리…… 두 마리…… 비 밑에 잠자리가 떨어진다. 그것을 줍는다. 아까까지 파닥이던 날개를 잡으면 이상한 쾌감이 가슴속으로 번져간다.

잠자리를 잡으면 아이들은 으레 싱긋 웃는다. 정복의 오만성傲慢性까지도 깃든 차가운 웃음, 잔인하고, 비정적이고, 원시의 밀림에서나 웃는 그런 웃음일 것이다. 아이들은 짐승 같아진다. 흰 이빨을 드러내고 소리 없이 웃는 그 웃음은 바로 '가을의 웃음'이다.

---

159) 사람들은 무엇인가 자유롭게 날아다니는 것을 보면 그 날개를 찢고 싶은 충동을 받는다. 허무하기 때문에 인간은 정복을 꿈꾼다.

저항도 하지 못하고 잠자리는 풀이 죽었다.[160) 꿈틀대던, 노랗고 빨갛던 검은 꼬리마저도 철선鐵線처럼 굳어지면, 입가에 웃음이 사라진다. 나는 알고 있다. 잠자리를 잡는 그 쾌감은 얼마나 짧은 것인가를⋯⋯. 저항이 끝나면 쾌감도 사라진다. 이 순간의, 바삭거리는 그 날개를 잡는 순간의, 싸늘한 웃음을 위해서 애들은 또다시 비를 든다. 날개를 구기기 위해서, 바람 속에서 하늘거리는 날개를 정복하기 위해서 끊임없는 잠자리의 학살 속에 해가 진다.

땅에 떨어진 고추잠자리는 낙엽처럼 뒹군다. 동체胴體가 찢기고 눈알이 빠진 비참한 잠자리 떼가 이이들의 발에 짓밟힌다. 잠자리의 시체가 떨어진 길가에는 들국화 같은 것이 피어 있다.

가을인 것이다. 생명이 침몰해가는 가을인 것이다.

아이들은 또 서리가 내린 고추밭으로 간다. 어른들이 고춧대를 뽑고 있는 그 밭으로 몰려간다.

"고춧대를 뽑아드릴까요?"

합창하듯이 고함을 치면 아낙네들은 웃는다. 그러면 우리도 웃으면서 고추밭으로 뛰어간다. 조금 전까지만 해도 출입 금지였던 고추밭이다. 어쩌다 고춧대를 건드리기만 해도 벼락이 떨어진다. 농부들은 남의 밭이라 할지라도 꼭 자기 것처럼 모든 농작물을

---

160) 돌과 흙은 저항을 잃은 생명들의 퇴적이다.

위한다.

　아이들이 밭에서 노는 것을 보면 아무나 손을 들어 내쫓았다. 그러나 가을이다. 고춧대를 뽑아 내던져야 하는 가을인 것이다. 아이들은 닥치는 대로 고춧대를 전멸시켜간다. 마치 여름철의 복수를 하려는 것처럼 잔인하게 그 고춧대를 뽑아대며 신나게 떠든다.

　고춧대를 움켜잡는다. 그것은 저항을 한다. 뽑히지 않으려고 저항을 한다.[161] 그러나 힘을 주면 뿌리가 뽑히는, 흙이 무너지는 야릇한 쾌감이 손아귀에 전달된다. 나는 그것이 좋다. 일부러 힘을 늦추고 잡아당기면 뽑히지 않으려고 기를 쓰는 고춧대의 힘과 겨룬다. 전기가 오는 것처럼 바르르 떠는 잠자리의 날개를 잡을 때와 같은 잔인한 쾌감이 가슴으로 번진다.

　차례차례 고춧대는 쓰러진다. 그러면 아이들은 그중에서 잘생긴 놈 한 개를 얻어가지고 담 밑 양지바른 곳으로 간다. 우리는 동그랗게 앉아 고춧대의 가지를 이용해서 지게를 만든다. 시든 이파리는 다 떼어내버리고 앙상한 줄기만 남긴다.

　그 고춧대의 형상은 바닷속에 있다는 산호 같기도 하다. 채 익지 못한 작은 풋고추가, 시들어버린 쭉정이의 그 풋고추가 매달

---

161)　저항을 느낄 때 우리는 생명을 느낀다. 쇠락해가는 생명들은 그 저항 속에서 연명해간다.

려 있으면 그것을 따다 지게 위에 올리곤 한다. 그런 날에는 대개 머리 위에서 솔개가 돈다.

"쥐 잡아줄게 돌아라. 닭 잡아줄게 돌아라."

아이들이 고함을 치면 정말 솔개는 빙빙 돈다. 그것도 무엇을 노리고 있는 게다. 폭격을 맞은 것 같은 어수선한 고추밭 위로 솔 개가 돌고 있는 가을이다.

마을에선 대추를 턴다. 큰 방석을 펴들고 대추를 턴다. 나무 위 에 올라가 가지를 흔들기도 하고 긴 장대로 털기도 한다. 여름내 자라온 열매들은 이렇게 해서 낙하를 한다. 폭력 속에서 그것들 은 우박처럼 떨어져서 구른다.[162]

어른들이 다 털고 난 대추나무는 아이들 것이 된다. 대추를 털 때 우리는 멀찍이 뒷짐을 지고 구경만 해야 된다. 어른들이 얼씬 도 하지 못하게 한다.

나는 지루하게 기다린다. 그냥 기다리는 것이 아니라 망을 보 고 있다. 어른들의 대추털이가 다 끝나면 애들은 일제히 달려들 어 이삭털이를 하기 위해서이다.

아직 덜 떨어진 대추들이 남아 있다. 아주 높이 매달려 있는 것 엔 돌팔매질을 해야 한다. 나뭇잎 사이에 숨어 있는 놈들은 잎째 로 털어야 한다. 남보다 빨리 그 빈 대추나무를 털지 않으면 허탕

---

162) 생명은 폭력이다. 폭력의 잔인성 속에는 가을과 같은 아름다움이 숨어 있다.

을 친다.

이 찌꺼기를 소탕하는 일은 언제나 요란스럽다. 하나도 남김 없이 샅샅이 뒤져내는 이삭털이는 거의 열병에 걸린 것처럼 치열하다. 그 수확이란 별것이 아니다. 남김없이 대추를 다 털어 없앤다는 것이 더 신나는 일이다. 고춧대를 뽑는 것처럼 금지된 열매를 마음 놓고 딸 수 있다는 것이 더 신나는 일이었다. 숨어 있던 대추들이, 대추만이 아니라 얼마 남지 않은 나무 잎사귀들까지도…… 끝에 바둥대며 매달려 있던 그 나무 잎사귀까지도…… 잔인하게 떨어지고 만다.

어른들이 다 털어버리고 난 대추나무만을 골라 다니며 온종일 미친 듯이 나뭇가지를 두드린다. 그래도 지렁 대추란 놈은 없다. 새빨갛다 못해 까맣게 타버린 잘 익은 대추는 없다. 이런 것은 좀처럼 구경하기가 힘들다. 다 털고 난 빈 대추나무에 매달려 있는 것은 벌레 먹은 쭉정이들뿐이다. 앓고 병든 대추만 호주머니에 넣고 집에 돌아오는 날은 피로하다. 그 피로 때문에 얼마쯤 마음은 지긋한 행복감에 젖는다. 잠자리에 누워도 손과 발바닥이 둥실 떠 있는 것 같다.[163]

잠자리의 학살과 고춧대 뽑는 일과 대추를 털어내는 작업은 가

---

163) 노동 뒤에 오는 피로, 기진맥진한 피로, 가을의 아름다움도 바로 그러한 피로 속에 있다.

을이 시키는 비정의 작업이다. 폐허의 작업이다. 왜 아이들은 그렇게 잔인해지는 것일까? 나는 가을이 침몰해가고 있는 것을 잘 알고 있다. 어째서 아이들이 잠자리를 두들겨 잡는가를, 그리고 고춧대를 뽑아 던지는가를 나는 알고 있다.

서리같이 찬 가을의 웃음 속에 쾌감이, 쾌감이 깃들어 있다. 무참한 가을은 그렇게 침몰해간다. 서리가 내린 들판의 잡초가 그리고 그 산하山河가 어떤 모습으로 바뀌고 있는지를 나는 알고 있다. 그 아름다운 채색彩色 속에는 무참한 웃음의 쾌감이 있는 것이다.

가을은 그렇게 웃는다. 자연과 친한 애들도 그런 웃음을 웃는다.

가을은 전쟁을 치른 폐허다. 그리고 가을은 사라지는 것이 아니라 침몰해간다. 침몰해가는 모든 것들은 폭동과 모반 속에서 죽어가는 귀족다운 모습을 하고 있다. 가을은 오만하다. 가을은 무참하다. 가을은…… 냉혹하다. 우리는 서리가 내린 대지 위에서 학살된 잠자리의 숫자를, 그리고 푸성귀의 고추와 병든 대추들을 세고 있다.

겨울 이야기

텅 빈 채소밭에 재처럼 식어버린 햇볕이 떨어지게 되면, 고목나무의 앙상한 가지에 까치집만이 덩그렇게 남게 되면, 문득 내쉬는 입김이 안개처럼 하얗게 떴다 사라지면, 마을 아낙네들의 입이 수다스러워지면, 털옷이 껄끄럽지 않으면, 바람 소리가 나면, 팽이가 돌면, 썰매의 녹이 벗겨지면…… 아! 우리들의 추운 겨울이 다가오는 것이다. 기침 소리를 내면서 겨울은 그렇게 오는 것이다.

"얼음이 얼었어요!"

부엌으로 나가다 말고 식모는 안방을 향해서 소리친다. 으스스 떨고 있으면서도 반가운 손님을 만났을 때처럼 들뜬 목소리로 말한다.

"아씨! 얼음이 얼었어요!"

우리는 이불을 뒤집어쓴 채 유리창 앞으로 기어간다. 유리에는 허연 성에가 끼어 있다. 입김을 불어 별빛의 무늬들을 녹이면 겨울이 보인다. 살얼음이 덮인 겨울은 아침과 함께 뜰 가득히 창문의 문턱까지 온 것이다. 그럴수록 따뜻한 방 안의 한결 더 포근하고 호젓하다. 우리들은 겨울에 외부의 세계와 뚜렷이 분리되어 있는 방의 의미를 발견했던 것이다.

바깥세상. 저렇게 얼음이 얼고 바람 속에서 팽나무의 삭정이가 떨고 있는데 방 안은, 그리고 이불 속의 체열體熱은 부드러운 햇솜처럼 따사롭기만 했다.

그런 날 아침에는 공연히 헛기침을 하고 다닌다. 바깥바람이 차고 몸이 따스할수록 이상한 기침이 나온다. 어딘가 아픈 것 같기도 하고 뻐근한 행복감 같은 것이 간지럼을 태우는 것 같기도 하다. 그것은 누구에게도 설명할 수 없는 비밀의 감정이다. 왜 그럴까? 겨울엔 많은 비밀이 있다. 겨울은 비밀이 있어야 포근하다. 창문을 닫아 건 방 안에서는 모두들 하나의 비밀과 함께 산다. 길을 걸어봐도 음모를 하듯 문을 굳게 닫아건 집들은 모두 시선을 그 내부로 향하고 있다. 비밀을 간직한 풍경이다. 겨울의 기억은 언제나 그렇다.

아이들도 역시 겨울이면 자기의 내면 속으로 파고들어간다.[164] 작은 영혼이지만 화로처럼 생명의 열이 타오르고 있음을 느낀다. 정말 아팠던 것인지 혹은 꾀병이었는지 분명치 않다. 우울한 겨

---

[164] 바깥세상이 폐쇄되면 내부의 세계가 넓어진다. 겨울은 내면의 계절이다.

울이 계속되는 동안 그런 병을 자주 앓았다. 기억만이 흐린 것은 아니다. 헛기침을 하면서 온돌방에 누워 있으면, 가만히 지붕 위로 지나가는 바람 소리를 듣고 있으면, 어른들은 으레 감기에 걸렸다고 한다.[165]

한약을 달인다. 한약 냄새가 이따금 문풍지로 새어들어오는 차가운 바람과 함께 코끝에서 맴돈다.

'아! 나는 지금 아픈 것이다.'

이렇게 속으로 생각해보지만 한편에서는 조금도 아프지 않은 것이라는 느낌이 든다.

'꾀병을 부리고 있는 것뿐이다. 날씨가 추워서 방 안에 있고 싶은 것뿐이다.'

정말 꾀병이라 한다고 해도 감기에 걸리면 즐거웠다. 파인애플과 꽁꽁 언 사과와…… 으레 환자가 되면 이런 과일을 먹을 수가 있다. 흰죽에 장조림을 차린 한 상이 따로 차려진다. 형들은 부러운 눈초리로 바라본다.

어머니의 사랑을 독차지할 수 있으니까, 누구도 함부로 건드릴수 없는 특권이 있으니까, 모두들 위해주니까, 병은 참말 즐겁고행복하고 신나는 일이었다. 비밀을 가질 수가 있다. 그러기에 때로는 그것이 진짜 병인지조차도 분간하기 어려운 때도 많다. 정

---

165) 병상은 좁지만 그 위에 누워서 생각하는 세계는 넓고 크다.

말 콧물이 나오고 신열이 나도 꾀병인 것같이 느껴진다. 꾀병은 앓다 보면 정말 기침이 나오는 것 같다.

결석을 할 수 있다는 것도 재미있다. 누구에게도 털어놓고 말할 수 없는 은밀한 즐거움이다. 며칠째 나는 학교를 쉬었다. 그해의 겨울은 참으로 길고 긴 겨울이었다. 읍내에서 의사가 오고 매일같이 쓴 한약을 먹어야 했는데도 지금 생각해보면 웬일인지 자꾸 꾀병이었을지도 모른다는 생각이 든다. 선뜻한 체온기의 하얀 수은주가 37도의 빨간 숫자를 넘어서서 오르락내리락하는 것을 보면 분명히 열은 많았던 것 같기도 하다.

눈을 떠보면 희미한 전등불이 켜져 있는 밤이기도 했고, 뒤뜰 문턱에서 참새 소리가 들리는 아침이기도 했고, 혹은 느긋한 햇살이 온실처럼 방 안에 퍼져 들어오는 한낮이기도 했다. 밖은 추울 것이다. 따스한 온돌방에서 얼음 죄는 소리가 쩡쩡 울리는 바깥세상을 상상한다는 것은 한층 더 환자를 환자답게 만든다.[166]

만화책과 장난감들이 머리맡에 있었다. 형과 누나는 나에게 유난히 고분고분했다. 그래야 만화책 구경이나 파인애플을 얻어먹을 수 있었기 때문이다. 조금만 건드려도 "나는 아픈 사람이란 말이야!"하고 한마디 말만 하면 형은 금세 풀이 죽어버리고 만다. 그

---

166) 생의 추위를 느껴보지 못한 사람은 사랑이 무엇인지를 모르는 사람이다. 이 세상에서 가장 불행한 사람은 평생 동안 한 번도 앓아본 적이 없는 사람일 것이다.

러면서도 또 얼마나 찬바람을 묻혀가지고 들어오는 누나와 형이
부러웠던가?

"밖에는 눈이 왔다!"

앓고 있는 동안 푸짐하게 눈이 내렸나 보다. 형은 하얗게 묻은
눈을 털지도 않고 방 안으로 뛰어들어오면서 자랑스럽게 말한다.

"정말 눈이 왔어?"

나는 일어나고 싶었다. 산과 냇물과 그리고 논길과 나뭇가지
위에도 흰 눈이 펑펑 쏟아지고 있을 것이다. 눈을 밟고 지나가면
발바닥에 묘한 촉감이 와 닿을 것이다. 그러나 나는 지금 이렇게
누워 있어야만 한다.

병은 내가 혼자라는 것을 가르쳐준다. 이 아픔은 누구도 대신
해줄 수는 없을 것이다. 그리고 그 아픔은 외부와 나를 끊어놓는
다. 병은 많은 것을 가르쳐준다. 친숙했던 모든 것들이 실상 나와
는 아무 관련이 없다는 것을, 아니 본질적으로 생명을 느끼게 한
다. 생명 속에서 사는 사람들은 생명을 모른다. 병은 이상하게도
생명으로부터 소외시키기 때문에 생명을 강렬하게 인식시켜준
다. 병든 애들이 응석을 피우는 까닭은 그러한 소외감 때문일 것
이다.[167]

---

[167] 체열이 높아질수록 고독한 생명감도 높아진다. 바이러스 때문에 환자의 신열이 올
라가는 것만은 아닐 것이다.

밖에는 눈이 내리고 있을 것이다. 그러나 눈으로부터, 썰매를 타는 언덕으로부터 나는 멀리 떨어져 있어야 한다. 의사가 주고 간 하얀 주사 갑과 솜같이 포실포실한 흰 종이를 만지면서, 알코올 냄새를 맡아가면서 나만이 혼자 아는 비밀과 논다. 누구도 나와는 오래 앉아 있지는 않는다. 건강한 사람들은 바깥의 세계와 섞여야 한다. 나는 나하고만 논다. 미키 마우스와 털모자를 쓴 나폴레옹 병정과 놀아야 한다. 미키 마우스도 프랑스의 병정도 결국은 내 마음으로 이야기하고 내 뜻대로 움직이는 것이니 그것도, 실은 나의 분신에 지나지 않는다.

아무도 나를 돌봐주지 않을 때는 엄살을 피우며 신음 소리를 내야 한다. 어른들의 근심스러운 얼굴들, 그것이 보고 싶다.[168] 그래야만 그들은 내 곁에 있는 것 같다. 가깝게 느낄 수가 있는 것이다.

겨울의 병석에서 어머니가 많은 이야기를 해주신다. 신열로 의식이 몽롱할 때 사람들의 소리는 신비하다. 들렸다가 깜박 사라지고 그러다가는 다시 머리맡에 들리는 음성…… 밑도 끝도 없이 토막난 이야기의 쪼가리들은 얼마나 신비하고 경이로운 것이었던가?

---

168) 근심한다는 것. 타인의 존재를 인식하고 또 맺어주는 친근의 감정, 그것을 우리는 근심이라고 부른다.

"산에 나무를 하러 갔댄다…… 도둑놈들이 에워싸는데…… 깊고 깊은 우물 속이었지…… 휘두르기만 하면 금덩어리가 쏟아져 나오는데…… 숨이 턱에 차서 이젠 영 도망칠 수도 없었다는구나……."

줄거리를 알 수 없는 이야기가 파도처럼 쓸려왔다 밀려갔다 한다.

내가 앓아누웠던 겨울들은 길고 긴 겨울이었다. 얼음이 풀리고 골짜기에서 다시 물이 흐르는 소리가 들릴 무렵이면 겨울 감기에서 해방된다. 앓고 나면 키가 한 치쯤 더 크고 마음도 의젓해진다. 그러면 사람들은 애가 어른이 되었다고 칭찬들을 한다. 겨울 속에서 그리고 병을 앓고 나면 정말 애들은 조금씩 어른이 되어가는 것이다.[169]

꾀병이었는지 아니면 머리가 펄펄 끓는 진짜 병이었는지 지금도 분명히 가려낼 수는 없다. 다만 우리들의 겨울은 기침 소리를 내며 왔다가, 기침 소리를 내며 사라져간다. 그리고 우리는 겨울 감기를 앓으며 어른이 되어갔던 것이다. 바로 세상이라는 것을 알게 된 것도 생명이 화롯불처럼 타고 있다는 것을 알게 된 것도, 인간은 '근심'을 통해서 서로 가깝게 느껴진다는 것과, 그러니까 내 병은 내 것이라는 것과, 세상엔 누구와도 나눌 수 없는 자기

169) 나이는 고독의 신장이며 고독은 그 연령이다.

혼자만의 비밀이 있다는 것과…… 어른만이 아는 이러한 일들을 알게 된 것은 길고 긴 겨울에서였다.

　동항凍港처럼 얼어붙었던 생명들이 새로운 돛을 달고 출항하듯이 겨울 감기를 앓고 나면 다시 우리의 생활은 새롭게 출발한다.

　겨울방학의 얼룩진 과제장을 넘기듯 겨울은 그렇게 넘겨져가고 있다.

하나의 나뭇잎이 흔들릴 때

하나의 나뭇잎이 흔들릴 때 나는 하나의 공간이 흔들리는 것을 보았다. 조그만 이파리 위에 우주의 숨결이 스쳐 지나가는 것을 보았다.

하나의 나뭇잎이 흔들릴 때 나는 왜 내가 혼자인가를 알았다.

푸른 나무와 무성한 저 숲이 실은 하나의 이파리라는 것을…… 제각기 돋았다 홀로 져야 하는 하나의 나뭇잎, 한 잎 한 잎이 동떨어져 살고 있는 고독의 자리임을 나는 알았다. 그리고 그 잎과 잎 사이를 영원한 세월과 무한한 공간이 가로막고 있음을.

하나의 나뭇잎이 흔들릴 때 나는 왜 살고 있는가를 알고 싶었다.

왜 이처럼 살고 싶은가를, 왜 사랑해야 하며 왜 싸워야 하는가를 나는 알 수 있을 것 같았다. 그것은 생존의 의미를 향해 흔드는 푸른 행커치프…… 태양과 구름과 소나기와 바람의 증인證人…… 잎이 흔들릴 때, 이 세상은 좀 더 살 만한 가치가 있다는 생의 욕망에 눈을 떴다.

하나의 나뭇잎이 흔들릴 때 나는 어디로 가야 하는가를 들었다.

다시 대지를 향해서 나뭇잎은 떨어져야 한다. 어둡고 거칠고 색채가 죽어버린 흙 속으로 떨어지는 나뭇잎을 본다.

피가 뜨거워도 죽는 이유를 나뭇잎들은 우리에게 가르쳐준다. 생명의 아픔과, 생명의 흔들림이, 망각의 땅을 향해 묻히는 그 이유를…… 그것들은 말한다. 거부하지 말라, 하나의 나뭇잎이 흔들릴 때 대지는 더 무거워진다. 눈에 보이지 않는 끈끈한 인력引力이 나뭇잎을 유혹한다. 언어가 아니라 나뭇잎은 이 땅의 리듬에서 눈을 뜨고 눈을 감는다. 별들의 운행運行과 나뭇잎의 파동은 같은 질서에서 움직이고 있음을 우리는 안다.

하나의 나뭇잎이 흔들릴 때
하나의 나뭇잎이 흔들릴 때

우리들의 마음도 흔들린다. 온 우주의 공간이 흔들린다.

현대인이 잃어버린 것들

저자의 말

내 지문 자국이 남아 있는 글

『현대인이 잃어버린 것들』은 1970년대에 신문 연재 에세이로 쓴 글들이다. 그것을 출판한 제목과 내용 그대로 이어령 라이브러리의 하나로 출간하게 된 것이다. 이 글이 30년 전 처음 발표되었을 때는 별로 독자들의 관심을 끌지 못했다. 그 이유는 산업화가 한창 진행되고 있던 그 당시에 산업주의 문명을 비판하는 글이 인기가 있었을 리 없었기 때문이다. 공해 문제도 빈 둥지의 가정 문제도 막가파와 같은 비정 사회도 그 당시에는 너무나도 먼 이야기로 생각되었으며 선진국, 즉 남의 나라 이야기로 들렸기 때문이라고 생각된다.

오히려 이 글들은 지금 읽어야 실감이 나는 대목들이 많을 것으로 여겨진다. 인터넷이나 휴대전화가 등장하기 이전의 이야기이기 때문에 사실 자체는 묵은 이야기들이지만 그것을 바라보는 시선은 오히려 포스트모던적인 것이어서 한국의 문화사·문명사를 되새겨보는 데 유익한 모델이 되리라고 생각한다.

물론 당시의 문명 문화관과 오늘의 나와는 많은 차이가 있지만 여기 이 글들에도 감출 수 없는 내 지문 자국이 남아 있음을 부정하지 못한다. 더구나 이때 연재한 이 에세이를 통해서 나는 점차 문명·문화 비평 쪽으로 관심을 기울이고 오늘의 IT론으로 까지 폭을 넓히게 된다. 그런 점에서 내 글쓰기의 걸어온 길을 재는 데 중요한 말뚝 구실을 하리라 믿는다.

2003년 3월
이어령

I
현대인의 생애

남자여, 당신의 수염은?

젖과 수염

만물의 영장이라고 뻐기기는 하나 인간처럼 성장이 더딘 동물도 없는 것 같다. 거북이나 뱀은 알에서 깨자마자 부모의 도움 없이 독립적인 생활을 시작한다. 송아지나 망아지를 봐도 햇빛을 보는 순간부터 제 발로 뛰어다닌다.

유독 인간만이 혼자 일어나 걸음마를 배우는 데 1년이란 긴 세월을 소비해야 한다. 그것도 기저귀를 차고 말이다. 그런데도 부모들은 돌상을 끼고 아장아장 걸어다니는 아이를 보고 대견스러운 표정을 짓고 박수를 친다.

2년이면 의젓한 어른이 되어 독립생활을 하고 있는 짐승들의 입장에서 본다면 박수는커녕 한숨이 나올 일이다. 결국 인간이 자립하려면 대개 짐승들에 비해 스무 배나 더 긴 시간이 필요하다. 대학에서 제법 어른스럽게 경제학을 공부하고 있는 스무 살 넘은 학생들도 실은 부모의 도움 없이는 점심시간에 빵 한 조각도 제 맘대로 사먹을 재간이 없는 존재들이다.

문명이 발달할수록 더욱 유치해져가는 것이 인간인지도 모른다.

춘향이가 남원에서 이도령과 자못 성숙한 사랑을 속삭이고 절개 높은 열녀의 이름을 떨치고 있을 때, 그 나이는 불과 열여섯, 요즘으로 치면 불과 고교 1년생의 틴에이저다.

남이 장군이 칼자루를 쥐고 천하를 굽어보던 시대를 현대로 옮겨놓으면 연필을 빨며 대학 예비고사 준비를 하기에 한창 바쁜 고교 3년생의 모습으로 둔갑한다. 현대에는 아무리 나이를 먹어도 영원히 어른이 되지 못한 채 세상을 떠나는 그런 인간들도 많다.

그 중요한 이유는 현대의 아이들이 어머니의 따스한 젖가슴을 잃은 것만이 아니라 아버지의 껄끄러운 그 수염도 동시에 상실하고 말았다는 점에 있다.

어머니의 젖이 애정을 상징한다면 아버지의 수염은 힘과 권위와 질서의 독립 상표이다.

수염의 상징적 의미

수염은 남성의 상징이다. 매일 아침 귀찮은 면도질을 하는 오늘날의 남성들도 막상 "수염이 없어지는 약을 발명하면 그것을 바르겠느냐."는 미국 어느 제약 회사의 조사에 의하면 99퍼센트가 단연코 "노!"라고 대답하더라는 것이다.

아버지의 위엄 있는 그 수염은 어른들의 세계로, 엄격하고도 딱딱한 그 현실 세계로 신비하게 뻗어 있는 숲의 오솔길이다. 말하자면 그 수염은 아이들의 야들야들한 뼈마디를 굳혀주는 칼슘 영양제와도 같은 구실을 한다.

어머니의 '젖'은 아이들을 더 어리게 만든다. 누구나 어머니 앞에서는 응석을 부리고 싶어 한다. 어머니의 앞가슴에 안기면 열 살 먹은 아이도 갑작스레 기저귀를 찬 젖먹이 아기처럼 퇴화한다. 그리고 어머니 자신이 그것을 원한다.

그렇기에 옛날 중국의 노래자老萊子 같은 효자는 나이를 일흔 살이나 먹고서도 어린애처럼 색동옷을 입고 늙은 부모 앞에서 어리광을 피웠던 것이다.

실제로 그 광경을 상상해보면 눈시울을 뜨겁게 하는 아름다운 효성을 느끼기보다는 먼저 웃음이 터져나올 것이 분명하다. 어리광을 떠는 '일흔 살 먹은 아이'보다도 그 광경을 흡족하게 바라보는 부모가 더욱 문제일 것 같다. 이것이야말로 맹목적인 모성애가 빚어낸 인간 퇴화의 한 비극적 시인[情景]이다.

어머니의 '젖'에만 탐닉하면 누구나 노래자형型의 인간이 되기 쉽다. 감상적인 입장에서 본다면 이 효자에게 은빛 트로피를 안겨주어도 시원찮지만, 객관적인 입장에서 본다면 진실로 우려할 만한 사회병리 문제가 아닐 수 없다.

노래자형의 인간이 많을수록 그 사회는 척추 없는 연체동물처럼 나약하게 될 것이기 때문이다. 그것은 진화하는 사회가 아니라 자궁으로 되돌아가는 퇴화의 사회이다.

어머니의 보드라운 젖가슴 이상으로 아버지의 껄끄러운 수염이 필요한 이유가 바로 여기에 있다. 기품 있고 점잖은 그 아버지의 수염은 사랑과 함께 있는 질서의 회초리이며, 노동하는 힘이며, 눈물을 어금니로 깨무는 투쟁과 의지의 깃발 같은 것이다.

어머니의 젖은 아이를 더 어리게 만든다. 때문에 어른이 된 후에도 누구나 어머니 앞에서는 어리광을 피우려고 하는 것이다. 그러나 아버지의 수염을 볼 때 아이들은 자신의 나이보다 더 어른스러워지려고 한다. 아버지의 수염은 아이를 더 의젓하게, 어른스럽게 만든다.

'봉사와 질서'는 파출소에 매달린 구호판이지만 그것을 가정집 대문에 달아도 조금도 어색할 것이 없다. 어머니는 봉사의 상징이요, 아버지는 질서의 상징이다.

봉사와 질서가 어울릴 때 한 사회가 유지될 수 있듯이, 어머니적인 것과 아버지적인 것의 두 요소가 합쳐 한 가정을 이룬다.

모순인 것 같은 이 두 가지 힘이 서로 조화를 이루어가는 데서 아이들은 완전한 한 인간의 자격증을 얻게 된다.

아버지의 평가절하

그런데 현대에 와서 아버지의 그 거룩한 수염이 차츰 없어져가고 있다. 안전면도기를 발명한 질레트King Camp Gillette 씨의 천재적인 영감 때문만은 아니다. 우리의 존경하는 아버지들이 정원의 잔디를 깎듯, 전기면도기로 수염을 밀어붙인다 해서 그렇게 한숨을 내쉴 필요는 없다.

국기가 바뀌었다 하여 그 나라가 망한 것은 아니며, 붓으로 쓴 책을 활자로 찍었다 하여 윤선도尹善道의 고전이 엘리엇T. S. Eliot의 현대시로 바뀌는 것도 아니다.

현대의 아버지들이 석 자나 되는 긴 수염을 기르지 않는다 해도 그것은 어디까지나 디자인의 문제에 지나지 않는다. 문제는 수염이 상징하고 있는 '아버지적'인 본질 자체의 변화에 있다.

수염만이 아니라 그 상징성도 함께 상실해버린 현대의 아버지들, 말하자면 가정에서 그 위치가 평가절하된, 그리고 민주화(?)된 아버지의 그 맨송맨송한 얼굴이 문제인 것이다.

우선 그 얼굴을 보자. 옛날의 아버지들은 아이들에게 있어서 하나의 우상이었다. 아버지의 힘! 그렇다. 연약한 아이들에게 있어서 아버지는 아킬레우스와 같은 용사다. 볏섬을 거뜬히 지고 일어난다. 어머니가 꼼짝도 하지 못하는 짐을 한 손으로 들어 올릴 수 있는 것이 아버지다.

아버지는 금강역사金剛力士, 아이들은 어머니의 젖가슴에서 느끼지 못했던 것을 아버지의 근육에서 발견하게 된다. 그런데 기중기가 생기고 난 뒤부터 아버지는 힘을 자랑할 특권을 상실한 것이다. 오히려 어머니보다는 힘이 세다는 이유로, 아버지는 봄날 나들이 갈 때 아이를 안고 다니는 초라한(?) 이미지로 전락되고 말았다.

현대의 아이들은 자기 아버지를 결코 힘의 상징으로는 생각지 않는다. 아버지의 힘이란 기껏해야 벽에 못질할 때 어머니의 지시대로 망치를 두드리는 존재에 지나지 않는다.

지식의 힘은 또 어떤가?

옛날의 아버지들은 '무엇이든 자기보다 많이 알고 있는 사람'을 뜻하는 것이기도 했다. 그것은 당연한 일이다.

왜냐하면 옛날 아이들이 서당에서 배우는 교과서는 몇백 년이나 되풀이해온 천자문千字文이었으므로 아버지라면 누구나 그들보다 수십 년 전에 이미 그것을 암기해버렸기 때문이다.

부적 같은 한자라도 아버지에게 물어보면 누워서 떡 먹기다.

그러나 현대에는 사정이 다르다. 교과 과정도 복잡하려니와, 아버지들이 옛날 학교에서 배운 그 내용과는 기독교와 회교回教만큼의 차이가 있다. 세상은 빠르게 변화하고 있어 세대가 다르면 어느새 지식의 이교도가 돼버린다.

"엄마, 우리나라에서 쇠가 많이 나는 지방은 어디야?"

숙제를 하다 말고 초등학생인 아이가 물으면 으레,

"아빠한테 물어보렴."이라는 대답이 나오게 마련이다.

이것은 옛날과 마찬가지다. 그런데 그 뒤의 각본이 다르다.

담배를 피우며 석간신문을 읽고 있던 아버지는 갑자기 비굴한 웃음을 지으며 이렇게 말할 것이다.

"글쎄다, 그게 말야. 그래, 참! 옛날 아버지가 살던 고향에서도 쇠가 꽤 많이 나오긴 했다만…… 일본이라면 야와다 지방하고……."

딱하게도 아버지들은 식민지 시대에 일본식 교육을 받았거나, 그렇지 않다 하더라도 철의 생산지보다는 월급날을 기억하기에 바쁜 존재들이다.

그것은 아들의 숙제에 아무런 도움도 되지 않을 것이다. 아니, 편지를 쓰다가 맞춤법을 묻는 것은 아이들이 아니라 오히려 아버지 쪽이다. 또 권위를 좋아하는 어떤 아버지는 이렇게 고함을 칠지도 모른다.

"인마! 학교에서 무얼 배웠어? 선생님 말씀을 잘 들어야지, 수업 중에 장난만 하면 못 써……."

그러나 아이들도 그 정도는 다 알고 있다. 수업 중에 선생님 말 잘 들으라는 교훈 정도로 감탄할 아이들이 아니다. 오히려 반공갈 투의 그 대답은 아이들에게 위신만 잃을 위험성이 있다.

"모르면 가만히나 있지, 괜히 신경질이야!"

학교 숙제만이 아니다. 소위 정보사회에서 살고 있는 요즈음 아이들은 TV, 라디오, 극장, 간판 등 실로 의외의 장소에서 의외의 지식을 배우고 있으며, 그렇기에 또 의외의 질문을 던진다.

아파치의 화살처럼 언제 어느 방향에서 날아올지 모르는 이이들의 질문에 대부분의 아버지들은 거의 무장해제 상태에 놓이게 된다.

아버지들이 알고 있는 지식은, 말죽거리 땅값이 몇 배로 뛰었느냐? 고속도로가 어디로 뚫릴 것이냐? 어떤 술집에는 어떤 마담이 있고 술값이 얼마나 비싸며, 통행금지 직전에는 어떤 비상수단으로 집까지 돌아갈 수 있는지, 또 신경통이 심한 사장에게, 날씨가 궂은날 아침에는 어떤 인사를 해야 하며, 장관댁 사모님은 어떤 고상한 취미를 가지고 있는지…… 대개 그런 것들이다.

불행하게도 그것은 아이들의 존경심을 살 만한 지식과는 거리가 먼 것들이다.

엄모자부

그보다도 더 중요한 문제가 있다. 어머니는 용서하고 아버지는 벌한다. 아이를 치마폭에 감싸주는 어머니의 사랑도 중요하지만 회초리를 들고 버릇을 가르쳐주는 아버지의 엄격성도 그에 못지않게 중요하다.

보리가 자라기 위해서는 따뜻한 봄만이 아니라 겨울의 추위 또

한 요구된다. 인간은 홍수를 내리고 유황불로 태우는 여호와 신의 징계와 남의 죄를 대신해 십자가를 짊어지고 피를 흘리는 예수의 사랑 그 양면 속에서 성장해왔다.

그런데 현대의 수염 없는 아버지들은 옛날의 그 무서운 아버지와는 판이하게 다르다. 오히려 매를 드는 쪽은 어머니이고, 그것을 감싸주는 것이 아버지로 반전된 세상이다.

비근한 예로 시험공부를 하고 있는 아이들에게 각성제를 먹이며 채찍질을 하는 것은 아버지 쪽이 아니라 어머니 쪽인 경우가 많다. 이유는 간단하다. 우선 학교에 가서 담임 선생님을 만나야 할 사람은 아버지가 아니라 어머니이기 때문이다. 그리고 현대의 아버지들이 자녀와 같이 생활할 수 있는 것은 출근 전과 퇴근 후의 노루 꼬리만 한 시간으로 한정돼 있다.

그러므로 손님처럼 만나는 그 시간에 고함을 칠 처지가 못 된다. 그냥 귀엽기만 한 것이다. '엄부자모嚴父慈母'가 '엄모자부嚴母慈父'로 물구나무선 시대, 그 가장 큰 이유는 현대의 직업이 가정생활의 연장이 아니라 그 분단에 있다는 특징 때문이다.

옛날의 아버지들은 사랑방에 있었다. 아이들은 아버지 곁에서 잔심부름을 하고 일을 거들면서 인생이란 것을 배우게 된다. 아버지는 하나의 스승이기도 했던 것이다.

아버지가 가정의 독재자라는 인상을 씻고 민주화된 존재로 그 이미지가 바뀐 것은 좋은 일이다. 또 옛날보다 그만큼 부자간에 친숙성이 생긴 것도 반가운 일이다.

하지만 어머니에게 야단을 맞고 아버지 무릎에 올라가 어리광을 피우는 현대의 아이들을 볼 때 밤과 낮의 질서가 바뀐 듯싶은 인상이 드는 것도 또한 사실이다.

왜 아이들은 버릇이 없어지나

어느 심리학자의 통계에 의하면, 부모가 아이들과 대화를 나누는 시간을 평균해보면 하루에 5분도 안 된다는 것이다.

옛날의 아버지들은 아이들을 불러놓고 인간 윤리에 대한 것, 건강법에 대한 것, 조상과 국가에 대한 것 등 비록 대부분 공자·맹자의 말을 표절한 것이기는 하나 꿋꿋한 이념의 세계를 열심히 이야기해주었다.

그러기에 아이들은 아버지의 수염 속에서 장차 자신이 무엇을 하며, 어떻게 처세할 것인가의 문제를 놓고 정신적인 워밍업을 했다.

부자 사이는 인생을 배우는 스파링 파트너이기도 했다. 수염만 없는 게 아니라 오늘의 아버지들에겐 그런 질서 감각도 없어진 것 같다.

교육은 학교 선생님에게, 건강은 소아과 의사에게, 놀이는 YMCA의 소년부 체능반에 맡기면 그만이다. 그리고 현대에서는 이야기를 하는 것이 어린아이 쪽이고 듣는 쪽은 주로 아버지인 것이다.

"응, 그랬니?"

"아! 그랬구나!"

"저런! 큰일 날 뻔했구나……."

아무것도 아닌 어린아이 이야기에 감탄사를 연발하기만 하면 그만이다. 퍼킨슨의 말대로 애들 이야기를 듣다 보면 어른들까지도 어느덧 유치해지고 만다.

몇십 년 전만 해도 양반집에 가면 으레 가훈이라는 게 있었고, 아침마다 자녀들이 아버지에게 문안을 드리는 조회 같은 의식이 있었다. 그런데 출근 시간에 쫓기는 오늘날의 아버지들은 "아빠, 바이바이."라는 아이들의 인사말에도 제대로 응답할 여유가 없다.

이러고 보면 '애비 없는 호래자식'이란 극악한 욕이 이 사회 전체에 적용될 우려가 있다. 아버지가 있어도 예의범절을, 그리고 사회 관습이나 생활에 대한 질서감을 몸에 익힐 수가 없다. 아버지는 가정의 질서를 세우는 정의의 심판관이라기보다 거꾸로 그것을 문란케 하는 주책없는 존재로 바뀌었다.

"내버려둬요!"

어느 때는 이렇게 관대하다. 그것은 직장에서 보너스가 나온 날이다.

또 어느 때는,

"이놈, 네가 사람이냐?"는 고함 소리가 터져나온다.

그것은 야근을 하고 돌아온 날이거나 동료 직원만이 승진한 서글픈 날이다. 아이들 눈으로 볼 때 이런 아버지는 권위는커녕 도대체 질서감이 없어 보인다.

오늘날의 아이들은 아버지를 히스테리 환자로 생각하고 있다. 십여 년 전만 해도 히스테리는 어머니의 병이었지 아버지의 병은 아니었다. 그런데 요즈음 아이들은 아버지가 화를 내는 것을 보고 "괜히 신경질이야"라고 투덜댄다. 여기에 술까지 걸치면 아이들은 아버지를 어린애처럼 보살펴주어야 할 판이다.

아버지와 스포츠

별수 없는 일이다. 남자는 이미 옛날의 기사들이 아닌 것이다. 용 사냥을 할 숲도 없고, 남성다운 용기와 그 힘을 자랑할 만한 공주도 없다. 검은 아스팔트를 지나 고층 빌딩의 오피스를 오르락내리락하는 그 길목들엔 '담배를 피우지 마시오', '조용히', '화기조심', '개문 엄금' 등의 푯말밖에는 붙어 있지 않다. 도무지 모험을 할 만한 기회도, 장소도 찾아내기 힘들다.

콩나물시루 같은 만원 버스에 끼어 매일 아침 출근을 해야 하는 아버지들이 옛날처럼 빛나는 투구를 쓰고 백마에 올라타 그

씩씩한 모습을 자랑하며 자기 집 대문을 떠나지 않는다 해서 너무 서러워할 것은 없다. 용과 호랑이의 모습이 새겨진 방패 대신 도시락을 들지 않은 것만으로도 다행이라고 생각해야 한다.

현대의 남성들은 자기가 남성이라는 것을 겨우 스포츠 구경이나 사냥·낚시질 같은 것을 통해 확인해보는 정도이다.

아이들은 TV에서 스포츠 중계방송이 있을 때마다 빛나는 아버지의 표정을 볼 수 있을 것이다. 실제로 자기가 주먹을 날리고, 볼을 차고 태클을 하고, 무거운 쇳덩어리를 드는 것은 아니지만, 아버지들은 그것을 구경하는 것만으로도 몰락한 귀족이 선조들의 옛 문장紋章을 꺼내 보는 느낌인 것이다.

그것은 여사무원 앞에서 가불 청구서를 내밀던 풀이 죽은 아버지들의 모습이 아니다. 그들은 거기에서 퇴화해 가는 남성의 간지러운 꼬리를 만져본다. 그나마 세상에는, 권투 중계 시간에 멜로드라마를 보려는 아내에게 리모컨을 빼앗기고 그것을 탈환하기 위해 아들 녀석을 은근히 선동하는 그런 마음 약한 아버지들도 많은 것이다.

어머니와 아버지의 한계, 즉 양성의 구분이 애매해져갈수록 남성들만의 공동체를 구축하려고 노력한다. 현대에 이르러 등산·낚시·사냥 같은 스포츠가 붐을 일으키는 이유도 여기에 있다.

G. P. 스톤의 견해를 참고하면, 오늘날의 아버지들이 낚시질이나 사냥을 떠날 때만은 아내와 동행하지 않는다는 것이다. 말하

자면 그런 곳에 여성을 데리고 가는 것은 터부이다. 낚시와 사냥은 남성의 상징이다. 그들은 '남자다운 독립성'을 강조하며, 실제 이상으로 자신이 남자답다는 것을 나타내기 위해 애쓴다.

스포츠 붐을 뒤집어보면, 현대의 아버지들이 수염(남성 상징)을 상실한 비극을 실감할 수 있을 것이다. 문명과 고도로 조직화된 현대 사회는 남자들의 텁수룩한 호걸풍의 수염을 용납하지 않는다. 어디를 가나 걸리는 것 투성이다. 기사풍·호걸풍·풍운아·협객…… 남자 앞에 붙던 이런 관어冠語들은 일제히 탈모를 했다. 오늘날의 남성들은 이 치열한 생존경쟁의 계단에서 어떻게 한 칸이라도 더 높이 뛰어오르는가 하는 생각을 하다가 그 수염을 잃고 말았다.

그러니 아들 앞에서 무슨 권위를 내세울 수 있겠는가? 기껏해야 스포츠 이야기 정도지만 그것도 바빠서 며칠 동안 신문을 보지 못했거나 TV를 구경할 겨를이 없으면 거꾸로 아들에게 해설을 들어야 할 판이다.

아버지의 힘이 남은 게 있다면 돈! 그렇다. 돈 외에는 별반 내세울게 없다. 아버지 쪽에서도 뻐길 수 있는 것은 '돈'의 힘밖에 별다른 게 없다는 것을 안다. 그래서 모든 걸 돈으로 때우려고 한다.

수염과 아이들

아버지의 수염을 상실한 아이들은 전통감, 질서감, 버릇, 장래에 대한 원리적인 이념, 사회 관습…… 이런 것이 희박해진다. 이런 아이들이 크면 지능만 비대해지고 소견은 아이들 그대로 유치한 부조화의 인간들이 출현하게 마련이다.

무질서한 사회, 원리가 없는 사회, 권위가 없는 사회, 이런 사회에서 사람들이 아는 것은 '돈'밖에 없다. 그렇지 않으면 시간성(전통)은 사라지고 공간성만 남는다.

'30세 이상 된 자는 믿지 마라'는 구호를 외치며 수염을 기르고 다니는 히피 족들, 그들에게서 우리는 어릴 적에 아버지를 존경하며 자라지 못한 아이들의 불만을 볼 수 있다.

아이들은 어머니의 부드러운 젖가슴을 통해서 사랑의 의미를 배우고, 아버지의 껄끄러운 수염을 통해서 '사회 질서'라는 것을 익힌다. 이것이 부재할 때 사회 전체의 사랑과 질서가 병에 걸리게 된다.

남녀가 동등해진 현대에는 부모의 성격까지도 동등해졌다.

'어머니의 젖가슴'과 '아버지의 수염'이라는 상대적인 양극의 지남력指南力도 소멸되었다. 현대의 아이들은 어머니가 있어도 있는 것 같지 않고, 아버지가 있어도 있는 것 같지 않은 묘한 상황에서 자라고 있다. 아이들의 복지와 권리는 옛날에 비해 호텐토트Hottentot의 엉덩이만큼이나 커졌지만 그런데도 아이들의 이

상향은 그렇게 멀기만 하다.

"완벽한 현대 시설을 갖춘 고아원에서 자라난 아이보다 가난하고 불결한 가정일지라도 부모 밑에서 자란 아이 쪽이 발육도, 건강도, 정신 면에서도 훨씬 우수하다."

고故 랠프 린턴Ralph Linton은 증언하고 있다. 자녀들에 대한 물질적 혜택, 그 일방통행을 애정으로 착각하는 한국의 부모들도 이 증언을 들을 때가왔다. '젖'과 '수염'이 없는 부모들을 근대화의 상징으로만 볼 수 없다는 데 현대의 한 고민이 있다.

국가 사회도 따지고 보면 가정을 확대시켜 놓은 것과 다름이 없다. 비판의 예로만 곧잘 등장하는 봉건주의 국가나 사회라 하더라도 오늘날의 민주주의 국가가 갖지 않은 장점을 지니고 있었다. 즉 옛날의 국가와 사회에는 '아버지'적인 것이 있었다. 뚜렷한 이상 그리고 옳든 그르든 국가가 지향해야 할 목표라는 게 있었다.

그러나 현대의 국가에는 '아버지'적인 것이 결여되어 있다. 뚜렷한 등뼈가 없다. 마치 자녀들에게 돈만 주면 책임을 다했다고 생각하는 오늘날의 아버지처럼 경제적·물질적 혜택만 주면 책임을 다한 것으로 생각하는 경우가 많다. 국가는 적어도 주식회사가 아니다. 한 공동체가 함께 이루고자 하는 보다 높은 영마루가 있어야만 한다.

가정도 사회도 아버지적인 체통을 상실해 가고 있다. 이것이 지금 우리가 살고 있는 가정이요, 사회인 것이다.

현대인의 황혼은 이렇게 진다

한국의 노인, 서양의 노인

외국 관광객이 한국에 와서 제일 부러워하는 것은 무엇일까? 고려청자와도 같은 파란 하늘일까? 그렇지 않으면 아리랑과 같은 매혹적인 동양의 선율일까? 혹은 맵시 있는 여인들의 열두 폭 긴 치마일까?

그러나 뜻밖에도 외국인들이 한결같이 부러워하는 것은 한국의 노인이다. 그 떳떳하고 유장스러운 걸음걸이라든가 조금도 구김살이 없고 눈치를 보지 않는 권위에 찬 모습—갓을 쓰고 흰 수염과 두루마기 자락을 날리며 의젓하게 대로를 걸어가는 한국의 노인들—이다. 그들의 눈에 비친 한국의 노인들은, 공원 벤치에서 비둘기에게 먹이나 주고 혼자 입 속으로 씨부렁거리며 개에게 불평을 늘어놓는 서양의 버림받은 그 노인들과는 분명 다른 풍모를 지니고 있다.

점점 우리들 주변에서 사라져 가고 있기는 하나 한국의 노인들만큼 이지러지지 않고 궁지에 가득 찬 노인들도 이 지상에선 정말 찾아보기 어려울 것 같다. 그들은 마치 오래 묵은 나무처럼 거룩하게 보인다. 노목老木에서만 찾아볼 수 있는 특유한 자세를 지니고 있다.

사람은 누구나 늙는다. 여기에는 무슨 시대와 장소의 구분이 있을 리 없다. 어느 나라에서든 '무덤의 꽃'이라는 노인의 백발은 죽음을 의미하곤 한다. 감각은 동화되며 기억은 인간의 세계에서 자꾸 멀어져간다.

그러나 시대와 장소에 따라서 노인의 의미는 결코 같을 수가 없다. 한 시대와 사회 문명의 의미에 따라서 늙는 방식이 창세기의 첫째 날과 둘째 날만큼 다르게 나타난다.

K. W. 베이커Baker는 이렇게 한탄한 적이 있다.

"늙은 나무에는 조화가 있고 오래 묵은 거리에는 매혹적인 지배력이 있다. 어째서 우리는 그것들처럼 될 수 없는가. 어째서 그처럼 멋지게 늙을 수가 없는 것일까."

늙는다고 해서 다 추악하고 초라한 것은 아니다. 세상에는 시간이 흐를수록 멋있어지는 것도 있고 그와는 반대로 처참하게 그리고 흉측스럽게 낡아가는 것도 있다.

한 시대와 한 나라의 문화를 보더라도 어느 것은 노인을 신선처럼 점잖게 꾸며주고 또 어느 것은 벌판에서 헤매는 리어 왕과 같이 의지할 수 없는 외로운 거지처럼 되기도 한다.

식물적 문화와 동물적 문화

그런 점에서 인간의 문화에는 두 가지 다른 형태가 있다고 생각한다. 하나는 동물적인 문화요, 또 하나는 식물적인 문화이다. 같은 생물이지만 동물과 식물은 모든 것이 대조적이다. 동물은 잠시도 한곳에 머물러 있지 않는다. 동물들은 움직이도록 운명지워져 있는 까닭이다.

적극적이고 시끄러운 동물에 비해 식물은 참으로 소극적이며 조용하다. 싸우는 일도 없고 먼 지평선 너머 모험을 구하러가기 위해 뿌리를 거부하는 적도 없다. 깊은 뿌리를 가지고 존재의 모태인 대지에 자신을 묻어둔다.

아마도 동물에 있어서 가장 추악하게 생긴 부분은 생식기일 것이다. 그러나 식물에게서 가장 아름다운 것은 생식기라고 할 수 있는 바로 그 꽃이다.

무엇보다도 시간을 받아들이는 태도가 전연 다르다. 동물은 나이를 먹을수록 그 자세가 조금씩 허물어져간다. 털은 뽑히고 척추는 구부러지며 눈곱이 낀다. 사지는 경련을 일으키며 균형을 잃고 절룩거린다.

그러나 나무는 늙어갈수록 그 모습이 더욱 균형이 잡히고 더욱 틀이 잡혀 조화를 이룬다. 그 자세와 형태가 더욱더 완성되어 가는 까닭에 어린 묘목을 보면 개성이 없이 단조한 직선밖에는 나타내지 않으나, 오랜 풍상을 겪고 수백 년을 견뎌온 고목은 신의 조각과도 같은 오묘한 굴곡 그리고 성숙한 힘의 한 덩어리를 나타낸다. 팽나무는 더욱 팽나무다워지고 느릅나무는 더욱 느릅나무다워진다.

말하자면 동물은 추악하게 늙어가는 데 비해 나무(식물)는 아름답고 개성 있게 늙어간다. 되풀이해서 말하면, 동물은 늙을수록 형태가 무너져가고 나무는 늙어갈수록 그 형태를 완성해 간다.

그리고 그것들의 죽음을 보라. 동물의 시체는 독한 악취와 함께 처참하게 썩어간다. 그러나 식물들은 죽어갈 때 비로소 푸른 빛 속에 간직해두었던 현란하고 아름다운 많은 빛깔로 자신을 물들인다. 나뭇잎은 푸르게 살아 있을 때보다 단풍이 들어 땅으로 떨어질 때 더욱 찬란한 법이다. 같은 부패일지라도 식물의 썩은 냄새는 향기가 있지 않은가?

서양의 문화는 동물적인 것을 이상으로 삼고 있고, 동양의 문화는 그와는 달리 식물적 세계에서 그 이상을 구한다고 말할 수 있다.

젊음, 독립, 끝없이 뛰쳐나가려는 모험과 그 활동, 능동적이며 감각적인 충동 또한 물어뜯고 할퀴는 격렬한 투쟁, 이것이 서양 문화이다.

그러나 동양의 문화는 신선처럼 하얀 수염을 드리운 은자(노인), 귀의歸依, 한 장소에 뿌리박고 자라는 보수적인 전통 그리고 수동적인 조용한 감수성, 그러한 식물적 기질 속에서 싹터왔다. 그렇기 때문에 서양인들은 동물처럼 추악하게 늙어가고 동양인들은 식물처럼 생의 자세를 완성시켜가면서 늙어간다.

죽음 앞에서 발버둥치며 조금씩 썩어가는 것이 아니라, 동양의 노인들은 조용하고 아름답게 승화된 체념 속에서 낙엽처럼 물들어간다.

그러나 현대 문명은 동양과 서양의 차이를 그렇게 만만히 허락지 않는다. 현대 문화는 신선들의 나라인 동양 사람에게도 동물적인 생리를 요구하며, 가차 없이 식물들의 뿌리를 파괴하고 있다.

이젠 동양의 노인들도 학을 탄 신선처럼 늙어갈 수가 없다. 도시의 벤치에서 샌드위치를 씹고 있는 서양의 노인들 신세를 조금씩 조금씩 닮아가는 중이다.

노인들의 존재는 경로敬老의 방석으로부터 양로원의 찬마루 바닥으로 내려앉았다. 능력과 생산과 관능적인 쾌락을 생의 목표로 삼고 있는 현대 문명은 노인들을 단순한 생의 쓰레기로 바꾸어놓았다.

노인 시장

서양 문화의 족보를 뒤지다 보면 옛날부터 은근히 노인을 경멸한 작품들이 많다는 사실을 알 수가 있다.

17세기 프랑스 작가 시라노 드 베르주라크Cyrano de Bergerac는 『달과 태양 제국의 만남』에서 지구와는 다른 달세계의 풍습을 그린 적이 있다. 즉 달나라 세계에서는 지구 사회와는 거꾸로, 노인들이 젊은이들에게 최대한 존경을 바치며 그 명령에 복종한다. 자식들은 부모를 혹사하고 조그만 실수를 범해도 가차 없이 벌한다는 내용이다.

왜냐하면 '젊고 열정적인 청년이 상상력, 판단력, 희생력 등 모든 것을 구비하게 된다면, 이제 신체는 쇠약해지고 기억력도 몽롱해진 예순 살 먹은 부모보다는 그런 젊은이가 가정을 꾸려나가야 마땅하기 때문이다. 예순 번이나 겪은 엄동설한으로 피가 얼어붙고 정의를 향해 내닫게 하는 그 숭고한 열정도 식어버린 노인을 공경한다는 것은 그저 단순한 습관상의 일에 지나지 않는다'는 것이다. 달나라 사람들은 지구인을 향해서 이렇게 말한다.

"우리가 여자를 사랑하는 것도 그 미모 때문이 아니겠는가? 그러니 말일세, 늙어빠져 보기만 해도 끔찍한 주검을 연상시키는 귀신 같은 존재들을 무엇 때문에 존경해야 한단 말인가."

시라노 드 베르주라크는 달나라의 객관적 입장을 빌려 인간 사회의 윤리관을 가차 없이 공격하고 있다. 그중에서도 경로 사상의 부당성을 그렇게 신랄하게 지적하고 있다.

프랑스의 현대 작가 보리스 비앙Boris Vian은 한층 더 괴기한 우화를 통해 쓸모없어진 노인들이 우시장의 소들처럼 팔려가는 '노인시老人市'를 그린 적이 있다.

한여름 뙤약볕에서 노인들은 줄지어 서 있고 젊은이들은 폐물처럼 되어버린 그 노인들을 매매하고 있다. 그중 한 사람은 이렇게 말한다.

"여보게, 이건 좀 값이 싸군 그래. 아직 쓸 만한 걸. 어때? 애들을 위해서 사지 않겠나?……. 아직 심심풀이 감으로는 충분하다니까 말일세."

이렇게 해서 팔려간 노인들은 아이들의 장난감이 된다. 아이들은 나무로 때리기도 하고 그 목에 달라붙어 쓰러뜨리기도 하고…… 이 불쌍한 노인들을 하나의 장난감처럼 가지고 노는 것이다.

시라노 드 베르주라크의 달세계에 갈 것도 없이, 비앙의 공상 세계로 들어갈 필요도 없이 현대 문명은 그렇게 끔찍한 소설을 현실극으로 옮겨놓고 있지 않은가.

능력과 실적만을 외치는 이 가혹한 사회에서 노인이 된다는 것은 곧 쓰레기가 된다는 것을 의미한다. 서양 문화에는 일찍부터 노인을 경시하는 싹이 숨어 있었던 셈이다. 노인들은 현대의 종교인 생산성을 잃었기 때문에 멸시당하게 된다.

노인들의 사회 문제

그러나 오늘날의 문명은 아이러니컬하다. 노인의 존재 의의를 하락시켰으면서도 옛날보다 그 노인들의 숫자를 더 많이 불려 놓고 있다.

늙은이(old man)라는 말이 쌍욕보다도 더 금기로 되어 있는 미국의 경우를 두고 한번 생각해보자.

고도로 발달한 문명 덕분에 인간의 평균수명이 연장되어가는 것은 세계적인 경향이다. 미국은 지난 반세기 동안 그 인구가 배로 늘었는데 그 가운데에서 65세 이상의 인구는 네 곱절이나 불어났다. 평균수명이 20년이나 늘어난 까닭이다.

우리나라도 경로의 도수度數는 줄어들고 그와 반비례해 노인의 숫자는 늘어난다. 이것이 현대 문명의 역설이다. 노인들의 시세가 떨어져가는 이유도 바로 여기에 있다. 수가 흔해지면 그 가치도 떨어지게 마련이다. 그러나 무엇보다도 노인들을 쓸모없이 만든 것은 급속히 변해 가는 현대 문명사회의 구조이다.

세계 어느 나라든 노인들에 관한 속담은 그들의 흰 머리카락 속에 젊은이가 갖고 있지 않은 경험의 보석들을 지니고 있다는 점에서 존경심을 나타내고 있다.

"좋은 충고를 얻고 싶거든 노인부터 찾아가라"는 말은 포르투갈의 속담이고, "늙은 개가 짖을 때는 반드시 좋은 충고로 알라"는 말은 스페인의 속담이다. 그리고 "늙은 고기는 낚시를 물기 전에 먼저 냄새를 맡는다"는 말이 있고, 영국 속담에는 또 "늙은 새를 쭉정이로 잡을 수는 없다"는 말이 있다.

그런데 이런 온고이지신溫故而知新의 논법이 현대 사회에서는 질화로의 식은 재만큼이나 쓸모없게 된 것이다.

노인들이 젊어서 경험한 것은 등잔불이나 가스등을 켜는 경험이었다. 대체 그 경험이 전기 소켓을 꽂는 데 무슨 도움이 될 것인가. 가스등을 켜고 살던 경험이 형광등을 켜고 사는 생활에서는 결코 가치 있는 경험일 수가 없다. 촛불을 끄던 지혜로 전깃불을 끄려고 했다가는 웃음거리밖에 되지 않는다. 오히려 그런 경험들은 젊은이들에게 더 많은 혼란과 시간 낭비를 가져다준다.

노인들은 일에 대한 능력 자체보다도 겸손과 성실로 성공하게 된 경험을 지니고 있다. 그러나 이것이 조직화된 기업 사회에서도, 즉 자기를 선전하고 자신의 능력을 상품처럼 거래하고 있는 그 사회 풍토 속에서도 슬기로운 처세술로 통할 수 있겠는가.

그렇지 않다 하더라도 개인의 주관적인 경험을 토대로 세상을 살아가던 그 시대의 패스포트를 가지고는 통계학과 여론조사로 미래를 예측하는 이 시대의 관문을 통과할 수는 없다. 경험의 슬기는 편견과 고집이란 말로 대접을 받는 세상이다.

오히려 과거의 체험에 무게를 둘수록 변해가는 사회에 적응하지 못한다. 증기기관차를 몰던 노련한 기관사일수록 디젤기관차를 몰기에 부적당하다. 과거의 경험이 더욱 방해가 되기 때문이다. 차라리 경험이 없는 신출내기가 새로 생긴 디젤기관차의 조정법을 익히기에 더욱 적합하다는 사실을 사람들은 알고 있다.

성경 구절 가운데 "새 술은 새 부대에 담으라"는 말처럼 현대에 와서 인기를 독차지한 것도 드물 것이다. 구식 기계를 만지던 사람들이 새 기계 앞에서 옛날 자신의 경력을 자랑한다는 것은 꼭 새 연인 앞에서 과거의 첫사랑을 떠들어대는 어리석은 구혼자와도 같은 것이다.

가령 한국의 시골을 보라. 과학적인 천문 기상대가 생기기 이전에는 노인들이 젊은 농부들 앞에서 큰기침을 할 수가 있었다. 그들은 오랜 체험을 통해서 날씨의 변화를 알아내는 슬기로운 경험을 쌓은 까닭이다. 그러나 갈릴레이Galileo Galilei의 말대로 이론[科學]은 경험을 생략한다. 아무리 초라한 과학 시설로 분석해 낸 기상 예보라 할지라도 트랜지스터를 통해서 들은 젊은 농부들의 기상 예보가 김진사나 박생원의 그것보다는 훨씬 더 정확한 법이다.

그것뿐이겠는가. 농사를 원시적인 경험으로 이삼십 년 동안 지은 사람보다는 농산물 시험장에서 새롭게 연구한 영농 방식을 한두 달 동안 강습 받은 풋내기 청년이 콩알 하나라도 더 따는 세상이다. 노인들이 슬기의 저수지였던 시대는 그리운 옛날의 한 삽화가 되었다.

기억이 불필요한 시대

노인의 사회적 지위가 하락하게 된 또 하나의 이유는 인간이 사물을 직접 기억할 필요가 없게 된 문명의 그 변화 때문이다.

노인이 가장 뻐길 수 있었던 시대는 어느 시대일까? 틀림없이 그것은 구비문화口碑文化 시대였을 것이다. 멀고 먼 옛날, 글자도 종이도 없었던 시절, 모든 문화가 인간의 기억력을 통해 입에서 입으로 전해지던 그런 시대였을 것이다.

젊은이들의 백과사전은 노인들의 기억력이었다. 노인들은 문화의 전승자로서 오늘날의 라디오나 텔레비전과 같은 사회적 지배력을 지니고 있었던 것이다. 그들의 세계는 하얗게 센 노인들의 머릿속에 있었고 그들의 지식은 이빨이 빠진 보잘것없는 노인들의 그 입으로부터 흘러나왔다.

누가 감히 노인의 백발과 우물거리는 입술을 경멸할 수 있었을 것인가? 인간의 기억력을 문자에 저장시키는, 말하자면 책 속에 기억시켜두는 그런 시대에도 여전히 인간의 문화는 노인들의 기억력에 응원을 청해야 했다.

우리 할아버지네들에게는, 무엇인가 공부를 한다는 것은 곧 되풀이해서 큰 소리로 읽고 또 읽는 암기력의 훈련이었다.

흘러가 버린 사건을 아무리 치밀한 문장력으로 기록해 놓는다 하더라도 어떻게 직접 그 사건을 목격한 사람만큼 생생하게 나타낼 수 있겠는가? 문자는 청각에 부딪치는 저 오묘한 소리의 세계와 시각을 통해서 직접 망막에 비친 영상들을 그대로 잡아둘 수는 없었다. 그런데 카메라가 생겼다. 기록 영화의 필름이 돌아간다.

"내가 너희들만 할 때 그 일을 직접 이 눈으로 보고 귀로 들었단 말야. 아주 옛날에 말이다."

이렇게 신바람이 나서 할아버지가 자랑스럽게 늘어놓던 그 영광의 기억력을 그보다 몇 배나 더 정확한 카메라가 무자비하게 내쫓고 만 것이다.

사진은 시간을 초월해 사람들의 눈앞에 나타난다. 녹음기는 또 어떠한가? 찰리 채플린 같은 기막힌 성대모사의 능력을 가진 사람이라 할지라도 자석의 테이프에 기록된 그 소리만큼 옛날의 소리를 재생시켜주진 못할 것이다.

다 그만두자. 시각의 기억을 대신해 주는 카메라, 청각의 기억을 대신하는 녹음테이프, 이런 것들도 이미 옛날이야기다. 전자두뇌電子頭腦가 모든 것을 기억해 준다.

무엇 때문에 우리들은 노인들의 기억에 의존할 것인가. 몽롱한 우리 할아버지네들의 기억력은 때로는 슬픈 거짓말을 낳지 않던가. 그들은 외롭기 때문에 과장을 하며, 지나가 버린 과거의 향수를 지니고 있기에 모든 사전을 감상적으로 윤색한다.

이렇게 구비문화 시대가 전자 매체 시대로 옮겨오고, 인간의 기억을 기계가 대신하게 되었을 때 노인들은 비단 보료에서 싸늘한 시멘트로 쫓겨나게 된 것이다.

가족의 핵분열

노인들의 황혼이 아름답게 물들지 못하는 또 하나의 이유가 있다. 가족의 의미가 붕괴되면서부터 노인들은 노인들끼리 힘줄이 튀어나온 야윈 손들을 잡아야 하는 운명과 만나게 된다. "집에 노인이 있다는 것은 그 집안의 길조이다"라는 이스라엘의 속담을 이제 누가 곧이들을 것인가?

토지가 생명의 전부였던 지난날의 농경 시대에는 한 가족들도 식물들처럼 그 토지를 떠나지 못했다. 땅이 영구히 그 자리에 있듯이 대부분의 가족들도 영구히 그것들과 함께 있었다. 대가족주의 시대의 일이다. 늙은이들이 손주며느리와 함께 살던 시절의 이야기다.

그러나 땅이 아스팔트로 포장되고 모닥불의 연기가 공장 굴뚝의 연기로 바뀌는 시대에 이르러서는 가족들도 끼리끼리 분산돼 제 살림의 바가지를 들고 땅에서 떠나간다. 소위 가족은 핵처럼 분열한다. 노인들에겐 이것이 핵분열을 일으키는 원자탄보다도 더 두려운 현상이다. 이런 변화가 가장 뚜렷이 나타나는 미국을 보면 노령한 후 자녀들과 함께 기거를 하고 있는 노인이 여섯 명 중 한 명꼴에 지나지 않는다. 나머지 다섯 명은 책상 위에 장식해 놓은 '자식들의 사진'과 함께 살아야 한다.

노인들은 노인들끼리 살아간다. 마치 젊은 떼에서 벗어난 늙은 사슴들처럼……. 그래서 지금 미국에는 노인들만이 모여 사는 노인 도시가 자꾸 늘어가고 있다.

엘리엇이었던가, 이 세상은 쾅 소리를 내고 끝나는 것이 아니라 훌쩍거리면서 종언해 간다고 말한 이가……. 그렇다. 인간의 생애도 그렇게 끝난다. 비록 병들고 쇠약해갈망정 옛날의 노인들은 젊은이들이 지켜보는 가운데 생의 종막을 내렸다. 관객이 있었던 것이다.

그런데 지금의 객석은 텅 비어 있다. 노인들은 어느 날 갑자기 죽는 것이 아니라 잊혀져서 혼자 꺼져버린다. 연금에 의지하거나 보험금에 의탁하거나…… 어쨌든 자녀들이 지팡이 구실을 하던 시대와는 달리 노인들은 죽는 것이 아니라 망각의 연기로 꺼져가는 것이다.

늙지도 못하게 하는 사회

노인들을 비참하게 만드는 또 하나의 요인은 노인들 자신의 마음속에 있다.

공자님은 확실히 현명한 분이었던 것 같다. 사십이 불혹不惑의 나이라는 것을 그는 가르쳤던 것이다. 지금 생각하면 그 뜻이 무엇인가를 알 듯하다. 사십이 지난 사람이 새로운 것에 유혹을 받고 젊은이들처럼 모험을 구한다는 것은 분명 비참한 주책이 아닐 수 없다.

현대 사회는 개방사회이다. 성별도, 연령자도 옛날만큼 엄격하지가 않다. 현대의 늙은이들은 그렇기에 늙으면서도 자신의 늙음을 모른다.

미국에 가면, 아니 우리 사회에서도 종종 그런 일이 있지만 젊은이들처럼 트위스트를 즐기는 칠십 고래희古來稀들이 많다. 요트를 타고 대서양을 가로질러 영웅이 된 어느 망령 든 늙은이의 이야기도 있다.

사실 미국에서는 75세 정도가 되어야 비로소 노인 취급을 받는다. 자신도 그제야 늙었다고 말한다.

버나드 바루크Bernard Baruch는 그의 85세(1955년) 생일날에 이런 주책없는 이야기를 했다.

"나에게 있어서 늙은이old age란 언제나 나보다 열다섯 살을 더 먹은 사람을 뜻하는 것이다."

노인들의 이러한 패기와 야심은 우리들, 그리고 자신을 더욱 슬프게 한다. 현실적인 자신의 육체적 조건, 그리고 사회적 조건과 그들의 열정 사이에 틈이 벌어지면 벌어질수록 늙음의 그림자는 더 두드러진다. 아니다. 그들 자신을 더욱 외롭게 한다.

그들보다 훨씬 입장이 좋았던 옛 동양의 노인들, 그들은 비록 심불로心不老란 말을 자주 사용했지만 오늘날의 노인들에 비해 자기 자신의 늙음을 더 잘 알았던 것 같다. 늙을 때 늙을 줄 알았기 때문에 오히려 그들은 덜 초라했던 것이다.

나이 오십이 넘은 할머니가 미니스커트를 입고, 첫 데이트를 하는 소녀처럼 요란스러운 화장을 하고 다니는 외국의 노파들을 보면 늙음의 비참함을 오히려 더 많이 느끼게 된다.

그들에 비해 스스로 젊은이와는 다른 노색의 마고자를 입고 늙음에 스스로 자기 자신을 맡기고 있는 우리 할아버지, 할머니 들이 훨씬 평화롭고 건강해 보이는 까닭도 거기에 있다.

자극이 강한 현대 문명은 늙은이를 늙을 수 있게 가만두지도 않는다. 텔레비전의 관능적인 쇼 프로는 노인이 바라본다고 해서 화면으로부터 꺼지지 않는다. 아이들이 볼 때나 노인들이 볼 때나 연령에 관계없이 어디에서든 출현한다.

스스로 나이트클럽을 찾아가지 않더라도 노인들의 눈앞으로 그것은 출현한다. 자동차를 타고 액셀러레이터를 밟기만 하면 비록 수전증手顫症에 걸린 노인일지라도 젊은이처럼 거리를 달릴 수 있다. 센트럴히팅central heating은 겨울에 노인이라 해서 유독 자기만이 화로를 껴안고 있는 예외자가 되게 하지는 않는다. 현대 문명은 무엇인가 젊은이와 함께 어울려서 살아갈 수 있다는 그런 환각을 주고 있다.

신선도여, 굿바이

신선도神仙圖의 그림은 우리들에게 위안을 주었다. 늙는다는 것은 인생의 패배가 아니라, 성숙이요 완숙이라는 자신감을 안겨주었다. 인생의 긴 문장에 있어서 찬란한 종지부를 누군들 원하지 않겠는가. 인간을 곱게 늙을 수 있게 한 문화, 이 동양의 문화가 지금 사라져가고 있다.

노송의 그늘에서 거문고를 뜯고, 술잔을 기울이며 지그시 달을 바라보는 그 노인들의 맑은 시선, 어느 시인의 말대로 한 마리의 학처럼, 분노도, 생의 고뇌도, 들뜬 욕정도 모두 다 억누르고 초연히 한 마리 학처럼 저승길을 날던 신선도의 그 주인공들이 어느 도시의 담 밑에서, 공원의 벤치에서 신문지로 얼굴을 가리고 낮잠을 자는 모습으로 바뀌었다.

비앙의 소설에 나오는 '노인 시장'처럼 어린아이들의 장난감이나 젊은이들의 놀림감으로 전락해 버린 지위, 그것은 인간의 문명이 식물적인 데서 동물적인 데로 옮겨갔다는 것을 의미한다. 기계가 인간의 기억을 대신해 주고 있음을 의미한다. 전통이 무수히 단절돼 과거의 경험을 한낱 쓰레기로 만들어가는 사회, 공간만이 확대되고 역사는 사라져버린 세속적인 사회를 의미한다.

그것은 또한 가족의 핏줄이 단절된 사회를 의미한다. 낯선 나그네처럼 살아가는 도시 생활을 의미한다. 인간의 욕정만을 뒤흔들어놓고 반대로 그 현실을 그 욕정으로부터 참으로 먼 곳에 잡아 매어두고 있는, 마음과 육신이 분열된 사회를 의미한다.

노인들은 우리들 곁에 존재하는 것만으로도 인생의 내면을 키워주는 명상의 구실을 해왔다. 노인들을 보면서 우리는 어떻게 살 것인가를, 이 세상에서 얻은 것들을 하나씩 둘씩 잃어가며 끝내 죽을 수밖에 없는 생의 한 실존을 느꼈다.

권력의 술잔에 취해 있을 때, 황금의 광채로 부신 눈을 뜨고 있을 때, 사랑의 욕정과 증오라든가 분노라든가 슬픔이라든가 하는 것에 온몸을 불태우고 있을 때, 때때로 노인들과 함께 생활하면서 브레이크의 그 의미를 깨달았다. 이 노인과 죽음의 환영으로 인해 떫은 생에 오히려 단맛이 스미게 했으며, 그 무게를 더해 가기도 했다.

우리는 노인들을 통해서 우리가 채 살지 못했던 과거, 사라지고 또 사라져가는 그 시간의 의미를 알았다. 지나가는 강기슭의 풍경에만 집념한 것이 아니라 강줄기가 시작되는 먼 수원水源의 이야기들을, 금세 속삭일 듯한 시원始原의 소리를 들으며 광활한 바다를 그리기도 했다.

그런데 인간의 문명은, 기능성만을 높이 사는 그 문명은 참된 노인들의 의미를 지워버리고 만 것이다. 노인들을 하나의 구걸자로, 추악하고 초라한 생명의 구걸자로 전락시키고 만 것이다.

인생의 종지부는 모멸을 받고, 극장에서 돌아가는 필름의 엔드마크는 상영되지도 않은 채 끊겨져버린다.

우리도 그렇게 늙는 날, 인간이 만든 문명이 어떻게 인간들의 생애에 복수했던가를 기억할 것이다. 변해가는 이 문명은 생의 종말을 거문고 소리처럼 울리지는 않으리라. 으스름한 달그림자를 비껴 지나가는 피리 소리처럼 그렇게 울리지는 않으리라.

기억의 유산도 없이, 경험의 유산도 없이, 빈 껍질로 인간의 사회로부터 우리가 퇴장해 갈 때 훌쩍거리는 소리조차 들리지 않으리라.

초원草原을 잃은 아이들

테니슨의 시와 터너미터

19세기의 영국 수학자 찰스 배비지Charles Babbage는 시인 테니슨Alfred Tennyson에게 이런 편지를 썼다.

"친애하는 테니슨 씨, 당신의 아름다운 시 「원죄의 환상The vision of sin」에 이러한 시구가 있는 것을 나는 압니다.

매 순간마다 한 인간이 죽어가고 있다.
매 순간마다 한 인간이 탄생하고 있다.
Every moment dies a man.
Every moment one is born.

만약 이것이 진실이라면 이 시구는 이 세상의 인구가 언제나 제자리에 멈춰 있다는 사실을 선언하는 것과 다름없습니다. 그러나 사실은, 인간의 출생률은 그 사망률보다도 훨씬 더 증가해 가고 있습니다. 나는 당신의 시가 이렇게 달라질 것이라고 예언합니다.

> 매 순간마다 한 인간이 죽는다.
> 매 순간마다 1과 16분의 1명이 태어나고 있다.
> Every moment dies a man.
> Every moment 1 $\frac{1}{16}$ is born."

탄생과 사망, 그것을 바라보는 시인의 눈과 수학자의 눈은 서로 다르다. 테니슨의 아름다운 시구가 이 수학자의 충고로 대학 입학 시험문제처럼 수정되어야 할는지?

그런 것을 따지는 것은 의미 없는 일이다. 테니슨의 시구와 관계없이 벌써 현대에 사는 사람들은 인간의 탄생과 그 사망을 정확한 숫자로 계산하며 살아가고 있다.

수학자의 충고를 받아들일 것도 없이 미국 상무성의 빌딩 로비에는 거대한 하나의 시계가 걸려 있고 거기에는 매 순간마다 인간의 사망과 탄생의 비율이 정확하게 나오고 있다.

7.5초마다 이 시계에 파란불이 켜지면 미합중국의 어디에선가 새로운 아기 하나가 태어났다는 것을 의미한다. 그리고 그보다도 좀 늦게 20초 간격으로 보랏빛 불이 켜지면 어디에선가 불행한 미국 시민 하나가 죽었다는 것을 의미한다. 이것은 순간마다 변

해가는 미국 인구의 변화, 즉 11초마다 한 명씩이 불어가고 있다는 것을 보여주는 것이다.

현대인들은 테니슨의 시를 읽는 것이 아니라 점멸하는 터너미터[計算機]의 숫자를 읽기에 바쁘다. 뿐만 아니라 이 숫자 판은 시 감상보다도 훨씬 더 절박한 감정을 불러일으킨다. 학교의 산수 시간에 더하기 공부를 해본 사람이라면 장차 이 세상이 어떻게 되리라는 것을 쉽게 알 수 있기 때문이다.

미니 인간과 가족계획

세계의 어느 지역이든 인구는 나날이 불어가고 있다. 여기에서 '인구 폭탄'이라는 새 단어가 등장한다. 미국 같으면 매년 오마하 시만큼 큰 도시가 한 다스씩 늘어가는 셈이고, 한국 같으면 한 해에 대구만 한 새 도시가 생겨나고 있는 것이다.

지구는 불행하게도 고무로 만들어진 것이 아니라서 흙과 돌로 되어 있기 때문에 인구가 는다고 해서 잡아 늘릴 수도 없는 노릇이다.

현대에 와서 인구는 왜 자꾸 불어가는가? 인간이 갑작스레 앙골라 토끼로 변했기 때문은 아니다. 현대 문명은 의학을 발전시켰다. 페스트 같은 전염병이 한 도시를 무인지경으로 만들던 중세기 비극은 셰익스피어 시대의 고전극 속에서나 남아 있다.

아이들의 사망률은 현저하게 저하되었고, 인간의 평균수명은 날로 늘어간다. 한국만 해도 현재 평균수명은 10년 전의 평균수명에 비해 남자 8.1세, 여자 12.8세나 길어졌다.

과학기술이 위험한 인간 환경을 제어할 수 있게 되자 불의의 사고도 많이 줄어들었다. 그래서 현대인은 페스트나 숲속의 늑대를 두려워하지 않게 되었지만, 대신 이제는 엉뚱하게 태어나는 어린아이들의 울음소리에 불안을 느끼게 된 것이다.

이 새로운 걱정거리를 없애기 위해서 생겨난 것이 바로 '가족계획'이라는 새로운 용어이다. 세상은 얼마나 달라졌는가? 자식을 많이 갖는 것이 오복五福의 하나로 손꼽히던 시대가 바로 할아버지들 세대의 이야기가 아닌가? 그러나 인구 증가를 숲속의 호랑이보다도 무섭게 생각하는 오늘의 상황에서는 흥부네 집처럼 자식을 많이 낳는다는 것이 오복은커녕 현대의 칠거지악 중의 하나가 된다.

상상력이 풍부한 어느 과학자는 인구 증가 시대에 당면한 식량문제, 주택 문제, 지하자원 고갈 등의 심각한 문제를 해결하기 위해서 인간을 지금 크기의 꼭 절반으로 줄이자는 플랜을 제의한 적이 있다.

즉 유전인자遺傳因子에 변화를 가해서 인간들을 마치 『걸리버 여행기』에 나오는 릴리퍼트 같은 미니 인간으로 바꿔놓자는 것이다. 그렇게 되면 세상은 배나 더 넓어지고 소비 물자의 반은 절약될 것이다.

그런 세상이 오면 저고리 옷감 하나로 아래위 한 벌을 만들 수 있을 것이며, 한 끼의 식량으로도 하루를 너끈히 때울 수가 있다.

콩나물시루 같은 도시는 상대적으로 배나 넓어지고, 손바닥만 한 도시 주택의 좁은 뜰은 넓히지 않아도 미니 인간들이 휘파람을 불며 산책할 만한 여유가 생겨날 것이다.

다 같이 난쟁이가 되는 것이니까 누구도 밑질 것이 없다. 그러나 미니스커트라면 몰라도 미니 인간이 실현될 가능성은 없어 보인다.

결국 현재로는 극장이 '만원사례'의 간판을 내걸듯이 Z. P. G.(Zero population growth, 미국 예일에서 생겨난 인구 증가를 제로로 만들자는 운동)나 Stop at two(아이를 둘만 낳고 그만 낳자는 미국의 피임약 이름)라는 구호를 내걸 수밖에 없는 형편이다.

이러한 가족계획은 마치 버스에 먼저 탄 승객들이 다음 역에서 새로 타려는 승객을 떠밀어내는 심보와도 같은 것이지만 현대인에겐 이것이 미덕으로 통한다.

그러나 여기에서 인구 문제를 논하자는 것은 아니다. 이런 상황에서 현대의 아이들이 어떻게 태어나고 있는가를 그리고 어떻게 자라가고 있는가를 바라보자는 것이다.

20~30년 전에 태어난 아이들과는 다른 방식으로 태어나는 현대의 아이들―그들은 부모의 따뜻한 애정 이외로 싸늘한 숫자 계

산의 산수 문제를 겪고 산부인과 매트 위에 떨어진 존재들이다.

인지人知가 발달해서 웬만큼 무식한 부모들도 백이나 천을 셀 수 있는 문명 시대이지만 자식을 낳는 데 있어서만은 둘이나 셋 이상의 숫자를 세지 못한다. 컴퓨터처럼 언제나 이진법으로 자식을 낳는다.

"Stop at two! Stop at two!" 이렇게 외치는 것이다. 현대의 아이들은 낳기 전부터 숫자에 얽매여 있고, 다윈의 진화론을 배우기 전부터 생존경쟁의 치열한 전투를 겪어야 한다.

그런데 옛날보다도 몇 배나 더 이렇게 태어난 아이들을 기다리고 있는 이유는 대체 무엇인가? 그것이 더 문제다.

숫자와 새소리

2더하기 2는 4
4더하기 4는 8
8더하기 8은 16
"다시 한 번" 선생이 말한다.
그러나 보라.
하늘로 금조琴鳥가 나는 것을
아이는 그 새를 본다.

아이는 그 새소리를 듣는다.

아이는 그 새에게 말한다.

도와줘 나를

나와 놀아주어 새여

"그러렴" 새는 내려와

아이와 같이 논다.

그리고 아이는 논다.

새는 아이와 논다.

......

모든 계산법은 사라져버린다.

그리하여 아이는 새를 책상 속에 감춘다.

그리하여 아이들은 모두 그 새의 노래를 듣는다.

그리고 이번엔 8더하기 8이 사라질 차례다.

그리고 4더하기 4와 2더하기 2도 가버릴 때다.

그리하여 1더하기 1은 2도 아니다.

1더하기 1도 마찬가지로 없어져버렸다.

2더하기 2는 4

4더하기 4는 8

"다시 한 번" 선생이 말한다.

그리하여 금조는 노닐고

아이는 노래 부르고

선생은 소리친다.

어릿광대짓을 그만둬라.

다른 아이들은 모두 음악을 듣는다.

그리하여 교실의 벽들은 조용하게 무너진다.

그리하여 유리창은 다시 모래가 되고

잉크는 다시 물이 되고, 책상은 다시 나무가 되고

백묵은 해변의 낭떠러지가 되고

깃펜들은 다시 새가 된다.

—자크 프레베르Jacques Prevert, 「쓰기 공책Page d'écriture」

삼신할머니가 아니라 가족계획의 숫자로부터 태어난 아이들은 태어나자마자 또 이름보다 먼저 가슴에 일련번호의 숫자를 달게 된다. 대부분의 아이들이 집단적으로 병원에서 태어나고 있는 탓이다. 이 숫자에 조금이라도 착오가 생기면 그는 영영 엉뚱한 부모 밑에서 자라나게 된다.

젖도 역시 숫자로 먹는다. 숫자의 가늠자가 적혀 있는 비닐 우윳병 신세를 져야 한다. 산후 1개월 된 아이에게는 하루 650그램, 산후 2개월 된 아이에게는 하루 800그램……. 그러다가 학교에 들어가면 1 더하기 1의 숫자를 배운다.

아이들을 키우는 것은 하늘의 별이나 창가에 와 우짖는 신비한 새소리가 아니다. 그리고 바람이 아니다. 숫자의 법칙이 그들을 감금한다.

2 더하기 2는 4라고 숫자를 외우는 데서부터 아이들의 학교 교육이 시작된다. 숫자를 외우는 선생들의 목소리는 자유롭게 허공을 날아다니는 새의 울음소리보다 언제나 한 옥타브가 높다. 숫자의 법칙과 새소리의 법칙은 현대 교육에 있어서 더욱더 벌어지게 마련이다. 새소리의 법칙과 함께 숫자의 법칙을 배워가는 것이 아니라 새소리를 없애고 숫자의 법칙으로만 계산하는 것이 현대의 교실이다.

그들이 어떤 교육을 받고 있는가 궁금하다면 담배 한 개비 피우는 시간만큼만 그 교실 뒷전에 서 있어 보면 그것으로 우리는 충분히 모든 것을 알 수 있을 것이다.

아이들은 학교에 가서 공책 첫 장을 넘기는 순간부터 상상력을 말살해 가는 훈련을 받고 있다.

가령 지능 테스트라는 시험문제를 보자. 당신은 거기에 여러 가지 그림이 그려져 있는 것을 볼 것이다. '배추, 칼, 고추, 소나무' 중에서 친구(동류)가 아닌 것을 골라내라는 것이다. 이것은 식물성과 광물성을 구별시키는 문제이다.

정답은 칼에다 동그라미를 쳐야 하지만 대부분의 아이들은 소나무에다 동그라미를 치게 마련이다.

아이들에겐 볼 수 있는 배추와 고추와 식칼은 같은 친구들이고, 마당이나 숲에 떨어져 있는 소나무가 손님이라고 생각된다.

어른들은 이러한 생각에 서슴지 않고 가위표를 한다.

아이들의 상상력 가운데는 모든 것이 살아서 숨을 쉰다. 돌도 인간처럼 이야기를 하며, 나무와 구름은 함께 춤을 춘다. 광물성이든 식물성이든 그것들은 다 한 식구요, 같은 친구이다.

학교 교육은 아이들의 상상력과 일상생활의 체험을 어떻게 배신해야 하는가를 가르쳐주기 위해서 수고를 하는 셈이다.

아이들은 아침마다 떠오르는 황홀한 태양을 본다. 분명히 그들의 체험 속에서는 태양은 떠오르는 것이고 수레바퀴처럼 움직여서 서산으로 지는 것이다. 그러나 학교에서는 움직이는 것은 땅이요, 태양은 언제든 한곳에 못 박혀 있는 것이라고 가르친다. 눈으로 보고 귀로 들으며 마음속으로 느끼는 그 생생한 감각들은 모두 거짓된 것이고 오직 과학적인 추상의 세계만이 진리라고 가르친다. 옳은 것을 가르치는 것보다는 사실을 가르치기에만 바쁘다.

과학의 세계만이 그런 것이 아니다. 정신의 가치와 윤리의 세계마저 혼란으로 가득 차 있다.

교장 선생님은 높은 교단 위에서 아침마다, 사람은 남을 위해서 봉사를 해야 하며, 자기보다도 남을 더 소중히 여겨야 한다고 훈시를 한다.

그러나 실제로는 어떤가? 그들이 남보다 더 좋은 상급 학교에 들어가기 위해서는 남과 경쟁하여 그들을 무자비하게 쓰러뜨려야만 하도록 되어 있다. 이러한 제도는 남을 위해서 봉사하고 항상 양보하라는 선생님들의 가르침과 오월동주吳越同舟 하면서 교문을 나설 때까지 고요히 흘러간다. 그들이 배운 것은 결국 위선이다.

아이들은 모든 면에 호기심을 지니고 있다. 어른처럼 참고 견디며 한 시간씩이나 한곳에 주의력을 기울일 수 없기 때문에 그들은 어른이 아니라 아이인 것이다. 그런데도 한 시간 동안 내내 흑판만 쳐다보는 아이들이 모범생이 된다. 창밖을 내다보거나 옆에 앉은 아이와 이야기하거나 선생님의 말보다는 얼굴이나 몸짓에 더 인간적인 관심을 가지면 문제 아동이 된다.

이를테면 아이답지 않은 아이가 학교에서는 상을 타며, 가장 아이다운 아이가 벌을 받도록 되어 있다.

가정에 있어서도 마찬가지다. 장난을 심하게 할수록 어른들은 아이를 꾸짖는다. 장난감을 부수면 부순다고 야단이다. 아이 입장에서 볼 때 어른처럼 몇 시간이든 얌전하게 앉아 있는 아이나 인형의 머리카락 하나 흐트러놓지 않는 아이가 실은 가장 염려해야 할 아이인데도 부모들은 그 불구의 아이들을 자랑한다.

사람들은 여름엔 비가 내리고 겨울엔 눈이 내리는 철을 잘 알면서도 어째서 아이들한테는 여름에도 눈이 내리길 희망하는 것일까?

인간적인 흥미보다 과학적인 흥미가 앞서는 시대, 아이들 자체보다도 아이들을 어른으로 만들어가는 데만 더 관심을 보이고 있는 시대—아이들의 세계를 차단해놓은 교실의 벽은 날이 갈수록 두터워지고 있다.

옛날의 아이들은 학교 교실에서만 자란 것은 아니었다. 그들을 키운 것은, 그들을 가르친 것은 푸른 뜰의 나무들이었고, 우화의 세계로 가득 찬 곤충들이었고 하늘을 나는 새들의 노랫소리이기도 했다. 요즘아이들은 자크 프레베르의 시에서처럼 새소리를 듣고 숫자의 법칙을 잊어버리지는 않을 것이다. 유리창이 다시 모래가 되고, 잉크가 그 본래의 물이 되어 푸른 강으로 흘러가고, 하얀 분필이 애초의 모습으로 돌아가 파도가 웅성거리는 어느 해변가 석회석의 낭떠러지가 되는 그리고 이미 하나의 상품으로 돼버린 깃털 펜이 생명의 날개를 찾아 한 마리 새가 되어 하늘을 날아가는 그런 존재의 고향을 상상하는 마음을 상실해 가고 있다.

2 더하기 2의 법칙을 철저하게 암기해 버린 숫자 시대의 아이들은 어른들의 축소판에 지나지 않는다. 그들은 거꾸로 푸른 수풀의 나무에서 교실의 책상을 보고, 아름다운 강가의 모래에서 유리창을 찾아낸다.

어른들은 깜찍해진 오늘날의 아이들을 보고 혀를 차지만 그들을 그렇게 만든 것이 바로 그 어른들 자신이라는 것을 까마득히 잊고 있다. 깜짝 놀랄 일은 오늘의 문명일 뿐 그 아이들이 아니다.

놀이터의 사상

아이들의 상상력은 시대가 바뀔수록 놀이터의 넓이만큼 좁아져간다. 놀이터란 일종의 빈터이다. 그렇다. 아이들은 빈터가 필요하다. 전후戰後의 아이들은 결핍의 시대에서 옷도, 먹을 것도 없는 수난을 겪지만 오히려 공장에서 검은 연기를 내뿜는 평화로운 산업 시대에 살고 있는 아이들보다 더 즐거워 보이는 데가 있다.

폭격을 맞은 도시의 폐허에는 빈터가 많은 까닭이다. 아직 빌딩은 설계되어 있지 않고 차들이 다녀야 할 그 길은 아직 측량되지 않았으며, 유리창이 깨진 공공건물들엔 아직 수위가 문을 지키지 않고 있다. 전쟁의 상흔은 비참하지만 아이들에겐 이 폐허의 도시 전체가 유쾌한 놀이터인 셈이다.

이 말을 뒤집어 말하면 인간의 건설이란 빈터를 없애는 것이고, 빈터를 없앤다는 것은 아이들의 놀이터를 빼앗는다는 이야기다. 그리고 그것은 전쟁의 피해보다도 아이들에겐 더 두려운 것인지도 모른다. 아이들은 빈터에서 자란다. 빈터란 어느 공리적 목적을 위해서 있는 땅이 아니라 아무것도 설계되어 있지 않은, 가능성만을 지닌 여백의 장소이다. 빈터에는 어떤 목적이라는 것이 보류되어 있다. 그렇기에 그것은 오직 놀이(유회)에만 필요한 장소로서 존재한다. 아이들만이 아니라 인간은 생산의 공간 못지않게 이 빈터를 필요로 한다.

아이들이 어른들보다 다른 재능을 갖고 있다면 그것은 무엇이든지 빈터로 만들어버리는 천재성이라 할 수 있다. 어떤 실용적인 목적을 위해서 만들어진 물건들도 아이들의 손에 잡히면 하나의 장난감이 돼버린다. 끔찍한 살인의 목적을 위해 만들어진 칼이나 총 같은 전쟁 무기도 아이들의 세계에선 평화로운 장난의 소재가 될 뿐이다. 부서진 기계, 깨어진 거울 조각, 칠이 벗겨진 가구들, 어떤 물건이든 그 실용적인 기능과 공리적인 목적을 상실했을 때 아이들에겐 오히려 가장 즐거운 장난감이 된다.

이 세상은 공리적 목적을 가진 것들로 가득 차 있다. 자연은 그 공리성으로 더럽혀지고 본래의 자기 얼굴을 상실하게 된다. 그러므로 그것들이 아이들의 장난감이 된다는 것은 자연물들이 그 공리성으로부터 해방된다는 것을 의미한다. 문명의 도구는 장난감이 되었을 때 비로소 그 본질의 얼굴을 회복할 수가 있다.

아이들에겐 밥을 먹는 것까지도 유쾌한 유희이며, 『톰 소여의 모험』에 나오는 것처럼 페인트칠을 하는 귀찮은 노동까지도 그들에겐 휘파람을 불 정도로 유쾌한 장난일 수가 있다.

어른들은 장난을 노동으로 바꾸어버린다. 행위 자체에 의미가 있는 것이 아니라 무엇이든 그 행위 뒤에 오는 보수가 문제이다. 스포츠의 프로 선수는 공을 차는 것보다 승부의 결과에서 얻어지는 보너스에 더 관심이 많다. 아이들의 인생을 아마추어 스포츠에 비한다면 어른들의 인생은 프로 스포츠에 비길 수 있다.

유희의 인생이 노동의 인생으로 바뀌어가면 세상은 따분해지게 마련이다. 순수성은 사라지게 마련이다. 과정은 사라지고 결과만이 남게 마련이다. 현대는, 우리가 살고 있는 이 현대의 인생의 놀이터가 공장으로 바뀌고, 아마추어 인생이 프로 인생으로 바뀌고, play[유희]가 work[노동]로 바뀌어버린 시대다.

아이들의 운명에서 우리는 그것을 느낀다. 숲이라든가, 강이라든가, 들판이라든가, 이러한 거대한 자연의 놀이터를 부수고 인간은 도시를 만들었다. 자연의 놀이터, 그 빈터가 없어진 데서부터 도시 문명이 시작된다. 그때 사람들은 그 대신 광장이나 동물원이나 공원 같은 작은 놀이터를 만들었다. 그러나 그 공원과 동물원들도 차츰 없어져가고 있다. 정확하게 말하면 도시는 기하급수적으로 팽창하는데 공원과 동물원 같은 놀이터들은 산술적인 발전도 하지 못하고 있다. 도시의 유일한 빈터인 광장들은 주차장으로 바뀌어가고 있으며, 그나마 버려진 도시의 뒷골목 빈터에는 판잣집들이 늘어선다. 현대 문명은 빈터와 놀이터를 죽인 피로 살쪄간다.

아이들은 어디서 노는가? 부득이 빈터가 아닌 곳에서 놀 수밖에 없다. 길거리, 극장, 역 주변 슬럼가의 뒷골목, 이래서 아이들의 놀이는 자연히 범죄로 바뀌어가게 된다.

미국에 가면 play-street라는 것이 있다. 일정한 시간 동안 임시변통으로 마련한 놀이터이다. 도로에 차가 다니지 못하도록 철망을 치고 그길 위에서 아이들이 공차기 같은 것을 하고 놀 수 있도록 해준 소낙비식 놀이터이다. 뉴욕만 해도 그러한 play-street가 50개 가량 된다. 현대문명의 그 고민을 우리는 이 play-street에서 여실히 찾아볼 수가 있다.

뉴욕 시 경찰은 소년 범죄가 증가하고 있는 이유가 놀이터의 부족에서 온다는 사실을 지적하고 있다. 그래서 PAL이란 기구가 생기게 되었고, 이 기구는 청소년들이 마음대로 뛰어놀 수 있는 운동 기구와 그 장소를 마련해 주고 있다.

장난을 하고 놀 수 없는 아이들은 도둑질과 여러 가지 비행非行에서 놀이의 충동을 만족시키려 든다. 어른들의 범죄와 달리 아이들의 범죄는 일종의 놀이로부터 시작된다. 빈터가 아닌 곳에서 노는 것, 그것이 청소년들의 범죄이다.

PAL의 활동으로 불량 아동들의 수가 현저하게 감소했다는 사실을 우리는 알고 있다. 천사로 불리던 아이들이 소악마小惡魔로 바뀐 오늘의 소년 범죄는 이렇게 놀이터를 빼앗아간 문명과 깊은 연관성이 있다. 소년 범죄란 말을 다른 말로 고쳐 부르면 '아이들이 놀이터 아닌 곳에서 노는 것' 이라고 할 수 있다. 눈에 보이는 놀이터만이 아니다.

자동식 장난감

장난감 하나를 보아도 그렇다. 모든 것을 자동식으로 만들어야 문명적이라는 월계관을 쓰게 되는 이 시대에서는 아이들도 자동화되어 간다. 배터리를 집어넣고 스위치를 누르면 소방차가, 패트롤카가, 탱크가 저절로 방구석을 돌아다닌다.

신기한 것은 그것들이 장애물을 만나거나 벽에 부딪히거나 하면 손을 댈 필요도 없이 자동 장치에 의해서 스스로 방향을 바꾸고 되돌아오곤 한다. 그동안 아이들은 무엇을 하는가? 팔짱을 끼고 가만히 앉아 혼자 돌아다니는 자동식 장난감을 구경하기만 하면 된다. 참으로 편리한 장난감이다. 그런데 이 편리하다는 것이 문제다.

정말 불을 끄러가는 소방차라면, 조국을 지키기 위해 적의 고지를 점령하려고 불꽃을 뿜는 탱크라면 또는 교통질서를 바로 잡기 위해 사이렌을 울리고 달리는 패트롤카라면 편리할수록 좋을 것이다. 쉽게 그 목적들을 달성할 테니까.

그런데 대체 장난감이 편리하다는 데는 무슨 의미가 있는가? 아이들이 노는 것은 위험을, 힘이 드는 일을, 귀찮은 것을 자진해서 감수하는 행위이다.

편리한 연이란 무엇인가? 이미 그것은 연이 아니다. 추운데도 아이들은 언덕에 올라가 나무에 얽히거나 바람에 실이 끊어지는 불안과 조바심 속에서 그것을 날리고 있다. 그것이 재미인 것이다. 방 안에서 이불을 뒤집어쓰고 누워서 날리는 연, 떨어지지도 않고 실이 결코 끊어지지도 않는 연, 그런 편리한 연은 이미 연이 아니라 선전을 하기 위해 하늘에 띄워 놓은 애드벌룬과 다를 것이 없다.

어느 바보가 그런 연을 띄우려 하겠는가? 자동식 장난감을 가지고 노는 어린이에겐 할 일이 없다. 상상력도 없다. 바보처럼 멍청하게 지켜보고만 있다. 오히려 그것이 고장이 났을 때 아이들의 얼굴에는 갑자기 활기가 떠오를 것이다. 자동식 장난감은 고장이 났을 때만이 장난감일수 있다. 그렇지 않을 때는 상상을 자극할 만한 어떤 모험도 없으며, 대화의 여지도 있을 수 없다.

아이들을 돌아다니도록 하지 않고 어째서 늙은이처럼 한곳에 머물러 있게 하는가? 왜 그들에게 편안을 주려고 하는가? 옛날의 팽이, 자치기, 콩 서리…… 등등의 놀이는 온몸으로 이 대지와 자연의 모든 것과 어울릴 수 있게 하는 것들이었다. 자동 장난감을 비롯해 오늘의 TV, 만화책, 집짓기, 이러한 것들은 전부가 좌식坐式 유희이다. 그들은 앉아 있다. 그래서 요즈음의 아이들은 정년 퇴직한 할아버지를 닮은 데가 참으로 많은 것이다. 요컨대 장난감조차 현대에서는 빈터의 의미를 잃었다.

기관차 투툴

오늘날의 아이들은 꿈도 없다. 또한 두려움도 없다. 모험도, 불안도, 무엇인가에 휩싸여 대화를 할 수 있는 공상의 틈도 없다.

아이들이 그렇게 된 이유가 어디에 있는가? 여기에서 동화 한 편을 읽어보자.

『기관차 투틀』이라는 동화책은 미국에서 수십만 부가 팔린 베스트셀러다. '투틀'이란 꼬마 기관차의 이름이다. 이 꼬마 기관차는 학교를 다니고 거기에서 붉은 기旗가 나오면 반드시 멈춘다거나 절대로 궤도에서 벗어나서는 안 된다는 것을 배우게 된다. 이 두 가지 점을 충실하게 잘 지키면 유선형 어른 기관차가 될 수 있다는 것이다. 처음엔 이 규칙을 잘 따랐지만 시간이 흐르자 투틀은 궤도를 벗어나 푸른 초원에서 꽃을 뜯고 노는 데 재미를 붙인다. 꼬마 기관차가 규약 위반을 하고 탈선을 하는 바람에 엔진 빌 마을엔 큰 소동이 일어난다.

시민들이 모여서 어떻게 하면 다시 투틀을 궤도로 달리게 할 수 있을까 하는 방법을 짜내려고 애쓴다. 그동안 투틀 꼬마 기관차는 궤도를 벗어나 제멋대로 여기저기를 돌아다닌다. 드디어 시민들은 좋은 방법을 하나 생각해낸다. 궤도 바깥의 푸른 초원에 빨간 깃발을 하나 가득 꽂아놓기로 한 것이다.

투틀은 가는 데마다 이 붉은 깃발과 마주친다. 붉은 기 하나를 피하면 또 붉은 기가 앞에서 멈추라고 한다. 이젠 꽃을 뜯고 놀 만한 장소가 없다.

지친 투틀은 문득 철길 쪽을 바라본다. 거기에는 녹색과 하얀 깃발이 전진하라고 손짓하고 있었다. 반가운 마음으로 투틀은 철길로 다시 돌아온다. 이젠 탈선 같은 것을 할 생각을 하지 않는다. 그 다음부터 영구히 좋은 기관차가 되겠다고 투틀은 약속을 하고 시민들은 환호성으로 그를 맞이한다.

문명의 획일주의가 아이들의 동화에까지도 깊숙이 파고들어간 예다. 주어진 궤도를 벗어나 푸른 초원에서 꽃과 노는 것은 하나의 죄악이 된다. 오직 궤도를 이탈하지 않고 주어진 철길 위를 열심히 달리는 것이 어른이 되고, 성공을 얻는 자유요, 행복의 길이라는 것이 이 동화의 테마이다.

푸른 초원에서 뜯고 노는 것을 죄악시하고 있는 이 문명의 동화는 결국 아이들을 판박이로 구워내고 있는 현대의 그 상징이 아니고 무엇이겠는가?

매스 레저의 인간상 人間像

여가에 바쁜 사람들

'바쁜 여가'란 말처럼 모순적인 말도 없다. 여가란 말은 한가한 시간을 가진다는 뜻이다. 바쁘지 않기 때문에 여가요, 편안하기 때문에 여가다.

그런데 어떤가. 현대인의 여가는 일을 하는 것보다도 더 바쁘다. 여가란 말과는 달리 모처럼 휴식을 얻으면 사람들은 더욱 한가해지질 않는다. 여기에서 어느 샐러리맨의 바캉스 풍경을 잠시 들여다보자.

그는 타이프라이터 소리와 전화벨과 중역들이 부르는 부저 소리와 그리고 서류, 도장, 딱딱한 철제 의자를 향해 작별의 손을 흔든다. 그의 얼굴은 생기에 가득 차 있고 주머니는 보통 때보다 한결 따뜻하다. 고마운 휴가비의 보너스 봉투가 무거울수록 그의 마음은 가벼워지게 마련이다. 하지만 정말 한가롭고 흐뭇한 여가란 회사에서 집으로 돌아오는 그 짧은 순간에서 끝나버리고 만다는 것을 그는 곧 알게 된다.

그는 자기 집 대문이 개선문처럼 보일 것이다. 그는 보통 날과 달리 호기롭게 그 대문을 두드린다. 온 가족이 나와 환대를 한다. 그는 개선장군처럼 그들을 사열한다. 아피아 가도로 전리품을 가득 싣고 승리의 기를 흔들며 북을 울리고 돌아오는 로마 병사들의 표정도 아마 그랬을 것이다.

그러나 안방에 들어서는 순간 개선의 노래는 끝난다. 그리고 그의 여가도 그와 함께 사라져버린다는 사실을 그는 곧 깨닫게 될 것이다. 말하자면 벌써 바쁜 여가는 시작된 것이다.

휴가 전선에 이상 있다

피서를 떠나자면 비치웨어와 새 트렁크부터 장만하자고 아내는 말한다. 지금까지 입던 옷, 신던 신발, 안경과 칫솔, 모자와 타월까지도 모두 벗어버리고 새것으로 갈아야만 여가 기분이 든단다. 보통 날과는 무엇인가 달라져야만 하는 까닭에 여가는 분주한 백화점 쇼핑으로부터 포문을 열게 된다.

전쟁이 끝났는데도 평화는 없다. 휴가 전선에 나서기 위해 온 가족의 생활은 재편성되어야 한다.

노새처럼 하나 가득 짐을 지우고 남편의 고삐를 움켜쥔 아내는 시장 일주를 한다. 이 바캉스의 정찰전처럼 괴로운 것도 없다. 그러나 여기에서 문제가 끝난 줄 알면 큰 오산이다.

변덕이 심한 딸 녀석은 수영복 색깔이 너무 칙칙하고, 밀짚모자의 차양에 달린 리본이 너무 좁다는 이유로 입이 틀어진다.

얼굴에 여드름이 돋기 시작한 아들 녀석은 천신만고 끝에 스케줄을 짜낸 그의 안案과는 전혀 다른 계획서를 들고 와서 결재 도장을 찍으라고 할 것이다. 아버지가 선택한 곳은 부산 해운대인데 아들이 공략하고자 하는 성은 그 방향도 정반대인 설악산이다. 트랜지스터의 소유권에 대한 분쟁이 생겨나는 것도 이때다. 그렇다고 섣불리 고함을 칠 수도 없다. 바캉스 기분을 잡치게 해서는 안 된다는 불문율이 있다.

꼬마들은 병원 시설이 변변찮은 휴가지로 운반된다는 이유에서 보통때 같으면 관심 밖의 코감기나 설사 정도의 복통을 가지고서도 병원 의사를 미리 찾아가야 한다.

처음 떠나는 여행이기 때문에 열차의 다이얼이나 고속버스의 출발역을 알기 위해서 전화벨을 다시 울려야 하고, 관광 안내서를 서류를 들추듯이 또 들춰야 하고…… 사통팔달의 1인 10역의 분주한 새로운 일들이 시작된다.

비행기표도, 기차표도, 고속버스표도 이미 며칠 전에 다 나가고 없다는 것이 대부분의 첫 휴가에 맞이하는 우울한 뉴스이다. 그는 기억도 희미해진, 서울역에 근무하는 옛 동창생을 찾아가야 할 것이다.

만원이 된 호텔방을 얻기 위해서는 크리스마스카드를 받고서
도 아직 답장조차 해주지 못한 그곳 친척 동생에게 구차스럽고
긴 편지를 써야 한다. 그가 인간에게 두 개의 손과 두 개의 발밖
에 만들어주지 않은 창조주를 원망하게 되는 것도 바로 이때다.
매스 레저 시대의 현대인들은 낙지처럼 많은 손과 발을 가져야만
바캉스에 이름난 바다를 찾아갈 수 있는 자격을 얻을 수 있다. 그
러나 놀기 위해서 더욱 바빠지는 이 여가의 역설은 피서지에 도
착했을 때 절정에 달한다. 진정한 게임은 이때부터 시작된다.

유희의 경쟁

밥을 먹기 위해서 벌이던 생존경쟁은 남보다 더 여가를 잘 즐
기기 위한 유희 경쟁으로 바뀐다. 그리고 그것은 생존경쟁보다
몇 배나 더 쓰라리고, 몇 배나 더 치열하다. 불안하고 초조하며
그 품목도 다양하다.

"남들은 모두 모터보트를 타는데 우리라고."

"남들은 좋은 자리에 비치파라솔을 얻었는데 여기까지 와서
우리가……."

"벼르고 벼르고 별러 나온 모처럼의 휴가인데 이왕이면 좀 좋은 호텔
로 옮깁시다."

이것은 아내의 솔로.

"아이스크림 사줘, 파친코 할래, 튜브 얻어줘요, 난 코카콜라, 아니야 난 펩시야……."

이것은 아이들의 코러스.

이러한 소리들은 휴가 전쟁에 사기를 북돋우는 북소리처럼 퍼지고 그 놀이의 전쟁은 한층 더 치열한 전시展示 투쟁을 벌이게 된다.

그들은 애써 피해 온 도시 사람들을 다시 또 그 휴가지에서 만난다. 원수는 외나무다리에서가 아니라 이젠 휴가지에서 만난다.

A: "어디다 숙소를 정했니? 난 K호텔 201호 특실에 있는데 말야……."

B: "어머, 그러니? 글쎄 K호텔은 만원이라서 아무리 사정을 해도 어림도 없어. 우리 애기 아빠한테 예약을 해두라고 했는데두…… 너의 애기 아빠는 참 부지런하시구나. 할 수 있니, 그저 더럽지만 B여관에다 임시 숙소를 마련했다.

A: "사실 여관이 더 편해 얘. 여기까지 와서 에어컨 찾게 됐니? 식당엘 들어가려해도 정장을 입고 가야하고…… 음식 값만 비싸고. 운전사까지 늘 비프스테이크야. 너무 돈이 많이 들어. 난 빨리 가고 싶은데 애기 아빠는 열흘쯤 푹 쉬었다 가자고 하네! 넌 며칠이나 있니?"

B: "애기 아빠가 바쁜데 어디 회사를 비울 수 있니. 한 이틀쯤 있다 올라갈까 봐. 내 한 번 들를게. 저녁이라도 함께하자."

A는 자랑을 하기 위해서라면 더운 여름에도 밍크코트를 입을 용기가 있는 모회사의 사장 부인이고 B는 남편이 모회사의 계장 자리를 얻은 것이 겨우 한 달 전의 일이지만 언제나 자신을 사장 부인으로 착각하고 있는 여인이다.

그러나 이 여인들은 10년 전에 같은 교실에 앉아 있었던 것처럼 지금도 그렇게 똑같은 휴가지에 있다. 그러므로 수입과 관계없이 여름 볕에 그을린 콧대의 높이도 에누리 없이 똑같다.

결국 피서지에서 우연히 상봉한 옛 동창생인 이 두 친구 가운데 저녁을 내는 사람은 누구일까? 에어컨 장치가 되어 있는 디럭스 호텔에서 이미 열흘 동안이나 여름을 즐기고 있다는 사장 부인이 아니라, 예약을 못 해서 불행히도 값싼 여관에 들 수밖에 없었다는 계장 부인께서 치르게 마련이다. 인심이 좋아서가 아니다. 물론 돈이 있어서가 아니다. 정반대로 돈이 없기 때문이다. 그렇지 않고는 자신이 너무 초라하게 보이기 때문이다. 없는 사람일수록 있는 것처럼 써야 하는 것이 여가를 보내는 사람들의 법칙이다.

"보통날이 아니니까 괜찮은 거다."

이때만은 콩나물 값을 깎는 소시민의 주부들도 그 통이 바다만큼이나 넓어진다. 이러니 이 여가가 어찌 바빠지지 않을 수 있겠는가. 돈을 쓰고 시간을 쓰고.

그가 만약 그렇게 바쁘게 일을 했더라면 적어도 그런 휴가를 얻는 입장이 아니라 휴가를 주는 자리에 앉게 되었을지도 모른다.

모두들 지쳐서 돌아온다. 여가의 전투는 끝나고 조금씩 부상을 입은 이 바캉스의 패잔병들은 다시 그 따분한 도시의 가정과 직장으로 돌아온다. 그리고 그들은 이러한 대화를 나눌 것이다.

"그래 바캉스를 어떻게 지냈어?"

"눈코 뜰 새 없이 바빴어. 어찌나 복잡했는지 몰라."

"그럼 재미있었겠군."

"뭘, 역시 집이 제일이더군. 그런데 가불을 좀 해야겠는데, 미스 리 어디 갔는지 못 봤어?"

평범한 그 말들로 여가는 끝난다. 그리고 그는 진짜 여가란 바캉스를 얻는 날, 내일이면 출근하지 않아도 된다는 부푼 기대를 품고 집으로 돌아오던 그 귀가 시간, 그때뿐이었다는 생각을 하게 되는 것이다.

매스 레저의 의미

현대 선진국에서 살고 있는 사람들에게 한평생 배당된 근무 시간은 약 4만 시간으로 추산된다. 이 4만이란 숫자는 일생 동안의 70만 시간에 비하면 백 시간 가운데 겨우 여섯 시간꼴에 지나지 않는다.

정신노동이든, 육체노동이든 관계없이 대부분을 기계가 대신해주고 있는 공업화 시대의 그 사회에서는 노동 시간이 자꾸 줄어들어간다. 전 공업화 사회의 노예나, 농민이나, 노동자들은 소와 말처럼 잠시도 일의 멍에로부터 벗어나지 못했다. 무산계급無産階級은 곧 무한계급無閑階級이기도 했다.

여가를 즐긴다는 것은 소수 지배층이 누리는 신선놀음이었다.

체스(장기)를 두고 당구를 치고 볼룸에서 춤을 추고 승마를 하고 그리고 한가로운 살롱에 모여 환담을 나누는 것은 귀족들만의 고상한 취미였다. 여가는 그가 소유하고 있는 영지領地의 넓이와 비례했다. 그러나 현대는 대중의 시대이다. 사회 구조가 대중화되고 권리와 소득이 차츰 증대함으로써 노동 시간의 단축이 이루어지게 된다.

"대장부 할 일이 이 세상에 많건만 우리네 농부들은 밥 먹고 일만 하고 잠만 잔다네."

이런 옛날 농부가는 점차로 바캉스나 매스 레저의 신식 타령으로 대치되어간다. 할 일이 없을 때는 으레 '잠이나 자지', '밥이나 먹지'하던 그 대중들이 극장·TV·스포츠·경마장·카지노·관광 등의 재미를 알고부터는 주로 유산층이 무산층으로 돼버렸고, 무산층이 오히려 유한층으로 탈바꿈을 하게 된다. 요즘엔 사회적 지위가 높아질수록 여가가 없다. '바쁜 사람'이라는 말은 '출세한 사람'이란 말과 동의어가 되었다.

시간만 지키는 것으로 자기 일을 다 끝낼 수는 없다. 농사를 계절과 소작인에게 맡기고 자기는 여우사냥을 하던 옛날 지주처럼 한가롭게 굴다가는 현대의 기업은 모래성이 돼 거덜이 날 것이다.

다시 말해, 현대란 소수자가 누리던 클래스 레저가 대중들이 누리는 매스 레저로 옮겨온 시대이다. 여가 산업을 하는 사람들(관광업·교통업·극장 등)의 고객부터가 소수의 귀족들이 아니라 소시민들의 그 대중이다. 여가 산업이 질적인 것에서 양적인 것으로 변모해 간 것도 그 때문이다.

이렇게 해서 매스 레저는 인류 문화 그 자체를 뒤바꿔 놓고 있다.

놀 줄 모르는 현대인

여가가 대중의 것으로 되면서부터 여가 자체의 의미도 달라졌다. 옛날의 여가는 소비적인 것이라기보다 오히려 생산적인 것이었다고 말할 수 있다.

원래 여가란 시간을 메우고 그냥 놀기 위한 시간이 아니라 생계를 위해, 즉 먹고살기 위해 바치는 그 노동으로부터 자유로워진 시간을 의미한다.

'바쁜 꿀벌은 슬픔을 모른다'는 말이 있다. 슬픔을 모르기에 꿀벌은 먹고 사는 꿀 이외에는, 시를 쓰거나 철학을 하는 또 다른 정신의 꿀을 생산하지 못한다. 인간도 마찬가지다. 인간의 생활이 빵만을 얻기 위해서 있는 것이라면 꿀벌과 개미의 상태에서 벗어나지 못할 것이다.

노동의 바쁜 시간으로부터 그 꿀벌(인간)이 한가로움을 얻었을 때 자기 자신을 돌아다보고 생활을 반성하며 존재存在의 깊은 심연을 들여다볼 수 있는 정신적 활동이 생겨나게 된다.

생계를 위한 일은 취미가 아니다. 싫어도 억지로 해야 한다. 그러나 노동으로부터 자유로워진 그 여가 속에서 활동하는 일은 옹달샘처럼 자발적인 자기 흥에서 우러나온다.

인간의 문화가 여가 속에서 생겼다는 말은 단순한 역설이 아닌 것이다. 여가를 통해서만 인간은 먹이를 얻는 동물의 상태에서 인간으로 돌아오게 되는 것이다. 그런데 여가의 훈련을 받지 못한, 오랫동안 여가라는 것을 모르던 대중들이 갑작스레 주말과 바캉스를 맞게 되면 그 시간을 제대로 사용할 줄 모르게 된다.

마치 이런 고사와도 같다.

한 화가가 용을 그려 달라는 부탁을 받았다. 용을 한 번도 보지 못한 이 화가는 그림을 그리지 못하고 주야로 용이 자기에게 나타나기만을 기다렸다. 그런데 어느 날 밤 갑자기 창문이 열리면서 용 한 마리가 나타났다.

"자, 내가 용이다. 빨리 그림을 그려라."

그 화가는 너무 놀라 기절해서 쓰러져버렸다. 화가는 용을 만나보았지만 끝내 그 그림을 그리지는 못했다.

사람들은 빈틈없이 짜여진 노동 시간으로부터, 말하자면 팔려간 그 시간으로부터 여가라는 자기 시간을 기다리고 또 기다린다. 그 여가가 있으면 자기가 원하는 행복을 그릴 수 있을 것이라고 생각한다. 그러나 막상 여가가 갑작스레 그의 창문을 열고 나타나면 사람들은 놀라 기절해서 쓰러진다.

일요일마다 고궁이나 놀이터에 밀려드는 인파의 아우성, 그것이야말로 여가를 즐기는 것이 아니라 여가에 기절한(이성을 상실한) 군중들이 아니고 무엇이겠는가?

여가의 주인은 누구인가

노동 시간에는 주체성이 없다고 말한다. 고용된 시간이므로 이미 그 노동하는 시간의 주인은 자기 자신이 아닌 것이다. 같은 일이라도 돈을 받고 하는 일은 재미가 없다. 노동으로부터 인간은, 그 개인은 소외돼간다. 그런데 여가에도 이 주체성이란 게 없다.

여가마저 제 시간이 못 되고 타인의 허깨비처럼 돼버린 것이 바로 오늘날 대중 사회의 풍습이다.

고단하니까 일요일엔 낮잠을 자고 싶다. 조용히 화초에 물이라도 주고 싶다. 모처럼 편안히 침대에 누워 학생 시절에 즐겨 읽던 한 구절의 시를 다시 읽고 싶다. 그런데도 그는 나가야 한다. 우선 아내가, 아이들이 가만두지 않는다. 일요일에 방구석에 틀어박혀 있기냐는 것이다. 남들은 다 놀러 나가는데 우리만 이렇게 집 안에 있기냐는 것이다.

여가 시간에 여가를 혼자 즐긴다는 것은 대중 사회에 있어서는 하나의 패배요 죄악으로 느껴지게 마련이다. 놀기 위해서 한가로운 시간이 필요한 것이 아니라 한가로우니까 놀아야 한다.

일요일엔 밖으로 나가야 한다는 것이 의무처럼 느껴진다. 이 의무는 되도록 많은 사람이 모이는 장소에 가서 남의 눈에 뜨이도록 놀아주어야만 비로소 충족되는 것이다. 집에서 혼자 『25시』를 읽는 것은 여가를 즐기는 일이라고 생각하지 않는다. 그러나 극장에 가서 『25시』 말고 영화를 보는 것은 여가를 즐기는 것으로 생각한다.

매스 레저는 논다는 즐거움 말고도 이렇게 전시 효과라는 기능에 의해서 조종된다. 레저 붐을 타고 일어난 오늘날의 관광은 산수의 선경을 찾아 소요하던 옛날 선비들의 주유천하周遊天下와는 그 개념이 다르다. 아름다운 수풀, 시원히 트인 강이나 바다를 그리고 조는 듯한 전원의 야취를 맛보는 그 자체는 부차적인 일에 속한다.

자연의 즐거움을 찾아간다기보다 그들은 남들이 유명하다고 말하는 곳, 화제에 자주 오르내리는 그 이름을 찾아가는 것이다.

자기도 그곳을 보았다는 것, 놀러가 보았다는 것, 그것이 거기에서 얻는 즐거움보다도 앞선다. 관광 지도에 나오지 않는 어느 한가로운 시골을 다녀오는 것은 관광이라고 생각지 않는 것이다.

망각을 위한 시간

현대의 여가는 자주성만을 상실한 것이 아니라 그 창조성 역시 잃어버렸다. 한 가정의 가계부를 들춰보면 생계비보다 여가를 위해 지출되는 유흥비가 한 자릿수가 더 높은 경우가 많다.

'여가' 하면 곧 소비를 생각하게 된다. 그 가장이 놀기를 좋아하는 한량 기질이 있어서가 아니다.

현대의 상혼商魂, 그것이 여가 시간에서 노다지의 황금맥을 캐내고 있는 것이다. 어떤 사람은 바다를 좋아하지 않으나 멋진 비치웨어를 입고 싶어서 바다에 간다는 사람도 있다. 등산할 생각이 없던 사람도 백화점에 진열된 등산 장비들을 보면 문득 산에 가고 싶어진다. 여가를 즐기려는 욕망은 휘황찬란한 백화점의 쇼윈도로부터 생겨나는 경우가 많다.

3차 산업이라는 붐이 바로 여가의 소비성과 악수를 한 것이다.

리스먼David Riesman의 증언을 들어보면, 모든 사회의 생산력 가운데 3분의 1이 여가 또는 자유 시간에 소비되는 것이 현대의 특징이라는 것이다.

바캉스나 레저란 말을 모르던 이조 시대의 우리 할아버지네들에게 있어서 한가롭게 논다는 것은 곧 검소하게 지낸다는 말과 같은 말이었다. 시조 한 편을 읽어봐도 알 수 있다.

죽장망혜竹杖芒鞋에 단표자單瓢子로 시작되는 「산유가山遊歌」는 바캉스를 떠나는 현대인과는 정반대로 모든 소유와 사치를 외면하고 자연 그대로의 알몸이 되는 것을 이상으로 삼고 있다.

> 짚방석 내지 마라 낙엽엔들 못 앉으랴.
> 솔불 켜지 마라 어제 진 달 돋아온다.
> 아이야 박주산채일망정 없다 말고 내어라.

여가를 즐기는 태도가 근본적으로 다르다. 짚방석이나 솔불을 사용하지 않는 것, 일상생활의 소비성으로부터 오히려 자유로워지는 것, 이것이 달을 보며 가을바람을 즐기는 옛날 사람들의 레저였다.

세속적인 부귀공명에서 벗어나 참된 인간의 내면적인 창조성을 동경하는 것, 그것이 여가의 본질이다. 그것을 그들은 한유자적閑遊自適이라고 불렀다. 그런데 지금은 여가 시간이야말로 세속적인 자신의 부귀공명을 과시하는 물질적 소비 경쟁의 전형으로 바뀌었다. 죽장망혜파와 짚방석 내지 말라는 바캉스 족만 있다면 이 사회에 존재하는 기업의 3분의 1은 문을 닫게 될 것이다.

여가가 소비를 낳고 소비가 여가를 낳는다. 이 정다운 상부상조의 사회 구조 속에서 인간은 소비의 노예로 전락되어간다.

새로운 시시포스의 신화

시시포스의 신화를 기억해보라. 시시포스는 끝없이 돌을 굴려 산마루로 올려가는 작업을 계속한다. 그것은 끝이 없는 노동이다. 산마루에 밀어올린 바위는 다시 산기슭으로 굴러떨어진다. 시시포스도 기어오른 그 산길을 다시 내려와야 한다. 바위를 굴려 올리는 그 시간을 노동의 시간이라고 부른다면 굴러떨어진 바위를 찾아 빈손으로 내려오는 시시포스의 그 시간을 우리는 여가라고 볼 수 있다.

바위를 굴려 올릴 때는 모른다. 전신으로 손가락에 피가 맺히도록 무거운 돌을 지탱해야 하기 때문이다. 그의 정신은 오직 그 바위를 산마루 위에 올려놓기 위해서만 온통 쓰여진다. 바쁜 꿀벌처럼 슬픔을 모른다.

그러나 산을 내려오는 시간, 아무 일도 하지 않고 빈손으로 그 숲길을 내려오는 시간, 이때의 시시포스는 한가롭기에 모든 것을 생각한다. 그는 자신의 슬픔을 본다. 바윗돌의 무게와 피가 맺힌 손마디와 끝없이 반복되는 그 노동의 부조리를 본다.

아니다. 자기 자신만이 아니다. 그의 빈손은 결코 바위를 굴릴 때는 보지 못했던 벼랑가의 아름다운 꽃을 꺾기도 한다. 꽃의 냄새를 맡을 것이고, 하늘의 푸른빛을 볼 것이고, 많은 것들이 살고 있는 산속의 침묵과 그 소란을 들을 것이다. 그것들을 확인하고 그 속에 있는 자기 자신을 표현하려고 할 때 시시포스는 하나의 창조적인 정신을 갖게 된다. 슬프지만 거기에서 시시포스의 문화가 생긴다.

손에 아무것도 들지 않은 여가는 이렇게 사물을 깊이 인식시키고 자기 자신을 발견케 하고 표현할 수 있는 창조의 시간이 된다.

하지만 만약 피곤한 시시포스가 자기의 운명을 피하려고 할 때, 괴로움을 망각하려고 할 때, 그 부조리를 은폐하려고 할 때 하산下山하는 방식은 전연 다르게 나타날 수 있다. 자신의 괴로운 형벌을 잊기 위해서 시시포스는 혼자 산을 내려오기를 두려워한다. 바위의 무게를 잊기 위해서, 자신을 일깨우는 저 자연의 향기와 소리를 잊기 위해서 오히려 그는 눈을 감고 귀를 틀어막으며 정신없이 산길을 뛰어내리려 할지도 모른다.

이러한 시시포스는 여가(하산의 시간)를 받아들이는 것이 아니라 오히려 망각에 의해서 죽어버린다.

여가 시간을 맞이하는 인간의 이러한 두 가지 태도에서 하나는 발견과 창조의 시간으로 나타나고 또 하나는 소비와 망각의 시간으로 등장한다.

현대는 어느 시대보다도 놀기를 좋아하는 시대이지만 반면에 어느 시대보다도 참되게 놀지 못하는 시대이기도 하다. 여기에 현대의 고민이 있는 것이다.

오늘날의 사회를 휩쓸고 있는 매스 레저는 소비와 자기 망각의 광란 속에 빠져 있다. 그것은 곧 오늘날의 대중문화 자체가 인간의 본질에 대해 스스로 눈을 감는 도피 문화임을 증명해주는 일이다.

자연을 파괴하는 매스 레저

비주체적이고 소비적인 데로만 흐르고 있는 매스 레저의 문화, 그것은 인간의 정신만을 파괴하는 것이 아니라 자연도 또한 파괴하고 있다. 레저 붐을 타고, 그나마 가까스로 탄광과 공장의 피해로부터 살아남은 자연들도 상처를 입기 시작했다.

인간처럼 어리석고 모순 많은 짐승도 없을 것 같다. 도시와는 다른 자연의 미가 있다고 해서 그것을 즐기려 하면서도 거기에 도시와 똑같은 호텔을 세우고, 네온사인을 달고 전화를 가설하고, 그 옆구리를 뚫어 길을 낸다. 자연을 보기 위해서 자연을 죽인다.

레저 붐을 타고 바다와 산과 들판들이 바다의 의미, 산의 의미, 초원의 의미를 상실해가고 있다.

천박한 대중 취미에 의해서 그 자연들은 변질돼버린다. 해수욕

장의 바다는 이미 바다의 본래적인 표정을 상실했고, 호텔로 바뀌어가는 그 많은 절간들은 심산유곡에서 울려오던 그 종소리를 잃었다. 이렇게 파괴된 자연이나 역사적인 문화의 유산들은 다시 그 원형으로 돌아갈 수가 없다. 이는 소비보다도 더 두려운 결과를 자아낸다.

소비를 지나 현대적인 여가는 파괴적인 데로 돌진하고 있다. 대중들이 모이는 영화관은 순수한 연극과 미술을 파괴하고 있으며, 유흥지와 나이트클럽에서 흘러나오는 그 음악 소리는 베토벤과 브람스의 목을 조른다.

대중오락이라는 이름 밑에 고귀하고 순수했던 과거의 문화들이 쓰러져가는 중이다. 관광지가 된 성당이나 절간이 수천 년의 종교적인 전통이 파괴당하고 있는 것처럼.

여가를 즐기는 유한층과 일밖에 모르던 대중층이 서로 분업적으로 각기 자신들의 문화를 만들어가던 시대는 비록 그 계급의 모순으로 인해 많은 죄악을 저지르기는 했으나 무엇인가 위대한 것을 창조해낼 수가 있었다.

현대인은 참된 의미의 한가함을 잃는 순간, 깊이 있고 우아한 정신의 문화도 또한 잃고 말았다.

씨 없는 수박과 인간 소외

인간 소외

프랑스의 유머에 이런 것이 있다.

시골 농부가 어느 날 커다란 수박을 보고 조물주의 능력에 대해 갑자기 의심을 품는다. 어째서 커다란 나무에는 도토리 같은 작은 열매가 달리고 작은 넝쿨에는 반대로 수박 같은 큰 열매가 열리는가? 아무래도 그것은 이치에 맞지 않는다는 생각이 든 것이다.

농부는 한참 동안 이 문제를 놓고 궁리하다가 졸음이 오자 참나무 그늘에 누워 낮잠을 잔다. 그때 마침 바람이 불어 도토리 하나가 그의 이마 위로 떨어졌다. 깜짝 놀라 일어난 농부는 무릎을 치며 이렇게 소리쳤다.

"그러면 그렇지. 역시 조물주는 현명하시다. 도토리가 작았기에 망정이지, 만약 수박이 이 참나무에 매달려 있었더라면 대체 내 이마는 지금 어떻게 되었을 것인가. 내 이마의 안전을 위해서도 큰 나무에는 작은 열매가 열리고 땅 위의 넝쿨에는 수박 같은 큰 열매가 열려야 한다. 이제야 그 이치를 나는 깨달았노라."

사람들은 이 유머를 들으며 그 농부의 어리석은 의견에 웃음을 터뜨릴 것이다. 그러나 씨 없는 수박을 먹고 있는 그 똑똑한 현대인들도 실은 그 농부와 똑같은 생각을 가지고 이 세상을 살아가고 있는 것을 알아야 한다.

수박엔 수박 자신의 생명을 위한 질서가 있다. 사람의 이마를 깨뜨리지 않기 위해서 그것이 땅 위의 넝쿨에 매달려 있는 것은 아니다. 마찬가지로 한여름 더위를 잊게 하기 위해, 인간들의 식탁에 오르려고 수박은 그 단물을 지니고 있는 것이 아니다. 그것은 그 자체의 생명의 법칙을 가지고 있다. 수박을 먹을 때 사람들은 누구나 그 씨 때문에 불평을 한다.

"수박은 맛있는데 이놈의 씨 때문에 질색이란 말야."

이렇게 인간의 입장에서 수박을 평가하는 그 이기주의로부터 드디어 씨 없는 수박이라는 것이 발명되었다.

씨 없는 수박이 인간에게는 가장 이상적인 수박인 것이다. 하지만 수박의 입장에서 보면 씨야말로 그 열매의 본질이며 그 중심이 아니겠는가.

수박의 고향, 원산지는 남아프리카의 사막 칼라하리이다. 그렇기 때문에 건조한 땅에서 자라나는 이 수박은 열매를 풍부하게 맺기 위해서 스스로 수분을 많이 저장해 둘 필요가 있다. 건조한 사막에서 싹이 트고 튼튼히 자라기 위해서는 많은 물이 필요하기 때문에 수박은 어느 열매보다도 수분이 많다.

그리고 수박물에 당분이 있는 것도 그 씨를 위해서이지 인간들의 미각을 위해 그렇게 돼 있는 것은 아니다. 젖은 땅 위에 씨앗을 붙여 놓기 위해서 수박물엔 끈적끈적한 당분이 섞여 있다. 수박의 형태가 둥근 것도 그 씨를 되도록 먼 곳까지 퍼뜨리기 위한 수단이다.

세찬 바람과 흐르는 물을 따라 사막의 언덕 넘어 먼 곳까지 수박이 굴러가기 위해서는 그 모양이 공처럼 둥글어야 한다. 즉 수박의 둥근 형태는, 당분이 많이 섞인 수분은, 바로 인간들이 귀찮게 생각하는 씨를 퍼뜨리기 위한 한 수단이요, 방법에 지나지 않는다.

수단에 쫓긴 본질

수박에게 있어서 씨는 이렇게 본질이고 수분은 부차적인 속성이다. 그런데 그것이 일단 인간 사회로 들어오면 본질은 제거돼버리고 도리어 그 수분이 수박의 본질처럼 행세하게 된다. 그것이 바로 씨 없는 수박이다.

현대인의 생활을 가만히 관찰해보자. 씨 없는 수박을 먹으며 좋아하지만 그것을 먹고 있는 인간 자체가 바로 그 수박을 닮아가고 있다는 사실을 그들은 잘 모른다.

아주 쉬운 이야기로 인간은 무엇 때문에 일을 하고 싸움을 하며 피와 땀을 흘려야 하는가. 그것은 마치 수박의 수분처럼 생존을 하기 위한 수단이다. 그런데 한참 살다 보면 삶의 의미는 없어지고 수단과 방법이 오히려 본질로 행세하는 일이 많다. 살기 위해서 무엇을 하는 것이 아니라 무엇인가를 하기 위해서 인간들은 살고 있다.

자기가 왜 이 세상에서 살아야 하는가를 알고 있는 사람은 흔치않다. 그러면서도 어떻게 돈을 벌며 어떻게 남과 싸워 이기며, 어떤 곳이 좋은 일터인지에 대해 말하라고 한다면 자신만만하게 그 답안지를 쓸 것이다.

거창하게 인생의 문제까지 논할 필요는 없다. 가령 어느 회사에서 보일러맨을 구한다고 가정하자. 그들이 생각한 좋은 보일러맨이란 무엇을 뜻하는가. 두말할 것 없이 100℃ 이상의 더위에서도 오랜 시간 견디는 사람이 좋은 보일러맨이다.

그런데 거꾸로 제빙 회사의 창고에서 일하는 인부를 고용하려할 때 그들은 어떤 인간을 원하는가. 반대로 몇 시간이고 0℃ 이하의 추위 속에서도 오래 견디며 일하는 사람일 것이다.

이것은 작은 예에 지나지 않는다. 인간이 인간 자체에 의해서 평가되지 않고 이익을 추구하는 어떤 입장을 기준으로 해 평가될 때 그것은 꼭 씨를 없앤 수박의 운명처럼 된다.

인간 테스트

미국에는 사원을 채용할 때 으레 적성 테스트를 하게 된다. 한 사람의 인간성을 이해하자는 데 목적이 있는 것이 아니다. 그의 성격이 과연 이 조직(회사) 속에 합당하냐 그렇지 않냐는 시험에 지나지 않는다.

좋은 인간성이란 말과, 한 집단이나 그 제도가 원하는 좋은 인간이라는 말과는 근본적으로 차이가 있다. 그 시험 문제라는 것을 한번 살펴보자.

밤 ……………… 어둠·잠·달·병病
가을 …………… 쇠락·잎·계절·쓸쓸함

이것은 언어 연상검사의 한 질문이다. 앞에 내놓은 말을 보고 네 가지 해답 가운데 어느 것을 먼저 연상하게 되느냐는 테스트이다.

밤이나 가을이라고 할 때, 어둠이나 계절을 연상하는 사람은 참으로 평범한 사람이다. 상식적이고 개성도 없고 감정의 윤택성도 없다. 그러나 기계적으로 우표에 도장을 찍고 있는 일에는 최적임자가 된다.

그런데 밤이란 말에서 달을 연상하고, 가을이란 말에서 쓸쓸함을 연상하는 사람들은 정서는 윤택하지만 화기 책임자나 창고지기를 시키기에는 부적당한 인물로 판정이 내려질 것이다.

이제 인간이란 말은 없어질 것 같다. 착한 사람, 나쁜 사람이란 일반적인 평가 역시 모든 것이 조직화된 현대 사회에서는 시효가 지난 인감 증명처럼 돼버렸다. 좋은 세일즈맨이란 말과 좋은 아버지란 말은 상충할 때가 많다.

세일즈맨은 돌아다녀야 한다. 아들과 아내를 너무 사랑했다가는 몇 주씩 먼 지방을 여행하며 물건을 팔러 다닐 때 홈시크home-sick에 걸린 나머지 그 능률을 제대로 올리지 못할 것이다. 좋은 세일즈맨은 나쁜 아버지일수도 있고, 나쁜 세일즈맨은 거꾸로 좋은 아버지일 수도 있다.

좋은 인간이라고 할 때 그 인간을 어디에 기준을 두어야 하느냐. 직장인가, 가정인가? 또 좋은 사회인, 좋은 시민이란 말이 곧 좋은 직장인이나 좋은 가정인을 의미하지 않을 때도 많다.

천의 얼굴을 가진 인간

맹자도 이미 옛날에 언급한 적이 있다. 같은 직업이라도 남을 죽이는 활을 만들어내는 사람과, 활이나 칼로부터 자신을 보호하는 방패를 만드는 사람은 그 사회성이 달라진다고.

좋은 직장인이 되려다 보면 결과적으로 반反사회인이 될 때가 있다. 이런 모순이 옛날이라고 없었을 리 없다. 우산 장수와 나막

신 장수처럼 비가 올 때 손해를 보는 사람도 있고 덕을 보는 사람도 있다.

그러나 옛날에는 직업과 가정과 사회라는 것이 인간적인 흥미, 말하자면 수박씨를 중심으로 해서 조화를 이루고 있었다. 그러나 현대는 그 씨가 사라져버리고 통일과 조화를 잃은 채 가정과 직업과 사회가 분리돼 각각 다른 입장을 형성하는 분열의 시대이다.

사회가 요구하는 인간, 가정이 요구하는 인간, 한 직장이 요구하는 인간, 결코 그것은 일반적인 인간의 가치로 통합될 수 있는 하나의 인물이 아니다.

그때그때 이익과 조직체의 성격에 따라, 즉 제각기 분열된 가치 기준에 따라 천의 얼굴을 갖게 되는 존재가 인간이다.

인간의 가축이 되었을 때 소는 소의 독립된 지위를 박탈당한다. 그것을 평가하는 기준 또한 소 자체에서 벗어나게 된다. 투우장에서는 사나울수록 좋은 소다. 마차를 끌고가는 소는 온순하고 힘이 강할수록 좋은 소다. 도살장으로 끌려온 소는 성격이나 힘 같은 것은 문제가 되지 않는다. 고기가 부드러울수록 좋은 소다.

이렇게 용도에 따라서 소의 가치가 달라지듯, 인간성도 한 집단에 이익을 가져다주는 공리성에 의해서 존재 이유가 결정된다.

옛 사람들은 으레 사람을 만나면 몇 살이 되었느냐고 나이를 물었다. 그것은 생존 자체에 대해 가치를 두고 있는 인간관에서 나온 소치이다. 그런데 요즘 사람들은 이름이나 연령을 묻기 전에 그 사람이 어디에 있는 사람이냐고 묻는다. 말하자면 어디에 소속돼 있느냐 하는 것이 그 인간의 존재를 결정하는 척도로 바뀐 까닭이다.

사람 자체에 대한 흥미가 아니라 그 사람이 어느 조직에 소속돼 있는가를 더 중시하는 풍조, 이것이 현대 문명과 함께 태어난 조직인들의 생리이다.

골동품과 폐물의 차이

인간을 보는 눈만이 그런 것은 아니다. 모든 사물의 가치도 마찬가지다.

중국 『소부笑府』의 권육卷六에는 이러한 우스개 이야기가 실려 있다.

골동품을 좋아하는 어느 부자가 순舜 임금어 쓰던 밥그릇과, 주공周公이 그의 아들 백금伯禽을 때리던 지팡이와, 공자孔子가 행단杏壇에서 깔고 있던 돗자리를 각각 천금을 주고 사들였다.

그 바람에 완전히 망해서 무일푼의 거지가 돼버린 것이다. 그래서 그는 왼쪽에 순 임금이 쓰던 밥그릇을 들고, 오른쪽에 주공의 지팡이를 들고, 공자님이 깔았던 낡은 돗자리를 쓰고 다니며 구걸을 했다는 것이다.

천금의 골동품도 실용성이란 면에서 볼 땐 거지가 들고 다니기에 알맞은 깨어진 밥그릇이요, 때 묻은 지팡이요, 다 헤진 거적에 지나지 않는다.

사람들은 실용적인 가치로만 사물을 바라본다. 같은 가축이라도 시골 농가의 닭과 도시 근교에 있는 양계장의 닭을 한번 생각해 보라.

시골 닭은 달걀과 고기만을 위해서 존재하는 것은 아니다. 물론 시골 닭이라 할지라도 인간에게 달걀과 고기를 준다는 면에서는 양계장의 닭과 다름이 없으나 결코 양계장의 닭들처럼 오직 그것만을 위해서 그들 곁에 존재하는 것은 아니다. 홰를 치고 울며 달걀을 낳고 병아리를 까는 생명체의 즐거움을 농민들에게 주고 있다.

릴케는 『미조트의 편지』에서 인간의 애정으로부터 점차 사라져 가는 사물들, 공리적인 의미로만 바뀌어 가는 그 사물의 의미에 대해서 이렇게 한탄한 적이 있다.

"또한 우리들의 조부모에게 있어서 집이나 우물들 그리고 그들에겐 친숙하고 정답기만 했던 탑들, 아니 그 자신들의 옷과 외투에 이르기까지 모든 사물들은 보다 많은 뜻을 갖고, 보다 친밀한 의미를 가지고 있는 것이었습니다. 거의 모든 사물은 인간적인 것을 간직하고 거두어들이는 하나의 그릇이기도 했습니다. 그런데 지금은 미국으로부터 공허하며 냉담한 사물들이 물밀듯이 들어오고 있습니다. 눈만을 휘황찬란하게 하는 사물들, 생활의 단순한 방편만을 위한 것들…… 미국적 지성 속에서 세워진 집, 미국적인 사과 그리고 미국의 포도 같은 것들은 우리 조부모들의 희망이나 명상이 배어 있는 그 집, 그 과실, 그 포도와는 무엇 하나 공통점을 가지고 있는 것이 없습니다."

여기에서 미국이라고 한 것은 어느 특정한 국가의 문화를 의미하지는 않는다. 현대 문명이라는 추상적인 말을 좀더 상징적인 말로 옮겨놓은 데 지나지 않을 것이다.

비록 물질적 이익을 위해 존재하는 것이라 해도 옛날 사람들은 사물 자체가 지니고 있는 존재의 다른 면도 바라볼 줄 아는 안목을 지니고 있었다. 포도와 사과가 인간에게 영양가를 주는 식욕의 목적만을 위해 존재하는 것은 아니었다. 아름다운 조형을 지닌 예술품과도 같은 정신의 양식이기도 했다.

포도나 사과는 인간이 그것을 이용하기 전에 먼저 존재하는 한 사물로서 인간과 대화를 나눌 수 있는 개성을 지니고 있었던 것이다. 양조장에 짐짝처럼 쌓인 포도 더미엔 이미 형태미 같은 것이 문제가 되지 않으며, 시장에 상품으로서 쌓여 있는 사과의 빛깔은 단지 풋사과냐, 잘 익은 사과냐 하는 데 따른 값의 평가를 규정하는 채색에 불과하다.

가짜가 진짜다

사물을 보는 안목이 바뀌었다는 것만을 서러워하는 이야기는 아니다. 어떤 사물에서 그 본질의 가치가 소외돼버렸을 때 이미 그것은 가짜의 가치만을 남기게 된다는 데 현대인의 깊은 비극이 있게 된다.

캐스트너Erich Kästner는 본질을 망각하고 가짜의 가치를 믿고 사는 현대의 속물들을 다음과 같은 예로써 신랄하게 비판한 적이 있다.

"1948년의 일이다. 루벡에 있는 옛날 성 마린교회의 재건 공사에 종사하던 리드리히 훼이라는 독일의 미술 복원가는 그의 부하가 그 교회의 벽 속에 숨겨져 있던 13세기경 고딕 양식의 벽화를 발견했다고 했다. 그는 그 벽화를 복원하여 2년 후 그것을 완성했고, 1950년에는 아데나워 수상의 주최 아래 성대한 복원 완성의 축전이 벌어졌다. 유럽 각지에서 모여든 전문가들은 그 자리에서 그 복원된 벽화를 귀중한 보물이며 잃어버린 걸작의 최대 발견이라고 극구 칭찬했다. 전문가들 가운데 단 한 사람도 이 벽화가 가짜라고 의문을 가진 사람은 없었다. 그러나 다시 2년 후 그 벽화를 복원하는 데 조수 노릇을 했던 한 사람이 경시청에 출두하여 그것이 가짜라는 사실을 고발함으로써 그 모든 것이 사기연극에 지나지 않았다는 것이 밝혀지고 말았다."

위작僞作을 알아보지 못한 전문가들이 엉터리라고 말하기 전에, 세상 사람을 감쪽같이 속인 위작 벽화를 만들어 연극을 꾸며낸 그를 비난하기 전에, 그런 사건이 있자 갑자기 그 걸작품의 가치가 하루아침에 상실되고, 부랴부랴 국립 미술관에서 그것을 제거하기 위해 소동을 벌인 그리고 그 전까지는 감탄을 하며 그 벽화를 바라보던 일반 관객들이 이제는 환희가 아니라 혐오스러운 눈으로 그 그림을 대하고 있는 사실들에 대해 우리는 좀더 깊은 관심을 가질 필요가 있다.

전문가의 눈으로도 그 진위를 판단하지 못한 고딕식 벽화였다면 그 벽화의 미술적 가치는 진위에 관계없이 그 벽화 속에 길이 남아 있을 것이다.

더구나 문외한인 일반 미술 애호가들의 경우에 있어서 그것이 주는 예술적 감동은 진짜든 가짜든 조금도 변함이 없었어야 한다. 적어도 그 예술성 자체의 가치를 따지는 사람들이라면……

그 벽화가 가짜이기 전에 그 벽화를 보고 혀를 차던 사람들 자체가 이미 가짜가 아니겠는가?

이 경우 가짜가 문제가 되는 것은 오직 700년 전의 것이냐 아니냐하는 시간상의 문제이다. 그들은 그 그림의 예술성을 감상하고 그 가치를 따진 것이 아니라 700년이라는 달력의 시간 앞에 머리를 숙인 것이다.

벽화의 본질은 사라지고 이미 처음부터 700년이나 묵은 그림이라는 부차적인 문제가 주인 행세를 한 것과 다름이 없다.

13세기의 것이든 20세기의 위작이든, 전문가들의 마음을 최대 걸작품이라고 사로잡은 훼이 씨의 벽화는 그림 자체의 예술성을 두고 말한다면 오히려 진짜일 수도 있는 것이다.

아니 더 우스운 이야기를 하나 하자.

몬테카를로에서 가장무도회가 열렸을 때의 이야기다. 그때 찰리 채플린으로 분장한 대여섯 사람의 손님 가운데 진짜 채플린과 가장 닮은 사람을 뽑는 콘테스트가 벌어졌다. 공교롭게도 우연히 채플린도 그 자리에 있었는데 딱하게도 그는 3위를 차지하고 말았다.

때로는 진짜가 가짜보다도 못한 경우가 있는 것이다. 전문가를 결정짓는 것을 그 자체의 본질에 두지 않고 사람들은 외부적인 권위나 사인이나 혹은 그와는 관계없는 다른 증명서에 의해서 결정짓는다. 심지어 상품까지도 그렇다.

자기 피부에 아무리 잘 맞고 좋은 화장품이라도 상표가 삼류이면 그 화장품의 가치도 삼류가 된다. 그와는 반대로 자기 마음엔 들지 않아도 그것이 유명한 물건이면 그것의 가치도 또한 일류라고 생각한다.

I.A. 리처즈는 미녀를 선택하는 가장 본능적인 인간의 심미 의식마저 현대인들은 주간지 표지에 나오는 배우나 인기 연예인들의 사진에 의해 결정된다고 비꼰 적이 있다.

남들이 아름답다고 하니까, 인기가 있으니까, 사진 화보에 자주 오르내리니까, 자기도 그것을 미녀의 표준으로 삼는다.

like와 love

현대인은 씨 없는 수박을 먹고 있다. 그리고 자기 자신이 씨 없는 수박이 되어가고 있다. 현대인은 누구나 이기주의자이기는 하나 자신을 사랑하고 있지는 않다.

이기적이란 말과 자애적自愛的이란 말처럼 현대인이 혼돈하고 있는 개념도 드물 것이다. 즉 현대인들은 라이크(좋아한다)와 러브(사랑한다)를 동의어로 쓰고 있는 경우가 많다.

"아무개를 사랑한다지?"

하는 말 대신,

"너 아무개를 좋아한다지?"

라고 말하는 경우가 많다.

그러나 좋아한다는 것과 사랑한다는 것이 어느 경우에 있어서는 동의어가 아니라 반대어란 점을 깨닫지 못하고 있다.

고양이는 쥐를 라이크(좋아)하지만 결코 러브(사랑)하지는 않는다. 라이크는 공리적인 것이다. 사물 자체에 대한 독립된 가치를 인정하는 것이 아니라 그것이 나에게 어떤 이익을 주는가 하는 상대적인 이해관계를 의미하는 말이다.

한 남자의 지위와 재산을 보고 결혼하는 여자는 그를 사랑해서 결혼한 것이 아니고 그를 라이크해서 결혼한 여자이다. 한 인간의 본질에 대한 관심이 아니라 그가 지니고 있는 속성에 대한 관심이다. 그는 그 인간을 이해하려 하지도 않으며, 그가 지니고 있는 인간적인 본래 가치를 인정하고 있는 것도 아니다. 말하자면 그가 사다주는 밍크코트나 1캐럿의 다이아 반지가 문제이다.

그렇기에 쥐를 좋아하는 고양이처럼 남편을 사랑하지 않고 좋아하는 여인들은 단지 그에게서 자기 이익만을 빼내려 든다.

광산업자들은 산을 좋아한다. 산의 옆구리를 뚫어 귀중한 물질을, 즉 이익을 캐낼 수가 있기 때문이다. 그의 관심은 산 자체에 있는 것이 아니다. 숲이나 능선의 아름다운 곡선이나 산이 지니고 있는 장엄한 미관 같은 것엔 관심이 없다. 그는 그런 것들을 뛰어넘는다. 그리고 오직 광맥만을 탐낼 뿐이다.

하지만 등산가는 산의 존재를 인정하며, 자기의 이익과는 관계없이 산의 침묵 자체를 이해하며 또한 그 속에 몰입해 들어간다. 등산가는 산을 사랑한다. 다이너마이트로 그 옆구리를 파괴하기를 원치 않는다. 케이블카를 타고 안전하고 편안하게 산마루에 오르기를 원치 않는다. 마치 남편을 사랑하는 여인이 그가 곤경에 처했을 때 그 어려움 속에서 더욱더 깊은 애정을 실천해 가는 것과도 같다

인간이 어떤 대상을 사랑하지 않고 다만 좋아할 때는 자신과의 이해관계가 끝나면 아무 미련도 없이 그것을 떠날 수 있다.

고향은 보잘것없지만 우리에게 사랑을 주고 있으며, 도시는 우리에게 많은 것을 주고 있지만 사랑을 주지는 않는다. 도시 생활은 좋은 것이지 사랑스러운 것이 아니다.

도시는 오직 편안하고, 물질적 윤택을 주며 욕망을 충족시켜 주는 거대한 사치를 지니고 있지만 고향에서 느끼는, 한 장소에 대한, 그 마을에 대한 깊은 우려와 공감과 애정을 찾아볼 수는 없다. 그러기에 인간과 도시는 서로 분리되어 산다. 요컨대 도시에서는 인간이 소외되어 있는 것이다. 광산업자에게 있어서 산이 소외되어 있고, 물질만으로 결합된 가정에서 한 가장이 소외되어 있는 것처럼.

현대 산업 문명은 인간들로부터 러브를 빼앗고 라이크를 대신 들여앉힌 셈이다. 고향을 사랑하면서도 도시가 좋아서 몰려드는 현대인의 생리, 그것처럼 말이다.

이젠 자기 자신까지도 사랑하지 않는 인간들이 이 지구를 메워 가고 있다. 음악을 사랑하면서도, 문학을 사랑하면서도, 남들이 다 좋다는 돈과 권력의 가치 기준에 맞추어 그 직업을 선택한다.

가난하고 권력이 없더라도 한 줄의 시, 한 곡조의 음악에서 진정한 행복을 발견하려는 그런 시대는 하나씩 발자국 소리도 없이 우리 곁을 스쳐 지나가고 있다.

시인이 되려다 은행가가 되고 스포츠맨이 되려다 국회의원이 된 현대인들은 자기를 자기로부터 소외시켜가고 있다.

이렇게 해서 인간의 계절은 추운 겨울을 맞이하게 되는 것이
다. 씨 없는 수박 그것은 먹기는 '좋으나' 누구도 여름의 추억으
로 '사랑하지는' 않을 것이다.

프리 섹스의 바람은 왜 부나?

만물의 성장性長

인간은 만물의 영장靈長이라고 한다. 그러나 이 거룩한 영장이 동시에 성장性長이라는 것을 알고 있는 사람은 별로 많지 않을 것 같다. 왜냐하면 성은 대개가 다 동물적인 것이라고 생각한다. 영적靈的이란 말과 성적性的이란 말은 불과 물의 관계처럼 대립되는 것이라고 믿고들 있다.

하지만 천만의 오해이다. 만물의 영장인 인간은 성적 활동에 있어서도 모든 동물의 추종을 불허한다. 인간을 가장 닮았다는 원숭이족의 경우를 두고 볼 때, 그들의 성행동性行動은 7~8초 안에 끝나고 그 율동도 12회 정도를 넘지 않는다. 뿐만 아니라 어떤 동물도 영장 중에서 존경받는 숙녀의 경우에서 발견될 수 있는 그 오르가슴을 느끼는 존재가 없다는 것이다.

말하자면 인간만이 남녀 다 같이 성의 극치를 느낄 수 있는 유일한 동물이다. 이러한 증언은 난봉꾼 카사노바 선생이 만들어낸 말이 아니고 점잖은 생물학자들의 공통적인 의견이다. 그러니 그대로 믿어두는 것이 좋다.

성교의 자세를 봐도 인간은 단연 동물과 한자리에서 어깨동무를 할 위치에 있지 않다. 동물은 오직 등록된 한 자세만을 자손만대가 싫증도 내지 않고 그대로 지켜간다. 그러나 두 다리로 직립直立해 있는 인간의 그 특권적인 자세는 실로 그 성 자세에 있어서도 동물이 모방할 수 없을 정도로 독창적이고 다채롭기 그지없는 버라이어티를 보여주고 있다.

독립 선언을 한 섹스

만물의 영장이 곧 만물의 성장이란 것은 상식적으로 봐도 그렇지 않은가?

동물들에게는 성주기性週期라는 것이 있다.

원숭이의 암컷이 수컷을 받아들일 수 있는 기간은 1개월에 약 7일 정도라고 한다. 동물의 성은 생물에게 극히 필요한 생식生殖과 직결되어 있다. 그런데 인간만은 이점에 있어서도 대개 동물과는 판이하게 다르다.

인간의 여성은 원숭이와 달리 배란기에만 특별히 성의 유혹을 느끼지는 않는다. 1년 열두 달, 마음만 있으면 언제든지 성을 즐길 수 있도록 되어 있다.

알을 낳는 레그혼 닭이 아닌 다음에야 그것을 단순한 생식 수단으로만 풀이할 순 없을 것이다. 후트는 성교가 생식의 기능으로부터 독립해 일종의 문화적 영역으로까지 확대된 것은 인간에게만 한정된 특색이라고 말한 적이 있다.

성욕이 생식으로부터 분리된 동물, 이것이 만물의 영장인 인간만이 누리고 있는 특권이다.

섹스의 프런티어 킨제이 씨의 통계를 봐도 그것은 분명하다.

성 경험이 있는 백인 독신 여성 2,094명을 조사 대상으로 한 결과 그중 임신의 사례는 397건밖에 되지 않았다. 2,094명의 이 독신 여성의 성 횟수는 약 1만 40회였다. 이를 보면 성이 생식과 관련된 것은 1000분의 1밖에 되지 않는다.

자식을 낳기 위해서 의무적으로 성을 추구하는 경우란 사막에서 오아시스를 만나는 것 같은 극히 예외적인 사태라는 것을, 아무리 큰 기침을 잘하는 도학자라도 부정할 수 없는 현상이다. 여기에서 우리는 인간이 영적인 존재이기 때문에 바로 이와 같은 성적 현상이 벌어지게 된다는 새로운 결론을 얻을 수가 있을 것이다.

성을 향해 던지는 돌

군중들이 간음한 여인을 향해 돌을 던지려 했을 때 예수님은

"이 가운데 죄 없는 자는 돌을 들어 그 여인을 치라"고 했다.

까만 표지로 되어 있는 책이라는 것 외에는 성서에 대해 아무 지식도 없는 현대의 플레이보이들이라 해도 이 이야기만은 잘 알고 있을 것이다.

십자가에서 돌아가셨다는 것보다도 인간치고 범죄자 아닌 사람이 없다는 예수님의 이 인간을 위한 변론 장면이 한층 더 위안을 주고 있기 때문이다.

사람들은 죄를 짓고도 태연한 경우가 많다. 누가 나에게 돌을 던질 수 있겠는가? 그러한 독백은 죄의식을 씻어내는 세탁비누와도 같은 구실을 한다.

예수님은 인간의 현실이 어떠한 것인가를 잘 파악하고 있었지만 인간의 심리에 대해서는 좀 둔감했던 것 같다.

"이 가운데 죄 없는 자는 돌을 들어 이 여인을 치라"는 예수님의 말은 위태롭기 짝이 없는 발언이다.

성서에서는 어찌된 영문인지 군중들은 그 말에 놀라 한 사람도 돌을 던지지 못하고 그 자리를 피해 달아난 것으로 되어 있지만, 이건 아무래도 인간의 현실과는 부합되지 않는 드라마이다.

실제 이 장면을 재연시켜본다면 어떻게 될 것인가? 그 여인이 불쌍해서 돌을 던지려 하지 않던 사람들도 틀림없이 돌덩이를 찾느라고 경황이 없었을 것이다. 그 여인처럼 간음의 경험이 있는 사람일수록 더 많은 돌을 던지려 했을 것이 틀림없다.

이 경우 돌을 던지지 않는다는 것은 뭇사람 앞에서 자신의 죄를 고백하고 자수하고 나서는 것과 같은 일이기 때문이다.

인간은 죄 자체보다도 그 죄를 은폐하려는 데 더 많이 신경을 쓴다. 사람치고 죄(간음)를 짓지 않은 사람이 없다는 것이 하나의 리얼리티라면 사람치고 그 간음을 숨기려 들지 않는 사람이 없다는 것도 또한 리얼리티이다.

성윤리性倫理라는 것은 이러한 두 가지 리얼리티의 틈바구니에서 피어난 요사스러운 꽃이다. 간음도 만인의 것이요, 그 간음을 향해 돌을 던지는 것 또한 만인의 것이다. 다른 도덕도 모두 마찬가지지만 성도덕이란 자신의 섹스를 즐기기 위해 만들어놓은 필요한 가면이었다.

우리나라 속담에 "얌전한 고양이 부뚜막에 먼저 오른다"는 말이 있지만, 좀더 정확하게 표현한다면 부뚜막에 오르내리는 고양이이기 때문에 얌전한 척하는 것이다.

어느 자리에서 누군가 부정한 짓을 한 여인의 이야기가 나왔을 때 가장 핏대를 올리며 그 여인을 규탄하는 숙녀가 있다면 그 숙녀야말로 그 여인과 가장 비슷한 처지에 있다고 믿어도 틀린 판단은 아닐 것이다.

실제로 간음을 하고 안 하고는 별 문제가 아니다. 예수님에 비해서 그런 점에서는 장자莊子가 한 수 위다. 그는 탁월한 심리학자다.

한 미망인이 재가再嫁를 하기 위해 남편의 무덤 앞에서 뗏장을 말리고 있더라는 말을 했을 때 아내는 눈을 곤두세우고 그 부정한 여인을 규탄했다. 그런 아내에게서 장자는 이미 그녀의 흔들리는 정절을 본 것이다.

그것을 확인하기 위해 아내를 시험해보려고 한 것이 큰 실책이긴 했지만, 정절을 내세우는 여인의 말 속에서 도리어 간음의 마음을 눈치 챈 장자는 프로이트의 스승격이다.

따지고 보면 이러한 성의 이중성 때문에 인간은 외모로나마 동물들과 같은 떼(무리)가 아니라 가족을 단위로 한 하나의 사회와 문명을 형성하게 되었는지도 모른다.

그러고 보면 인간의 문명은 좋든 싫든 성의 이중성에서 빚어진 산물이라고 할 수 있고, 그것이 동물과 다른 인간의 성적 본질이라고 할 수 있다.

섹스는 본능이 아니다

인간이 개미나 꿀벌처럼 물질적 건설에만 집념하는 시대는 사회의 성생활 역시 잠잠하게 잠들어 있다. 그러나 문화가 난숙해져 정신문화가 절정에 이른 시대는 성적 퇴폐의 검은 조류가 꿈틀댄다. 성욕은 우리의 상식과는 달리 야만 시대의 것이 아니라 문명사회의 꽃이라고 볼 수 있다.

킨제이는 인간의 문화가 발전할수록 인간이 느끼는 성의 쾌감도도 발전된다는 사실을 통계 숫자로 밝혀 주고 있다. 그것이 오르가슴이다. 생식의 관점에서 볼 때 오르가슴은 불필요한 것이다. 오르가슴을 모르는 불감증의 여인들도 다남多男의 행운을 누리는 데 아무런 지장이 없다.

인간의 문화가 발전되어갈수록 오르가슴이 요구되고 있다는 것은 성이 생식의 본래적 목적으로부터 이탈해간다는 증거이기도 하다.

기혼자의 불감증은 세대가 흐를수록 감소돼가고 있다. 육체의 생리적 기구가 변화한 까닭이 아니라 현대 문화에서 온 사회적인 조건이 그 성생활에 정신적인 변화를 일으키는 탓이다.

성을 죄악시하고 그것을 억압하는 영장이기에, 프리섹스 면에서 단연 선배격인 동물들이 결코 상상할 수조차 없는 성적 쾌감, 즉 생식 작용과는 관계없이 그 자체로서 성감을 즐기는 역설적인 동물이 된 셈이다. 인간의 성은 사회 윤리의 그 죄악감 때문에 거꾸로 인간은 섹스에 끌려 다니는 쾌감의 극치를 맛보게 된 셈이다.

춘화도[春畵]를 공개 판매한 결과 오히려 성범죄가 줄어들었다는 것은 신문의 해외 토픽을 들여다본 사람이라면 알 것이다. 성에 대한 불필요한 호기심이 사라지기 때문이다.

성도 물이 끓어오르는 주전자 같아서 뚜껑을 꼭 닫아둘수록 그

요동이 더 심하다. "남녀 칠세 부동석"은 사실상 일곱 살 먹은 어린것들로 하여금 일찍부터 남녀 동석을 원하게 하는 성의식의 조숙성을 주었다.

프리섹스와 이노센트 섹스

프리섹스는 자유로운 성을 누리자는 구호라기보다 인간이 성으로부터 자유로워지자는 데 그 운동의 골포스트가 있다. 성을 개방하면 인간은 도리어 성으로부터 무관심해질 수도 있다.

배가 고픈 흥부네 애들이 먹는 타령을 더 많이 하는 것처럼 성의 대문에 굳은 빗장을 질러두면 그 담을 뛰어넘고 싶은 충동도 커진다. 그레이엄 그린Graham Greene은 「디 이노센트The innocetn」란 단편에서 재미난 삽화를 우리에게 보여주고 있다.

주인공 '나'는 약혼자인 로라를 데리고 그가 유년 시절을 지냈던 시골 고향으로 돌아온다. 낡은 곡물 창고나 언덕 위에서 깜박거리는 불빛이나 옛날 영화의 포스터가 걸려 있는 시골 역에 도착했을 때 그는 로라의 화장한 얼굴이 어쩐지 그의 고향과는 어울리지 않는다는 것을 느낀다.

그는 쓸쓸한 고향의 거리를 지나면서 천진난만하던 그의 유년 시절을 생각한다. 그때 문득 그가 어린 시절에 그리던 한 소녀의 모습을 생각한다. 그 소녀는 그보다 한 살 위였다. 꼭 여덟 살이 되던 해, 그는 지금껏 어느 누구에게서도 맛볼 수 없는 강렬한 애정을 느꼈다는 사실을 깨닫는다.

그래서 그는 그 소녀와 함께 무용을 배우러 다니던 선생 집을 찾아가보려고 했다. 그는 무엇인가 열렬한 사랑의 사연을 적은 편지를 그 무용 선생 집의 문기둥 틈 속에 넣어두었던 일이 생각났기 때문이다. 언젠가 그 소녀는 꼭 자기가 쓴 글을 찾아 읽을 것이라고 확신했었다. 그런데 자기는 지금 그때 어떤 글을 썼었는가를 기억할 수가 없다. 그는 호기심에 그 대문 구멍에 손가락을 넣어봤다. 그런데 편지가 아직도 거기에 남아 있는 것이 아닌가.

그는 그것을 꺼내 들고 기대에 찬 마음으로 성냥불을 그었다. 그러나 어렴풋한 불빛에 나타난 종이쪽지 위에는 아기 천사처럼 순수하고 아름다운 사랑의 말이 아니라 변소 벽에 그려놓은 것 같은 추잡한 음화가 보였다. 자기 이름의 두문자가 적혀 있는 것으로 보아 틀림없이 그가 어린 시절에 한 소녀에게 연정을 품고 보냈던 사랑의 편지임이 분명했다.

그의 기억에 남아 있는 사랑은 결코 그렇게 음탕하고 상스러운 것은 아니었다. 지금까지도 그 애정은 순수했고 열렬했으며 괴로움에 가득 찬 것으로만 생각되었다.

이 소설은 이러한 '나'의 독백으로 끝난다.

"나는 처음 그 그림을 보자 무엇인가 배신당한 것 같은 느낌이

들었다. 그러나 그 밤이 지난 오랜 후에야 비로소 그 그림의 깊은 순진성을 깨닫게 되었다. 그때 나는 그 그림을 그리면서 독특한 아름다운 의미를 지닌 어떤 것을 그리고 있는 것이라고 믿고 있었던 것이다. 지금 내가 그 그림을 외설적으로 생각하고 있는 것은 30년의 세월이 지나 내 마음이 아주 더럽혀진 탓이다."

성의 속박과 자유

긴 설명을 하지 않아도 인간의 성을 바라보는 어린아이의 눈과 어른들의 눈이 어떠한 것인가를 느끼게 하는 이야기다. 성 자체는 변함이 없다. 그것을 생각하는 인간의 마음에 의해서 아름답게도 느껴지며 또한 추하게도 느껴진다.

이 소설 주인공의 성장과 함께 변모해간 성의 시선을 커다랗게 확대시켜보면 그대로 성에 대한 인류의 한 역사를 읽어볼 수 있을 것이다.

현대는 성에 대해 어린애다운 천진성을 상실하고 있다. 사회적인, 심리적인 여러 가지 제압 속에서 성을 대하는 마음이 더럽혀져온 것이다. 희랍 사람들만 하더라도 올림픽 경기장의 선수들은 알몸뚱이로 성기를 내놓은 채 경주를 했고, 디오니소스의 축제가 벌어질 때는 성기 모양을 한 조각들을 들고 마을을 누비며 시위를 했다.

그것을 더럽고 추악하게 생각하는 것은 오늘의 현대인들이다. 어쩌면 그들 자신은 마치 아름답고 순수한 열정으로 변소의 낙서 같은 음화를 그렸던 소년처럼 그것을 무구한 행위 그리고 가장 순수한 생명감의 한 표현으로 생각했을는지도 모른다.

현대의 프리섹스는 인간의 사회 제도와 그 윤리가 불필요하게 성을 속박하고, 그 때문에 더욱 성의식性意識이 더럽혀지고 있는 그 모순을 향한 하나의 도전이라고 볼 수 있다.

외부로부터 속박을 받는 사람일수록 순수성을 상실하고 그 성격은 이지러지게 마련이다. 그것을 교정하기 위해서는 자유가 필요한 것이다. 마찬가지로 이지러진 성을 교정하기 위해서는 자유가 필요한 것이다.

프리섹스는 이노센트 섹스의 갈망이라고도 할 수 있다. 단순한 역설이 아니다. 후트는 우리에게 이러한 실화를 하나 소개하고 있다.

유희와 법칙

미국인 학생 하나가 1년 동안 스웨덴에서 유학하고 있었다. 프리섹스의 왕국인 그곳에는 성에 대한 이중의 가치 기준이 거의 없어져 가고 있으며, 결혼 전 관계에 있어서도 여자들은 남자들과 동등한 자유를 얻고 있으며, 사회에서도 그것을 인정하고 있다는 사실을 그 미국 청년은 배웠다.

미국 대학생들 같으면 마음속으로나 상상해 보는 무제한의 성적 향락을 이 나라에서는 마음 놓고 실천할 수 있다고 그는 생각했다. 그래서 몇몇 젊은 스웨덴 여성과 접촉한 결과 그는 실망과 창피만 당하고 말았다는 것이다. 그는 얼간이 시골뜨기로 조소를 받았고, 그들의 세계로부터 따돌림을 받게 되었다는 것이다.

스칸디나비아에 성적 자유가 있다는 것이 거짓이었기 때문이 아니다. 속박 받은 이지러진 성의식을 지닌 채, 즉 성의 자유가 몸에 배어있지 않은 채 섣불리 그 속으로 뛰어 들어갔기 때문이다. 프리 섹스가 음하고 방종한 것이라는 오해를 받게 된 것도 기성적인 성윤리관의 비뚤어진 시선에서 비롯된 것이다.

그렇기에 현대인의 프리 섹스를 성 유희라고 비난하는 사람도 있다. 무질서한 사회의 교란자 그리고 성의 무정부주의자라고 개탄하기도 한다.

그러나 성 유희가 곧 무분별한 성의 형태를 의미하는 것은 아니다. 인간의 성이 생식의 목적으로부터 분리했을 때 이미 성은 의무를 지닌 한 노동이 아니라 결과의 효능성을 따지지 않는 유희적인 성질로 변해 버린 것이다. 그런데 유희는 과연 무질서한 것인가? 하나의 혼돈인가? 후트는 그것이 얼마나 피상적인 견해인가를 지적하고 있다. 어린아이들이 노는 소꿉장난에도 엄격한 약속과 규칙이 있지 않은가. 유희가 고도화 될수록 거기에는 반드시 룰(규칙)이 있게 마련이다.

운동 경기는 모두가 재미로 하는 인간들의 유희 문화가 아닌가. 그런데 대체 아무 규율도 없이 멋대로 공을 차며, 아무런 약속과 일정한 규율이 없이 상대방을 때리고 짓밟는 스포츠를 구경한 적이 있는가. 무질서야말로, 무규칙이야말로 유희(게임)의 적이다. 유희의 재미를 위해서는 반드시 룰이 있어야 한다. 서로 지켜야 할, 전체가 지켜야 할 약속이 사라지면 유희 역시 사라지고 만다.

성 개방이 무질서한 양상을 나타낸다면 그것은 성을 자유로운 유희로 생각하고 있는 데 죄가 있는 것이 아니라 오히려 그 유희를 더욱더 유희로서 발전시켜가지 못했다는 데, 바로 유희성 자체가 초보 단계에 머물러 있다는 데 잘못이 있다.

여인에게 정조대를 채운 중세의 성윤리만을 질서로 생각한다면 큰 오해이다. 옛날의 폭군들은 국가의 질서를 위해서라는 명목으로 국민들의 모든 행동에 정조대를 채워 놓았다. 이 폭군들은 국민에게 자유를 주면 무질서와 혼란이 생겨날 것이라고 믿었다.

그러나 민주주의(자유화)는 새로운 시민적인 질서를 만들어내지 않았던가. 윤리가 밖에서 주어질 때 그것은 정조대와 같은 질서가 돼버린다. 그러나 안으로부터, 개개인으로부터 우러나온 자유의 윤리는 스포츠의 규율 같은 것, 테니스의 코트나 네트와 같은 윤리의 틀이 된다.

현대 사회는 빗장을 지른 섹스의 문을 조금씩 벗기고 열어가는 데서 시작되었다. 프로이트, 로렌스, 헨리 밀러 그리고 킨제이…… 그들은 비밀의 지도에 적혀 있는 성의 보물섬을 찾아가는 20세기의 항해자들이었다. 풍랑 없는 항해가 어디 있겠는가.

프리섹스와 가정

그러나 좋든 싫든 현대를 이해하기 위해서는 가장 중요한 것이지만 가장 숨겨두려고 했던 성의 그 심연을 들여다보지 않을 수 없다.

자, 그러면 이런 프리섹스의 물결이 현대의 가정을 어떻게 변화시킬 것인가. 여기에 큰 문제가 있다. 인간 사회는 동물의 떼[群]와는 다르다. 일부다처—夫多妻든, 다처일부多妻—夫든, 가부장의 가족이든, 모권주의적母權主義的 가족이든, 남녀의 성관계를 규제하고 제도화하는 데서부터 가족을 단위로 한 인간 사회가 성립된다.

만약에 자유로운 성 관계가 용서된다면 몇천 년 동안 인류가 쌓아올린 그 가족은 실질적으로 짐승의 떼와 같은 상태로 역전되고 말 것이다. 그렇기 때문에 성의 자유화는 근본적으로 가족의 개념을 뒤흔들어 놓는다. 여기에서 실험 가족이니 실험 결혼이니

하는 새로운 문제들이 등장한다.

벌써 번영의 통계 숫자와 함께 오늘날의 공업 국가에서는 사생아의 통계 숫자도 증대일로를 걷고 있다. 섹스의 선진국 스웨덴은 아버지란 말을 모른 채 자라나는 사생아들의 선신국이기도 하다. 태어나는 어린이들 가운데 열 명중 하나는 그 족보가 수상하다. 물론 이들은 어떤 사회적인 차별이나 손가락질을 받지는 않는다. 아버지가 있든 없든 그들은 동등하게 구김살 없이 자랄 수 있는 환경 속에 있다.

그러나 아버지 없이 어머니 품에서만 강아지처럼 자란 아이들의 온전한 가정을 그리워하는 마음까지 해결해줄 수 있는 사회제도는 없다. 인위적일망정 성을 속박하는 사회제도나 윤리는 굳건한 한 가족을 형성하는 주춧돌이 되어왔다는 것을 누가 부정할 것인가.

인간의 성욕은 한 생식 수단으로서 생명만을 창조해왔던 것은 아니다. 그것이 생식에서 벗어난 독자적인 활동이라 하더라도 성욕은 구속되었을 때 그것은 하나의 예술로, 사상으로, 종교로 승화되어 나타날 수 있는 정신문화를 분만했다.

성을 성으로만 발산시키려 할 때 문화의 생식기능은 시들어버린다. 드러내놓으려는 성과 그것을 감추고 덮어두려는 성, 어쩌면 성의 이 영원한 줄다리기에서 하나의 생활의 밸런스를 찾을 수가 있고, 가족과 그 문화를 키워가는 긴장감을 얻을 수 있는지도 모르겠다.

들판에 붙는 불

인간의 성, 그것은 씨앗이다. 씨앗은 흙 속에 묻혀 있을 때 비로소 새로운 생명의 싹으로 화할 수 있다. 씨앗이 흙 바깥으로 노출되었을 때, 그것은 말라비틀어지거나 새들의 먹이가 돼버릴 것이다. 인간의 성, 그것은 만두소 같은 것이다. 만두소는 한 꺼풀 덮여져 있을 때 비로소 그 맛이 난다. 프리섹스의 주창자들은 꼭 껍질을 벗겨내고 만두소만을 먹으려는 자들이다.

인간의 성, 그것은 불과도 같다. 불은 아궁이나 용광로 안에서 타오르고 있을 때만이 창조적인 힘을 발휘할 수 있다. 들판으로 불이 번져나올 때, 그것은 붉은 혀로 모든 것을 삼켜버리고 파괴한다.

성의 그 에너지를 어떻게 가두어두느냐에 따라 그것은 인간의 생활을 창조하기도 하고, 반대로 그것을 파괴해버리기도 한다. 현대의 프리섹스는 들판에 붙는 불이다.

인간의 성, 그것은 강물과도 같다. 둑을 쌓아두지 않으면 안 된다. 둑 없는 강은 범람하여 곡식을 침해한다. 그러나 둑을 쌓아 저수지를 만들거나 댐을 건설하면 물은 많은 일을 하게 된다. 그냥 흘려보내서는 안 된다.

그것을 저지했을 때, 물은 무서운 힘으로 터빈을 돌리며 깊은 수로로 분출한다. 성의 구속은 부자유라기보다 창조를 위한 힘의 양육이라고 할 수 있다. 분수噴水는 속박이 있기 때문에 힘차게 솟아난다. 프리섹스는 길 위에 떨어진 씨앗, 들판에 붙은 불, 멋대로 흘러가는 둑 없는 강물과도 같은 것이다.

어쩌면 인간의 창조력이 고갈돼가는 현대의 원죄는 성의 봉인을 뜯고 그것을 자유롭게 풀어놓은 데 있는지도 모를 일이다.

II

현대인의 의식주衣食住

달팽이의 집

자랑의 심리

새 침대를 산 사람이 그것을 남에게 자랑하고 싶어서 꾀병을 앓았다. 사람들이 문병을 오면 자기가 누워 있는 침대를 보아줄 것이기 때문이다.

그런데 마침 그가 앓는다는 소문을 듣고 찾아온 손님은 그 손님대로 새로 사입은 속바지를 자랑할 데가 없어 고심하던 참이었다. 그 손님은 방에 들어서자마자 대뜸 침대 위에 발을 올려놓고 바지를 걷어 올리면서 인사를 한다.

"무슨 병환이시기에 이처럼 기동도 못하고 계십니까?"

그러자 침대 자랑을 하려고 꾀병을 앓던 사람이 한숨을 내쉬면서 이렇게 답례를 했다.

"보아하니 내가 앓고 있는 병이나 댁의 병이나 똑같은 병인가 봅니다."

이것은 『소림광기笑林廣記』에 나오는 중국의 고전 유머다.

그러나 WHO(국제보건기구)에 등록조차 돼 있지 않은 이 괴이한 병은 옛날 사람보다도 현대인들 사이에 더 많이 번지고 있는 유행성 질환이다.

중국 고전의 그 딱한 주인공들에 비해 현대인들은 훨씬 더 자연스럽고 능숙한 방법으로 자신의 침대와 옷을 남에게 자랑할 줄 안다. 그게 소위 요즘 우리 사회에서도 찾아볼 수 있는 고급 주택 붐과 파티 붐이란 것이다.

주택을 '침식寢食의 장소'로만 생각한다는 것은 마치 사람의 얼굴을 '보고 듣고 먹는' 기능만을 위해 존재하는 것이라고 믿는 것처럼 어리석은 일이다.

집이나 얼굴이나 그것은 본래의 의미보다 타인에 대한 전시 기능이 훨씬 더 중요한 몫을 지니고 있다.

서시西施의 눈이든 박씨 부인의 눈이든 시력이라는 실용적 입장에서 본다면 그것은 다 같은 눈이다. 오히려 후자가 월등 좋은 눈이었을 것 같다. 언제나 눈살을 찌푸리고 다녔다는 그 기록을 참고할 때 서시는 아무래도 근시안이었을 거라는 의심이 들기 때문이다.

그러나 여자들은 근시라도 박씨 부인의 사발 같은 눈이 아니라 서시의 찌푸린 눈을 원할 것이다. 집 역시 마찬가지다.

편하기로 치면 아파트가 나을지 모른다. 그러나 한갓진 집보다 사람들은 요란스러운 대저택의 대문에 자신의 문패를 달고 싶어

한다.

아무리 대가족이라도 먹고 입고 잠자는 데 필요한 주택의 실용적 공간은 50평이면 족하다. 그런데도 호텔만 한 집을 짓고 사는 신흥 귀족들의 대주택 붐은 무엇을 의미하는가? 설사 대주택이 아니라 하더라도…….

그 비밀을 풀기 위해서, 우리는 잠시 누구의 집엔가 초대를 받는 영광을 맞이하지 않으면 안 된다.

주택은 출세 지수

'책은 읽으라고 있듯이 현대인의 주택은 손님이 보아주라고 있는 것'이란 말은 매사를 비꼬기 좋아하는 '퍼킨슨 법칙'의 하나이다.

그러나 우리가 어느 집엔가 초대를 받고 그 집 대문에서 초인종을 누르는 순간 곧 그 진리를 깨닫게 될 것이다. 대문이란 오로지 집 내부를 지키기 위해 있는 것이지만 실상 사람이 살고 있는 내부보다 대문이 더 크고 으리으리한 집이 많기 때문이다.

상점으로 치면 네온사인이 붙어 있는 간판 같은 존재이다.

우리는 곧 내부로 안내를 받게 될 것이다. 이때가 바로 중요한 때다. 대문에서 집 안으로 인도되는 그 거리가 얼마나 멀리 떨어져 있는가로 우리가 그 집주인에 대해 얼마만큼 경의를 표해야 하는가의 그 출세 지수가 결정된다. 다시 말하면 들어가기가 불편하게 돼 있을수록 좋은 집이 되는 셈이다.

많은 방들이 있지만 실제로 이 저택에서 사용되고 있는 것은 안방과 아이들 방 그리고 갑작스레 초라해진 식모 방뿐, 이를 제외해 놓고는 대개 비어 있는 방들이다. 그러나 쓰는 방보다도 잘 쓰지 않는 방과 필요한 공간보다 불필요한 공간의 면적이 넓을수록 고급 주택인 것이다.

우리는 '비어 있는 방'—그 집에서 가장 화려하고, 가장 넓고, 가장 잘 꾸며져 있지만 가장 쓸모가 없는 그 '비어 있는 방'으로 안내될 것이다. 그것이 바로 '응접실'이라는 것이다. 오로지 '손님'들에게 보이기 위한 백화점의 '쇼윈도' 같은 구실을 하는 방이다. 직접 자기가 생활하고 있는 곳보다도 타인들에게 잠깐 보이기 위해 있는 전시 공간이 이 집의 중심 부분을 이루고 있다.

응접실 세트와 카펫을 더럽히지 않기 위해서 그 집의 상속권을 가진 2세들도 얼씬 못하는 금단의 구역, 가장이라 할지라도 방문객이 없는 한 기웃거리기조차 하지 않는 일종의 성역이다.

말하자면 그 집에서 제일 많이 비워두는 장소가 제일 돈을 많이 들인 장소이고, 주야로 사용하고 있는 생활 공간(안방)이 거꾸로 제일 지저분한 곳으로 돼 있는 셈이다.

주택은 전시장

만약 전형적인 중류 가정이라면 어느 집에나 으레 응접실에는 할부로 사들인 피아노와 전축 그리고 TV가 가장 눈에 잘 뜨이는 실내 정면에 디스플레이 되어 있다.

옛날 같으면 그 집 신주神主를 모셔 두었을 장소에 말이다. 그런데 부엌에 있어야 할 냉장고가 거룩하게도 응접실 세트의 하나로 한몫 끼어 있다면 그 집주인은 중류 사회로 용약 진출을 하게 된 지 불과 몇 달 전이라고 생각하면 틀림없다.

그러나 피아노를 사들이고 온 집안 식구가 그것을 배경으로 기념촬영을 한 수십 년 전의 가족 사진이 앨범 속에서 이미 노랗게 퇴색해버린 가정―그래서 그 집 호주는 명함을 가지고 다니지 않아도 통할 만한 명사名士가 되어 사회장社會葬이 있을 때마다 장의 의원 명단에 오르내리는 상류 계급에 입적하게 되면 응접실 광경도 그와 함께 일변하게 된다. 피아노 대신 어느 외국의 고관으로부터 선물을 받은 진기한 동물의 박제가 놓인다. 중학교의 표본실과 같다.

그런가 하면 냉장고가 놓여 있던 어색한 자리에는 골프 세트가 내던져져 있다(우연히 그 자리에 놓인 것처럼 꾸미는 것이 그 디스플레이의 기술이다).

그리고 벽에는 각종 클럽의 페인트나 트로피 같은 것이 놓여 있는데, 이 부분은 시골 중학교 교장실이나 체육관 같은 인상을 준다.

그러다가 갑자기 국전國展에서 금딱지가 붙어 있던 작품으로 기억되는 그림이 눈을 끌게 될 것이고, 골동품이 늘어서 있는 한 구석에 먼지 묻은 족자가 세워져 있는 것을 발견하게 될 것이다. 체육관은 박물관으로 비약한다. 그러나 이것은 그날 파티 화제가 되는 소도구이므로 각별히 관심을 가져두지 않으면 안 된다.

응접실의 화제는 대개 이렇게 시작되게 마련이다.

"누가 추사 김정희 글씨라고 가져왔는데 부르는 값이 문제가 아니고 아무래도 속은 것 같애……. 김 선생은 그 방면에 조예가 깊으시잖소. 감정을 해보시지요?"

(이 말을 액면 그대로 받아들여서는 현대인의 자격이 없다. 추사 글씨를 사들일 만한 사람이면 남에게 속을 사람도 아니며, 또 그런 것을 가지고 걱정할 사람도 아니다. 감정도 벌써 옛날에 끝난 것이다.) 감정 의뢰를 받은 손님은 손님대로 이 기회에 자신의 박식함을 자랑하기만 하면 된다. 요컨대 결론을 이렇게 낙착시키면 된다.

"같은 추사 글씨라도 저런 물건은 돈 주고도 구할 수 없다는 것과 아무개 회장 집에 있는 것보다도 월등 좋다."

현대의 문병자는 침대에 다리를 올려놓을 필요도 없이 자기의 속바지까지 드러내 보이는 기회가 부여되는 것이며, 같은 병을 앓고 있는 환자 역시 침대에 누워 꾀병을 앓지 않고서도 새로 사들인 부엌에 가스레인지까지도 합법적으로 자랑할 수 있는 것이다.

"아무래도 비싸게 주고 산 것 같애. 요즘 상인들은 믿을 수가 있어야지……."

"어디 한 번 구경합시다."

무엇이고 이런 방식으로 안에 간직한 고가의 물건들을 손님에게 전시할 수가 있다.

주부들은 주부대로 손님들을 어떻게 전시장에 들어온 고객들처럼 접대해야 좋은지를 잘 알고 있다. 그들의 말을 들어보면, "갑자기 오셔서 집 안을 치우지 못했다"는 변명을 늘어놓는다. 주로 이것은 손님들이 아니라 남편에게 변명하는 형식으로 전달되며, 그 진의는 '보통 우리 집은 늘 이렇게 청결하다'는 데 있다.

왜냐하면 그 주부는 손님을 맞기 위해 한 시간 전에 처음으로 복도를 치우고 대문 앞에 쓰러져 있던 아이들 세발 자전거를 치우고 샹들리에의 꺼진 전구 하나를 갈아 끼웠던 것이다. 그런데도 애아빠가 자상치 못해 '집 안을 치우지 못했다'는 이야기다. '집 안을 치우기만 했던들 이보다 우리 집은 훨씬 돋보였을 거예요.' 주부는 손님들에게 이런 인상을 주기 위해 애쓰고 있다.

커튼의 모순

커튼 하나만 봐도 알 수 있다.

곰살스러운 어느 사회 심리학자社會心理學者의 연구 조사를 보면, 미국 가정의 8할 이상이 커튼을 달 때 으레 보기 좋은 겉면이 바깥쪽으로 보이도록 친다는 것이다.

　방 안에서 자기가 보는 것보다도 길 밖에서 자기 집을 바라보는 행인들의 시선을 더 염려하는 까닭이다. 커튼은 본시 타인의 시선을 막기 위한 것인데도 사람들은 이렇게 그들 시선을 더 중시하는 것이다. 커튼은 '가리면서 실은 보이는' 현대의 모순적인 주택 구조를 상징하는 휘장徽章이다.

　현대인은 프라이버시를 중시한다. 이웃과 거의 교섭하지 않는다. 올더스 헉슬리의 말대로 "절대로 접근해 본 적이 없는 이웃 사람이 가장 이상적이며 그리고 완전한 이웃"이다.

　현대인들에게 이웃사촌이란 속담은 연탄재보다도 더 무의미한 말이다. 그런데도 현대인처럼 이웃의 시선을 그렇게 염두에 두고 살아가는 사람들도 없을 것이다.

　이웃집보다는 어떻게 해서라도 자기 집이 돋보이게 하기 위해 전전긍긍한다.

　"우리는 타인과 '교섭'할 뿐 타인과 '결합'하지는 않는다. 사람들이 서로 모여 같이 즐기고 교섭하는 일은 있어도 그것이 서로 모여 사는 인간의 공동체적인 결합, 일체감에서 우러나온 것은 아니다. 각 개인의 이기심이 외형적으로 이따금 일시적인 밸런스를 지니고 어울리는 것에 지나지 않는다"는 트라이 간트 바로우의 말 그대로다. 결합이 아니라 교섭만 하고 있는 현대인들에게는 남을 깊이 이해하는 법이 없다. 피부와 피부가 스쳐 지나가듯, 외형으로만 평가한다.

그렇기 때문에 이웃을 바라볼 때 사람을 보지 않고 그가 살고 있는 집을 먼저 본다. 집은 곧 눈에 띌 수 있고 한눈으로 그 가치를 평가할 수 있다. '주택'은 교섭의 끈이다. 살고 있는 사람의 인격이자 계급이며, 신분 그 자체이다. 집이 주인이고 사람은 문패이다.

"열 길 물속은 알아도 한 길 사람 속은 모른다"는 신비주의는 사라지고 말았다. 집을 보면 된다. 그를 어떻게 대우해야 하며, 어떻게 믿어야 할지 그가 살고 있는 집의 벽돌장과 창문을 세면 된다. 집을 보고 청혼을 하고, 집을 보고 돈을 꿔주며, 집을 보고 그의 생활을 짐작한다.

지붕이 없는 집

집은 한 가족의 거점이요, 침식을 하는 휴식의 장소에서 사회성을 차지하는 신분 획득전의 전리품으로 바뀐 것이다.

옛날의 선비들은 초가삼간에 사립문을 달고 지내도 그 때문에 더 존경을 받기도 했다. 오히려 그것을 이상으로 삼아 어느 시인은 이렇게 말한 적이 있다.

"10년을 경영하여 초가삼간 한 채를 짓고, 그것도 넓어서 한 칸은 달에, 한 칸은 청풍에 세를 주고, 강산은 들일 곳이 없으니 병풍처럼 둘러치고 보리라."

집은 자연의 연장이었고 사회라기보다 하늘과의 화합이었다. 그 증거로 옛날 집은 사원寺院과 마찬가지로 가장 사치스럽게 꾸미고 또 그만큼 관심을 많이 기울인 곳이 바로 지붕이었다. '하늘과 집이 맞닿는 곳'이 지붕의 의미였기에 서양이고 동양이고 옛날의 주택일수록 지붕이 어느 부분보다도 눈에 잘 띄었다.

그런데 현대에 이르면 상하관계에서 종횡縱橫관계로, 즉 지붕이 없어지고 벽만이 클로즈업된 집들로 변한다. 지붕이 편편한 슬래브 집이 바로 그것이다. 하늘과 이어진 한국집의 용마루와 금세 날아갈 듯한 추녀의 우아한 곡선은 날이 갈수록 허물어져가고 있다.

이미 인간의 집은 밝고 높은 하늘을 생각하게 하지 않는다. 그보다는 두꺼운 벽으로 너와 나를 갈라놓는 경쟁의 벽을 느끼게 한다. 우아했던 지붕은 빨래를 너는 공터로 바뀌었다.

그렇다. 우리가 어느 집에선가 초대를 받고 돌아오는 길, 불꺼진 어두운 그 골목을 지나면서 생각하는 것은 무엇인가?

자신의 아내와 자식의 얼굴을 생각하며, 우리는 자신이 살고 있는 그 집을 생각할 것이다.

화려한 궁전에서 벗겨진 한쪽 유리 구두를 들고 초라한 자기 집으로 돌아오고 있는 신데렐라처럼 방금 방문했던 대저택의 꿈을 가슴속에 그려볼 것이다.

"언제 우리는 저런 집에서 살지!"

이렇게 한숨을 쉬다 보면 갑자기 자신이 달팽이 같다는 생각이 들것이다.

자기 집을 등에 걸머지고 끈끈하게 기어가는 한 마리의 달팽이, 평생토록 자신이 살고 있는 그 집을 등에 메고서 삭막한 아스팔트 길을 돌아다녀야 한다.

주택 정신병

인구는 점차 늘어난다. 대가족주의는 핵가족주의로 분산된다. 농촌에서는 '도시로, 도시로' 아스팔트의 유혹을 받고 몰려든다. 그러므로 주택난은 날로 심해져간다. 세계의 어디를 가나 집이 모자란다. 그와 반비례해서 현대인은 자기 집을 더욱더 동경한다.

여기에서 문명병文明病이라는 하나의 괴상한 병이 생겨난다. 일종의 주택 정신병이다. 수십 년을 두고 염원해오던 자기 집, 땀을 흘리고 손마디가 터져나도록 고생한 끝에 그 꿈속의 집을 입수하게 된다. 그 순간 자기 집을 갖게 된 가장家長은 머리가 이상해진다. 속된 말로 새집에 이사 오자마자 머리가 돌아버린다. 이런 증상을 어느 거룩한 신경과 박사님은 신축울병新築鬱病이라고 이름했다.

살기 위해서 집을 갖는 것이 아니라 집을 갖기 위해서 살고 있는 사람들이 바로 현대인인 셈이다. 그러므로 자기 집을 갖는 순간 생의 목표도 끝나버린다. 신축율병이야말로 현대의 병리를 상징하는 병이 아니고 무엇이겠는가? 가정home보다도 집house을 더 원하는 현대인은 꼭 손보다도 장갑에 더 관심을 갖고 있는 경우와 같다. 폴리 애들러Polly Adeler가,

"집은 가정이 아니다A house is not a home"라고 외친 것도 알 법한 일이다. 좋은 집을 지니고 사는 사람은 많아도 좋은 가정을 누리고 있는 사람은 그만큼 드물어진 세상이다.

집은 자기 신체의 일부, 아니 자기 신분을 규정하는 달팽이 껍데기가 된다. 현대인은 이 숙명에서 벗어날 수가 없다. 몸을 숨길 수 있는 곳도 이 집이요, 거기에서 기어나올 수 있는 곳도 바로 그 집이다. 주택의 의미는 그렇게 변했다. 자신의 집이면서 그것은 타인에게 향해 있다. 문패와 마찬가지로 남에게 보이기 위해서 집을 짓는다. 남에게 확인받기 위해서 콘크리트의 그 공간을 확보해야 한다.

누에고치냐, 달팽이냐

옛날 사람들의 집 안이란 누에고치처럼 자신의 비상飛翔을 위해 있는 것이었다. 새로운 생명으로 변신하여 나방이 되기 위해

(날개를 얻기 위해) 누에는 스스로 집을 만들고 거기에서 잠든다. 그러다가 그것을 뚫고 하늘로, 자유로운 공간으로 나는 것이다. 집은 구속이 아니라 비상을 위한 정체였다.

실제로 옛날 사람들의 집을 보면 남의 눈에 잘 띄는 곳보다 오히려 그렇지 않은 으슥한 뒷마당의 후원을 더 잘 꾸며놓는 습관이 있었다. 그러나 현대인들은 한 마리 달팽이처럼 영원히 집을 등에 진 채, 사회라는 그 땅 위를 기어다녀야 하는 괴로운 존재가 되었다. 그것을 지탱하기에는 너무 힘들고 피곤하다. 그런데도 그것을 축소하거나 버릴 수는 더욱 없다. 그래서 우리는 손스타인 메블헨의 말을 떠올리게 된다.

"어떤 계급이든 그 가정생활이란 남의 눈에 띄는 그 생활의 외면만은 호화롭게 보인다. 그러나 실제로는 그만큼 초라한 것이 현대인의 생활이다."

현대에는 아이들도 '엄마야, 누나야 강변 살자'고는 말하지 않을 것이다. 앞뜰의 은모래나 뒤꼍의 갈잎 소리는 이미 그 의미를 잃어버린 지 오래다. 그런 데서 살다가는 홍수가 날 때마다 이재민이 될 것이라는 것을 잘 알고 있기 때문이다.

강변이 아니라 아스팔트가 뻗어 있는 고급 주택가에서 뭇사람의 시선과 선망의 발소리가 오가는 A급 주택가에서 살자고 아이들도 그렇게 말할 것이다.

현대인은 자기가 성공하는 것만으로는 만족하지 않는다. 그것은 비단옷을 입고 밤길을 걸어가는 것과 같다고 생각한다. 남에게 보여야한다. 남들에게 자기의 지위를 인정시켜야 한다. 주택은 성공의 상징물로서 안성맞춤이다.

　미국의 주택 판매업자들이 이 속물근성을 이용해 교묘하게 집을 팔고 있는 실례를 보아도 알 수 있다. 그들은 주택 광고에 반드시 프랑스어 두어 마디를 집어넣는 것을 잊지 않는다. 주택 신문 광고란에 샤토(성)니, 꽁똥포레르 메송(현대식 주택)이니, 트레오레지날(유서 깊은)이니 하는 프랑스어의 홍수가 일어난 이유는 그래야만 자신을 사교계에 데뷔한 명사로 생각하고 있는 속물들의 취미를 만족시킬 수가 있는 탓이다.

　집만 선전해서도 안 된다. 주택업자들은 그 집 근처에 어떤 명사들이 살고 있는가를 장황하게 늘어놓아야 한다. 더구나 통계에 의하면 큰 집을 사는 사람들을 보면 대개가 유산 상속자가 아니라, 자수성가한 사람들일 경우가 많다는 것이다. 진짜 한국에서 이름난 '도둑놈 촌' 사람들도 모르긴 해도 그들의 아버지 대는 메주 뜨는 냄새가 풍기는 초가삼간에서 살았을 사람들이다.

　진짜 성공한 회사의 중역들, 자신이 있는 미국 동부의 출세자들은 호화 주택을 별로 원하지 않는다는 것이다. 한 걸음 더 나아가서 진짜 돈 있고 지능적인 속물들은 절대로 최신식 호화 주택을 사지 않는다. 벼락부자로 오해받기 때문이다. 이들은 시간(역사)까지를 산다. 일부러 고색 창연한 구닥다리 옛날 저택을 사들이고는 전깃불이 아니라, 19세기 소설의 무대 장치 같은 가스등을 사용한다.

부유한 저택지로 미국에서 손꼽히는 일리노이주 레이크포리스트의 그린 베이 로드가 바로 그렇다. 여기에 자기와는 관계없는 남의 집 옛날 초상화를 사들여 응접실에 걸어놓는다. 그리고 손님을 불러다가는 그것이 진짜 자기 집 증조부나 증조모의 초상화인 것처럼 떠들어댄다는 것이다. 방의 명칭도 가지가지다. 아이들의 놀이방을 '게임 룸'이라고 하면 만족하지 않기 때문에 '레크리에이션 룸'이라 하고, '스터디(서재)'는 거창하게 '라이브러리(도서관)'라고 부른다. 이런 집에서는 책도 일종의 가구 품목에 들어간다. 혁명 후 각광을 받은 우리나라의 어느 정치가가 양서점에 들러 서가에 꽂힌 책을 '여기에서 저기까지' 갖다 달라고 했다는 이야기는 너무나 유명한 이야기다.

책을 이렇게 미터로 재서 사가는 사람이 있는가 하면, 미국에는 또 고서점 책을 저울로 달아 사다 꽂아두는 친구들이 많은 모양이다. 패커트는 『지위를 구하는 사람들』이란 저서에서 그런 실화를 인용한 적이 있다. 책을 미터로 사든 킬로그램으로 사든 상관할 바 없다. 그들은 자기의 사회적 지위를 전시하는 목적만 달성하면 그만이니까…….

한마디로 말하면 이렇다. 짐승은 자기 몸을 감추기 위해 집(굴)을 마련하는데 인간은 자기 몸을 내보이기 위해 집을 짓는 것이라고.

문명이 바꿔놓은 식탁의 의미

음식과 동물의 형태

『이솝 우화寓話』 속에서 언제나 악역을 맡고 있는 여우가 어느 날 또 심술 사나운 장난을 친다.

부리가 긴 황새를 초대해 놓고는 모든 음식을 납작한 접시에 담아놓은 것이다. 부리가 길고 혓바닥이 짧은 황새는 침만 삼킬 뿐 그저 바라볼 수밖에 없었다. 그러자 다음에는 황새가 여우를 대접하게 되었다. 전과는 반대로 모든 음식이 병 속에 들어 있었다. 여우는 침을 흘리고 고민을 하게 된다.

"어서 드시지요."

황새는 점잖게 복수를 한 것이다.

우리는 이 우화에서 본래의 뜻과는 아주 다른 재미난 사실을 하나 발견하게 된다. 모든 짐승은 제각기 식성이 다르다. 그리고 그 식성이 다르면 동물의 생김새 또한 달라지게 된다.

황새는 물속에 있는 고기나 조개를 잡아먹기 때문에 긴 부리가 있어야 한다. 그러나 야산에서 토끼나 들쥐를 잡아먹어야 하는 여우에게는 긴 부리 대신 뾰족한 턱과 긴 혓바닥이 있어야 한다.

심술이 아니라 아무리 인심이 좋다 해도 여우와 황새는 정답게 같은 테이블에서 오찬午餐을 즐길 수 없는 숙명宿命을 이미 지니고 있는 셈이다.

식성이 다르면 음식을 담는 그릇도 달라져야 한다. 기린의 목과 코끼리의 코가 그렇게 긴 까닭은 동물원을 찾아오는 꼬마 손님들을 즐겁게 하기 위한 것은 물론 아니다. 무엇을 먹는가에 따라 제각기 동물의 형태가 결정된다. 동물의 생김새 자체가 음식을 담는 그릇이기도 하다.

그런데 인간은 어떤가? 인간의 식성은 어떤 동물보다도 요란스럽다. 아무것이나 먹는다. 식물도 먹고 벌레도 먹고, 알도, 고기도, 심지어 곰의 발바닥[熊掌]이나 제비 둥지 같은 것도 먹는다.

음식에 관한 한 인간은 조금도 지조란 것이 없다. 말하자면 최고의 잡식 동물이다. 동물들은 식성에 따라 초식·육식·충식蟲食으로 분류되지만, 인간만은 그 어느 쪽으로도 한정시킬 수가 없다. 그래서 식견이 좀 있는 사람은 잡식가雜食家로 통하는 돼지를 결코 비웃을 수 없을 것이다.

정신을 지배하는 음식물

짐승이 먹는 음식이 그 짐승의 형태를 결정짓는 것이라 하면, 인간의 식성은 보이지 않는 인간 내부의 정신적 구조를 결정짓는 다고 할 수 있다.

기린의 목과 코끼리의 코와 같은 그 특징은 바로 인간의 정신 속에 깃들어 있다.

우리가 어떤 음식을 먹는다는 것은 단순히 배를 채우고 그 영 양만 섭취하는 행위를 의미하는 것이 아니기 때문이다. 예수님은 돌아가시기 전에 제자들과 그 유명한 '최후의 만찬'을 열었다. 이 것을 만약 생존에 필요한 칼로리를 얻기 위한 행위로만 본다면 얼마나 어리석고 멋없는 광경일까?

예수님이 따라 주신 술과 나누어준 빵은 그의 말대로 자신의 '피'요 '살'이었던 것이다. 그때 그들이 한자리에서 먹고 있던 음 식은 예수님의 생애生涯 사랑과 아픔 그 전 생애의 의미였다.

종교적인 이야기가 너무 거룩하다면 이 속세의 식탁으로 눈을 한번 옮겨보자.

제2차 대전 때, 고향에서 멀리 떨어져 있는 미국 병사들은 밀크 를 먹고 싶어하는 공통적인 반응을 나타냈다. 고국 가까이에 주 둔해 있는 병사보다도 멀리 떨어져 있는 전지戰地의 병사들일수 록 더욱 밀크를 먹고 싶어 했던 것이다.

심리학자들은 그것을 단순히 '식품으로서의 물질적 가치'때문이 아니라는 사실을 밝혀주고 있다. 밀크를 찾는 기분은 영양가나 그 맛보다도 그것이 지니고 있는 잠재적인 상징성에 더 많은 관련이 있다는 것이다.

고향에서 멀리 떠나 불안과 고통과 외로움 속에서 생활하고 있는 군인들은 누구나 집을 그리워하게 된다. 유년 시절의 즐거웠던 가정, 그들은 평온한 그 가정 생활의 만족감을 밀크에서 찾고 있는 것이다.

밀크를 마시는 것이 아니라 사실은 하나의 추억이며 향수인 따뜻한 가정의 분위기를 마시고 있는 것과 다름없다.

칼슘이 들어 있는 음료수와는 아무 관계도 없는 일종의 정신적인 즐거움이 내재되어 있는 것이다. 이 말은 뒤집어 말하면 어머니가 따라주는 밀크를 마실 때 아이들은 허기진 배만을 충족시키는 것이 아니라는 결론을 얻을 수가 있다.

그들은 밀크와 함께 어머니의 하얀 손, 번쩍이는 5월의 아침, 연둣빛 나뭇잎과 그것을 스쳐 지나가는 바람 소리를 마시는 것이다. 유리컵 속에 가득히 괴어 있는 우유의 순백색과 따스한 촉감은 바로 사랑과 평화의 빛이며 감촉이었던 것이다. 미국의 어린이들에게 있어 한 잔의 우유는 한 잔의 세계이다.

우유뿐이겠는가?

사람들이 수프를 좋아하는 심리를 어느 정신분석 학자는 '자궁을 향한 그리움'으로 풀이하고 있다.

잠재 의식적으로 수프의 따뜻한 액체는 어린 시절에 겪었던 따뜻함, 어머니의 품 그리고 모유의 감각을 일깨워주는 역할을 한다는 것이다. 그리고 더 멀리 거슬러 올라가면 수프는 어머니의 자궁 속에 있는 양수羊水와 동일한 적이다.

그래서 어른들은 수프를 마시면서 탄생 전의 평온한 감각, 양수에 둘러싸여 있던 무의식의 세계로 돌아간다는 이야기다. 이렇게 따뜻한 수프에서 인간들은 '생명과 힘과 행복의 원천'을 맛본다. 어떤 음식이든 거기에는 칼로리만이 들어 있는 것이 아니라, '잃어버린 언어'가 잠재돼 있는 것 같다.

레스토랑에서 몇 번인가 서투른 칼질을 하며 맞선을 볼 때 먹어본 경험밖에 없는 수프 맛을 놓고 우리가 '수프의 자궁 귀환설子宮歸還設'을 비판할 수는 없는 노릇이다.

그러나 우리도 뜨거운 된장국을 훌쩍거리고 마실 때 혹은 환자患者가 되어 흰죽을 먹고 있을 때, 문득 어린 시절을 생각하게 되고 생명의 근원적인 감각을 맛보는 순간을 경험할 수 있다.

시골에서 곤 투박한 엿을 깨뜨려 먹을 때 할머니 생각을 하지 않는 사람이 어디 있겠는가? 드롭스를 깨물고 있을 때와는 분명 다른 맛이 있다.

풋고추가 둥둥 떠 있는 동치미 국물을 마시면 어디선가 한밤중에 개 짖는 소리가 들린다. 한겨울에 마실 다니는 동네 사람들의 발자국 소리가, 싸락눈이 내리고 머슴방에서 호롱불이 타고 있는 우리들의 그 겨울이 생각나지 않는가?

식성은 고향이다

비단 음식물은 개인의 사사로운 생활 감정에만 얽혀 있는 것이 아니다. 좀 거창하게 말하면 가정보다 더 큰 한 나라의 고유한 역사와도 이어진다. 김치, 깍두기처럼 식성이 곧 우리 민족을 상징한다는 평범한 이론을 두고 하는 소리가 아니다.

영국에서는 그토록 사랑을 받는 홍차가 같은 생활 문화권이라 해도 과언이 아닌 미국에서는 도무지 인기가 없다는 것이다.

디히타 박사의 증언을 들어보면 미국은 홍차에 대한 뿌리 깊은 반감을 지니고 있다. 그 이유는 역사책을 뒤져보면 알 수 있다.

식민지 시절 미국의 애국자들은 차세茶稅를 반대하기 위해서 보스턴 항구에 정박 중인 배를 용감하게 습격했다. 그리고 홍차란 홍차는 모두 바닷물에 내던졌던 것이다.

미국의 어린이들은 학교에 들어와서 졸업할 때까지 홍차를 바닷속에 내던진 그들의 용감한 선조들의 이야기를 되풀이해서 듣게 마련이다. 그래서 자기도 모르는 사이에 엉뚱하게 반홍차파가 되고 만다.

재치 있는 디히타 박사는 그때부터 2세기가 지난 오늘날 애꿎게도 피해를 입고 있는 홍차 업자들에게 이렇게 권하고 있다.

"사학자의 도움을 받으십시오. 보스턴 사건은 홍차 자체에 대한 항의가 아니라는 것을 학생들에게 인식시켜야 합니다. 그러니까 그들을 거꾸로 선전해야 합니다. 그 사건은 혁명기의 미국인들 생활에 홍차가 얼마나 중요한 위치를 차지했었는가를 극적으로 나타낸 것이라고……."

남의 나라에서 홍차가 팔리든 안 팔리든 우리가 관여할 일은 아니다. 다만 음식물이 우리에게 '맛과 칼로리'를 주는 것 이외에 그 정신활동에도 얼마나 큰 영향을 끼치고 있는가, 그것을 주목하면 된다.

음식의 산업주의

그렇다면 현대인에게 있어 식생활은 어떻게 바뀌어가고 있는가? 그것을 알면 우리의 정신 구조가 어떤 형태로 변해가고 있는지 그 시간의 결과를 잴 수 있을 것 같다.

한국 사람이면 이때 누구나 먼저 머리에 떠오르는 것이 부정식품에 대한 이미지일 것이다. 유해 색소, 인공 감미료, 유독성 가짜 식품들…….

갑작스레 이런 문제가 대두되어 식품 노이로제가 생기게 된 것은 비단 돈만 아는 악연들 때문만은 아니다. 음식물이 가정의 장독대에서 공장 굴뚝으로 넘어간 데 가장 큰 원인이 있다.

요즘 아이들은 불행하게도 간장 맛이란 것을 모르고 자란다. 어느 가정에나 옛날에는 손수 간장을 담갔고, 그 맛이 곧 그 가정의 상징이었다. 그렇기에 "말 많은 집 장맛이 쓰다"는 속담이 있지 않던가.

장은 모든 음식의 토운을 이루는 요소이기 때문에 김씨네 집에 가면 김씨네 음식 맛이 다르고, 박씨네 집에 가면 박씨네 음식 맛이 다르다. 그러나 사회가 기능화되고 음식마저 대량생산의 시대를 맞이하게 된 오늘날에는 점점 어느 집 음식 맛이든 비슷해져 간다. 차이가 있다면 메이커의 상표 정도이다.

인공 조미료를 많이 쓰는 도시의 문화 가정일수록 그렇다. 여기에 '통조림' 음식까지 발달하게 되면, 김치·고추장 맛까지도 획일화할 날이 그리 멀지 않은 것이다. 통조림은 진공 식품이다. 그것처럼 통조림을 먹는 현대인의 정서와 그 정신도 진공 상태가 되어가고 있다.

이렇게 식품도 이제는 구두나 양말처럼 공장에서 찍혀 나온다. 가정은 '영양분'을 줄지언정 어머니의 냄새가 풍기는 '음식의 분위기'를 주진 않는다.

가정과 함께 지방색이란 것도 사라져버리고 말았다. 옛날에는 지방마다 음식의 특징이란 게 있었다. 그러나 같은 재료와 같은 양식으로 만들어지는 공장의 식품들에서는 지방의 차이 같은 것이 있을 리 없다.

가공식품들은 이렇게 가정과 개인 그리고 향토와 개인의 관계를 떼어놓고 있다. 뿐만 아니라 계절과 자연에서도 멀리 떠나게 했다.

현대인은 고아처럼 혼자서 음식을 씹고 있다. 그 음식의 빛깔은 자연색이 아니다.

인공 색소 시대

사람들은 입으로만 음식을 먹는 것이 아니라, 동시에 눈으로도 먹는다. "보기 좋은 떡이 먹기도 좋다"는 속담처럼 미각과 시각은 손과 장갑의 관계 못지않게 밀접하다.

미국 시장에서 인조 버터인 마가린이 처음 등장했을 때 가정주부들은 맛이 천연 버터와 다르다 해서 외면하는 일이 많았다. 그러나 시험결과로 나타난 것은 맛보다도 그 색채 효과의 차이라는 것이 밝혀졌다. 마가린에 색소를 넣는 것은 법적으로 금지되어 있었기 때문에 순백색의 그것과 황색의 버터는 누가 보아도 한눈으로 식별할 수가 있었지만 실제 미각의 차이를 판별하는 주부는 열에 한둘 정도였다는 것이다.

즉 마가린은 황색으로 그리고 버터는 백색으로 그 색채를 바꿔놓고 주부에게 시식하도록 한 다음 의견을 물어보았더니 거의 전부 버터를 마가린인 줄 알고 맛이 자연스럽지 않다고 대답했다.

미각은 이렇게 색채에 의해서 좌우되기 때문에 식료품에는 반드시 인공색소를 사용하는 것이 상식으로 돼 있다.

고춧가루가 허여면 매운 것 같지가 않고, 노랗지 않은 단무지는 어쩐지 생무를 먹는 느낌이 든다. 맹물에 설탕을 타서 파는 것보다는 빨간 물감이나 노란 물감을 들여 팔면 오렌지나 수박 주스와 같은 효과를 낸다. 그래서 간장에는 검은빛, 고춧가루에서는 붉은 물감, 단무지에는 노란빛 등을 칠해 시각적으로 미각을 조작해내는 것이 식료품 상인들의 마술이다.

그러나 정도가 지나치면 '빛 좋은 개살구'식이 된다. 미각은 실종되고 시각만 판을 치는 유해 색소의 식품이 나돌아 시민들의 건강을 해치는 부작용을 일으키게 된다.

시각이 미각을 좌우한다 해도 식품은 미술품이 아니라 어디까지나 음식물이다. 그런데 시각을 도리어 해치는 단계까지 이른 것이 현대의 식품이다.

인공 색채로 물들인 음식물은 꼭 짙은 화장을 한 여인의 얼굴처럼 친숙성이 없다. 더구나 그것들 중에는 유독성有毒性인 것이 적지 않기 때문에 한국의 현대인은 음식을 먹으며 불신과 불안의 정신을 키워간다. 음식을 먹으며 깊은 믿음과 정성 그리고 안정감을 길러가던 옛날과는 정반대이다. 이 음식을 먹으면 암에 걸리지 않을까? 살이 너무 찌지 않을까?

현대인은 음식에 대해 잠재적인 불안감을 갖고 있다. 돈 많고 깨끗한 신사들이 어째서 으리으리한 현대식 고급 식당을 두고 뒷골목 설렁탕 집을 찾게 되는지 그 이유를 한 번 생각해 보라.

원래 자연이란 인공적인 것과는 달리 조금은 더러운 데 그 특징이 있다. 대장균은 더 많을지 모르나 심리적인 안정감은 설렁탕 집이 더 크게 마련이다. 천연 식품이라도 예외는 아니다.

시골 아이들은 대추와 밤들이 익어가는 과정을 잘 알고 있다. 감과 사과의 붉은 빛깔이 어떻게 계절과 함께 물들어왔는가를 잘 안다. 나무에서 직접 과일을 따먹는 아이들은 한 해의 긴 계절의 의미를 따먹는 것이다. 그리고 한 알의 곡식과 한 잎의 채소가 식탁에 오를 때까지 얼마나 많은 땀을 흘렸는가를, 그 정성과 그 노동과 흙의 의미를 또한 맛볼 수 있다.

그러나 도시 아이들은 그것이 사과이든 감이든 공장에서 찍혀 나오는 비스킷이나 드롭스와 근본적으로 다른 게 없다. 사과나무를 모르고 사과를 먹는 아이들이 대부분이다. '따서 먹는 시대'에서 '사서 먹는 시대'로 모든 음식물의 개념은 바뀌고 말았다.

'눈물과 함께 빵을 먹어보지 못한 사람은 인생을 논하지 말라'는 말이 오늘날에는 이렇게 수정되어야 한다. '음식물이 생겨나는 과정을 모르고 그 음식을 먹는 사람들은 인생을 논하지 말라.'

이젠 어느 가정을 가보나 그 음식들은 군대 식당에서 먹는 음식과 별로 다를 게 없어졌다. 현대의 음식물은 나날이 비타민 환약丸藥이나 화공 약품처럼 되어가고 있다.

냉동冷凍 음식과 냉동 인간

현대인과 음식의 관계를 가장 근본적으로 뒤엎어버린 것은 통조림과 냉장고의 출현이라고 할 수 있다.

어느 광고업자는 '가정용 냉장고는 사람들의 마음에 안심을 주는 빙산氷山의 섬'이라고 말한 적이 있다.

원래 냉장고는 차가운 것이다. 그런데도 냉장고에 대한 감정은 '따뜻한 어머니의 젖가슴'과 일맥상통한다.

아이들은—요즘 아이들은 별로 그렇지도 않지만—언제든 어머니의 품에 안기기만 하면 먹을 것을 얻게 되리라는 안도감을 지니고 있다. 그러다가 자라면서 어머니의 젖가슴이 가정으로 확대된다. '집에 가면 언제든 먹을 것이 있다'고……. 구체적으로는 음식을 넣어둔 찬장이나 벽장 같은 것이 어머니의 젖가슴 구실을 한다.

이런 논법論法을 현대까지 끌고 오면 이번에는 뜻밖에도 그 싸늘한 냉장고가 어머니의 젖가슴 같은 상징물이 된다. 언제든 '거기에 가기만 하면 음식물을 구할 수 있다'는 잠재적 요구를 오늘날의 아이들은 냉장고에서 찾게 된다. 전기냉장고 속에는 언제나 먹을 것이 들어 있기 때문이다.

옛날에는 벽장 속에서 귤이, 감이 그리고 엿이 나왔지만 현재는 냉장고 속에서 콜라와 사과가 나온다. 그러므로 '냉장고는 많은 사람들에게 집에는 언제나 먹을 것이 있다는 보증을 의미하며, 집에 먹을 것이 마련되어 있다는 것은 안심과 따스함과 안정을 의미하는 것이다. 사실 주부보다도 어린아이들이 냉장고를 더 좋아하는 경향이 있다.'

이것을 눈치챈 미국의 냉장고 메이커들은 갑자기 선전을 주부로부터 아이들에게 돌려 경품부터 어린아이 우주복으로 바꿔놓았다. 우리나라 주부들도 아이들의 압력 때문에 냉장고를 사들이는 경우가 적지 않다.

문제는 전기냉장고에서 나오는 '음식 맛'이다. '김이 무럭무럭 나는 부엌의 평화롭고 따스한' 음식의 이미지가 전기냉장고의 출현으로 '싸늘하게 얼어붙은 냉기의 그 차디찬 성에'로 바뀌었다. 그것은 '따뜻한 어머니의 젖가슴'이 '차가운 어머니의 젖가슴'으로 바뀌었다는 말이기도 하다.

냉장고에서 음식을 꺼내 먹는 아이들의 정서 또한 냉동되었다. 음식은 변질하지 않는다는 무의식적인 안도감 그러나 그 안도감은 질화로에서 찌개가 끓는 뚝배기의 따스한 김에서 맛보던 옛날의 안도감이 아니라 고리대금업자가 빚을 받아내고 장부 정리를 하고서야 비로소 한숨을 내쉬는 그런 안도감이다.

감싸주고 덮어주는 그런 안도감이 아니라 남의 침범에서 자신을 지키는 이기주의자의 안도감이다. 이것이 바로 화롯가의 음식물과 0℃ 이하의 냉장고에서 한여름에도 차디차게 얼어붙은 그 음식물의 차이다.

아이스크림도 그 상징적 의미에 있어서는 냉장고와 다를 게 없다. 어머니의 젖꼭지를 빨며 애정을 충족시키던 본능을 커서는 아이스크림으로 대신한다.

포스터에, 금세 엎질러질 듯한 아이스크림 광고를 내고 있는 까닭도 빨아먹는 본능을 돋우기 위한 것이라고 한다. 그러나 빠는 것은 다름없으나 어머니의 젖꼭지와는 정반대로 그것은 얼마나 차가운 것인가?

빨아먹는 음식

통조림은 인간의 정신을 진공화하고 냉동 음식은 현대인의 마음을 냉동화했다. 그것은 계절의 감각과 자연의 온기가 있는 맛이 아니다.

음식이 이렇게 획일화되고 비자연적인 것이 되고 비가정적인 것과 비향토적인 것으로 바뀌어가는 오늘날 그 정신의 형태 또한 그렇게 변해갈 수밖에 없다.

일이 잘 안 될 때 그리고 짜증이 날 때 사람들은 무엇인가를 깨물고 싶어하는 본능이 있다. 필터를 질경질경 씹으며 담배를 피우는 사람, 다방에서 차를 마시며 성냥개비를 잘근잘근 씹는 사람, 손톱을 물어뜯는 사람…… 그런 버릇은 대개 욕구불만에 걸려 있다는 증거다.

껌을 씹는 것도 그렇다. 추잉껌chewing gum이 처음 생겨난 것은 미국 토마스 애덤스Thomas Adams란 사람이 아이들이 고무줄을 씹으며 노는 모습에서 힌트를 얻어 만든 것이라고 전한다.

사보디아의 수액을 뭉쳐 '씹는 과자'라고 명명하여 시판을 한 결과 크게 히트를 하게 되었고, 다시 리글리Willam Wrigley 사람이 감미료를 섞어 오늘날의 추잉껌으로 개발해 세계 시장을 휩쓸게 되었다.

추잉껌이 그토록 인기를 끌게 되었다는 사실은 인간이 그만큼 따분하고 짜증이 많은 신경질적 동물이 되어가고 있다는 증거이다. 단물이 다 빠져도 계속 씹는 추잉껌의 습속은 현대 문명의 첨단을 걷는 미국의 상징이다. 그러니까 껌은 현대 문명의 상징이기도 한 셈이다.

현대인이 생각해 낸 음식물 가운데 빠는 것이 많은 것도 그 때문이다. 주스를 그냥 마시지 않고 스트로로 빨고 있는 그 이유를 생각해보면 알 것이다.

부모의 사랑을 제대로 받지 못하고 자란 아이일수록 손가락이나 무엇을 빠는 버릇이 있다. 껌을 씹고, 담배를 피우고 그리고 아이스크림을 빨아먹는 것은 모두가 잠재적으로 입술이 허전하기 때문이다. 긴장, 외로움, 좌절감 등의 감정을 달래기 위해서 인간은 음식을 먹고 있다.

미국인들이 한 해 동안 입의 심심풀이로 소비하는 음식량을 돈으로 환산하면 무려 650억 달러가 넘는다. 그것이야말로 미국 사회가 지니고 있는 거대한 '고독의 값'이 아니고 무엇이겠는가? 아니 머지않아 우리들이 그 공허한 정신을 달래기 위해 지불해야 할 액수가 아니겠는가?

산더미 같은 음식을 가득히 옆에 쌓아놓고도 굶주림을 느끼고 있는 것이 바로 현대인의 모습이다. 아무리 칼로리가 높은 음식을 먹어도 영양 실조에 걸려 있는 것이 현대인이다.

현대인의 마음은 먹어도 먹어도 배가 고프다.

의상衣裳을 통해서 본 현대인

낙원을 잃고 옷을

아담과 이브가 선악과를 따먹고 그 죄로 에덴동산에서 쫓겨나던 때의 이야기다.

신은 그들을 추방하면서도 가죽 옷을 한 벌씩 만들어 입힌다. 인간을 벌하면서도 한편으로는 그렇게 옷까지 마련해 준 신의 따뜻한 마음씨에 문득 눈물겨운 미소가 어리는 장면이다.

인간이 낙원을 잃은 날은 동시에 인간이 최초로 옷을 얻은 기념일이기도 하다. 이 상징적인 이야기는 인류가 시작되면서 오늘의 문명에 이르기까지 수없이 되풀이되고 있다.

낙원을 쫓겨나면서도 뉴 모드의 가죽 옷을 입은 아담과 이브는 파티에 나가는 것처럼 즐거웠을 것 같다. 특히 이브는 패션 쇼라도 하는 느낌 때문에 자기가 지은 죄마저 잊어버렸을는지도 모른다. 인간에게 있어서 옷은 실낙원失樂園의 비극도 잊게 할 만큼 강렬한 매력을 지니고 있는 까닭이다.

대체 인간은 왜 옷을 입으려 하는가? 성서의 풀이를 보면 성의 수치심羞恥心 때문에 인간들은 몸을 가리는 옷을 입게 되었다고 한다. 그러나 영국의 사회학자 웨스터마크Edward Westermarck는 그와 정반대 설을 주장하고 있다. 인간은 "나체에 대한 수치심 때문에 옷을 입은 것이 아니라 거꾸로 옷을 입었기 때문에 나체에 대한 수치심이 생겨나게 되었다"는 것이다.

어린아이들은 발가벗고도 부끄러움을 모른다. 어른들이 옷을 입혀주니까 그때부터 나체에 대한 부끄러움이 생기게 된 것이다.

아마존 유역에 사는 위토트 족의 여인들은 어떤가? 보통 때는 완전히 벗고 다니다가 특별한 축제일이 되면 그제서야 옷을 입는다. 그런데 막상 가려야 할 곳은 일부러 구멍을 뚫어 보이게 한다는 것이다.

문명 사회를 봐도 납득이 가는 이야기다.

성자聖者들이 큰기침을 하던 서구의 중세 말기에서 르네상스 시대에 이르기까지의 신사들에게는 태즈메이니아 섬의 야만스러운 토인들처럼 바짓가랑이 사이에 커다란 주머니를 자랑스럽게 달고 다니는 옷이 유행이었다. 자신의 생식기를 과대 전시하기 위해서이다.

옷으로 본능을 숨기기는커녕 도리어 자기의 성을 과장해서 강조한 예는 이 밖에도 얼마든지 있다. 그 무렵 여성들은 또 여성들 대로 윗저고리에 둥근 두 개의 쇼윈도(?)를 내어 유방을 전시하고 다녔다. 이렇게 따져가면 정도의 차이는 있으나 의상의 노출증이 결코 현대인만의 병이라고 떠벌일 수는 없다.

이익의 한숨

"옷은 성차性差를 강조하는 역할과 성차를 숨기려는 역할을 동시에 지니고 있다. 그것은 마치 방패의 양면과 같은 것이다."

하스코비스가 지적한 이 말처럼, 옷에 관한 한 철교를 놓는 것 같은 그런 합리주의적 계산법은 통용되지 않는다.

숨기면서 드러내는 이 모순! 분명히 옷은 인간 그 자체의 모순을 상징하고 있으며, 이 모순 때문에 옷은 그토록 강렬한 매력을 지니고 있는지도 모른다. 그것이야말로 '원죄의 옷' 이 아니겠는가?

옷이 한서寒暑를 막는 실용성 때문에 생겨난 것이라면 어째서 삼복더위에도 넥타이를 매고 돌아다니는 신사가 있으며, 엄동설한에 미니를 입고 기침을 하는 숙녀들이 있겠는가?

옷을 입는 것이 성의 부끄러움을 가리기 위함이라면 어째서 옛날부터 패션 오브 네이크드니스fashion of nakedness가 그토록 인기를 끌었겠는가?

요조숙녀의 나라 한국이라고 예외일 수는 없다. 열녀문이 마을 어귀마다 서 있던 영조 때도 당대의 선비 이익李瀷은 이렇게 긴 한숨을 내쉬지 않을 수 없었던 것이다.

"풍속이 변천해 감에 따라 여자의 의복이 많이 변했다. 소매는 꼭 끼도록 좁아졌고 저고리 뒷자락은 대단히 짧아졌다. 어떤 요태妖態를 꾸미기 위한 옷과 비슷하다. 나는 이것을 매우 좋지 않은 풍속이라고 생각한다. 그러나 온 세상이 모두 따르고 있는 풍속인즉 또한 어쩔 도리가 없구나……."

이것은 항상 그의 수염처럼 근엄하기 짝이 없는 톨스토이 옹翁의 한숨과 일맥상통하는 한숨이기도 하다. 다음과 같은 말을 들어보라.

"여자들은 스스로 자신의 몸을 남자의 육감을 자극시키는 무서운 무기로 바꾸고 말았다. ……육감을 도발시키는 행위—오늘날의 여성들이 자신의 육체를 나타내 보이려는 그런 행위, 그것을 어째서 이 사회가 용서하고 있었는지, 세상 사람들이 깨닫고 놀랄 시대가 언젠가 반드시 오고야 말 것이다. 이것은 공원이나 길에 올가미를 놓아두는 것과 다름없는 일이다."

옷을 입으면서도 육체를 드러내 보이려는 이 여성의 의지意志는 열녀 춘향의 경우에서도 찾아볼 수 있다. 춘향이 밖에서 그네를 뛰지 않았던들, 이도령과 어떻게 사랑의 손을 잡을 수 있었을 것인가? 열두 폭치마를 입는다 해도 그네는 여인들에게 거의 오늘날의 미니스커트와 다름없는 효과를 낸다.

여인이 그네를 뛴다는 것은 자신의 노출증을 합법적으로 그리고 무의식적으로 드러내는 행위이다.

"붉은 옷자락 펄럭펄럭, 백방사 속곳 가랑이가 동남풍에 펄럭펄럭, 박 속 같은 네 살결이 구름 속에 희끗희끗."

이렇게 그네를 타는 춘향을 야유하는 방자의 말을 음미해보더라도 그것은 명백한 일이다. 마치 백여 년 전 서구의 여자들이 비 오는 날이면 신바람이 났던 것과 같은 이치다.

비가 오면 여인들은 장화를 신고 거리를 쏘다녔다. 비가 온다는 핑계로 그녀들은 수치심을 다치지 않고도 스커트를 무릎 위까지 걷어 올릴 수가 있었던 것이다.

'옷을 입고도 나체로 보이게 하라'는 이 옷의 제2본능은 이익이나 톨스토이 같은 단순한 도학자道學者의 한숨만으로 둑을 쌓아둘 수는 없었다.

왜들 벗으려고 하나

"로마는 하루아침에 이루어지지 않았다"는 격언은 현대의 미니스커트를 비판하는 데도 쓸모가 있는 말이다.

1799년의 영국 신문에 실린 기사 한 토막을 읽는 것만으로 우리는 긴 이야기를 피할 수 있을 것이다.

"여자들은 모슬린의 투명한 옷을 입고 있어서 누구라도 그 사지四肢의 윤곽을 투시透視할 수 있다. ……지금까지의 두꺼운 옷은 사라지고 너나없이 모슬린의 투명복으로 갈아입으려고 야단들이다. 삽시간에 산책길인 뉴본드 스트리트, 하이드 파크, 켄싱턴 가든은 반나체의 군중으로 가득 찼다. 거기에 살을 에는 듯한 북풍이 불어제치면 그 차가운 바람을 타고 감기와 폐렴 그리고 죽음이 그 얇은 옷을 통해 몸속으로 파고든다. 그런데도 이 모드는 고개를 숙이는 기색이 없다. 덕분에 의사·약제사·장의사들이 한 대목을 단단히 본다."

'죽어도 좋아!' 식의 노출 의상 유행은 역사상 '매춘부적 복장'이라고 비난을 퍼붓는 도학자의 호령쯤에 일찍이 굴해본 적이 없다. 혀나 차고 있는 반대자와는 달리 이쪽은 생명을 건 유행이었다.

프랑스 혁명 이후 '입으면서 벗어라'는 구호는 현대에 와서 미니스커트의 선풍을 일으키게 되었다.

의상의 유행은 시대 정신의 플래카드이다.

동·서양 할 것 없이 여성들은 한때 긴 치마로 발끝까지 가리고 다녔다. 그래서 순진한 청년들로부터 '여자들에게는 발이 없다'는 오해를 받기까지 한 여성들이 이제는 무릎에서 5인치나 올라온 미니 모드를 자랑하게 된 것이다.

그러나 그것을 도학자적 입장에서 바라보지 않고 좀 더 싸늘한 눈으로 분석해보면 미니스커트를 입은 당사자들에게만 무거운 십자가를 짊어지게 할 수는 없을 것 같다.

그것이야말로 여인의 스커트가 아니라 현대 문명을 상징하는 한 폭의 깃발이요, 그 시각을 알리는 다이얼[時計盤]이기 때문이다.

현대 의상의 고향, 런던과 파리

골치 아픈 이야기지만 근대 사회를 낳은 어머니는 프랑스 혁명이요, 그것을 물질적으로 키운 아버지는 영국의 산업혁명이었다.

그런데 근대 의상의 유행 모두를 낳은 장소를 보면 어떤가? 신통하게도 여자의 복장은 파리, 남자 의상은 런던이 그 산실産室 역할을 했다. 결코 이것은 우연한 일이 아니다.

산업 혁명은 인간을 개미처럼 부지런하게 일하도록 만들었다. 소위 근대 자본주의가 우람한 공장 굴뚝의 연기처럼 뻗쳐오르게 된 모티브였다.

이미 남성들은 한가롭게 궁정으로, 살롱으로 혹은 폴키트(극장의 특등석)로 돌아다니던 옛시대의 상류사회 신사들이 아니다.

그렇기 때문에 남자의 복장도 이제는 살롱에서 댄스나 추기에 알맞은 그런 모드가 아니라 공장工場의 홀과 사무실 그리고 마차 없이도 길거리를 걸어다니기에 편리하도록 고안되지 않으면 안 된 것이다.

후크스는 그것을 이렇게 증언하고 있다.

"부르주아 시대의 지배자는 경쾌하게, 민첩하게 걷지 않으면 안 된다. 점잖고 육중한 걸음걸이에서 생활의 템포는 보다 분주하게, 보다 급하게 변화해가고 있기 때문이다. ……부르주아적 근대 복장은 말하자면 이윤을 물어들이는 휴식 없는 활동의 생활 내용을 상징하지 않으면 안 된다. 우아하고 화려한 장식은 이렇게 해서 남자의 옷으로부터 떠나고 만다. 축제일과 같은 극채색極彩色도 사라지고 간소한, 그러면서 무미건조한 색채가 나타나게 된 것이다."

이것이 바로 오늘날 우리가 입고 있는 양복의 탄생이며, 그 복장의 모드는 바로 산업 혁명의 탄생지인 영국에서 비롯된 것이다.

우리나라에서 한때 남자의 신사복을 '세빌로'라고 불렀던 것을 보더라도 알 수 있다. 세빌로는 양복점이 늘어서 있는 런던 거리의 이름인 세빌 로[街]에서 비롯된 말이다.

그리고 세빌로에서 만들어진 양복 모드는 여우 사냥을 하고, 승마를 하고 다니던 잉글랜드의 경쾌한 전원 지방 신사들의 복장에서 생겨난 것이었다.

남성들의 옷이 이렇게 노동복처럼 간소화되고 산문적으로 변했기 때문에 그만큼 남성적인 '성차性差'를 뚜렷하게 만든 결과가 되었다.

그래서 이제는 유치원에만 들어가도 남자 아이들은 빨간 옷 같은 것을 입으려 하지 않는다.

바이런이 세계 3대 위인중 하나로 손꼽는 남성 복장의 세계적인 보급자, 블란멜의의 황금률黃金律이 되어온다.

미니스커트의 승리

그렇기 때문에 여성의 의상은 여성들대로의 '성차'를 강조하지 않으면 안 되는 것이다.

옛날 옷이 '계급의 차이'를 나타낸 것이라면 현대 옷은 '양성兩性의 차이'를 나타낸다. 여성들은 노출에 의해서 자신의 성차를 단적으로 표현했다. 그것이 소위 옛시대에 도전한 여자들의 혁명이란 것이다. '자유·평등·박애'는 엉뚱하게도 여자 의상을 미니로까지 끌고 온 원동력이 된 셈이다.

남자 옷에 우리가 근대 자본주의의 얼굴을 볼 수 있다면 여자 옷에서 근대의 평등과 자유 사상을 그리고 어떤 의미에서는 박애주의까지도 엿볼 수 있다(만인에게 은밀한 자신의 육체를 드러내 보인다는 점에서 말이다).

결코 농담이 아니다. 프랑스 혁명 전만해도 하녀가 백작 부인의 옷과 같은 모드를 흉내 낼 수는 없는 일이었다. 돈이 있다 하더라도 신분과 계급에 의해서 옷의 종류는 물론, 색채까지도 엄격하게 통제되었던 탓이다.

자유와 평등사상은 옷의 계급성을 부쉈고, 여인들은 노출증이 심한 상류사회의 옷을 마음대로 모방할 수가 있었다.

여기에서 상류 사회의 귀부인들은 위협을 받게 된다. 옷으로만 볼 때 그들과 신분이 조금도 다를 것이 없다. 그래서 돈 많고 권세 있는 귀부인들은 새로운 모드를 생각해내서 재빨리 그 옷을 바꿔야만 한다. 대중들은 몇 걸음 뒤에서 다시 추격한다.

이것이 조석으로 변하는 유행의 물결을 낳는 동력이다. 여기에 상업주의자가 한몫 끼어 부채질을 한다.

그러니까 자유·평등·박애가 정치면에서는 소걸음을 했지만 적어도 그 혁명의 삼색기三色旗만은 여성들의 찬란한 뉴 모드의 경쟁 속에서 펄럭이게 된 셈이다.

그렇다면 대체 미니스커트는 무엇인가? 결론지어 말한다면 우리는 거기에서 근대사회의 종착역을 본다. 자유와 평등의 경쟁이라 하지만 지금까지 여성들의 의상 모드는 부정선거 이상의 협잡이 늘 개재되곤 했던 것이다.

헤어 스타일의 경쟁에서는 가발과 염색술의 협잡물이 등장했다.

미국 개척기 여성들은 머리에 하얀 파우더를 칠하고 있었는데, 이것은 자신이 늙은 후에도 연령차를 느끼지 않도록 한 예방술이었다.

얼굴은 말할 것도 없다. 아이섀도나 귀고리, 화장 등으로 피부 빛깔까지 바꿔놓을 수가 있다. 위대한 화학 약품의 발전으로 향수가 범람한다. 여인의 체취까지도 가짜가 되었다.

가슴을 노출시키는 대담한 뉴 모드가 생겨났을 때는 어떠했는 가? 18세기 말 영국 신문에 실린 한 기사를 읽어보자.

"금년 가을에 상류 계급의 여성 사이에서는 반나체로 나타나 자신의 몸에 숨겨진 아름다움을 노출시키는 모드가 유행했다. 그 때문에 런던의 상류 사회에서는 선천적으로 유방이 작은 여인들 이 이 모드에서 뒤지지 않으려고 납세공蠟細工의 인조 유방에 의 존하게 되었다."

이때의 인공 유방은 진짜와 거의 식별할 수 없는 것이라고 한 다. 심지어 표면에 혈관까지 섬세하게 그려져 있고 용수철 장치 로 숨 쉴 때마다 리드미컬rhythmical하게 파동치는 것까지 있었다.

이렇게 무엇이든 가짜가 끼어들었다. 여인들은 하이힐의 덕택 으로 신장까지 조정했고, 히프가 강조되던 시기와 가는 허리를 과시할 때는 코르셋과 훼일본 등이 등장했다.

그러나 미니스커트의 등장으로 각선 노출만은 완전한 페어플 레이의 경쟁을 보게 된 셈이다. 여기만은 가짜가 끼어들 여지가 없었다. 그래서 진짜 자연 노출의 이상이 실현된 셈이다.

손가락에 반지를 끼듯이, 목에 목걸이를 걸듯이 그렇게 미니스 커트로 노출된 각선미를 보석에 의해서 장식할 수는 없었다.

기껏 양말의 색채로 장식적 미를 더하려는 경향은 있었지만 자 연의 그 선만은 어찌할 도리가 없었다.

미니스커트에 이르러 자유·평등·박애의 의상 경쟁은 비로소 완성된 것이다. 평등하게 누구든 미니를 입을 수 있고, 누구든 있는 그대로 자신의 다리를 내놓고 자유 경쟁을 할 수 있게 되었다.

그리고 미니의 평등성은 연령적인 데도 있다. 미니는 나이 든 주부도 입을 수가 있다. 주니어 모드만은 아닌 것이다. 나이가 들면 얼굴도 목도 손도 다 주름이 잡힌다. 그러나 어떤가. 인체 가운데 다리만은 가장 오래도록 그 젊음의 원형을 유지하는 특권을 지니고 있다. 다리는 웬만큼 늙어도 주름이 잡히지 않는다.

한국의 미니가 상징하는 것

그러나 우리가 측정해야 할 시간은 한국의 미니다. 미니만큼 한국의 시간을 정확하게 잘 나타내주는 시곗바늘도 없을 것 같다.

미니를 입은 것을 보면 서양과 우리의 시차는 별로 눈에 띄지 않는다. 옷 자체는 다 같이 무릎 위로 올라와 있다. 그런데 입는 매너는 아주 다르다.

한국의 여성들은 미니를 입고 있으면서도 노출된 다리를 가리느라고 진땀을 뺀다. 버스 안이나 사무실에서 미니를 입고 앉아 있는 여성들을 보라. 시선이 그들의 각선 위에 머무르면 흰 눈을 흘기며 스커트 자락을 끌어내리느라고 줄다리기를 한다. 고무줄처럼 늘어났다 줄어들었다 하는 옷감이라도 나왔으면 싶은 생각이 든다. 딱한 일이다.

또 어떤 여성은 행커치프handkerchief로 무릎을 덮는다. 그런 경우, 그것은 행커치프가 아니라 레그치프legchief라고 하는 것이 정확할 것 같다. 미니는 본래 각선을 드러내놓으라고 고안된 것이 아닌가? 무릎 위를 내놓을 자신이 없으면 긴 스커트를 입으면 된다. 굳이 짧은 미니를 입고 다리를 가리려고 애쓸 필요가 어디에 있는가? 이러한 이중 구조를 지니고 있는 한국의 미니스커트야말로 한국 문화의 특성을 설명하는 브리핑 차트가 아니겠는가.

형식은 서구, 내용은 아직도 춘향이다. 형식과 내용, 행동과 생각이 따로따로 겉돌고 있는 시간 속에서 우리는 문화의 의상을 걸치고 있다. 미니를 입었지만 미니를 낳을 만큼, 말하자면 대담하게 각선을 노출시킬 만큼 그 사고는 바뀌지 않은 것이다.

생각이 바뀌어 새 형식이 생겨난 것이 아니다. 생각은 그대로인데 형식만 갑자기 바뀐다. 정치도 경제도 생활 문화도 모두가 그렇다. 민주주의의 미니스커트를 입고도 정치가들은 무슨 일이 생기면 그 다리를 감추기 위해 봉건주의의 치마 길이만큼 그것을 내리려고 애쓴다. 이 바람에 옷감(헌법)이 여러 번 찢어졌던 것을 기억한다.

아예 긴 치마를 입든가, 미니를 입으려면 다리를 내놓을 만한 용기를 갖든가…… 차라리 이렇게 되면 표준 시간을 찾아내기에 힘들지도 않다.

바깥은 새벽이고 안은 저녁이다. 도대체 몇 시인가? 한국인은 두 개의 시계를 차고 있다. 그러나 끝으로 기억해주기 바란다. '낙원을 잃었을 때 인간은 옷을 얻었다'는 그 말을…….

미니스커트는 우리가 자연의 낙원에서 완전히 추방될 때 받은 선물이었다. 성性에 대한 섬세성, 자연미의 선, 육체에 대한 따스함, 이런 것들이 강철과 콘크리트와 로켓의 폭음爆音으로 바뀌었을 때, 우리는 미니스커트라는 현대 모드의 옷을 받게 된 것이다.

옛날, 에덴에서 추방될 때 가죽 옷을 선물 받았던 것처럼…….

자유와 평등과 박애를 외쳤던 프랑스 혁명의 삼색기가 미니스커트의 뉴 모드 속에 결정結晶될 줄이야…….

이도령만이 남몰래 알고 있는 춘향의 각선미도 미니스커트의 시대에서는 변사또도 능히 즐겁게 할 수 있다. 이것이 바로 시대 정신의 화석이라 할 수 있는 현대의 의상이며, 현대의 자유, 평등, 박애의 상징이라 해도 누가 주먹을 쥐고 덤벼들 것인가?

노 3S의 의상

이제 인간의 옷은 앞으로 어떤 운명의 길을 걷게 될 것인가. 전문가들은 노 3S의 의생활衣生活을 예견한다. 노 3S란 세 가지 S가 인간의 옷으로부터 사라지게 된다는 의미이다.

지금까지 옷을 지배해 온 것은 시즌Season, 섹스Sex, 스타일Style 이었다. 계절에 따라 사람들은 옷을 갈아입는다. 아무리 가난한 사람이라도 춘추복이 있고 여름 옷과 겨울 옷이 다르다. 옷의 유행 자체가 계절의 변화를 전제로 한 것이다.

그런데 센트럴 히팅으로 빌딩이나 개인 주택은 여름의 더위와 겨울의 추위에서 벗어나 상춘常春의 온도를 유지하고 있다.

길에 나간다 해도 자동차를 타고 다니기 때문에 겨울에 에스키모인들처럼 두꺼운 오버코트를 입을 필요가 없고, 여름이라 해서 남양 토인들처럼 알몸을 내놓을 것도 없다. 우리나라만 보더라도 점차 겨울 옷이 얇아져가는 것을 알 수 있다. 마이카족族들은 두꺼운 오버를 입고 다니지 않는다.

냉온방 장치의 발달로 인간이 계절에서 자유로워지면 그 의상역시 여름 옷과 겨울 옷이란 구분이 없어지고 말 것이다.

둘째로 옷에는 반드시 남녀 구별이 있다. 남성 복장과 여성 복장은 밤과 낮처럼 한눈으로 식별할 수가 있다. 심지어 구약 성서의 「신명기」를 보면 남자는 여자 옷을, 여자는 남자 옷을 입어서는 안 된다는 엄격한 계율까지 있었다.

포샤가 남자 복장을 하고, 이춘풍李春風의 아내가 비장 차림을 하는 것은 허구의 세계에서라도 굉장한 사건이었다.

그러나 남녀평등의 현대에서는 여자가 남자처럼 바지를 입는 일이 예사이다. 티셔츠나 스웨터 정도면 단추가 왼쪽에 붙었느냐

오른쪽에 붙었느냐로 겨우 그 옷의 성별을 식별할 정도이다. 연예인 아닌 남자라도 이제는 들판에 나갈 때는 빨간 셔츠를 입기 시작했다. 앞으로는 더 말할 것이 없다.

히피들은 유니섹스[單性]를 부르짖는다. 실제로 미국의 패션 계를 보면 남자 옷이 여자 복장처럼 울긋불긋해지고 윗저고리가 블라우스 형型으로 바뀌어가고 있다.

앞에서 지적한 대로 오늘날 남자의 복장은 근대 산업주의에서 비롯된 것으로서 활동하기 편한 데 그 특성이 있었지만 기계와 컴퓨터가 노동을 대신하는 탈공업화 시대에 이르면 보다 장식적으로 바뀔 가능성이 생길 것이다.

성차性差를 없애가는 현대 문명은 남자 머리는 길게 해주고 여자 머리는 짧게 해주어 헤어스타일만 하더라도 남녀 구별이 사라진다.

옷도 그럴 것이다. 결국 노 섹스의 의상…… 급하면 남편이 아내 옷을 입고 직장에 나가고, 아내는 남편의 옷을 입고 시장에 갈 수 있는 시대가 올지도 모른다.

셋째로 미래의 의상에서는 일정한 전통적인 스타일이 사라진다는 것이다. 옛날에 비해 이미 현대 의상은 일정한 스타일에서 벗어난 것들이 많다.

단추가 뒤에도 달리고 옆에도 달린다. '옷은 꼭 이렇게 되야 한다'는 고정관념이 없다. 이른바 언밸런스 스타일이 유행하고 있는 것도 그렇다. 왼쪽 소매는 긴데 오른쪽 소매가 짧다든지, 오른쪽은 체크무늬, 왼쪽은 달색 무늬라든지, 말하자면 짝짝이 옷이 생겨나고 있다. 소위 기하학적인 규격화에서 그리고 사회의 고정화된 규격에서 인간의 옷은 자유로워져가는 경향이 있다.

한마디로 말해서 계절과 성과 스타일(규격)에 얽매여 있던 인간의 의상이 그것으로부터 해방되어 '노No 3S'로 나간다는 것은 곧 인간의 의식과 생활 자체의 자유화를 상징하는 것이 아니겠는가. 그리고 보면 의상만이 아니라 앞으로의 인간들은 계절이나 성이나 스타일과 같은, 외부에서 부여된 운명에서 벗어난 생활을 할 것이다.

노 3S는 머지않아 닥칠 인간 운명의 성격을 그대로 반영시켜준 또 하나의 깃발이라는 것을 우리는 쉽게 짐작할 수 있다. 노 3S. 계절도 성도 스타일도 없는 자유의 벌판. 인간은 그 미지의 낙원을 향해 지금 달려가고 있다. 생각할수록 인간의 옷은 인간 문명을 상징하는 원죄의 깃발인 것만 같다.

시장市場 속의 현대인

소금 장수와 불여우

옛날 이야기에 나오는 소금 장수는 언제나 꼬리가 아홉 발이나 되는 불여우에게 홀리게 마련이다. 으슥한 산길에서 만난 아름다운 색시도, 으리으리한 기와집도 모두가 하나의 환각에 지나지 않는다. 여우가 소금 장수의 넋을 빼앗아버린 탓이다.

그러나 '현대의 이야기'는 그렇지가 않다. 홀리는 쪽은 소금 장수[商人]가 아니라 오히려 불여우 쪽이다.

우선 오늘날의 상인들은 상품을 등에 지고 험한 산길을 걸어다닐 필요가 없다. 산길을 넘어야 하는 것은 '사는 사람'이지 '파는 사람'이 아닌 까닭이다.

그래서 호젓한 산길은 시장의 통로가 되었고, 하늘을 가리고 빽빽하게 들어섰던 나무와 바윗돌들은 백화점의 많은 상품들로 바뀌게 된 것이다.

오늘날의 소금 장수는 바로 이곳에 앉아 있다. 이제는 자기가 남에게 홀리는 것이 아니라 이곳을 지나는 사람들을 홀리기 위해 거기에 그렇게 있는 것이다.

휘황찬란한 백화점이나 슈퍼마켓으로 일단 발을 들여놓아보라.

제아무리 백 년 묵은 구미호라 해도 정신이 아찔하여 넋을 잃고 말 것이 틀림없다.

어린아이들이나 듣고 즐기는 소금 장수의 비유로는 아무래도 만족해하지 않을 사람들을 위해 바이커리의 약간 희극적인 연구 조사를 소개할 필요가 있을 것 같다.

슈퍼마켓의 여인들

사람들의 눈처럼 정직한 것은 없다.

이 '영혼의 창'은 갤버나미터galvanometer(거짓말 탐지기)보다도 한결 사람의 마음을 정확하게 반영해 준다.

더구나 눈을 깜박거리는 그 횟수는 곧 심리 상태의 긴장 계수緊張係數를 나타내는 미터기의 역할을 한다. 정상적인 경우 사람들은 대개 1분 동안 32회 눈을 깜박거린다.

그런데 긴장할수록 이 횟수는 늘어나 극도에 달하면 50회에서 60회까지 상승한다는 것이다. 물론 반대로 마음이 보통 때보다 진정되고 무엇엔가 홀려 황홀 상태에 빠지게 된다면 정상치보다 횟수가 줄어든다. 20회 이하로까지 떨어지는 수도 있다.

백화점에 들어온 여성들의 심리는 대체 어떤 상태에 빠지는 것일까? 이것을 알아내기 위해서 오랫동안 고심하던 바이커리는 바로 여기에 착안해 백화점에 드나드는 여인들 눈을 비밀 카메라로 찍기 시작했다.

그 결과는 어떠했는가, '보다 좋고 보다 값싼 상품들을 고르기 위해 시장 속의 여인들은 전쟁터에 나간 군인과 마찬가지일 것이다'라고 흔히 생각해 왔던 상식과는 정반대의 결론을 얻게 된 것이다.

상품의 밀림 속에 들어온 여인들은 긴장하여 눈을 더 깜박거리기는커녕 점점 횟수가 줄어들어 1분에 14회라는 비정상치까지 떨어졌다.

말하자면 상품들에 홀려 자신도 모르는 사이에 일종의 최면 상태에 빠지게 된 까닭이다. 눈부신 무도회장에서 로미오와 줄리엣이 처음 만났을 때처럼 현대의 여성들은 밍크코트 앞에서, 딜럭스 형 가구와 최신형 전기 기구 앞에서 황홀한 눈을 뜨는 것이다.

'옛날에는 왕이나 여왕밖에는 가질 수 없었던 물품들이 하나 가득 쌓여 있는 그 슈퍼마켓'은 현대인의 무릉도원이며, 찬란한 무도회장이며, 파랑새가 사는 꿈의 나라, 동화의 나라이다.

바이커리는 그것을 이렇게 설명하고 있다.

"현대에서는 누구나(돈만 있으면) 왕이나 여왕이 된다. 상품들은

'나를 사 주세요, 나를 사 주세요'라고 부르고 있다."

이렇게 해서 둔갑한 불여우처럼 상품들은 인간을 호린다. 그 최면 상태에서 잠자던 인간의 욕망이 번득이는 환각으로 손 앞에서 꿈틀거린다.

결국 현대인은 필요해서 상품을 산다기보다는 호려서 그것을 산다. 사고 싶기 때문에 슈퍼마켓을 찾아왔다기보다 슈퍼마켓에 왔기 때문에 사고 싶은 욕망이 생긴다. 제정신이 아니라 1분에 14회로 깜박이는 황홀한 눈, 졸린 눈, 꿈꾸는 듯한 그 눈이 상품을 집는다.

바이커리의 실험은 아직 끝난 것이 아니다.

그러다가 여성들이 상품을 들고 계산기 소리가 철커덕거리고 있는 레지스터register[會計員]쪽으로 발걸음을 옮기는 순간 갑자기 그 눈은 1분에 25회나 깜박이고, 그러다가 지갑을 꺼내 돈을 치를 때는 1분에 45회로 뛰어오른다.

꿈에서 깨어나 현실로 돌아왔을 때는 이미 호주머니는 비어 있고 한 장의 무거운 계산서만이 그들의 가슴을 쥐어짜고 있다.

예산 초과! 현대의 소금 장수 이야기는 이렇게 끝난다.

포장지의 철학

"눈앞에서 번쩍이는 형광, 이 섬광처럼 여성들의 눈을 끌어 최면술에 걸리도록 포장 상자를 만들지 않으면 안 된다." 미국의 포장 디자이너 협회의 부회장인 제럴드 스탈은 이렇게 사람을 호리는 상인들의 기초 지식을 포장술에 두고 있다.

우리나라에서도 한창 인기가 있었던 〈사운드 오브 뮤직〉의 한 가사를 들어봐도 짐작이 간다.

〈내가 좋아하는 것들〉, 슬픈 일이나 괴로운 일이 생길 때면 자기가 좋아하는 것들을 상상해 보라는 그 노래 가사 중에는, 눈썹 위에 내리는 하얀 눈송이와 함께 선물을 싼 노란 포장지(상자)라는 것이 어깨를 나란히 하고 있다.

현대인의 정서는 세잔의 그림보다도 상품을 싼 포장지의 색감에 더 많이 좌우되고 있다. 빨간 리본, 반짝거리는 투명지, 색도인쇄色度印刷의 잉크 냄새가 풍기는 야릇한 쾌감…… 상품에 홀려 충동적으로 물건을 산다는 것은 곧 포장지에 끌려 그 물건을 산다는 말과 동의어이다.

그리고 포장지의 헌법 제1조는 많은 물건들 가운데 눈에 빨리 띄게 하고 동시에 최면술적 효과를 자아내게 하라는 것이다.

대개 부인들이 상품을 바라보며 슈퍼마켓의 통로를 한 칸 지나는데 평균 20초밖에 걸리지 않기 때문이다.

그러니까 포장지는 부싯돌을 켜듯 '번쩍' 눈에 띄는 것이어야 한다. 그리고 빨강과 노랑처럼 최면 효과가 큰 색깔로 몽환적인 디자인을 사용해야 한다.

어느 심리학자는 부인에겐 적색 그리고 남성에겐 청색이 가장 눈에 잘 띄는 색깔이라고 말한다.

여성들은 뽕도 따고 임도 보는 경우처럼 쇼핑을 하러나올 때 반은 파티라도 가는 느낌이다. 그래서 근시안이라 해도 대부분의 여성들은 안경을 집에 벗어놓고 나오는 수가 많다. 때문에 시력이 좋지 않은 사람을 위해서도 눈에 잘 띄는 적색 포장지가 효과적이라는 이야기다.

이쯤 되면 포장지 안에 든 알맹이보다도 그것을 싼 껍질이 주인행세를 하게 된다. 마치 옷이 사람 노릇을 하고 의자(직책)가 사장이나 장관 노릇을 하는 경우와 똑같다. 상품의 포장지처럼 현대적인 문명을 잘 상징해 주는 것도 드물 것이다.

이미지를 팔아라

소비자를 호리는 또 하나의 요술은 그 상품의 '이미지 메이킹'이다.

말이 점잖지, 어디까지나 실체가 아니라 그 주변에 떠도는 아지랑이다. 이를테면 허깨비인 것이다. 현대의 상품은 이것이 문제다. 필요하지 않은 물건도 일단 필요한 것처럼 이미지를 부여하기만 하면 날개 돋친 듯이 잘 팔린다.

극단적으로 말해서 현대인들은 상품을 사는 것이 아니라 상품의 이미지를, 그 무드를 산다고 하는 편이 정확하다.

간단한 예로 상품명을 보면 알 수 있다. 제임스 본드가 인기를 끌면 '007'이라는 상품명이 우박처럼 쏟아지고, 우주인들이 달나라에서 산책을 하게 되면 참새를 잡아다가 구워 파는 판자로 허술하게 지은 술집도 '아폴로 10'이라는 간판이 붙는다.

현대인은 자신이 제임스 본드가 된 느낌으로 그 물건을 사고, 자신이 우주인과 벗하는 마음으로 그 술집에 걸터앉는다.

50년대 말기는 미국에서 영웅 데이비드 크로켓David Crockette 붐이 일어나던 때다. 그 영웅전이 TV 프로에서 대히트를 치자 이 붐을 타고 크로켓의 이미지를 이용한 상품이 300여 종이나 쏟아져나왔고, 그 덕택으로 미국인의 호주머니에서는 3억 달러나 되는 돈이 털리게 되었다. 심지어 크로켓 자신은 생전에 구경조차 못했을 색안경에도 자랑스럽게 그의 이름이 새겨지기도 했다.

이미지 메이킹은 이렇게 이름이 주인이 되게 하고 실체는 손님처럼 서먹서먹하게 만드는 역할을 한다.

'상품이 아니라 그 상징을 팔아라', 그 때문에 굿러크 사 제품의 마가린 포장지에는 '네 잎 클로버'의 그림이 해를 거듭할수록 자꾸 커져갔다.

와아셔츠에 '검은 안대를 낀 수염 기른 남자' 상표 때문에 하이웨이제製 와이셔츠를 입어야만 남성다워진다고 생각한 것처럼 사람들은 아침에 네 잎 클로버의 마가린을 먹어야 행운이 온다고 민는다. 본래의 상품과는 관계도 없는 상징성이 그 상품을 깔고 앉은 격이 된 예이다.

아이보리 비누는 순결한 모녀의 이미지가 되고, 캐멀 비누는 생기가 넘쳐나는 글래머 걸! 그래서 순진한 여인은 아이보리 비누를 쓰고, 바람기 있는 여성들은 캐멀 비누를 찾는다. 이것이 바로 허깨비에 홀린 소비자들의 서글픈 모습인 것이다.

종이 상품

현대의 상품은 또한 쉬 물리고 쉬 부서지도록 고안돼 있는 것이 특징이다. 현대의 인간관계 그대로이다. 우리들은 우리의 할머니들이 시집올 때 혼수로 가지고 온 장롱이 어떤 것인가를 잘 알고 있다. 그 장롱은 사람보다도 오래 남아 여러 대를 거치며 손때가 묻어가고 있다. 역사처럼 거기에는 인간의 정이 배어 있고 믿음과 그리움이 같이 젖어 있다.

그러나 현대의 상품이 그리는 유토피아는 모든 것이 종이로 되어있다. 패커드는 미래의 종이 세계를 예고하고 있다. 건물도 특수한 종이로 되어 있다. 그 주택은 춘추의 대청소 때면 부수어 다시 만들도록 되어 있다. 자동차도 가벼운 플라스틱으로 돼 1000마일만 달리면 부숴지도록 되어 있다. 실제로 지금 종이옷이 고안되고 있지 않은가. 언제고 싫증이 나면 간단히 벗어 휴지

통에 넣는 옷, 그렇게 되면 소비의 낙원이 이루어진다.

상인들은 많은 상품이 금세 버려지도록 연구를 하고 있다. 옛것에 집념할수록 장사가 되지 않기 때문에 상인들은 인간성 자체를, 새것을 구하고 동경하도록 개조해가고 있다. TV나 냉장고를 대를 물리며 쓰게 하다가는 그 메이커들은 망하고 말 것이다. 그래서 '뉴 디자인'에 몇 개의 장치를 고안한 신제품을 만들어 구식 냉장고를 추방한다.

구식이란 말을 죄악과 동일시하게 한다. 현대인들은 낡아서 그 물품을 버리는 것이 아니라 구식이기 때문에 버린다. 신발은 창이 떨어져서 못 신는 것이 아니라 유행에 뒤떨어졌기 때문에 벗어던져야 하고, TV는 고장이 나고 화면이 시원찮아서가 아니라 새로운 컬러 TV가 나왔기 때문에 쓰레기통에 버려야 한다.

한 물건을 오래 쓰지 못하도록 하기 위해서 상품의 디자인 자체를 쉬 눈에 띄고 쉬 물리도록 한다. 새 디자인을 할 때 그들은 그 색채나 형태를 미리 낡은 것이 되었을 때의 경우를 염두에 두고 짜낸다는 것이다.

새것을 만든다는 것은 동시에 낡은 것을 만든다는 이야기가 된다. 홀려서 사는 것만이 아니라 현대인은 홀려서 또 그 멀쩡한 물건을 내버려야 한다.

재미난 것은 앤티프리즈antifreeze(부동액)의 2억 5000만 달러의 시장을 갖고 있는 한 메이커가 그 이름을 '퍼머넌트permanent(영구한'라고 붙였기 때문에 큰 손실을 본 경우가 있다. 영구 부동액이라는 바람에 그 제품이 잘 팔리지 않게 된 까닭이다. 소비자들이 곧이곧대로 퍼머넌트란 말을 믿었던 탓이다.

플라스틱 제품이 현대의 상징이 된 이유도 여기에 있다. 철강이나 알루미늄은 수명이 길다. 그러나 플라스틱은 종이처럼 언제든 쓰레기통에 버릴 수가 있다. 플라스틱은 소비의 풍습을 부채질하는 메이커들의 충실한 몸종들로 현대인의 인기를 독점하기에 이르렀다.

새로운 3C

마지막 산업주의의 둔갑술은 이른바 광고라는 것, 요즘엔 광고라고 하면 그 말 자체가 광고력을 상실했기 때문에 PR이라는 퍼댄틱pedantic한 말이 유행한다.

그것은 "복숭아나 자두나무는 말하지 않아도 절로 그 밑에 길이 생긴다"는 소박한 진리를 믿던 우리의 옛 선조들의 옥편에서는 결코 찾아볼 수 없는 말이다.

우선 PR로 사람을 호리면서 무엇보다도 '되풀이'를 해야 한다. 똑같은 것을 자꾸 반복해 꿈으로부터 깨어나지 않게 해야 된다.

라디오에서, TV에서, 신문에서 되풀이하고 또 되풀이할 때 국가國歌도 부를 줄 모르는 음치라도 CM송만은 휘파람을 불 정도가 되고, 아내의 이름을 잊어버리는 건망증 환자라도 피곤할 때 마시는 드링크제의 이름을 몰라 사먹지 못하는 불편이 없게 된다.

소비자를 하나의 배터리라 한다면 선전 광고는 그것에 충전을 하는 역할을 한다. 불이 꺼질 만하면 계속 충전을 해준다.

이러니 '소비자는 왕이다'라는 말이 나올 만도 하다. 다만 그 왕은 똑똑한 신하(메이커)들의 부축을 받지 않고는 한 발자국도 걸어다닐 수 없고, 그들의 의견 없이는 음식도 제대로 먹을 수 없는 옛날의 그 바보스러운 왕이다.

그나마 요즘엔 소비자가 여자로 바뀌게 되자 재빨리 '소비자는 왕'이 아니라 '소비자는 여왕'이라는 캐치프레이즈가 나오고 있으니 남성들은 그 영광스러운 칭호도 누리지 못하는 형편이다.

"아버지는 나귀 타고 장에 가시고……"란 노래는 순박하던 옛 노래가 아닌가! 현대의 '장'인 백화점과 슈퍼마켓의 고객은 여성들이다. 그리고 여성은 남자보다도 몇 배나 남에게 더 잘 홀리는 기질이 있다.

PR은 여성을 향해 공격의 포화를 연다. 감각적이고 달콤하며, 바리톤의 나직한 귓속말로 속삭인다. 마치 정부처럼……

PR은 이제 소비자 예비군인 아이들의 세계까지 손을 뻗친다.

CM송은 아이들의 귀여운 노래자랑을 타고 울려 퍼진다. 그것이 어떤 가사든 주제는 한 가지, '소비하라!', '소비하라!' 밑빠진 독처럼 생각하지 말고 '소비하라'는 노래이다.

당나귀의 코끝에 홍당무를 매달아놓는다. 그것을 먹기 위해서 당나귀는 뛰고 또 뛴다. 그러나 당나귀가 움직이면 홍당무도 함께 움직인다. 결국 그러다가 당나귀는 지쳐 쓰러지고 말 것이다. 현대인의 생활도 눈앞의 홍당무를 쫓는 당나귀와 비슷하다.

3C란 말은 널리 알려져 있는 유행어이다. 카Car[自動車]·컬러 텔레비전Color television·쿨러Cooler[冷房機] 이렇게 C자로 시작하는 이 세 가지 물건이 현대 생활의 파랑새란 이야기다. 이것을 손에 넣기 위해 사람들은 뛰고 또 뛰고 지쳐 쓰러질 때까지 땀을 흘려야 한다. 부정도 서슴지 않는다.

그러나 3C란 말은 벌써 낡은 유행어가 돼 이제는 신 3C란 것이 등장했다. 별장Cottage, 센트럴 히팅Central heating 그리고 전자레인지인 쿠커Cooker가 그것이다.

3C를 쫓던 현대인들은 이제 새로운 3C를 향해 다시 뛰어야 한다. 끝이 없는 경주이다. 눈앞에 매달린 3C의 홍당무는 영원히 정복할 수가 없다. 새로운 3C를 손에 넣었을 때는 또 다른 3C가 나타날 것이기 때문이다.

"왜 사느냐면 웃지요."

라는 시구는 역시 나물이나 캐 먹고 살던 시대의 애송시이다. '왜 사느냐고 물으면' 현대인들은 이렇게 말할 것이다.

"소비하기 위해서 산다."

상품이 된 인간

이렇게 해서 드디어 숱한 상품들은 개선의 노래를 부르고 현대인은 시장 속에서 고고의 성[呱呱之聲]을 지른다.

에릭 프롬의 말대로 현대인의 성격은 '시장적 지향성'으로 바뀌었다. 말이 어렵지만, 백화점의 핸드백들에 정신을 주고 언어를 주고 행동력을 준다면 그대로 현대인의 한 성격이 탄생하게 될 것이다.

핸드백은 지나가는 사람에게 이렇게 외친다.

'빨리 나를 사 가세요!'

'빨리 나를 사 가세요!'

'다른 백보다 새롭고 아름답고 그러면서도 값이 쌉니다. 만약 당신이 나를 사 주면 한결 당신은 아름다워 보일 것입니다.'

현대인들의 인간관계는 이러한 거래에 의해서 맺어져 있으며, 깊은 이해보다도 서로 자기의 선전, 포장지와 같은 외식이나 자기 본질과는 다른 이미지 메이킹을 통해 호리려고 애쓴다.

스타란 무엇인가. 정치적인 스타든, 연예계의 스타든, 대중 사회를 지배하는 한 인간은 가장 포장지가 훌륭하고 가장 시대적인 이미지를 풍부하게 갖고 있는, 그리고 선전을 가장 많이 되풀이한 일급의 상품인 것이다.

충족의 분자는 옛날보다 증대된 것이 사실이다. 편한 자동차, 멋진 옷, 왕도 맛보지 못한 냉장고의 싱싱한 음식……. 상품을 살 수 있는 개인의 소득도 높아졌다. 그러나 욕망의 분모도 그에 못지않게 늘어난 것이다.

상품이 많을수록, 새로워질수록, 고급품이 더 많아질수록 욕망의 카탈로그도 불어나게 마련이다. 결국 욕망의 분모가 늘면 충족의 분자가 늘었다 해도 소용이 없다.

현대인은 벌수록 가난해진다. 말하자면 10분의 5는 100분의 50과 똑같다. 오히려 소득이 욕망의 수를 따르지 못하기 때문에 수입은 늘어도 더 가난한 생각이 들 때가 많다.

상품과 마찬가지다. 인간은 어떻게 하면 자신을 빨리 비싸게 팔아넘기느냐가 이상理想일 뿐이다. 팔기 위해서는 호려야 한다. 호리기 위해서는 싸늘한 이성을 마비시키고 거기에 본질과는 관계없는 아지랑이의 허깨비를 과장해야 한다. 즉 알맹이보다 포장지다.

현대인은 팔아넘긴다. 자신을 키워가는 것이 아니라 대중들에게 팔아넘긴다. 그래서 윤리든, 절치든, 무엇이든 현대인은 상인 아닌 사람이 없고 동시에 불필요한 상품을 사 주기 위해 살아가는 불쌍한 소비자가 아닌 사람이 없다.

여성은 이제는 오나시스Onassis의 성이 붙은 재키처럼 되고 싶어하지만, 동시에 재키의 열광적인 팬(소비자)이기도 하다. 불필요한 지식을, 불필요한 사교 생활을, 불필요한 명예를 판다.

상품이 된 현대 인간, 그것은 아름다운 포장지에 싸인 쉰 포도

다. 이름만 거창한 판자로 허술하게 지은 술집이다. 라디오의 스피커에서 되풀이해 울려 퍼지는, 약도 음료수도 아닌 하나의 피로 회복제, 드링크제의 이름이다.

광고 시대의 인간 환경

외치는 살구나무

예수님이 지금 재림하여 이 세상에 온다 하더라도 2천 년 전의 방식으로는 자신의 존재를 알릴 수 없을 것이다.

더구나 산상수훈山上垂訓이나 해상수훈海上垂訓을 했을 때처럼 청중들이 사원으로 모여들 것이라고 기대해서는 안 된다. 별수 없이 예수님은 재림하자마자 무엇보다도 먼저 라디오, TV 그리고 신문에 광고를 내야만 할 것이다.

그렇다. 현대는 광고 시대, 유식한 말로는 PR의 시대이다. "살구나무는 말하지 않아도 절로 그 밑에 길이 생긴다"는 것은 천진난만한 옛날 격언이다.

'강태공姜太公의 곧은 낚시에도 고기가 물릴 날이 있다'는 말을 믿다가는 자신의 이름조차 제대로 간수하기 어려운 사회이다. 살구나무도, 강태공도 외쳐야 한다. 그것도 되도록 널리, 되도록 많이 자기 존재를 귀따갑게 외쳐야 한다. 그래야 길도 생기고 고기도 물린다.

꽃은 빛깔과 그 향기로 나비를 부르지만 현대인은 광고로 남의 시선을 끌려고 한다. 그러므로 태양을 볼 수 없는 날은 있어도, 광고를 보지 않고 살 수 있는 날은 단 하루도 없다.

광고는 어디서나 마술사처럼 나타난다. 거리를 돌아다닐 때는 포스터와 간판과 네온사인이 따라다닌다. 도시는 일종의 거대한 광고판으로 바뀌었기 때문이다.

휘황찬란한 도시의 밤풍경을 다른 말로 바꿔 말하면 광고 풍경이라고 할 수 있다. 신문을 펴봐도, 잡지를 넘겨봐도, 본문보다 광고가 더 교태를 부린다. 가장 눈에 띄기 쉬운 명당자리는 으레 광고가 독차지하고 있다. 국민 보건을 위해 불철주야 수고한다는 눈물겨운 어느 애국자의 이야기를 기사인 줄 알고 열심히 읽어보면, 제약 회사의 '전면PR'이라는 깨알만 한 변명이 빈대처럼 한 구석에 붙어 있다.

광고에는 담도 철조망도 없다. 집에 돌아와 앉았어도 쉴 사이가 없다. 라디오에서는 10분이 멀다 하고 CM송이 들려오고, TV에서는 홈런 한 번 치는 야구 중계와, 손을 잡고 포옹 한 번 하는 러브신을 구경하려면 대여섯 개의 상품 광고의 고개를 넘어서야 한다. 정말 '십 리도 못 가서 발병이 나는'것은 현대의 '님'인 TV요 라디오이다.

만약 사랑하는 사람의 편지를 목타게 기다리던 여인이 우편 배달부가 누르는 초인종 소리를 듣고 버선발로 뛰어나갔다고 치자. 보나마나 그것은 무좀을 고치라는 약 광고이거나 외국 회사와 기술 제휴를 했다는 오일 버너의 난방장치 선전문이 들어 있는 광고일 것이다.

광고를 피하기 위해서 모처럼 푸른 하늘로 시선을 돌린다고 치자. 그러나 그 하늘은 결코 「창세기創世記」 첫날의 그 하늘이 아닐 것이다. 거기에는 낮에 나온 반달이 아니라, 대매출을 하고 있다는 어느 백화점의 애드벌룬이 둥실거리고 있을 것이다.

하늘이 광고의 피난처가 못 된다는 것은 머리가 좋은 선전업자들이 장차 구름이나 산꼭대기에 광고를 영사映寫하는 아이디어를 짜내고 있다는 뉴스를 들어봐도 알 수 있다.

스타이젝터라는 특수한 영사기를 사용하면 500마일이나 떨어진 구름에 1마일 반의 광고를 비출 수가 있다는 것이다. '푸른 하늘 은하수'에 정말 치질약 광고나 여자들의 스타킹 광고 같은 것들이 흐를 날도 그리 머지않은 것 같다.

광고는 창녀다

광고 선전의 홍수는 인간을 소비의 기계로 만들고 있는 것만은 아니다. 현대인의 윤리의식이나 사고방식에까지 깊은 영향을 끼치고 있다.

동양인의 의식 가운데 가장 뿌리 깊은 윤리관은 겸손이라는 것이다. 남에게 자신을 내세우지 않고 스스로 자신을 낮춰 말하는 것이 거의 생리화되어 있다. 다음과 같은 옛날 중국의 유머 하나를 들어봐도 알 수 있다.

어느 선비가 손님들을 청해 놓고 그들을 맞이할 때는 '집이라고 이렇게 변변치 않습니다', 손님들이 방 안에 들어올 때는 '자리라고 이렇게 변변치 않습니다', 술상을 차려놓고는 '아무것도 차린 것이 없습니다. 술도 안주도 이렇게 변변치 않습니다', 이렇게 하나에서 열까지 겸양지사를 잊지 않았다. 그때 마침 담 너머로 둥근 달이 떠올랐다. 손님들이 그것을 바라보자 그 선비는 '달月도 이렇게 변변치가 않습니다'라고 하더라는 것이다.

이 유머에 나오는 선비처럼 옛날 사람들은 거의 무의식적으로 겸손한 언사를 많이 썼다. 그것이 몸에 배어, 심지어 자기 것이 아닌 달까지도 '변변치 않다'고 말할 지경이다. 그러나 광고는 이와는 정반대이다. 자기 집 뜰 안을 비추는 달까지도 제 것인 양 자랑을 한다. 광고는 '겸손'이라는 시체를 넘고 넘어 현대의 그 전선으로 전진해 온 것이다.

자화자찬自畵自讚이란 말이 옛날에는 하나의 악덕으로 통했지만 광고 시대에는 미덕의 경지를 넘어 생존의 조건으로 각광을 받게 된다. 광고는 자기 선전이다. 남보다 자신이 얼마나 유능하고 잘나고 착하고 훌륭한가를 외치는 자화자찬이다.

상품 광고는 백 마디 말을 해도 결국은 자기 것을 사달라는 그 한마디 말에 요점이 있다. 직접이든 간접이든 자기야말로 최고 최선이요, 다른 것은 다 최저 최악이라고 외치는 웅변 대회이다.

즉 광고의 윤리관은 단 하나이다. '오직 자기만을 내세워라', '남 앞에서 자기를 과시하라', 부끄러움 없이 자기를 내세우는 두꺼운 얼굴, 이것이 광고 시대의 인간상이다.

그뿐만이 아니다. 광고를 내주는 선전업자들의 윤리를 한번 생각해보자.

도무지 평양 기생만큼의 지조도 없다. 바로 한 프로그램 전의 TV광고에서는 '술을 마시세요, 술을 마시세요'라고 외치고 있었다. 우유를 먹는 젖먹이 아이들까지도 술주정뱅이를 만들어놓을 수 있을 것 같은 맹렬한 설득전이다. 그런데 바로 다음 프로에서는 간장약 광고가 패턴(@원본은 배턴 p165)을 물려받는다. 술은 간장을 해롭게 하는 생명의 원수라는 것이다. 그러니 간장약을 먹어 하루속히 회생하라는 협박조의 PR이 화면을 뜨겁게 한다. 술을 마시라던 술 광고는 비용의 시구대로 '지난해 내린 눈이 어디 있느냐'는 식이다.

이야말로 태곳적부터 내려온 선전업의 유산遺産이다. '모순'이란 말 자체가 방패와 창을 팔고 다니던 옛날 중국 상인의 그 선전술에서 나온 말이 아닌가. "이 창[矛]은 어떤 방패도 뚫을 수 있고, 이 방패[盾]는 어떤 창도 막아낼 수 있다"는 선전문이 현대의 TV

와 라디오에서도 그대로 되풀이된다.

어느 나라에서든 광고는 다 그렇다. 미국의 어느 방송에서는 굶주리는 이재민들을 돕자는 사회 캠페인을 벌인 적이 있는데 그 프로가 끝나자마자 놀랍게도 귀여운 당신의 개에게 영양이 풍부한 이 먹이를 주라는 '개 것(먹이)'의 CM이 나오더라 그 모순을 패커드 역시 지적해 준 적이 있다.

모든 선전업자는 돈만 주면 그것이 자기 상전이다. 오월동주吳越同舟 격으로 같은 지면에, 같은 시간에 서로 자기가 제일이라는 라이벌 회사의 선전문을 나란히 놓고서도 '이건 광고니까!' 하는 한마디 말로 자기 분열을, 자기모순을, 그 무책임성을 덮어버린다.

창녀적인 이 윤리가 광고라는 한마디 말로 모두 합리화되는 시대, 이것이 현대인의 생활 윤리와 인간관계에까지 그대로 적용되고 있다.

파블로프의 개

광고 선전술은 인간을 '파블로프의 개'로 만들어가고 있다. 조건 반사의 원리인 '동일·반복·속도'의 세 가지 법칙을 사용하면 인간의 마음과 행동을 뜻한 바대로 조종할 수가 있다.

이 원리를 정치적 목적에 응용한 것이 소위 세뇌술洗腦術이란 것이며, 상업주의적인 목적으로 이용한 것이 광고술이다. 일정한 상표나 상품명 그리고 그 선전 문구(동일성)를 숙고할 틈(속도)도 주지 않고, 계속해서 되풀이(반복성)해 주입시키면, 소비자들은 잠재적인 최면술에 걸리게 된다.

판단력도 주체성도 선택의 의지도 마비돼, 자동적인 반사작용이 일어나게 된다. 목이 탈 때는 펩시나 코카콜라 상표가 떠오르고, 감기에 걸리면 아스피린의 제약 회사 이름이 떠오른다. 이래서 언더그라운드의 어느 미국 영화 장면처럼, 성행위를 하면서도 남자는 광고에 자주 나오는 술 이름·담배 이름·자동차 이름을 외우고 있고, 여자는 화장품·향수·양말 등의 상품명을 늘어놓고 있다.

우리나라에서도 어느 신부가 결혼식 피로연 자리에서 노래를 부르라니까 '벌꿀 비누 팔천 번, 매혹의 향기 팔천 번……'이라는 CM송을 불렀다는 거짓말 같은 실화도 있다.

인간의 의식은 광고 선전을 녹음해 둔 하나의 마그네틱 테이프이다. 스위치만 켜면 약 이름·술 이름·화장품 이름들이 흘러나온다. 인간들은 허수아비처럼 이 의식의 마그네틱 테이프에 의해 조종된다. 그러니까 "좋은 노래도 너무 들으면 듣기 싫다"는 속담을 거꾸로 이용한 것이 광고 선전의 비방인 셈이다.

똑같은 말의 되풀이가, 똑같은 노래의 되풀이가, 똑같은 영상(상표디자인)의 되풀이가 지긋지긋하게 느껴질수록 골수에 젖어버리고, 무의식 속으로까지 파고든다. 광고는 '심리의 독재자'로 나타난다.

이러한 광고술은 현대인의 의식과 생활 태도에도 그대로 반영되고 있다. 현대사회 전체가 이 광고의 법칙에 의해서 움직이고 있지 않는가.

아침 9시에 출근하여 저녁 5시면 퇴근을 한다. 똑같은 시간에 똑같은 노선의 버스를 타고 똑같은 일을 되풀이하는 것이 샐러리맨들의 생활이다.

그렇기 때문에 현대인들은 자신의 직업 자체에 대해 깊이 반성해본다거나 자신의 생활에 대해 숙고하고 조정하는 의지가 거세되어 있다. 여기에 조금이라도 변동이 생기면 어머니를 잃은 아이처럼 불안을 느끼고 어찌할 바를 모른다. 생활양식이나 행동양식이 기계의 법칙에 의존해 있다. 여기에서 소시민들의 독특한 보수성, 자신의 생활이나 사회를 바꾸려 하지 않고 그저 순응해가는 보수성이 생겨나게 된다.

현대인의 개성이란 것은 그 의미가 많이 달라졌다. 상품으로 치면 하나의 독특한 이미지를 나타내는 상표를 의미한다. 이 상표의 경우처럼 남들에게 기억되기 쉬운 역할을 해주고 있다는 점에서 그 가치가 인정되는 개성이란, 이미 개성의 본질과는 거리가 멀다. 개성의 기능 자체가 이미 몰개성한 데 규준을 두고 있기 때문이다.

인간관계도 그렇지 않은가. 현대 생활에서는 친구가 따로 있는 것이 아니다. 마음이(@원본은 마음에 p168) 맞지 않아도 자주 되풀이해서 만나면 친구가 될 수 있다. 깊은 이해나 어떤 이념의 동질성보다는 '동일·반복·속도'에 따라서 프렌드십이라는 게 생겨난다. 기계적인 친숙성이다.

모든 가치관이 그런 것이다. 그 상품을 왜 선택했는가? 같은 비누인데도 어째서 세수할 때마다 자신은 저 비누가 아니고 이 비누를 쓰는가? 어째서 다른 비누여서는 안 되는가? 지금 사용하고 있는 비누가 과연 자신이 원하는 이상적인 비누인가?

광고 시대의 현대인은 이렇게 자문자답하며 따져볼 만한 겨를도 주체성도 없다. 깊이 생각하고 그 비누를 산 것이 아니다. 그저 광고에서 흔히 들은 이름이요, 많이 본 이름이기 때문에 선택한 것이다. 아니 선택이라기보다 자신도 모르고 그냥 산 것에 지나지 않는다. 어쩐지 처음 보는 낯선 상품, 즉 광고가 되어 있지 않은 상품은 불안한 느낌을 주는 것이다.

그것처럼 모든 가치관도 그렇게 결정된다. 뚜렷한 생의 철학이 있는 것이 아니다. 정치적 식견이 있는 것도 아니다. 흔히 좋다고들 하니까, 흔히 알려져 있는 것이니까 자기도 별 뜻 없이 추종한 것에 지나지는 않는다.

광고는 오늘의 인간들을 '파블로프의 개'로 만들었다. 식욕이 생겨서 침을 흘리는 것이 아니라, 식사 때마다 들어온 그 종소리가 들렸기 때문에 그것을 듣고 침을 흘리는 그 '파블로프의 실험용 개'처럼 조건반사의 행동으로 세상을 살아가고들 있는 것이다.

캐스트러의 신 포도

아더 캐스트러는 현대인의 속물근성을 분석하기 위해서 이솝 우화의 한 토막을 현대식으로 편곡을 해놓은 적이 있다.

높은 가지에 매달린 포도를 따먹으려던 여우가 뜻을 이루지 못하자,

"저 포도는 시다구!"

하고 돌아섰다는 이솝 우화를 현대의 무대로 옮겨놓으면 어떻게 되는가? 캐스트러의 우화에서는 그 여우가 갖은 고생 끝에 드디어 그 포도를 따먹게 되는 것으로 그려진다. 그런데 정말 그 포도는 시었다는 것이다. 여우는 자기가 그렇게 애써 따먹은 포도이기에 그것은 맛없는 신 포도였다는 것을 입 밖에 내려고 하지 않는다.

더구나 다른 여우들이 모두 자기를 부러워하고 있지 않은가? 그래서 그 여우는 자기 자신까지 속인다.

"이것은 결코 신 포도가 아니란 말야. 이 세상에서 제일 맛있는 포도지!"

여우는 신 포도를 자꾸 따먹다가 마침내 위궤양에 걸려서 죽게 된다는 것이다. 보통 여우가 따먹을 수 없는 높은 나뭇가지의 포도를 따먹은 여우, 그것이 신 포도인 줄 알면서도 결코 그것을 시다고 하지 않는 이 여우의 비극은 현대인의 속물근성과 그 생활 태도의 심리를 풍자한 오늘의 우화이다.

신 포도라도 높은 나뭇가지 위에 매달린 것이기에 맛있다고 생각한다. 남들이 모두 부러워하는 것이니까 그 보는 앞에서 신 포도인 줄 알면서도 자꾸 따먹어야 한다.

사람들은 높은 사회적 지위를 얻으려고 애쓴다. 남들이 다 따먹으려 하는 포도니까……. 막상 출세를 해 권력의 포도를, 명예의 포도를, 부귀의 그 포도를 따먹게 되었을 때 그는 그 맛이 시고 떫다는 것을 안다. 그런데도 그것을 포기하지 않고 자신은 스스로 행복하다고 다짐하면서 그것을 누리다 죽게 된다.

이를테면 리스먼이 지적하는 타인 지향적他人志向的인 성격이 바로 그런 것이다. 이러한 현대의 속물근성, 타인 지향적인 성격을 만들어내고 있는 것이 다름 아닌 광고 선전이다.

일류 호텔에서 제일 싼 방값은 삼류 호텔의 제일 비싼 특실 방값과 맞먹는다. 두 방을 비교해볼 때 후자의 경우가 방의 넓이로 보나 그 시설로 보나 월등 낫다. 그런데도 사람들은 일류 호텔의 싸구려 방에서 불편한 잠을 잘지언정 삼류 호텔의 특실에서 편하게 자는 것을 원치 않는다고 캐스트러는 말한다. 왜냐하면 어떻게 잤느냐가 문제가 아니라 어느 호텔에서 잤느냐는 것이 더 중요시되기 때문이라는 것이다.

이른바 남들이 유명하다는 호텔, 이름 있는 외교관과 실업가와 사회의 저명인사들이 자고 간 그 호텔에서 하룻밤을 잤다는 것이 자신을 더 즐겁게 한다. 조금도 그 포도가 시다고 생각지 않는다. 아니 신맛을 참고 시지 않다고 자신을 속인다.

이런 타인 지향적 속물근성을 조장하고 부채질하는 것이 광고 선전술의 하나이다. 영화 광고에 권위 있는 저명인사들의 이름을 나열하는 것은 무엇인가? 화장품 광고에 스타의 얼굴을 내는 것은 무엇인가? 약 광고에 백만장자의 가족사진을 내거는 이유는 무엇인가. 그들의 권위에 압도되어 그 광고 선전을 믿는 것은 아니다. 그 상품을 사용할 때 자신도 그들과 동등한 사회적 위치에 서게 되는 것 같은 착각을 느끼게 되는 심리, 그것을 노린 선전이다. 신 포도는 그렇게 해서 맛있는 단 포도처럼 통용된다.

마릴린 먼로가 애용했다는 샤넬 No.5의 향수 냄새를 감히 누가 나쁘다고 말할 것인가? 좋고 나쁜 냄새는 개인의 생리이다. 이 세상엔 휘발유 냄새를 좋아하는 사람이 있는가 하면, 반대로 그것을 맡고 구역질을 하는 사람도 있다. 그러나 광고는 개인의 이러한 생리까지도 타인 지향적인 것으로 만들어놓는다. 값비싼 고급 향수로 알려져 있는 것이라면 아무리 역겹더라도 그 냄새는 좋은 것으로 알아야 한다.

실제로 미국 백화점에서 실험을 해본 예도 있다. 싸구려 향수에 비싼 값을 매기고 비싼 향수에 싼값을 매겨놓았을 때, 후자보다 전자가 더 잘 팔리더라는 것이다.

광고의 생리에 젖어버린 현대에서는 남들이 다 따먹고 싶어하는 포도라면 위궤양에 걸려 죽을지라도 누구나 그 신 포도를 맛있게 따먹어야 한다.

희망의 환상幻想

광고 선전은 또한 사람들을 모두 낙천주의자樂天主義者가 되게끔 한다. 광고를 보고 있으면, 이 세상은 날로 좋아지고 있는 것 같으며, 별로 걱정을 하지 않아도 누워 떡 먹듯이 자신에게도 행운이 찾아오리라는 환상에 빠져든다. '포켓 속에 가득 찬 행복'이 아니라, 광고란 속에 가득 찬 그 행복을 맛보며 살아간다.

'당신도 10년 후면 백만장자가 될 수 있다'는 것은 은행 적금 광고이며, 단돈 백 원으로 문화 주택을 장만할 수 있다는 것은 주택복권의 선전문이다. 외롭고 슬프고 불안해도, 세레피아는 그것을 잊게 해줄 것이며, 술을 아무리 마셔도 프로헤파룸은 간장을 보호해 줄 것이다.

무엇이든 한 알만 먹으면 건강을 다시 되찾을 수 있다는 것이 약광고이다. 그러니까 그 장고는 언제나 '마음 놓고 잡수세요' 라는 낙천주의의 이미지를 주고 있다. 비록 자신은 가난해서 지금 당장은 장만할 수 없지만, 장차 광고문에 나오는 그 많은 상품들을 언제든 소유할 수 있으리라는 믿음이 생겨난다. 그것이 거짓된 것이요, 실현 불가능한 것이라 해도 모든 광고문은 사람들에게 희망의 환상을, 가능의 꿈을 불어넣는다. 그래서 인생을 아주 손쉽게 생각하는 버릇을 갖게 한다.

광고 선전문의 ABC는 평화의 무드와 내일에의 꿈을 파는 데 있다. 광고에 나오는 그림(도안)들은 언제 보아도 에덴동산 같은 평화와 행복감에 젖어 있다.

찬란한 태양 빛, 월계수, 장미, 전설적인 왕과 공주, 아르카이크한 풍경…… 이런 것들은 지칠 줄도 모른 채 광고 속에 이용되고 있는 이미지들이다.

'냉장고는 사람들의 마음에 안식을 주는 얼음덩어리의 섬이다'라는 말처럼 냉장고를 선전하기 위해서는 먼저 평화로운 가정의 이미지를 불러일으켜야 한다. 그러기 위해서는 가정이라는 말이 내포하고 있는 여러 가지 이미지들 가운데 '속박'이라든가, '권태'라든가, '불화', '부부 싸움', '시끄럽게 울어대는 어린아이들' 등의 이미지부터 제거하지 않으면 안 된다.

냉장고의 광고 뒤에는 '홈 스위트 홈'이 가나안의 꿀처럼 쉴 새 없이 흘러나올 수 있어야 한다. 디프로스트의 자동장치가 돼 있는 최신식 냉장고의 광고 사진에는 그 문이 반쯤 열려 있고, 그 안에는 우리가 어렸을 때 가정의 평화를 경험했던 음식들—빨간 사과라든가, 싱싱한 딸기, 투명한 우유병들이 하나 가득 담겨 있다. 냉장고 앞에는 차라리 애인이라고 하는 편이 어울리는 신혼부부 형의 아빠, 엄마가 행복한 미소를 짓고 서 있다. 그 앞에는 복슬강아지를 무릎에 앉힌 귀여운 아이들이 냉장고에서 갓 꺼낸 시원한 음료수를 마시고 있다.

이 한 폭의 사진처럼 냉장고 하나로 가정생활은 할렐루야를 합창한다.

이러한 광고의 이미지는 현실의 생을 깊이 인식하게 하는 리얼리즘을 말소하고, 동화 세계 같은 해피 엔딩의 낭만주의만을 남긴다. 겉만 물들인 포장지로 인생을 감싸준다.

위기의식 속에서 인간의 조건을 변경시키거나, 현실을 개혁시키려는 절박성은 광고 문화의 에덴동산에서는 금단의 열매 같은 존재이다. 모든 인생을 안이하게 만들어놓는 것이 광고의 마술이기 때문에 베토벤의 〈운명 교향곡〉도 일단 CM송으로 이용되면 그 심각성은 곧 아침 안개처럼 사라지고 만다.

고혈압 치료의 약광고에 나오는 베토벤의 〈운명 교향곡〉은 단순히 높아지는 혈압의 위험 신호를 알리는 시그널 뮤직으로 변한다. "예전엔 미처 몰랐어요"라는 소월의 시구는 또 어떤가. 그것은 이미 실연한 여인이 달을 그리워하는 한숨이 아니라, 그 약효과를 미처 몰라 고생을 했다는 상업적인 감탄문이 된다. 널리 알

려진 고전들이 광고로 이용될 때 그 심각성은 하나의 희화성戱畵
性으로 둔갑한다.

궁극적인 면에서 광고 문화는 일종의 반지성反知性의 문화라고
규정할 수도 있다. 아리스토텔레스의 근엄한 얼굴이 대머리의 양
모제養毛劑 광고에 나타나고, 피카소의 그림이 신경통 약광고의
일러스트레이션으로 등장하는 세계—그것이 바로 광고의 세계
이며, 또한 그 광고의 세계 속에서 살고 있는 현대인의 반지성적
의식 세계이다.

무엇인가를 고민하고, 진지하게 생각하고, 생의 본질에 대해
우려하는 사색의 세계는 광고의 CM송과 그래픽 디자인 속에서
졸도를 해버린 지 오래다. 인생의 슬기를 가르쳐주던 옛날의 격
언이나 속담들은 사라져 버리고 그 대신 광고의 캐치프레이즈(표
어)만이 홍수를 이루고 있다. 상업주의 시대의 속담은, '거미줄보
다 가늘고 강철보다 질긴 나일론실', '해님이 주신 선물 롯데 과
자'같은 것들이다.

요컨대 광고 시대의 인간은 안이하게 세상을 바라보는 거짓된
희망의 환상 속에서 살고 있는 것이다.

광고 문화의 비극

물론 광고를 어두운 측면에서만 바라볼 것은 아니다. 광고는

현대의 대중문화이며, 생활예술일 수도 있다. 그나마 지리멸렬한 현대인들이, 무엇인가 동질성을 갖고 사는 것이 있다면 광고문에 나오는 '상품명'들이 아니겠는가?

어렸을 때의 수학여행을 생각해 보라. 그 즐거운 추억 속의 풍경에서는 철도 연변에 문득 나타났던 '은단' 광고도 하나 끼어 있다. 5월의 하늘 속에서 흔들리던 도시의 애드벌룬이나 밤거리의 별처럼 쏟아지던 네온사인의 동화 같은 그림들도 그 즐겁고 그리운 기억의 판화 속에 자리 잡고 있다.

우리가 살벌한 이 세상을 살아가고 있을 때 광고는 때로 위안이 되기도 한다. 더구나 광고는 공짜이다. 6·25전쟁으로 폐허가 된 서울─그때 그 속에서 맨 처음 평화감을 되찾아주던 것은 화신의 네온사인과 코끼리의 애드벌룬이었다는 것을 우리는 기억한다.

정보 시대에 있어서 일상생활과 광고의 관계는 금붕어와 수초水草의 관계와도 같다. 금붕어는 수초가 내뱉는 산소를 마시고, 수초는 금붕어가 내뿜는 탄산가스를 마시며 자란다.

광고는 현대의 환경이다. 맥루한Marshall McLuhan은 미래의 역사가나 고고학자들이 현대를 연구하는 데 가장 소중한 자료가 있다면 그것은 광고뿐이라고 말한 적이 있다. 그만큼 광고는 현대의 일상생활을 가장 잘 반영시켜주고 있는 까닭이라고 맥루하니스트들은 주장한다.

미디어가 메시지라고 말하는 맥루한의 의견으로는 당연한 이론이다. 상품은 메시지(내용)이다. 그러나 그것을 알리는 미디어(광고)가 실은 상품 그 자체인 셈이다. 광고가 있음으로써 상품이 존재한다. 정확하게 말하면 상품과 광고는 동일한 것이다.

따라서 광고는 해프닝적이라는 면에서도 현대의 그리고 미래의 인간들 성격에 부합된다. 그것은 결론 없이 벌어지고 있는 것이며, 일상생활 속에서 수시로 변해가는 그런 존재이다.

TV광고를 보더라도 그것은 논리적으로 되어 있지 않다. 감각적이고 우연적이다. 드링크 광고에 파도가 치는 해변 그림이 나타나는가 하면, 갑자기 맨발로 뛰어가는 젊은 남녀의 육체가 나타난다. 눈에 덮인 알프스 산, 달리는 기차 등의 여러 가지 영상들이 줄거리 없이 나타난다. 그러다가 불쑥 드링크제의 약병이 솟아난다.

광고는 직감적인 인상에 호소한다. 구석기 시대의 예술처럼 눈앞에서 생동하는 것들의 감각적 소산물이라 할 수 있다.

그러나 광고가 상품과 결합되어 있다기보다 오늘의 매스컴과 더 밀접한 연관성이 있다는 데 문명의 과제가 있다는 것을 우리가 잊어서는 안 된다. 라디오·TV·신문·잡지는 모두 광고주인 스폰서에 의해서 유지되고 있지 않은가.

매스컴의 진짜 주인은 매스컴에 종사하는 사람도 아니요, 그것을 보는 독자와 시청자인 대중도 아니다. 돈을 지불하는 광고주들이다.

이 거대한 매스컴의 힘을 조종하는 브라운관과 활자는 광고 선전비를 지불하는 기업가들 머릿속에서 짜여진다. 그 매체가 광고주의 마음에 드느냐 안 드느냐 하는 것은 곧 그것의 시청률과 구독률에 의해 좌우된다.

그러므로 매스컴 종사자들은 대중을 선도하는 역할보다 당장의 시청률과 구독률을 높이려고 안간힘을 쓴다. 지도적인 기능은 상실되고 대중(독자와 시청자)에 영합하려는 경쟁을 벌인다.

이래서 오늘의 TV와 라디오 그리고 신문은 주체성을 잃고 대중 문화의 상업성만을 향해 채찍질을 한다. 문화는 내일을 위한 것이 아니라 오직 오늘의 감각, 오늘의 취향만을 충족시키는 하루살이 문화로 전락한다. 이것이 광고 문화의 비극인 셈이다.

이 영원한 악순환, 대중과 매스컴은 빙글빙글 순환하면서 질적인 타락을 거듭한다. 대중은 매스컴에 책임을 돌리고, 매스컴은 대중에게 책임을 전가한다. 그 사이에서 살아남는 것은 요란스러운 광고뿐이다.

III
현대인의 성격性格

전화電話 인간형

형설의 공을 믿지 마라

차윤車胤은 반디[螢]를 잡아 자루에 넣어 그 불빛으로 책을 읽었고, 손강孫康은 뜰에 쌓인 눈[雪]빛으로 독서를 했다.

이 갸륵한 독서가들의 고사 때문에 이따금, 전깃불이 휘황찬란한 현대에도 '형설螢雪의 공'이라는 캐치프레이즈가 면학의 채찍으로 쓰이고 있다. 그러나 다시 한 번 생각해보면 차윤과 손강은 과연 우리가 본받을 만한 독서가였던가 하는 의문이 든다.

우선 반딧불로 책을 읽으려면 숲속으로 돌아다니며 반디를 잡지 않으면 안 된다. 짧은 여름밤에, 그것도 한 마리가 아니라 자루에 가득 채울 만큼 반디를 잡으려면 보통 시간이 걸리지 않을 것 같다. 그러다 보면 읽는 것보다 반딧불 헌팅에 더 바빴을 것이 아닌가.

손강 역시 마찬가지다. 독서가로 이름난 것과는 달리 그도 책 읽는 시간보다 뜰에 내려가 하늘을 쳐다보며 눈 내리는 것을 기다리고 서 있는 시간이 더 많았을 것이다.

관념적으로 보면 굉장한 면학도인 것 같은 차윤과 손강도 현실적인 차원에서 보면 이렇게 곤충 채집가나 기상 관측자라고 하는 편이 어울릴 정도이다.

사실상 인간이 하고 있는 일을 보면 목적이 수단과 방법을 지배하기보다는 언제나 수단이나 방법이 목적을 규정하는 경우가 많다.

처음엔 책을 읽으려고 반디를 잡으러 다녔지만 이런 일을 계속하다 보면 반디를 잡는 것이 본업이 돼버리고 만다. 그러나 세상 사람들이 모두 존경하고 있는 차윤과 손강의 명예를 훼손시키는 데 이 글의 목적이 있는 것은 결코 아니다.

그것은 개인의 문제가 아니라 인간 전체의 역사를 풀이하는 데 중요한 열쇠가 되는 고사이기 때문에 다시 한 번 음미해 보자는 것뿐이다.

촛불과 전깃불의 인간형

책을 읽으려고 반디를 잡고, 창가에 눈을 긁어모은 인간이 이윽고 편리한 전깃불을 발견해냈다. 그러나 전깃불을 갖게 됐을 때는 이미 책을 멀리하는 인간으로 바뀌고 만 것이다.

형설의 시대, 즉 촛불을 돋우고 밤을 밝히던 그런 시절의 인간들이 오히려 환한 형광등의 전기 시대에 살고 있는 사람보다 더 책을 가까이 했고 더 많이 책을 읽었다는 아이러니 앞에서 우리는 쓰디쓴 웃음을 짓지 않으면 안 된다.

전기가 독서와 수단이 되었을 때에는 이미 책(독서)은 과거의 물이 되어 흘러가버린 것이다. 전기는 새로운 목적을 가져다준다. 그래서 라디오와 TV가 책상을 몰아내고 그 자리에 들어선다.

차윤과 손강은 영원히 꺼지지 않는 반딧불과 녹지 않는 눈송이의 불빛 밑에서 책을 읽는 것이 아니라 TV 스포츠 중계에 손뼉을 치고 라디오에서 흘러나오는 팝송에 맞추어 노래를 부른다. 이것이 바로 현대의 차윤이요, 손강이다.

촛불은 촛불형型의 인간을 만들어내고 전깃불은 전깃불형의 인간을 창조해내고 있기 때문이다. 촛불은 타고 또 너울거리며 만지면 뜨거운 화염을 느낄 수 있는 원시 그대로의 불꽃을 가지고 있다. 인간의 먼 조상들이 동굴 옆에 모여 밤의 공포와 추위를 몰아내기 위해서, 그리고 사냥해 온 멧돼지를 구워 먹기 위해서 생나무를 태우던 그 불빛과 별로 다를 것이 없다.

그렇기 때문에 촛불은 어두운 방구석만을 비춰주는 것이 아니라 인간 영혼의 내부까지도 밝혀주고 있다. 쉽게 말해서 촛불은 전깃불처럼 단순히 실용적인 목적, 어둠을 밝히기 위한 그 구실만을 위해서 존재하지는 않는다.

그것은 자연의 불꽃, 그 자체가 꽃이라든가 구름이라든가 하는 것처럼 도구 이상의 어떤 의미를 지니고 있는 자연적 존재이다.

그러므로 촛불은 가스통 바슐라르Gaston Bachelard가 말하는 초생명적超生命的인것 그리고 낙원에서도 지옥에서도 다 같이 타오르며 선악善惡의 세계를 동시에 받아들이고 있는 그 유일한 불의 상징성을 우리에게 주고 있다.

생명 그것처럼 기다림과 체념이라든가 사랑과 미움이라든가 평화와 위험이라든가 하는 모순의 정감을 불러일으킨다. 촛불은 금제禁制와 유혹의 갈등 속에서 시간을 밝혀주고 거기에서 생활의 시를 낳는다.

그러나 전깃불은 그런 상징적 의미를 그 생활 속에서 연소시켜주지 않는다. 편리한 불이라는 이미지뿐이다. 바람이 불어도 꺼지지 않고 시간이 흘러도 타 없어지지 않는 전등불에는 이미 불의 상징성이란 것이 없다.

깜박거리고 너울거리는 그 불의 표정, 사물을 태워가는 불의 혓바닥, 위안의 열기熱氣와 화상의 괴로움을 동시에 불러일으키는 그 생명의 시가 존재하지 않는다.

불꽃을 상실한 생활

"불에는 언제나 얼굴이 보인다. 노동자는 밤에 그것을 쳐다보며 하루 동안에 자기의 몸에 붙어 다닌 찌꺼기와 흙냄새로부터 자신의 생각을 순화純化하는 것이다.

숲 속의 생활자 소로Henry David Thoreau는 문명 생활이 우리들 주변으로부터 이러한 불꽃을 빼앗아가고 있다고 한탄한다.

밝은 불꽃이여, 너의 다정한 인생을 비추는 친밀한 공감이
나에게 거절돼서는 안 된다.
나의 희망 이외의 또 뭣이 이렇게 하롱거렸으랴?
나의 운명 이외의 또 뭣이 그렇게 한밤중에 꺼져 갔으랴?
어째서 너는 우리의 노변爐邊과 대청에서 쫓겨났을까?
모두가 환영하던 그대였거늘……
단조롭기만 한 우리들 생활의 평범한 빛엔 너의 존재가 너무도 분망
했더냐?
너의 휘황한 빛은 우리의 뜻이 맞는 넋들과
신비한 교제交際를, 너무도 대담한 비밀을 주고받은 것이냐?
그건 그렇지만 이제 우리는 신식 난로 옆에서
안전하고 굳건한데, 이곳에선 컴컴한 그림자라곤 흔들리지 않으며,
신명을 돋우는 것과 슬픔을 주는 것이 도무지 없으며,
단지 불이 있어 손발을 녹일 뿐 그 이상의 소망을 볼 필요도 없다.
이 난로의 효율적인 덩어리 곁에선,
지금 사람이 앉아서 잠들 수도 있다.
어두컴컴한 과거에서 걸어 나와

흔들리는 옛 장작불 곁에서 우리와 얘기한 유령을 무서워하는 일도 없다.

소로우의 시대만 해도 신식 난로불 정도였지만 그것은 형광등, 전기스토브, 센트럴 히팅 등으로 발전해 갔다.

이 시를 감상해 보면 자연의 불과 살던 시대의 사람과 전깃불 시대에 사는 사람들의 생활이 어떻게 바뀌었는지를 우리는 알 수 있다.

전기는 인간의 생활환경을, 그리고 그 의식을 바꿔놓았다. 옛날 사람들은 촛불을 보며 인생의 시를 감상했지만 현대인들은 전깃불을 보며 전기세를 생각한다. 그리고 촛불은 영혼의 얼굴을 보여주었지만 전기는 라디오, TV의 영상을 인간 앞에 나타나게 했다.

한마디로 말하자면, 전기는 현대인을 창조한 제2의 조물주라고 할 수 있다.

전깃불이 생기자 도깨비들이 사라졌다고 소박한 한국의 농민들은 말한다. 그러나 이것은 뜻밖에도 사실일 수도 있다. 촛불의 시대에는 생령生靈들로 가득 차 있었다. 인간들은 이 귀신들과 함께 살았다. 전류가 흐르는 이 시대에는 몇백 년, 몇천 년을 건너뛰며 살고 있던 귀신들을 죽였다. 도깨비의 환상을 죽였다.

생에 대한 신비한 그 두려움을 사라지게 한 전기, 편리하게 공간을 자유자재로 날 수 있게 한 그 전파, 이 시대의 도깨비는 과학이란 이름으로 불리는 또 하나의 환각을 낳았다

편지와 춘향전

우리가 좀 더 그것을 깊이 살펴보기 위해서는 '편지'와 '전화'를 생각해 보면 될 것이다.

전화의 통신 매체에서 살고 있는 오늘날의 틴에이저들은 『춘향전』과 『로미오와 줄리엣』을 읽으면서 이렇게 무릎을 칠 것이다.

"저런! 지금 같으면 전화 한 통화면 다 해결됐을 것을……."

사실 남원 춘향이의 집 부용당芙蓉堂에 전화기 한 대만 가설해 놓는다면 춘향전의 그 아슬아슬한 드라마는 금세 소멸되고 만다. 이도령에게 소식을 전하기 위해서 춘향은 인편에 편지를 띄웠고, 그 통신의 불편 때문에 파란만장한 고난을 겪어야만 했던 것이다.

로미오와 줄리엣의 비련이 더욱 그렇다. 그 비극의 가장 직접적인 원인은 원수 집안의 사람을 서로 사랑했기 때문이 아니다. 로렌스 신부神父가 심부름꾼을 시켜 보낸 편지를 로미오가 제때 받아보지 못한 때문이었다.

베로나와 만토바를 잇는 가느다란 전화줄 하나만 있었던들 로

미오와 줄리엣은 물론, 그 비극을 읽고 있는 무수한 독자들도 그렇게 많은 눈물을 흘릴 필요가 없었을 것이다.

그러나 그때 전화가 있었더라면…… 하는 가정은 꼭 밤에 태양이 있었더라면…… 하는 생각처럼 줄거리가 안 맞는 이야기다. 전화가 있었다면 동시에 춘향이의, 그리고 로미오와 줄리엣의 그 영원한 순정도 없었을 것이기 때문이다.

전화가 없는 시대였기에 열녀들이 있을 수 있었고 오직 한 사람의 사랑을 위해 죽음을 초월한 순애純愛의 천사들이 날갯짓을 할 수 있었다.

어디까지나 그런 이야기들은 '편지의 시대'가 만들어낸 인간형들의 사랑이라는 점을 잊어서는 안 된다.

전기 시대의 '사랑'과 문자 시대의 '사랑'은 그 자체가 촛불과 전등만큼 다르다.

러브 레터와 순정

전화가 생기고부터 남녀의 사랑하는 방식이 달라졌다. 또 그 방식이 달라지니까 사랑의 본질도 바뀌고 말았다. 전화는 인류의 애정사를 뒤엎어놓은 쿠데타의 총두령격이라고 할 수 있다.

전화 이전의 사랑은 바로 러브 레터의 사랑이었다. 수도원의 높은 담에 갇혀 아벨라르와 엘로이즈는 오직 편지만으로 서로 사랑했고, 기베르 백작을 연모한 레스피나스 양은 '오늘 밤도 당신의 편지를 기다립니다'라는 길고 애절한 편지로 한평생을 지냈다.

나폴레옹도, 빅토르 위고도, 빈정거리기 좋아하는 생트 베브도…… 그리고 원고료에 인색했던 발자크도 장편소설 열 권에 해당하는 연문을 꼬박 10년 동안이나 한스카 부인에게 보냈다. 어떤 경우에는, 연애편지를 쓰기 위해 사랑을 하는 것 같은 예도 없지 않다.

저명 인사의 사랑 이야기를 들출 필요도 없이 불과 한 세대 전만해도 '꽃' 하면 나비를 연상하게 되듯, '사랑' 하면 금세 러브레터를 연상했다. 그러기에 르나르Pierre-Jules Renard 같은 사람은 나비를 '두 개로 접은 러브레터'라고 말한 적도 있다.

전화가 보급되면서부터 연문의 시대는 종언終焉하고 만다. 현대의 연인들은 밤을 새워가며 긴 편지를 쓰지 않는다. 편지를 쓴다 해도 전화의 다이얼을 돌리는 숫자번호나 전보문처럼 건조하기 짝이 없는 실용문이다.

그렇다면 글로 쓰는 사랑과 전화로 말하는 사랑은 어떻게 다른 것일까? 편지로 사랑을 이야기하다 보면 자연히 그것은 '영원한 시간'을 생각하게 된다. 순정을 하나의 글씨로 옮겨 쓴다는 것은 곧 순간적인 연정을 화석으로 만들어놓는다는 것이다. 편지는 영원히 남아 연인들의 손에 남겨진다. 하룻밤에 쓴 편지라 해도

10년이고 20년이고 남아있다.

그러므로 편지에 담는 사랑은 영원한 사랑, 문자처럼 시간을 초월한 사랑이다. 그러나 전화는 그렇지가 않다. 글씨처럼 남는 것이 아니라 그것은 시간 속에서 사라지는 목소리이다.

전화를 끊으면 아무것도 남지 않는다. 영원한 사랑의 말을 순간적인 시간의 대화로 나누다 보면 그 사랑도 그렇게 변해 간다.

편지는 되풀이해서 읽고 또 읽고 할 수가 있다. 전화 목소리는 녹음을 해두지 않는 한 두 번 다시 되풀이되지 않는다. 편지가 시간의 물결 위에 굳건히 서 있는 섬이라면 전화는 그 물결 위에 뜬 거품이다. 맥루한의 이론대로 미디어 그 자체가 메시지인 것이다. 영원한 사랑은 순간적인 사랑으로 변한다.

편지는 또한 간접적인 표현이다. 밤을 새워가며 아무리 짙은 연정을 고백해도 그것은 살아 있는 목소리, 육체를 가진 언어가 될 수는 없다. 그래서 지능파들은 편지지 위에 향수를 뿌리기도 하고 눈물방울을 튀겨 글씨를 번지게도 한다.

그러나 전화는 멀리 떨어져 있는 연인이라 할지라도 대면한 듯이 말할 수가 있다. 그만큼 직접적이다. 그리고 그것은 그만큼 충동적이기도 하다.

"편지요!" 하고 배달부가 떨어뜨리고 가는 연문은 템포도 느리고 정적靜的이라 가을의 낙엽 같은 것이라 한다면, 요란한 벨 소리가 울리며 걸려오는 전화는 여름의 번갯불과 소나기 같은 것이다.

연문 시대戀文時代의 사랑과 전화 시대의 사랑은 통신 매체가 다른 것만큼 그 성격도 다르다.

서약과 약속

결국 글과 말의 차이이다. 그것은 서약과 약속의 차이이기도 하다. 옛날의 연인들은 편지로 '사랑의 맹서盟誓'를 했고 현대의 연인들은 전화로 '사랑의 약속約束'을 한다. 편지 시대의 사랑은 비석에 글씨를 아로새기듯 서약된 사랑이다. 종이는 이렇게 인간에게 서약을 가르쳐준다.

하지만 전파 시대의 사랑은 '서약'이 아니라 다만 '약속'일 뿐이다. 약속과 서약은 근본적으로 다르다는 것을 우리는 알고 있다.

전화를 기다리는 연인은 사랑의 서약이 아니라 그 약속을 기다리고 있다. 몇 시 몇 분에 어디에서 만나자는 전화, 연인끼리의 전화는 이렇게 영원한 사랑을 서약하는 것이 아니라 하루의 사랑을, 그 사랑의 방편을 약속한다.

사랑의 서약이란 사랑의 본질을 말하는 것이지만 사랑의 약속은 사랑의 방법을 의미한다. 종이는 사랑의 본질을 생각하게 하고 전파는 사랑의 방법을 강조한다.

전화의 특질은 사랑도 용건과 같은 것이 되게 한다. 같은 말이라 해도 전화의 수화기만 들면, 용건만 간추려서 이야기해야 한다는 강박관념이 생겨나게 된다.

'통화는 간단히!', '빨리 용건만!', '뼈만 추려서 간단히 말해!' 전화에서는 언제나 이런 소리가 들려온다.

편지(글씨)가 만들어낸 사랑을 영원하고 정적이고 명상적이며 간접적인 플라토닉한 사랑이라고 결론짓는다면, 전화(말)가 만들어낸 그 사랑은 일시적이고 동적이며 행동적이고 직접적인 충동적 사랑, 관능의 사랑인 것이다.

맥루한의 전화론電話論

전파시대의 철학자 맥루한은 열렬한 전화 예찬론자이다. 활자 문화에서 자라난 옛시대의 인간들은 전화를 싫어하지만 전파 시대에 출생신고를 낸 아이들은 전화를 애완동물처럼 사랑하고 있다는 것이다.

전화는, 그의 이론을 듣고 있으면 애정만이 아니라 인간의 사고방식과 일반적인 그 행동까지도 뒤바꿔놓았다는 사실을 알 수 있다.

활자 문화 속에서 자라난 구세기적인 인간은 고립적인 개인주의에 그 특징이 있지만 전파 시대에서 생활하는 현대인은 높은 참여성이 있다고 맥루한은 주장한다.

그리고 전화야말로 현대인에게 그러한 성격을 부여한 챔피언이라는 이야기다. 왜냐하면 전화는 참가성이 강한 미디어이기 때문이다.

편지나 책이 책상 위에 놓여 있다 해도 금세 손이 가고 그것을 뜯어보고 싶은 충동이 생겨나지 않는다. 그러나 전화벨 소리가 울릴 때는 자기에게 걸려온 것이 아니라 해도 저절로 수화기에 손이 간다.

맥루한은 전화가 지니고 있는 그 참가성을 증명하기 위해 여러 가지 예를 끌어온다. 그중에는 1920년대 미국에서 유행한 히트 송도 있다.

"전화 옆에서 다만 나 혼자…… 다만 나 혼자서 외로움을 느껴……"라는 그 노래처럼 현대인은 전화를 보면서 강렬한 고독을 느낀다.

전화! 그것은 대화의 심리를 유혹한다. 파트너를 요구하는 참가성이 강한 매체이기에 전화가 울리면 타인을 생각하게 된다.

또 그는 묵은 《뉴욕타임스》의 신문철을 뒤지면서 이런 이야기도 들려주고 있다. 1949년 9월 6일, 정신병자 하워드 언러Howard Unruh는 열세 명의 남녀를 캠든 시의 노상에서 사살하고 집으로 돌아왔다. 경관들이 기관총과 최루탄 등으로 그를 공격했다. 이때 《캠든 이브닝 커리어》지紙의 기자는 언러의 전화번호를 알아내어 전화를 걸었다. 언러는 경관과의 대항을 멈추고 전화를 받았다.

"헬로! 하워드 언러 씨요?"

"그렇소."

"왜 사람을 죽였소?"

"글쎄, 잘 모르겠는걸. 나중에 이야기합시다. 지금은 바쁘니까!"

결국 전화가 권총의 사격보다도 '참가시키는 힘'이 강했다는 것이 맥루한의 풀이다.

전화의 출현은 유곽遊廓을 소멸시키고 콜걸을 탄생시켰다. 말하자면 매춘을 전문직으로 하는 창녀의 시대가 콜걸의 시대로 바뀌었다는 것은 무엇을 의미하는가?

콜걸은 다른 일을 하면서 동시에 매춘도 한다. 동시에 여러 일을 한다는 것, 이것을 다른 분야에 적용시켜 보면 인생의 외곬로만 달려가고 있는 전문가가 종합적인 조화의 인간으로 지양되고 있음을 의미한다.

편지를 열심히 읽는 사람은 손 하나 까딱하지 않고 오직 글자 읽기에만 골몰한다. 다른 감각은 잠들어버린다. 그러나 전화를 받는 사람은 전화로 이야기를 하고 들으면서 한편에서는 손으로 메모지에 그림을 그리기도 하고 낙서를 하기도 한다.

전화는 청각만이 아니고 다른 감각 기관까지도 참여시키는 매체라는 것은 이 사실만 두고도 알 수 있다고 맥루하니스트들은 주장한다.

이 밖에도 전화가 유폐된 현대 생활의 프라이버시의 벽을 뚫고 거침 없이 남의 집 안방까지 침입해 들어갈 수 있다거나, 문서 행위에 의한 명령 방식과 달리 전화는 사장과 사원이 같은 대면 교통對面交通의 동일한 레벨에서 이야기할 수 있게 함으로써 권위와 지식의 지배를 없앤다든지 그리고 또 중심 지향적 사회로 만들어 지방 분권의 신장을 가져왔다든지⋯⋯ 맥루한은 전화를 현대의 메시아처럼 떠받들고 있다.

전화벨이 울릴 때

그러나 한 가지 분명한 것은 전화를 현대의 메시아로 보든 혹은 독자가 목욕할 때마다 울리는 현대의 악마로 보든 그것은 분명 현대인의 관계를 횡적으로만 확대시켜 주고 있다는 점이다.

편지는, 말하자면 글자는 우리에게 영원이라는 것을 가르쳐준다. 감정도 사상도 문자로 이야기할 때는 그것이 수백 년, 수천 년의 먼 훗날까지 남으리라는 것을 생각하고 있기 때문이다.

그러나 전화는 축지법縮地法처럼 공간을 훌쩍 뛰어넘어 공간을 소멸시킨다. 그 대신 시간을 정복할 수는 없다. 옆으로만 번지게 하고 시간의 그 종적縱的인 관계를 생각하지 않게 한다.

현대인은 하루살이처럼 살아간다. '오늘만!', '오늘만!' 이렇게 외치면서 그들은 전파의 가벼운 날개를 타고 시간의 강하를 따라간다.

먼 미래의 종교를 생각하지 않게 된다. 옛날의 전통을 생각하지 않게 된다. 전화벨이 울리듯 인간의 마음은 순간 속에서 울린다. 수화기를 놓으면 너와 나의 관계도 끊어진다. 그저 그때 그뿐……

현대인은 사랑도 전화를 걸듯 한다. 돈을 버는 것도, 정치를 하는 것도, 사상이나 국가를 다루는 것도 전화를 걸듯 한다. 주어진 번호의 다이얼을 돌린다. 눈도 코도 입도 없는 말소리만이 수화기에서 울려온다. 변질된 인간의 그 목소리는 인간의 추상화된 요건만을 주고받는 메모지이다. 그렇다. 소리나는 메모지이다.

전화 시대의 인간은 글을 써도 전화를 하듯이 그렇게 쓴다. 오로지 필요한 뼈만 남기고 살은 모두 잘라내 버린다.

이렇게 해서 편지의 시대는, 문자의 시대는 지나간다. 이렇게 해서 러브 레터의 시대는 가고, 영원한 서약의 시대는 가고 그 대신 전화벨 소리가, 하루를 약속하는 거래의 전파가 문을 두드린다.

라디오 인간형

현대의 거인

보다 큰 힘, 보다 넓은 마음, 보다 높은 이상…… 이러한 인간의 욕심을 충족시키기 위해서 고대 설화나 소설에는 거인들이 많이 등장한다.

따분하고 왜소한 현실의 울안에서 거인들의 이야기를 듣는다는 것은 과연 속이 후련해지고 신바람이 나는 일이다.

라블레François Rabelais가 그린 거인의 모습을 한번 구경해보자.

가르강튀아라는 거인은 이 세상에 태어나자마자 술을 달라고 호통을 친다. 그에게 젖을 먹이기 위해서는 1만 7913마리의 암소가 필요했으며, 파리 여행을 떠날 때는 코끼리 여섯 마리를 합친 것만 한 말을 타지 않으면 안 되었다.

노트르담의 대종을 떼다가 그 말 목에 방울로 달고 다닐 정도니까 이 거인의 기골이 얼마나 장대했는가는 금세 짐작이 갈 것이다.

라블레의 허풍만은 아니다. 어느 고담이든 거인들을 그릴 때는 대개가 다 그렇게 과장을 하게 마련이다. 거인 자체가 과장이니까 말이다.

우리나라만 해도 어느 시골에나 장수 바위의 전설이 있고, 실제로 『삼국유사三國遺事』에 등장하는 진평대왕의 키가 11척이나 된다. 이 대왕이 내제석궁內帝釋宮에 거동했을 때 돌층계의 댓돌 세 개가 한꺼번에 부서졌다고 전한다.

그러나 허풍이 심한 허구의 세계만으로는 만족할 수 없는 것이 인간이다. 거의 꿈을 실현하기 위해서 인간들은 자신의 육체를 연장시키는 기술을 발전시켜 왔다.

짐을 들고 메던 팔뚝과 그 어깨를 연장시킨 것이 바로 기중기起重機이며, 발을 확대시킨 것이 기차요 자동차이다. 그러므로 '모든 도구와 기계는 인간의 육체적 능력을 연장하려는 시도'이고, '기술의 혁신은 거인이 되고자 하는 욕망의 확대'라고 볼 수 있다. 기술문명이 할렐루야를 부르고 있는 현대에서는 누구나 다 가르강튀아와 같은 거인이다.

노트르담의 대종을 방울처럼 달고 다닌다 해서 그 거인을 조금도 부러워할 필요가 없다. 그의 눈이 아무리 크고 밝아도 망원경과 현미경을 당해낼 리가 없고, 그가 아무리 큰 말을 타고 빼긴다 하더라도 장갑차裝甲車 속에 들어앉은 현대인만큼 거대할 수 없기 때문이다.

현대인의 입과 귀

그중에서도 현대인의 입과 귀 그리고 그 눈은 어느 설화에 나오는 거인보다도 거창하다. 직접 민주주의의 시대였던 고대 희랍과 로마에서는 목청이 큰 사람만이 정치를 할 수 있었다. 그들은 아고라 광장에 모인 전 시민들 앞에서 자기의 의견을 발표하고 그들의 동의를 받지 않으면 안 되었기 때문이다.

그렇기 때문에 고대의 웅변가들은 수사학보다도 먼저 오늘날의 오페라 가수들처럼 발성 연습부터 해야 할 판이었다.

그 실례로 소크라테스는 모든 면에서 훌륭한 정치가적 소질을 갖추고 있었지만 단지 목소리가 허스키였다는 이유로 부득이 집정관執政官의 꿈을 포기하지 않을 수 없었다. 말하자면 목소리가 작은 탓에 '학자'가 된 것이다.

안토니우스와 브루투스가 시저의 시체를 한가운데 놓고 로마 포로노에 모여든 시민들을 향해 불꽃 튀기는 설전을 벌였을 때도 마찬가지였을 것이다.

셰익스피어는 이 극적인 장면을 그릴 때 그 두 사람들의 미려하고 선동적인 수사학에만 신경을 썼지만, 현실적으로는 웅변 내용보다 목청이 큰 사람이 큰 사람이 승리를 거두었을 것이 틀림없다. 왜냐하면 흥분한 시민들은 고함을 치고 있었고, 로마 포로노는 벌판처럼 넓기만 했다. 아무리 안토니우스의 언변이 좋았다 하더라도 목소리가 모기 소리처럼 가늘었다면 어떻게 브루투스를 꺾을 수 있었겠는가?

광장의 정치가들은 성대의 거인들이었다. 천지를 진동시키고 대갈일성大喝一聲하는 『삼국지』의 주인공들도 모두 목청의 거인들이었다. 그러나 현대인의 성대는 그들에 비해 수백, 수천 배 아니 무한정할 정도로 크다. 마이크는 현대인의 성대인 까닭이다.

목에 핏대를 올리고 고함을 치지 않더라도 한강 백사장에 모인 수십만의 유권자들을 향해 자신의 목소리를 전달할 수가 있다.

그보다도 또 라디오라는 것이 있지 않은가! 기술적으로 라디오의 전파를 이용할 수만 있다면 자기의 음성이 전 세계를 울릴 수가 있다. 광야에서 외치던 요한의 목소리가 아무리 성스럽고 우렁찬 것이라 해도 어찌 이것을 따르겠는가? 기껏해야 그 목소리는 지평선에 이르기 전에 허공의 바람 속으로 사라지고 말 것이다.

라디오는 또한 현대인의 귀이기도 하다. 천리의 목소리를 듣는 거대한 귀…… 산과 산하의 왕양汪洋한 바다 너머의 음성을 들을 수 있는 거인의 귀, 여기에 TV까지 합친다면 현대인은 천리안을 가진 마녀가 된다.

그렇다면 라디오라는 성대와 그 고막을 갖고부터 인간은 어떻게 변했는가. 현대의 가르강튀아가 겪고 있는 그 생활의 편력을 살펴보지 않으면 안 된다.

마이크와 속삭이는 정치

1920년 미국의 피츠버그에 처음으로 라디오 방송이 생겨나기 전까지는 흥분하지 않고 대중에게 말을 전달한다는 것은 힘든 일이었다. 많은 사람을 놓고 이야기를 하자면 자연히 음성을 높여야 하며, 음성을 높이다 보면 또 자연히 흥분하게 마련이다.

그렇기 때문에 정치가의 대중 연설은 어떤 내용이든 핏대를 올리게 마련이다. 차근차근히 조리를 따지기보다 외치고 부르짖고 고함치는 선동적 내용이 더 어필한다.

음성을 높일수록 그 소리에 어울리는 말들은 '민족 반역자!', '죽여라', '때려 부숴라' 등의 혈압 높은 과격 언어들이다.

아직도 우리나라의 정치인들이 연설을 한다 싶으면 비분강개조―책상을 치는 웅변조로 흐르고 있는데, 이것은 분명 라디오와 마이크가 없었던 전 시대前時代의 유습이 맹장처럼 그 의식 구조 속에 들러붙어 있다는 증거이다.

그러나 '삼천만 동포 여러분!'으로 시작되던 웅변이 이 땅에서도 날로 사양화斜陽化하여 이제는 시골 장터의 연설에서도 자취를 감춰가고 있는 것이 사실이다. 청중 200~300명을 놓고 삼천만 동포를 향해 외치던 육성의 시대가 끝나고 이제는 정말 라디오의 스피커로 직접 삼천만 동포에게 이야기를 할 수 있는 전파 시대로 접어든 까닭이다.

마이크나 라디오 시대의 정치는 '외치는 정치에서 소곤대는 정치'로 바뀌었다. 흥분시키고 감정에 호소하는 정치에서, 따지고 설득시키는 이성의 정치가 나타났다. 그래서 이제는 경제적인 퍼센테지의 복잡한 숫자를 따지고, 서서 연설하는 것이 아니라 앉아서 토의하는 민주적인 정치가 형型이 대두되기 시작한다.

히틀러와는 달리 루스벨트는 속삭이는 듯한 라디오 프로의 노변담화爐邊談話로 대중을 사로잡은 정치가였다. 처칠 타입의 정치가도 BBC 방송사의 브라운관이 만들어낸 정치가임에 틀림없다.

나직한 목소리로 수많은 대중의 귀를 울릴 수 있는 전파의 성대聲帶가 차분한 정치, 차가운 정치의 민주주의적 지도자를 만들어냈다고 해도 과언은 아닌 것이다.

활자와 라디오

둘째로 라디오는 시각형 인간을 청각형 인간으로 바꿔놓는 역할을 하고 있다.

라디오가 없었던 시대의 대중 의사 소통은 구텐베르크의 활자(프린팅 미디어)에만 의존하고 있었다. 소리를 문자로 바꿔놓은 것, 말하자면 인쇄된 책이란 냉동된 언어의 시체 보관소 같은 것이다.

책[文字]은 인간의 말에서 소리를 빼앗아갔다. 소리와 함께 일상적인 행동성도 빼앗아 버렸다. 구텐베르크의 활자가 지배한 19세기까지의 근대인들이 모든 사상을 관념의 일방통행로로만 몰아갔던 이유도 거기에 있다. 말이 아니라 글로 생각을 했고, 청각이 아니라 시각으로만 생각을 표현해 왔기 때문에 생활과 관념의 틈은 자꾸만 벌어져갈 수밖에 없었다.

사람들은 글처럼 이야기하지는 않는다. 먹고 놀고 길 위에서 만나는 그런 사람들의 일상생활은 글처럼 제1장 제1절 식으로 생각을 별도로 떼내서 화원사처럼 전지剪枝를 하지 않는다. 대개 회화에서는 얼마든지 같은 단어를 되풀이하지만 작문에선 쓸데 없는 말이 겹치는 것을 죄악시까지 한다. 문법에 맞추고 글의 단락과 구성을 짜임새 있게 하고…… 말하자면 도려내고 다듬고 되풀이해서 수정한다. 그러나 말은 수정할 수가 없다. 인생 그것처럼 해프닝적인 것이다. 호흡처럼 그냥 쏟아져 나오는 것이다.

말이 글자로 되고부터 미숙하지만 생생한 생명 그대로인 사상이 점차 소피스티케이트해져갔다. 그래서 라디오보다 프린팅 미디어[活字=책]에 더 익숙한 세대일수록 관념을 행동으로 옮기지 못하는 위선자가 많은 것이다.

오늘날의 젊은 세대가 생각을 금세 행동으로 옮기고 행동을 또 바로 생각으로 바꾸는 그 기질이 농후한 것은 옛 세대보다 프린팅 미디어의 영향을 덜 받고 있다는 사실에서도 찾아볼 수 있다.

트랜지스터 세대

책보다도 트랜지스터를 가까이 하는 세대에게 있어서 인생은 서문부터 시작해 제1장 제1절로 질서 정연하게 펼쳐지는 책이 아니다.

라디오는 밑도 끝도 없이 스위치를 누르는 곳에서 토막난 음악이, 연속극의 중간이, 뉴스의 끝부분이 튀어나온다. 스위치를 누르는 것이 바로 시작이요, 끄는 때가 끝인 것이다. 어디서 들든 자유이다. 책 같으면 어림도 없는 일이 아닌가.

트랜지스터 세대들은 인생도 그렇게 해프닝적으로 산다.

책의 세대는 인생을 서장序章에서부터 결론에 이르는 한 권의 책 같은 것으로 생각하지만 트랜지스터가 낳은 오늘의 세대들은 생을 하나의 과정, 밑도 끝도 없이 벌어지는 우연한 하나의 사태로 받아들인다.

그리고 트랜지스터는 또한 '하면서 족族'이란 것을 만들어냈다. 현대인은 한 가지 일만의 외곬로 파고드는 집중력을 잃고 있다. 즉 언제나 무엇인가를 하면서 동시에 다른 일을 하고 있다. 일종의 겹치기 인생들이다.

이러한 성격은 트랜지스터 라디오에서 비롯된 것이라고 해도 과언이 아니다. '안광眼光이 지배紙背를 철徹한다(눈빛이 종이를 꿰뚫는다)'는 말이 있듯이 책을 읽는 사랑은 그것을 통해 정신을 집중시키는 습관을 몸에 익힌다.

하지만 라디오는, 특히 트랜지스터 라디오는 어떤가. 젊은 친구들은 으레 이어폰을 끼고 트랜지스터에서 흘러나오는 음악을 들으며, 드라마를 감상하며, 등산을 하고 사무를 보고 뜨개질을 하며 밥을 먹는다. 라디오를 들으면서 다른 일을 한다. 정신을 분산시키며 세상을 겹치기로 살아가는 것이 생활화되어 있다.

십여 년 전만 해도 학생들이 공부를 하기 위해서는 조용한 절간을 찾아갔다. 아무 소리도 없는 정적 속에서라야 독서에 골몰할 수가 있었기 때문이다.

그런데 요즘 학생들은 트랜지스터를 틀어놓고 공부를 한다. 너무 조용하면 졸음이 와서 오히려 공부가 안 된다는 것이다. 이것이 바로 '하면서 족'의 생리이다. 그렇기 때문에 트랜지스터 시대의 '하면서 족'들은 책 자체의 질까지도 바꿔놓고 말았다.

퍼킨슨은 현대인의 독서 생활을 '하면서 족'의 생리와 결부해 논한 적이 있다. 즉 기차 여행을 하면서 읽는 책은 스릴러 소설, 비행기 여행을 하면서 읽는 책은 애정 소설, 침대에서는 스파이 그리고 응접실 소파에서는 최면효과催眠效果를 주는 어려운 에세이……. 결국 '하면서 족'의 독서는 일종의 본격 독서가 아니라 겹치기 독서이므로, 너무 무겁고 심각한 책은 맞지 않는다는 것이다.

트랜지스터를 들으며 밥도 먹고, 뜨개질도 하고, 스포츠를 구경하고, 심지어 책까지 읽는 라디오 시대의 세대들은 책의 세대와는 달리 한복판에서 인생을 산다. 서투르면 다른 프로로 다이 얼을 돌리고, 지루하면 프로가 끝나기 전에 꺼버린다. 이것이 라디오의 특징이요, 말(이야기)의 특권이다.

세미나 붐이 이는 까닭

한국의 새로운 3S는 군인Soldier·살롱Salon 그리고 세미나Seminar라고 한다. 다른 것은 몰라도 세미나 붐은 특히 눈부시다. 그 흔한 세미나에 한 번 참석할 기회를 가져보지 못한 지식인이 있다면 차라리 땅 시세가 좋다는 남서울 지방에 부동산이나 차리는 편이 좋을지 모른다.

강연보다 갑자기 세미나가 이렇게 유행하고 있는 현실은 무엇인가. 한 사람이 연단에 서서 일방통행적으로 스피치를 하는 것은 실상 말이 아니라, 머릿속에 정리돼 있는 활자책을 소리 내어 읽는 것에 지나지 않는다.

세미나의 원형인 심포지엄은 역시 활자活字가 활개를 치던 시대가 아니라 말이 글자보다 더 대우를 받던 희랍 시대의 산물이라는 것을 기억해 둘 필요가 있다.

고대 희랍에 있어서 글이란 오늘날의 '메모'처럼 말을 하기 위한 노트 정도에 불과했던 것이다. 그러던 것이 인쇄술의 발달로 문자의 세력이 커지자, 말은 글을 소리로 번역해 주는 시녀로 바꿰었다.

프린팅 미디어에 백기를 들고 그 활자 식민지 통치하에 있던 병든 '말의 문화'가 전파 매체가 생기자 다시 독립선언을 했다. 이에 따라 스피치(강연)는 자유롭게 서로 이야기하는 세미나 형식으로 바뀌었다.

세미나는 해프닝적인 요소가 많다. 결론이 어떻게 날지, 이 말 다음에는 어떤 말이 튀어나올지, 사회자 자신도 알 도리가 없다.

공과야 어쨌든 세미나를 존중하게 된 오늘의 풍조는 지식을 한 개인의 재능이 아니라 여러 사람이 한자리에서 토의하여 얻을 수 있는 협동적인 산물로 생각한 데서 비롯된 것이라고 할 수 있다.

책은 대부분 밀실에서 생겨난다. 쓸쓸한 골방의 책상에서 한 개인이 명상하고 추리하고 정리해 낸 개인의 결정물이다. 그것은 문자를 통해서 기록된다.

그러나 세미나는 말의 문화이다. 말하는 사람과 그것을 들어주는 사람이 함께 어떤 사고와 지식을 넓혀주고 발전시켜간다. 골 방이 아니라 그것은 함께 토의할 수 있는 광장을 필요로 한다. 문자와 달리 말은 근본적으로 광장의 지식에 속한다.

라디오는 문자에서 다시 말의 중요성으로 그리고 눈에서 귀의 중요성으로 인간의 그 의사 표시와 지식 획득 수단을 바꿨다. 세미나 붐은 문자 우위 시대가 다시 말의 우위 시대로 접어든 현대 문화의 한 측면을 나타내주고 있는 징후이다.

라디오는 현대인들을 다시 원시의 숲, 문자가 없이 소리로만 의사표시를 주고받던 원시인들의 세계를 나사로처럼 부활시켜 주고 있다. 속된 말로 문명도 돌고 도는 것이다.

전파는 공간 문화다

셋째로 라디오는 현대인에게서 공간이란 것을 없앴다. 국제성國際性을 주고 역사성을 빼앗았다.

로빈슨 크루소가 아무리 무인도의 벽지에 표류한다 하더라도 라디오의 안테나만 있다면 결코 세계와 절연되는 것이 아니다.

전파는 산맥을, 강하를 그리고 국경을 차례차례로 무너뜨리고 소위 그 시골 벽지라는 개념을 핥아먹고 있다. 그래서 세계는 하나의 촌락이 된다.

라디오 시대의 시인들은 그리고 작가들은 19세기에 비해 국제성이란 미학을 강조한다. 제임스 조이스James Joyce가 초단파 라디오를 갖고 있었다는 사실은 그의 작품이 증명한다. T. S. 엘리엇의 『게론촌』에서는 비극의 주인공 예수 그리스도가 세계 각국의 사람들, 그중에서도 '하카가와'라는 일본(동방의 벽지였던)인 이름까지 말하고 있는 것이다.

현대에 와서 세대 차이가 그처럼 커진 이유는 무엇인가.

라디오와 TV는 문자와 달리 공간을 확대시키고 시간을 말소시킨다. 전파는 지구를 번갯불의 속도로 연결시켜주고 있으나 어제와 오늘은 단절시켜 가고 있다.

이제 시골은 장소를 의미하지 않고 '옛날'이라는 시간을 의미한다. 결국 늙은 세대란 시간의 시골뜨기인 셈이다.

책에는 고전古典이 있지만 전파에는 오직 오늘만이 있다.

라디오와 TV에서 떠드는 이야기들은 현재의 고전일 따름이다. 보관하는 습속, 기억하는 습속, 옛날과 오늘을 이어가는 종적縱的인 그 정신을 전파는 불사르고 있다.

이니스Herald Innis라는 학자의 설을 응용하면 스튜던트 파워란 것도 다름 아닌 라디오, TV의 산물임을 알 수 있을 것이다.

단지 이십 대라는 사실만으로 기독교인과 회교도가, 백인과 흑인이 동질감을 느끼고 화합한다. 이십 대의 기독교인은 사십 대의 같은 기독교인보다 오히려 이십 대의 회교도와 함께 식사하기를 원한다. 이것이 전파 시대에 살고 있는 현대의 특징이다.

'삼십 대 이상의 사람을 믿지 마라'는 구호가 바로 그것이다.

자신의 정치적 세력을 종래의 정치가와는 달리 종교나 직업의 계층에 두지 않고 젊은 세대를 업고 나선 로버트 케네디의 출현도 그렇다. 그는 세대 의식을 정치 세력으로 업고 나온 최초의 정치인이었다.

가장 가벼운 종이

기성세대와 새로운 세대를 맺는 끈이 없다. 옛날 같으면 19세기 소설을 오늘 있는 인생의 이야기처럼 읽었다.

문자는 전 시대의 문화를 다음 세대로 옮겨주는 시간의 수레바퀴였다. 그런데 라디오와 TV는 사상을 이 지역에서 저 지역으로 옮겨주는 가장 가벼운 종이이다.

같은 글씨라도 무거운 돌에다 새길 때 다르고 종이에 쓸 때 다르다. 무엇을 쓰느냐의 그 내용(메시지)보다 어디에 쓰느냐의 매체에 따라 인간의 사상은 바뀐다.

돌에다 글씨를 새기면 천년만년 갈 것이다. 그러므로 돌에 글씨를 새기는 사람은 자연히 역사라는 것을 몇만 년 뒤에 올 사람을 생각한다. 먼 어제와 내일이 돌을 통해서 이어간다.

가령 비석을 생각해 보자. 육중하고 무거운 돌은 사람을 찾아다닐 수 없다. 그것은 한곳에 있다. 그것을 보기 위해서는 사람들이 그 비석을 찾아가야 한다. 뜻을 찾기 위해 인간이 순례자처럼 끝없이 돌아다니는 것, 그것이 종교적인 문화의 한 특징이다.

그러나 종이만 해도 그렇지가 않다.

종이는 운반하기가 쉽다. 사람이 가만히 있어도 종이에 적힌 글은 배달될 수 있다. 즉 비석과는 달리 글이 사람을 찾아다닌다. 그러므로 백 년, 천 년보다 많은 이웃 사람들이 보아줄 것이라고 생각한다. 산 너머 사람들, 바다 건너의 사람들도 종이에 쓴 글씨는 쉽게 읽을 수 있다.

그러므로 그 내용도 자연히 먼 미래보다는 동시대 사람들을 더 생각하게 된다. 마치 상품처럼 그것은 찾아다니지 않아도 스스로 나에게로 찾아온다. 상업적인 문화의 특성은 이렇게 해서 싹튼다.

그러니 가장 가벼운 종이인 전파는 말할 것도 없다. 돌과 종이의 차이보다도 더 심하다. 책만 해도 자신이 선택하고 또 구하는 적극적 의지를 필요로 한다. 하지만 라디오나 TV는 거부해도 방안으로 기어 들어온다. 인간은 다만 앉아 있으면 된다.

비석에 새긴 글과는 정반대로 그것은 인간을 수동적으로 만들어놓는다. 의미는 찾는 게 아니고 주어지는 것으로 바뀐다.

현대를 알기 위해서는 바로 의사 표시를 주고받는 현대의 매체, 그 통신의 기술이 어떤 것인지를 알아야 한다.

TV 인간형

화롯가의 할머니

그것은 겨울밤이라야 한다. 밖에서는 함박눈이 소리 없이 내리고, 이따금 문풍지 소리에 호롱불이 너울거리는 그런 밤이라야 한다.

식어가는 질화로의 재를 헤치면서 아이들은 할머니의 옛이야기에 귀를 기울인다. 그것은 벌써 대여섯 번이나 들은 이야기다.

바보가 장가드는 이야기, 소금 장수가 구미호에게 홀리는 이야기, 키가 장승 같은 도둑들이 예쁜 색시를 훔쳐가고 호랑이가 내려와 애를 물어가는 이야기…….

아이들은 그 이야기를 다 알고 있으면서도 할머니에게 또 옛이야기를 조른다. 이렇게 옛날 아이들은 화롯가에서 할머니의 이야기를 들으면서 의식의 눈을 떴다.

그러나 우리는 이러한 것을 묻지 않았다. 그것은 왜 겨울밤이라야 하는가? 다른 것은 다 그만두고라도 어째서 옛날이야기는 할머니가 해주는 것이라야 맛이 있는가? 같은 이야기인데도 할아버지나 아버지 그리고 어머니나 누나가 들려주는 옛날이야기는 왜 안 되는가?

아이들에게 있어서 옛날이야기의 그 내용 같은 것은 별로 문제가 되지 않는다. 내용보다도 그것을 누가 어떤 자리에서 이야기해주는가가 더욱 중요한 것이다.

겨울밤 화롯가에서 듣고 즐기는 것은 옛날이야기가 아니라 할머니 자체인 셈이다. 현실을 떠나 먼 전설의 숲, 과거의 그 마을로 돌아간다는 것, 그 공상적 체험이 필요한 것이다. 그리고 할머니야말로 그러한 체험의 문을 열어주는 마술사인 것이다.

이 경우는 이렇게 바뀔 수도 있다.

길고 긴 정적의 겨울밤이 아니라 들판에 깃드는 여름밤이었을 때 아이들은 모닥불의 연기가 타오르는 멍석에 누워 하늘을 본다.

이때는 할머니가 아니라 할아버지의 이야기 그리고 아버지나 동네 머슴이 들려주는 이야기라야 한다. 그것은 땀내가 묻어 있는 세상살이의 이야기들이다.

이것이야말로 맥루한의 유명한 정의, '미디어(매체)가 곧 메시지(내용)'라는 증거다. 이야기의 내용보다도 그것을 말해주는 미디어(사람) 자체가 더 깊은 의미를 가지고 있다.

주름이 잡히신 할머니의 얼굴, 이빨이 빠져 입속으로만 웅얼거리시는 모호한 음성, 기억이 혼미해 앞뒤가 맞지 않고 또 같은 말이 여러 번 되풀이되는 화법, 할머니의 그러한 모든 모습과 몸짓 속에 현실을 초월한 옛날이야기의 환상이 펼쳐져 있는 것이다.

할머니는 이미 그 자체가 하나의 과거이며 전설인 까닭이다.

미디어는 메시지다

사람들은 흔히들 오해하고 있다. 뉴스를 신문으로 읽든, 라디오로 듣든 혹은 TV로 시청하든, 그 내용은 다 같은 것이라고……. 다만 전달 수단만이 다를 뿐, 그것이 전하는 메시지는 변화가 없다고.

정말 그럴까? 옛날이야기와 할머니의 관계를 알고 있는 사람은 결코 그렇게 말하지 않을 것이다. 같은 뉴스라도 활자로 읽는 경우엔 보다 비판적이다. 그러나 그것을 라디오로 들을 때는 그 감정이 훨씬 뜨거워진다.

눈에는 보이지 않고 청각만으로 전달되는 메시지는 마치 숲 속에서 몸은 보이지 않고 울음소리만 들려오는 새처럼 그만큼 신비하고 주술적이다.

귀로 듣고 눈으로 직접 보는 TV는 어떠한가. 이미 그것은 활자를 들여다보며 생각하는 세계, 귀로 듣고 일방적으로 상상만 하는 세계…… 그런 단편적인 세계는 아닐 것이다.

우리의 전신全身이 TV 속에 있다. 그 현장에 있는 것이다. 하나의 관념이나 감각이 분열돼 있는 것이 아니라 전감각이 그리고 모든 의식이 TV 속에 '휩싸여 있다'. 매체 자체가 그만큼 다르기 때문이다.

'방송되는 프로그램이 무엇이었든, TV가 지니고 있는 매체의 성격 자체가 오늘의 인간에게 어떤 변화를 일으키고 있는 것'이라고 맥루한이 핏대를 올리고 있는 것도 그 때문이다.

현대인에게 있어서 TV는 '화롯가의 할머니'보다도 아이들에게 막대한 영향을 주고 있다.

할머니의 옛날이야기가 아이들의 성격 형성에 영향을 끼쳐준 것처럼 오늘날의 아이들에게는 TV가 현대적인 인간상을 제시해주고 있다.

햄릿의 성격은 'To be or not to be, that is the question(사느냐 죽느냐, 그것이 문제다).'의 독백 속에서 익어갔지만 현대의 아이들은 'TV or not TV, that is the question(TV를 보느냐 마느냐, 그것이 문제다).'의 갈등 속에서 그들 시대의 한 운명을 만들어가고 있다.

'옛날이야기란 무엇인가'를 살펴보기 위해서 할머니의 본질을 해부해내듯, 현대의 메시지를 찾기 위해서는 TV라는 매체가 책이나 신문 같은 프린트 미디어 그리고 라디오 같은 청각적인 미디어와는 어떻게 다른가를 따져봐야 한다.

그리고 TV의 제사장 격인 맥루한의 말을 들어보면서 TV에 의해 변해가는 현대의 그 거인들의 모습을 추적해보기로 하자.

원시인으로 돌아간 현대인

"보기 좋은 떡이 먹기도 좋다"는 속담은 인간의 감각이 유기적인 종합성을 띠고 있다는 단적인 예를 지적해 주고 있다.

떡은 입으로 먹는다. 그렇다고 해서 미각에만 좋으면 되는 것은 아니다. 인간은 눈으로 떡을 먹는다. 즉 시각에 좋아야 미각에도 완전하다. 시각과 미각이 서로 얽혀 있는 탓이다.

우리가 다방에서 누구와 이야기를 하고 있을 때 찻잔을 들고 나타난 레지가 그 사람의 얼굴을 가로막았다고 하자. 그때 우리는 어떻게 하는가. 무의식적으로 상대방의 얼굴을 쳐다보기 위해서 레지의 몸을 피한다.

말은 귀로만 듣는 것이 아니라 눈으로도 듣는다는 증거이다. 눈으로 듣고 귀로 말하는 것…… 감각과 신경은 언제나 오케스트라처럼 서로 교향성을 지니고 울린다. 그런데 문자를 만들고 전화와 라디오를 만든 인간은 이 감각과 신경줄을 따로따로 끊어놓고 말았다.

현대인일수록 책을 읽을 때 묵독을 한다. 아이들이나 시골 사람들 그리고 옛날 사람들은 그만큼 원시적이라 책을 읽을 때는 꼭 목청을 가다듬어 큰 소리로 낭독을 한다.

오늘의 지식인들보다 감각이 덜 절단되었다는 증거다. 이 말을 뒤집으면 인간은 문명해질수록 귀는 귀대로, 눈은 눈대로, 제가끔 분열 상태로 빠져 들어가고 있다는 이야기가 된다.

책은 현대인의 머리만을 그리고 라디오는 현대인의 귀만을 거창하게 만들어놓았다. 사진술은 또 눈만 확대해놓은 셈이다.

인간의 신경은 불균형을 이루고 제각각 뿔뿔이 커졌기 때문에 사실상 그것은 거인이라기보다 불구자라고 하는 편이 옳을는지 모른다.

현대인은 온몸으로 느낀다

그런데 TV의 출현으로 비로소 이 거인의 귀와 눈은 하나의 조화를 이루고 다시 결합하게 되었다는 것이다.

맥루한이 TV를 향해 할렐루야를 부른 이유도 여기에 있고, 그것을 현대 문명의 메시아라고 요한처럼 외치고 있는 까닭도 바로 이 점에 있다.

귀로 듣고 눈으로 보는 TV 수상기는 그러니까 신체 발달을 균형있게 만드는 기계 체조의 운동 기구라고도 볼 수 있다. 즉 책과 라디오의 편식으로 이상 발달을 한 현대의 불구적인 거인들에게 감각의 통일과 조화의 기계 체조를 시키고 있는 셈이다.

책만 읽고 자라난 활자 시대의 인간이 '백문百聞이 불여일견不如

一見'적 시각형 인간이라면, 라디오 시대의 인간들은 그 반대의 청각형 인간이다. 이제 TV시대의 인간은 시청각 인간 맥루한식으로 말하면 촉각적 인간형이 된 셈이다. 원시인처럼 온몸으로 사물을 받아들이고 그것을 전 신경을 통해 이해한다. 논리만으로 세상사를 따지려 드는 것은 구텐베르크 시대의 인간들이 지닌 특성이라는 게다.

TV를 보고 자라난 젊은 세대들은 활자 시대에 자란 기성세대보다 훨씬 원시적이라는 것을 알 수 있다. 보고 만질 수 없는 것은 믿지 않는다. 지드André Gide처럼 모래가 아름답다고 느끼는 것만으로는 만족하지 않고 그것을 직접 맨발로 밟기를 희망한다.

TV 왕국인 미국의 슈퍼마켓에 나오는 식품들이 어떻게 바뀌고 있는가를 보면 알 것이다.

옛날에는 식품들이 전부 깡통에 들어 있어 보이지 않았다. 사람들은 깡통 위에 찍힌 활자와 그 식료품 성분들이 적힌 글자를 마치 책처럼 읽어야 했다. 그리고 명작이라도 감상하듯 머릿속에 그 피치니 파인애플이니 하는 음식물을 그려보는 것이다.

그런데 TV 시대의 상품은 그렇지가 않다. 나날이 식료품을 넣는 깡통은 유리병으로 바뀌어간다. 읽는 것이 아니라 직접 볼 수 있게 말이다. TV의 주부들은 활자를 읽고 그 성분을 분석하는 게 아니라 눈으로 직접 보고 침이 넘어가야 산다.

현대 문명은 눈부시게 발전해 가고 있지만 인간의 성격은 바베

큐를 즐기던 원시인처럼 단순하고 직관적이고 충동적으로 변해 가고 있다는 것이다.

TV는 활자 시대의 그 관념적 인간형에 만종晚鐘을 울리고 있으며, 현대인을 다시 맨발로 뛰게 한 원시의 숲으로 끌어들이고 있다.

안으로 파고드는 인생

책(신문)을 읽는 사람과 라디오를 듣는 사람 그리고 TV를 보는 사람은 태도 자체가 다르다는 것을 알 수 있다. 무엇인가를 읽으려 할 때 사람들은 조용한 것을 원한다. 사람들을 피해 자기 혼자만 몰래 책장을 넘길 수 있는 밀실이 이상적이다.

책은 그만큼 배타적이며 개인적이고 외로운 매체이다. 책을 읽다가 공감이 오면 밑줄을 그을 뿐이지, 책과 대화를 하진 않는다. 책은 어디까지나 일방통행이다.

라디오를 듣는 사람은 어떤가? 책을 읽듯이 라디오를 노려보며 듣는 사람은 없다. 혼자 떠들게 아무 데나 놓아두고 사람들은 자기네들끼리 이야기하기도 하고 밥을 먹기도 한다. 자동차를 운전하면서도 라디오는 들을 수가 있다. 라디오가 인간이라면 무안당할 경우도 많을 것이다. 그리고 외로움을 느낄 때도 있을 것이다. 어느 때는 빈방에서 혼자 떠들 때도 있다.

그런데 TV만은 책이나 라디오와는 판이하다. TV는 응접실이든 안방이든 적어도 한 인간처럼 당당히 한자리를 차지하고 앉아 있다.

TV를 볼 때만은, 시청자들은 TV와 얼굴을 맞대고 마치 사람들처럼 마주본다. 이 '마주본다'는 것이 TV의 특징이다. 시청자와 TV는 함께(with it) 참여한다. 그것은 이해理解가 아니라 현실과 마찬가지 의미로서의 한 체험이라는 것이다.

만약 어린이 신문 기사에 "여러분, 오늘은 설날입니다. 재미있게 노셨어요?"라고 쓰여 있어도 아이들은 그 기사를 읽고 '예'라고는 말하지 않는다. 라디오의 어린이 프로도 마찬가지다. 그런데 TV에서만은 아이들은 '예'라고 대답한다. 곧잘 아나운서가 무엇이라고 물으면 시청자들도 어떤 반응을 보이기가 일쑤다. 자기가 시청을 하고 있다는 것을 잊고 있을 때가 많은 것이다.

TV는 그만큼 시청자와 함께 있으며, 그들을 안으로 끌어들여 인볼브먼트involvement(휩싸이게 하는)시키는 매체라고 맥루한은 말하고 있다. 그렇기 때문에 젊은 세대는 춤을 추어도 음악에 맞추어 질서정연한 스텝을 밟는 왈츠나 탱고를 싫어한다.

음악에 신경을 쓰며 스텝을 밟는다는 것은 음악이 그들의 밖에 있다는 것을 의미한다. 그러나 고고춤을 추고 트위스트를 추는 세대들은 음악 속에 들어 있다. 음악 그 안에 들어가서 전신으로 춤을 추고 있는 것이다. 이런 것이 바로 TV에서 받은 기질이라는 주장이다. 책과 달리 TV는 어떤 환경 속에 인간을 몰아넣는다. 떨어져서 보는 게 아니라 그 속으로 직접 들어가고, 그것을 분석하는 것이 아니라 직관으로 느낀다.

폭 감싸주는 것, 환경을 의식지 않는 것…… TV는 일종의 무아경에 빠지게 하는 선체험禪體驗 같은 것을 불러일으킨다.

암스트롱Louis Armstrong은 재즈가 무엇인가를 묻는 기자에게, "그렇게 묻는 한 자네는 영원히 재즈를 모를 것일세"라고 대답했다는 이야기가 있다.

이 말을 다른 말로 고치면 그 기자는 활자형 인간의 전형이라고 할 수 있다. TV 시대는 재즈 속에 뛰어들어 그것을 체험하는 것이 중요하다. 한 지식으로 사물을 이해하려고 하는 것은 문제시하지 않는다.

밑줄을 긋거나, 특별히 귀를 기울이는 인생이 아니라 물체物體와 내가 혼연일체를 이루는 경치, 그 속으로 몰입하는 경치, 그것이 TV다.

히피와 TV

맥루한은 히피와 같은 미국의 젊은이들을 TV가 만들어낸 새로운 인간형이라고 생각하고 있다. 지금까지의 활자형 인간(Typographic man)들은 매사를 머리로 따지며 자기 중심으로 생각하는 인간형들이다. 그리고 햄릿처럼 생각과 행동이 분열된 관념적 인간들이다. 활자 매체는 한마디로 '눈의 문화'이기 때문이다.

활자형 인간들이 시각화한 것을 행동으로 옮기는 데는 갭이 있는 데 비해, 히피들이 귀로 듣고 몸으로 이해한 것은 곧 행동으로 옮겨진다.

히피들은 '자연으로 돌아가라'는 루소나 소로의 책을 기성세대들처럼 도시의 서재에서 읽고 감상을 하고 있는 것이 아니라 직접 행동으로 옮긴다. 적어도 그들은 겉으로 청빈을 말하며, 속으로는 황금에 예배를 하는 이중인격자들이 아니다.

히피들은 중산층 이상의 집안에서 생겨나고 있다. 안락한 의자, 편리한 문화 시설이 돼 있는 그 가정에서 뛰쳐나와 한뎃잠을 자며 조식粗食을 하고 있는 그들을 책에서 교양과 지식을 얻었던 전 세대들은 결코 흉내조차 못 냈을 일이다.

옛날 세대들은 '강물이 흐른다'는 것을 책으로, 즉 관념으로 읽었다. 그런데 TV 시대의 아이들은 진짜, 강이 화면을 흐르고 있는 TV 스크린의 영상과 그 물소리를 통해 '강물이 흐르고 있는 것'을 머리만이 아니라 온몸으로 받아들인다. 파우스트가 서재에서 벗어나 메피스토펠레스에게 이끌려 현실을 직접 몸으로 느끼듯이……. TV는 말하자면 활자형 인간들을 생生의 초원으로 끌어내는 메피스토펠레스라고 할 수 있다.

히피들은 텁수룩한 옷차림에, 어깨까지 내려오는 장발 차림을 하고 다닌다. 빗질도 하지 않는 자연 그대로의 그 머리카락은 모든 것을 깔끔하게 다듬고 규격화해버리는 활자형 인간의 기계주의적 획일주의의 포마드 문명에 대한 반발이다. 체제 속에 굳어버린 샌님(스퀘어)들을 싫어하는 성격도 TV의 영향이다.

TV는 같은 영상이라도 사진이나 영화와 다르다. 300만 개의 점에서 방사되는 빛이 모자이크처럼 이어져 하나의 영상을 만들어내는 TV의 화상들은 스틸 사진처럼 또렷하지가 않다. 화면의 영상들은 텁수룩하고 멍해 보인다. 그래서 맥루한은 TV를 '흐리멍덩한 이미지(blurred image)'라고 규정하고 있다.

TV 탤런트들은 영화배우와 달라서 샤프한 미남, 미녀들보다는 약간 못생기고 좀 어수룩해 보여야 더 잘 어울린다. TV의 인기 탤런트들은 우리나라의 경우를 봐도 영화 스타처럼 또렷하거나 아름답지가 않다.

정치가도 그렇다. 로버트 케네디가 점잖은 공식 파티 장소에 터틀 셔츠를 입고 나타난 것도, 그래서 인기를 거둔 것도 TV 시대의 이야기다. 그만큼 TV는 활자 인간형이 숭배하는 날카롭고 빼질빼질하고 명석한 논리를 구사하는 지적 인간보다 자연스러우며 텁수룩한 히피 스타일의 인간에 잘 들어맞는 매체이다.

포마드 칠을 한 판박이 인간들의 그 규격화된 머리가 히피 스타일의 잡초 같은 머리로 옮겨진 것은, '우연성'이나 '일상성'이 강한 TV 매체 성격과 일치하는 것이다.

신문을 보자. 운동경기 하나만 하더라도 거두절미하여 그것을 정리해버린다. 머리를 깎듯이……. 그래서 승부에만 초점을 두고 그 경기의 진행 사항은 요약한다.

그러나 TV의 스포츠 중계는 인위적인 면도 자국이 없는 것이다. 즉 'TV는 프로덕츠products보다 프로세스process를 좋아하는 미디어'이다.

히피들은 환각제나 환각 음악 같은 데 취하기를 좋아한다. 그들은 그것을 내면의 여행(inner trip)이라고 부른다. 활자형 인간들은 소위 외폭발성外爆發性(explosion)으로 관심이 바깥으로만 쏠린다. 식민주의적인 문화가 그것이다. 바다를, 밀림을, 사막을 넘어가는 여행이며 외부적으로 영토를 확장해가는 모험이다.

그런데 맥루한은 전기 매체 시대의 성격은 그와는 반대로 내폭발성內爆發性(implosion)에 있다고 말한다. 히피는 외부의 여행이 아니라 정신 내부의 처녀림과 미지의 영토를 찾아가는 내면의 여행자요, 그 정복자이다. 히피들은 환각의 새로운 세계에서 미지의 신대륙인 아메리카를 찾고 있는 콜럼버스들이다.

현대인은 왜 축구와 프로 레슬링을 좋아하나

세계적으로 붐을 일으키고 있는 축구 붐도 TV 시대의 산물이라는 것 또한 맥루한의 주장이다. 문장은 문법에 맞추어 쓴다. 문맥이 흩어지지 않도록 짜임새를 주어야 한다. 활자로 문장만을 읽은 사람들은 질서 정연한 것을 좋아한다. 그래서 운동 경기를 보더라도 마치 주어와 서술어가 나뉘듯이 네트가 한가운데 쳐져 있어 네 편 내 편의 구획이 확실한 테니스나, 공격할 때는 공격만 하고 방어할 때는 방어만 하여 1회전, 2회전이 순서에 따라 논리 정연하게 진행되는 야구를 좋아했다.

그러나 TV는 문장과 달리 해프닝적인 것이다. TV는 이야기하고 있는 사람의 표정만 카메라로 비추는 것보다. 오히려 카메라를 의식하지 않은 채 그것을 듣고 있는 사람의 얼굴을 우연히 보여줄 때 그 묘미가 더 있는 매체이다.

문장에서는 필연성만을 남겨두고 우연성을 제거해야 좋은 글이 되지만 TV는 밑도 끝도 없이 문득 나타난 우연적인 장면이 삽입될 때 흥미를 더 끌 수 있다.

이런 TV 매체에 영향을 받은 현대인들은 야구보다 축구 쪽에 더 열광한다. 공격해 들어가다가도 의외의 사태가 벌어져 금세 반격을 당하기도 한다. 공의 방향도 일정치 않다. 피처와 캐처 사이를 단조롭게 왔다 갔다 하는 것이 아니라 거의 해프닝적으로 예측할 수 없게 넓은 운동장을 멋대로 굴러다닌다. 기계적인 운동이 아니라 의외성과 우연성과, 그리고 틀에 박힌 움직임을 거부하는 것이기에 축구는 현대인의 심리를 사로잡는다.

레슬링 붐도 마찬가지다. 활자형 인간들은 대개가 다 권위주의

자들이다. 무엇이든 활자로 찍혀나오면 거룩하고 엄숙하게 본다. 현실보다 언제나 글로 쓰인 쪽이 한 계급 위이다. 그러므로 운동 경기도 당구나 기계 체조처럼 시어리어스하고 폼이 딱 잡힌 엄숙한 것을 좋아하지만 TV 세대는 그렇지가 않다. TV의 카메라는 전위를 오히려 빼앗는다. 저명인사가 TV에 나와 코를 훌쩍거리며 이야기할 때 우리는 '저 사람도 별 게 아니군!' 하는 생각이 든다. 좋은 뜻으로 보면 친숙하고 평등한 느낌을 준다.

프로레슬링은 스포츠의 심각성을 완전히 코미디화한 데 그 특징이 있다. 챔피언들도 마운틴[山]이나 킬러[殺人者]니 백곰이니 하는 극히 만화적인 별명을 달고 나온다. 인디언 추장으로 분장하기도 하고, 율 브리너Yul Brynner처럼 대머리로 나오기도 한다. 겉모양은 거인이요, 힘센 영웅이지만 링에서는 의외로 어린이 놀이터 같은 분위기가 감돈다. 스포츠는 '엄숙한 신사도'라는 고정관념을 깨뜨리고 그들은 반칙을 예사로 한다.

권위의 희화화戱畵化, 이것이 관중들에겐 하나의 구제와 해방감을 준다. 이것 역시 TV의 반권위주의적 성격과 일치하는 경향이다.

TV는 메시아인가

맥루한은 꼭 메시아가 온다고 황야에서 외치던 요한과도 같다.

메시아로 도래한 예수가 십자가에 못 박히듯 오늘날 TV는 유대교인 같은 활자형 인간들의 옛 세대 지성인들로부터 맹렬한 비난을 받고 있다. TV를 '이디엇 박스[天痴箱子]'라고 부르거나 'TV 사막沙漠'의 죄인으로 처형하려 든다. 그런 점에서 맥루한은 확실히 드물게 보는 TV 옹호론자이며 새 시대를 가리키는 예언자이다.

그러나 TV는 정말 메시아인가? 그의 말대로 TV에 의해 인간은 분열의 시대에서 다시 종합적이고 통일된 조화의 에덴동산의 생활을 누릴 것인가?

맥루한의 이론을 공격한다는 것은 마치 은행가가 시인의 환상을 비판하는 것처럼 의미 없는 일인 것 같다. 맥루한은 정확하게 말해 TV에 대해서 동화를 쓰고 있는 사람에 지나지 않기 때문이다. 다른 것은 다 덮어두기로 하자. 그렇다 해도, TV의 허상을 실상으로 생각하고 있는 맥루한의 착각은 분명히 말해두어야 한다.

칼을 들고 사람을 찌르는 범죄 TV극을 보는 어린아이를 한번 생각해 보자. 소설로 그것을 읽을 때는 머릿속에서 그 장면을 상상하겠지만 TV 아이들은 그것을 상상이 아니라 직접 바라본다. 그런데도 그것은 사실이 아니라 어디까지나 허상, 즉 소설처럼 상상적인 허구의 장면에 지나지 않는다. 이렇게 허구를 실상으로 바라보게 하는 데에서 아이들은 허구와 현실의 세계를 혼동한다.

이때 어떤 일이 벌어지겠는가? 시청각이 합쳐지는 것까지는 다행이나 허상과 실상이 혼동되는 이 착각은 감각의 분열 이상으로 위험한 문화를 낳는다.

　그리고 또 중대한 일이 있다. TV는 참가성이 강한 매체라고 하지만, 마치 그 참가성이란 차려 놓은 밥상에 왕성한 식욕을 가지고 덤벼드는 그 열성처럼 한정된 참가성이라는 사실을 잊어서는 안 된다. 참된 참가성의 의의는 차려놓은 밥상의 음식을 먹는 데 있는 것이 아니라, 자기가 먹고 싶은 음식을 만들어 밥상을 차리는 그런 참가성이 의미가 있다는 것을 맥루한은 기억해야 한다. TV가 있고 인간이 있는 것이 아니다. 인간이 있고 TV가 있어야 한다.

　'미디어가 메시지'라는 것은 그 자체가 인간 소외의 이론이 아니겠는가! 다른 말로 고쳐보면 형식이 내용이라는 뜻이니까…….

왜 사색의 그 밤이 종말했나

밤을 죽인 문명

"밤은 사색의 어머니다"라는 격언이 있다. 그런데 현대인의 격언은 어떤가. '전기는 밤을 죽였다'는 것이다.

TV의 사도使徒, 맥루한은 딱하게도 이 평범한 사실을 모르고 있다.

그는 TV가 인간의 '감각과 의식의 연장'이라고 주장한다. 그러나 그것이 또한 '낮의 연장'이라는 사실에 대해서는 어째서 입을 다물고 있는 것일까?

밤은 모든 사물의 표정을 어둠 속에 묻어버린다. 빨갛고 노란…… 그 모든 색채의 대립을 어둠의 거품으로 빨아들인다. 하늘과 땅의 경계를, 마을과 마을의 경계를 그리고 너와 나의 거리마저 밤은 어렴풋한 하나의 빛으로 휩싸버린다.

맥루한이 즐겨 쓰는 용어로 말하자면 밤의 어둠이야말로 낮과는 달리 인간의 자아를 그 주위 환경 속에 침잠시켜주는 용해액이라고 부를 수 있다.

　TV가 없던 시대의 사람들은 밤에 무엇을 보았는가?

　이조년李兆年의 시조 한 수만 읊어봐도 그것을 알 수 있을 것이
다.

　　　이화에 월백하고 은한은 삼경인 제

　　　일지춘심을 자규야 알랴마는

　　　다정도 병인양 하여 잠 못 들어 하노라.

　그것은 TV 화면의 주사선走査線에 어리는 영상들이 아니다. 밤
하늘을 가로지르는 은하수의 어렴풋한 광채이다. 그리고 하얀 이
화의 꽃잎을 적시는 달빛이다.

　은하수도, 이화도, 달빛도, 그것은 결코 낮에는 볼 수 없는 밤
의 빛인 것이다. 그것은 어둠이며 동시에 빛이다. 그것은 밖에 있
으며 동시에 자기 내부의 마음속에 있다.

　또한 그 소리는 어떠한가?

　낮과는 달리 밤의 소리는 침묵의 소리이다. 두견새의 울음소리
는 바로 귀로 보는 달빛이며, 이화이며, 기울어가는 은하이다. 시
각과 청각이 어울리고 빛과 어둠이 포용하며 영혼과 사물이 같이
융합하는 세계, 이것이 밤의 풍경이며 밤의 체험이다.

　그것을 이조년은 '다정多情의 세계'라고 부른다. 밤의 암흑이

'필요한 암흑'인 것처럼 이 '다정이라는 병' 또한 이 생生에 있어서는 '필요한 병'이다.

TV가 밤을 죽였다는 것은 바로 인간이 지니고 있던 그 '다정의 세계'를 죽였다는 이야기다.

달과 브라운관

TV가 나타나면서 인간들은 밤하늘로부터 그 시선을 브라운관의 공간으로 돌렸고, 밤의 침묵을 듣던 귀를 FM 전파의 음향으로 기울였다.

아폴로 10호가 달에 상륙했을 때의 일이다. 나는 옛날부터 유난히 달을 좋아하던 한국인들이 현대에 와서는 어떻게 변했는가를 알기 위해서 도시 사람들에게 다음과 같은 앙케트를 한 적이 있다.

"지난 한 달 동안 달을 몇 번이나 본 기억이 있습니까? 보았다면, 어느 때 어떻게 해서 보았습니까?"

그 통계 결과를 보면 한 번도 보지 못했다는 사람이 60퍼센트 이상을 차지하고 있다. 나머지 40퍼센트의 이태백들도 실은 우연히 보았다는 것이다. '버스를 타고 집에 돌아가는 길에', '변소에 갔다가', '술 먹고 돌아오던 길에'……. 그리고 그중에는 '밤에 TV 안테나를 고치려고 지붕에 올라갔다가……'라는 것이 있었다.

TV를 보기 위한 부산물副産物로 우연히 달을 보았다는 것, 이 유머러스한 TV 마니아의 고백이야말로, 현대의 밤이 어떻게 종말해가고 있는가를 생생하게 암시해주는 말이다.

불안한 밤, 권태로운 밤, 쓸쓸한 밤, 고뇌에 가득 찬 밤…… 낮에는 잊고 있었던 그 모든 생의 한숨들이 어둠처럼 가슴속에 고이기 시작하면 옛날 사람들은 으레 영창을 열어본다.

달이 떠 있다. 그렇지 않으면 무수한 별들이 어둠 속에서 흔들리는 수목樹木의 가지들 틈에서 반짝인다.

그러나 현대인은 밤의 침묵과 고통을 맛보기 전에 TV의 채널을 돌린다. 그러면 거기 '대낮이 연장된 환한 광경'들이 열린다.

권총 소리와 인디언의 화살이 흐른다. 어느 희극 배우가 익살을 떠는 사투리와 나이트클럽 같은 무대에서 몸을 흔드는 유행가 가수의 관능적인 목소리가…….

그 모든 소리와 몸짓들이 밤의 정적을 마구 찢고 불태운다. 탐욕한 대낮의 욕망이 밤의 어둠 속에서도 여전히 그 화면 위에선 잠들지 않고 꿈틀거린다. 밤이라 해도 TV는 정신적인 밤을 죽이고 범죄와 관능의 밤만을 남겨주고 있다

이를테면 밤의 불안과 고독을 피해서 술집을 찾아가듯 TV의 채널을 돌린다. 본질적으로 TV는 안방에 차려 놓은 나이트클럽의 대용물인 셈이다.

어둠과의 대화

TV는 '밤의 대화' 속에 뛰어든 침입자이다. 가족들은 어둠과 함께 욕망의 전쟁터에서 돌아온다. 겨울 같으면 화롯가에서, 여름 같으면 짚멍석 위에 둘러앉아 이야기들을 한다.

밤은 이렇게 하잘것없는 이야기일망정 가족들의 마음을 서로 얽히게 하는 로터리의 구실을 한다. 제각기 낮에 겪었던 이야기들을 하는 것이다.

그것은 크든 작든 자신의 행동을 돌아다보는 행위이다. 밤의 이야기를 통해서 사람들은 자신의 생활을 반추反芻하고 내성內省한다.

그렇기에 밤의 어둠은 그냥 텅 비어 있는 암흑이 아니라 자신의 생활과 그 모습을 비춰주는 가장 투명한 영혼의 거울이라고 할 수 있다.

TV 가정은 어떤가? 무엇인가 떠드는 사람, 이야기하려는 사람은 TV 가정에 있어서는 하나의 반동자反動者이다. TV 세트 앞에 모여 앉은 가족들은 벙어리가 된다.

밤마다 TV앞에 쭈그리고 있는 남편에 격분한 미국의 어느 주부는 그 남편까지 끼워서 TV를 경매에 붙인다는 광고를 낸 일까지 있다.

그러나 TV를 사겠다는 희망자는 몇 명이나 나타났지만 남편을 사겠다는 사람은 없었다는 것이다.

뫼리케는 「한밤중Mitternacht」이라는 시에서 이렇게 적고 있다.

그리하여 옹달샘은 한층 더 대담하게 소리를 내면서,
그것은 어머니인 밤의 귀를 향해
오늘의 날을, 이미 지나간 오늘의 그날을 노래하며 속삭인다.

그러나 TV 시대는 옹달샘이 아니라 다만 TV 혼자서 오늘을 노래하고 이야기할 뿐이다.

현대인들은 존재의 어머니인 '밤의 귀'를 향해서 저 대지가, 숲과 옹달샘과 별들이 끝없이 속삭이는 신비한 밀어를 들을 줄 모른다.

다만 그들이 듣고 있는 것은 소화제의 CM송이며, 아스팔트 위에서 생겨나는 먼지의 이야기들뿐이다.

낮에는 외출하고 밤에는 집으로 돌아온다. 이것은 생물의 한 관습이다. 그리고 그것은 내가 다시 나에게 돌아온다는 뜻이기도 하다.

노동과 휴식, 행동과 후회, 집단과 나……, 그것이 낮과 밤의 리듬이다. 그렇기에 같이 모여 이야기를 하지 않는다 해도 옛날 사람들은 밤을 새우며 일기를 썼고, 편지를 썼고, 생각을 했다.

밤은 때 묻은 의식을 빨래하는 시각이기도 했던 것이다. 낮에는 땀과 먼지 속에서 돌아다니고 밤에는 그 더럽혀진 의식을 씻어낸다.

밤의 어둠은 비누 거품처럼 우리들의 마음을 끌어안는다. 그리고 그 행동을, 그 욕망들을 정화시킨다. 그런데 TV의 방전放電은 이 비누거품을 터뜨리고 또 터뜨린다.

침묵을 상실한 침묵

인간의 귀는 다른 짐승과 달리 침묵의 소리를 들을 줄 안다는 데 그 특징이 있다.

침묵沈黙 속에는 무한한 소리가 있다. 그것은 생명의 가장 밑바닥에서 숨 쉬는 소리이다. 그런데 어느 때 이 침묵의 소리를 듣는가?

긴 밤의 정적 속에서, 바다보다 깊숙한 암흑의 해구海溝 속에서 인간은 그 침묵의 소리를 들어왔다. 릴케의 시를 읽어보자.

보세요, 이웃에 계신 하나님,

제가 때때로 긴 밤중에

큰 소리로 당신의 문을 두드려

잠을 깨우는 까닭은

당신의 숨결 소리도 들리지 않아,

빈방에 오직 홀로 계신 줄로

알기 때문입니다.

무엇인가 일이 있으셔도

시중들 사람조차 없어,

찾고 계신 그 손에

누가 물인들

떠다 바치겠나이까?

언제든 귀를 기울이고 있는 저에게

아주 작은 기침 소리라도 좋으니

분부를 내리옵소서.

제가 지금 당신의 아주 가까운 곳에 있나이다.

릴케는 이렇게 한밤중에 귀를 기울이고 있다. 신이 머물러 있는 바로 옆방에서…….

아주 작은 기침 소리를 내도 그는 신의 음성을 들을 것이다. 밤에는 신도 외롭다는 것을 이 시인은 알고 있다. 외로운 인간만이 아니라 신도 쓸쓸하기에 인간의 도움을 필요로 한다.

길고 긴 밤의 정적靜寂은 이렇게 인간과 신 사이를 가깝게 만들고, 그 침묵 속에서 울리지 않는 하나의 기침 소리를, 문을 두드리는 그 소리를 듣게 하는 것이다. 이 섬세한 청각 침묵 속에서 신의 목소리를, 죽어버린 사람들의 목소리를, 떠나버린 님과 모든 사물들의 그 발자국 소리를 듣던 이 섬세한 청각을 TV 세대의 인간들은 상실하고 말았다.

신의 기침 소리는커녕 인기 TV 연속극 시간에는 도둑이 대문을 뛰어넘는 소리조차 들을 수 없는 것이다.

밤의 의미를 잃어버렸다는 것은 신의 의미를, 종교의 의미를 잃어버렸다는 뜻이기도 하다. 밤에는 온갖 귀신과 도깨비가 나온다는 우리의 미신을 과학자적인 이성으로 비웃어서는 안 된다.

인간이 살아가려면 대낮의 이성도 필요하지만 밤의 신비 또한 필요한 법이다. 망령들의 시각은 종교의 시각이다. 우리는 그 새벽닭이 울기 전에 타산과 공리 속에 젖은 속세의 나를 적어도 세 번 이상 부정 할 줄 알아야 한다.

밤의 유령들, 그 허깨비들이 이제는 TV의 영상으로 바뀌고 말았다. 같은 허상이지만 거기에는 침묵의 소리란 것이 이미 존재하지 않는다.

여인들과 바느질

TV는 특히 여인들과 아이들을 많이 바꾸어놓았다. 남자들은 TV 아니고서도 밤의 따분하고 두려운 시간을 술집에서의 쾌락으로 잊을 수가 있다.

그러나 아직도 한국의 여인들은 그리고 어린아이들은 그야말로 '동짓달 긴긴 밤'을 바뀌는 TV 프로를 기다리며 달래는 것이다.

비록 릴케처럼 고상高尚한 신의 목소리는 아닐망정 옛날의 한국 여인들도 그에 못지않은 예민한 청각으로 침묵의 소리를 들을 줄 알았다. 밤의 의미를 알았기 때문이다.

설월이 만정한데 바람아 불지 마라.
예리성曳履聲 아닌 줄을 판연히 알건마는
그립고 아쉬운 적이면 행여 건가 하노라.

이 이조李朝의 여인은 겨울밤, 눈 위를 스쳐가는 바람 소리에서 예리성을 듣는다. 말하자면 임이 걸어오는 은밀한 그 짚신 소리를 듣고 있다. 그것은 저벅거리며 걸어오는 오늘날의 플레이보이들의 그 구둣발 소리와는 다르다.

옛날에 그 짚신 소리는, 더욱이나 남몰래 찾아오는 그 발걸음 소리는 얼마나 은밀한 것이었을까.

그런데 이 여인은 그나마도 들려오지 않는 임의 발자국 소리를 듣고 있는 것이다. 밤이 그렇게 조용한 까닭만은 아니다. 눈 위에 발자국 소리를 내는 밤바람 소리 때문은 더욱 아니다. 이조의 여인들은 밤이 하나의 '기다림'이란 것을 알고 있었기 때문이다.

밤은 길고 긴 대합실, 어둠의 그 회랑이었다. 더구나 그들은 그냥 기다린 것이 아니다. 호롱불 밑에서 바느질을 했다.

한 바늘, 한 바늘마다 원한과 외로움과 시시절절한 기다림의 정을 이어갔던 것이다. 사실 옛날의 여인들에게서 어떻게 밤과 바느질을, 그리고 바느질과 그 기다림을 서로 떼어놓을 수 있을 것인가? 그리고 바느질을 단순한 노동만으로 볼 수 있겠는가?

바늘에 꿴 것은 실이 아니라 어쩌면 그들의 정한情恨이었을는지도 모른다. 답답하고 아쉽고 쓸쓸한 감정을 그들은 바느질을 통해 승화시켜갔다.

꿰매고 깁는 것은 옷이 아니라 '밤의 마음' 그것이었는지도 모른다. 그것은 일종의 수도요, 기도의 자세와도 같은 것이었다.

긴 밤에 바느질을 하며 짚신 소리를 듣던 이 여인들이 이제는 TV 앞에 앉아 있다. 그녀들이 그 영상 앞에서 웃고 우느라고 재봉틀은 녹슬어간다. 하기야 재봉틀이 생긴 때부터 여인들은 바느질의 섬세성과 여인들의 성심誠心같은 것을 이미 잊었는지 모른다.

번뇌의 밤은 여인들에게 무엇인가 아름다운 것을 생산해주었지만 현대의 여인들은 다만 번뇌의 밤을 피할 따름이다.

남자들이 술집에서 생의 고뇌를 그냥 토해내듯이 여인들은 TV 수상기에서 그것을 그대로 내뱉고 있다.

별들이 떨어진다

별 하나에 추억과

별 하나에 사랑과

별 하나에 쓸쓸함과

별 하나에 동경과

별 하나에 시와

별 하나에 어머니 어머니.

어머님, 나는 별 하나에 아름다운 말 한 마디씩 불러봅니다.

소학교 때 책상을 같이 했던 아이들의 이름과 패·경·옥, 이런 이국 소녀들의 이름과 벌써 애기 어머니가 된 계집애들의 이름과 가난한 이웃사람들의 이름과 비둘기·강아지·토끼·노새·노루·프란시스 잠·라이너 마리아 릴케, 이런 시인의 이름을 불러봅니다.

TV가 없었던 시절에 아이들은 영창에 비치는 별빛을 보았다. TV화면 대신 넓은 밤하늘엔 무수한 별들이 반짝거리고 있다.

별 하나하나가 하나의 성좌를 만들면서 TV 탤런트보다도 더 많은 연기력으로 신비한 드라마를 연출한다.

밤새도록 별들은 아이들에게 이야기를 한다. 그 프로는 얼마나 또 다양한 것이었던가. 견우와 직녀가 눈물을 흘리는 슬픈 이야기가 끝나면 이번에는 사냥꾼에 쫓기는 어여쁜 사슴들의 이야기가 비친다.

그리고 또 밤에 물동이를 이고 우물물을 길러 나온 소녀와 목동의 사랑…… 별 하나 나 하나, 별 둘 나 둘을 헤아리면서 아이들은 CM 없는 하늘의 TV를 감상한다.

그런데 이제는 브라운관의 방전이 별빛을 대신한다. 아이들의 마음속에서 그 위대했던 별들의 언어는 마치 새벽 하늘의 별처럼 하나둘씩 꺼져가고 있다.

TV 스위치를 누르니까 갑자기 창가에 비치던 별과 달리 일제히 꺼져버리는 어느 풍자만화의 한 장면처럼 말이다.

이 세상에서 가장 신비한 것은 '밤하늘에 빛나는 별과 마음속의 도덕률'이라던 칸트Immanuel Kant 할아버지의 이야기보다도 아이들에겐 초콜릿이나 드롭스의 CM 만화가 더 신기하다.

아이들에게서 별빛이 사라졌다는 것은 무엇을 의미하는가. 그것은 먼 세계를 향한 동경의 마음을 상실했다는 것을 의미한다. 별을 따려는 마음, 끝없이 높은 그 이상과 희망이 꺼져가고 있음을 의미한다.

아이들의 스타(별)는 TV 드라마에 나타나는 스타(배우)로 변했고, 가장 넓고 먼 곳에 있었던 상상의 나라는 서너 뼘의 TV 화면으로 바뀌었다.

별들에게서 그치는 이야기가 아니다. 별의 희망과 함께 그 공포도 사라졌다. 아이들은 무서움을 잘 탄다. 아이들에겐 아름다운 꿈도 필요하지만 동시에 어떤 두려움의 세계도 있어야 한다.

밤은 별들의 시간이요 또한 유령들의 시간이기도 하다. 이 긴장된 상상 체험 속에서 아이들의 키가 자라난다.

그것이 빗자루를 탄 마녀든 예쁜 처녀로 둔갑한 여우든 혹은 달걀귀신과 같은 괴물이든 아이들은 암흑의 신화 속에서 그 상상의 세계를 키워간다.

그것은 초월적인 세계와 교섭하는 필요한 공포이며 불안이다. 이 밤의 공포와 불안이 부모를 믿고 있는 안전의 추구에서 모험을 추구하는 미지의 세계로 나가게 한다.

어른들은 곧잘 아이들에게 '애비가 온다'는 말을 잘 쓴다. '애비'는 그 정체를 모르기 때문에 한결 더 두렵고 불안하다. 인간들은 이 '애비'의 체험을 통해서 어른이 되어간다. '애비'와의 싸움 속에서 자기의 힘과 지능을 키워간다.

사고의 근육을 단련시키는 철봉대 같은 구실을 하는 것이 바로 그 '애비'이며, '애비'는 근본적으로 밤의 이미지를 지니고 있는 것이라 할 수 있다. 그러나 TV시대의 아이들은 옛날에 비해 '애비 체험'을 잘 겪을 수가 없다.

아이들은 어떻게 잠드는가

TV는 아이들을 어른으로 만들어버렸다.

활자는 계급성이 짙다. 아이들이 읽는 책과 어른들이 읽는 책은 서로 다르다. 보라고 강요해도 아이들은 어른들의 책을 가까이하지 않는다. 초등학교와 중학교와 고등학교…… 이렇게 책은 연령의 계단이 뚜렷하다.

그러나 TV는 그렇지 않다. 아무리 ABC로 등급을 매겨 놓아도 활자매체와는 다르기 때문에 아이들은 성인成人 프로도 사양하지 않는다. 그래서 TV시대는 어린이와 어른의 구별이 없다.

요즘 아이들은 어른들이 쓰는 말을 곧잘 쓴다. 아동 언어와 성인 언어의 차이가 사라져가고 있는 것이다. 사고 역시 그렇게 돼가고 있다.

결국 TV는 모든 밤을 여인과 아이들의 밤까지도 **빼앗고** 말았다. 이래서 파도처럼 무수히 되풀이해 오던 낮과 밤은 현대인의 생활 속에서 자취를 감추어가고 있으며, 이 리듬의 상실은 현대인의 생활감 자체에서 변화 있는 생명의 활력을 소멸시켜 버렸다.

그렇게 해서 밤의 찬미가를 부르던 노발리스Novalis 시대는 갔다. 또한 '밤은 사상의 능금을 자라게 하고 그것을 익게 한다'는 윤동주尹東柱의 아름다운 시도 종지부를 찍고 있다.

대낮의 연장

TV에 국한된 이야기가 아니다. 전기는 낮과 밤의 구별을 없애주었다. 별빛을 가리는 밤의 네온사인과 수은등의 광채는 어둠을 밝혀주는 참된 신화를 지워버리고 만 것이다.

그래서 도시 문명에 하품을 하고 있는 젊은이들은 캠프파이어를 즐긴다. 그들은 한밤중 숲속에서 장작불을 태운다. 그리고 타오르는 불꽃을 보면서 함성을 지르고 노래를 부른다.

불빛에 어른거리는 그들의 얼굴은 생명의 희열로 가득 차 있다. 젊은이들이 즐기고 있는 캠프파이어를 할 때 우리는 이상한 연대 의식과 어떤 생존의 깊은 공감 같은 것을 맛보게 된다.

이것을 이해하기 위해서 우리는 원시인들의 밤을 생각해봐야 할 것이다. 태양이 침몰하면 숲은 어둠의 정적 속에 휩싸인다. 짐승들과 유령들의 시간이 온다.

이러한 밤의 공포는 인간들을 한자리에 모이게 한다. 생명을 지키기 위한 본능적인 협동심 속에서 그들은 불을 지핀다.

불안과 공포가 불꽃의 언저리, 그 불빛이 어렴풋이 머무는 광망光芒의 그 둘레 너머로 물러나서 머뭇거리는 것을 그들은 본다.

그들은 그 모닥불 앞에서 생명의 공감과 불빛에 담긴 평화의 의미가 전신으로 번져가고 있음을 느낀다. 저편의 어둠에는 승냥이들의 울음소리가 그리고 유령과 마녀들이 건너다니는 이상한 바람 소리가 있지만 따뜻한 모닥불의 원광 속에는, 죽음을 거부하는 생명의 욕정이 너울거리며 타고 있다.

이 모닥불 자리에서 그들은 함께 노래하고 춤추고 이야기하며 하루의 노동을 위로하는 삶의 예술을 배웠다. 밤의 모닥불을 중심으로 하여 원시의 예술이 발생해 왔다. 모닥불이 타고 있는 그 자리가 바로 예술의 모태이다.

오늘날처럼 연기자와 관객이 따로 있는 것이 아니었다. 적어도 모닥불의 불꽃은 나이트클럽의 무대를 비춰주는 현대의 그 조명 장치와는 분명히 다른 힘을 지니고 있다.

캠프파이어를 바라보는 젊은이들의 표정과 TV를 보고 있는 사람들의 표정을 비교해보면 알 것이다.

맥루한은 TV 매체는 강력한 참여성이 있다고 말하지만, 이는 한밤을 불사르는 모닥불 앞에 모여 있는 사람들의 혹은 쥐불놀이를 하고 있는 아이들의 생생한 생명의 공감과 그 참여성에 비할 바가 아니다.

TV의 사도 맥루한이 그토록 갈망하는 전일적全一的인 인간을, 환경 속에 침잠해 가는 새로운 인간형을 우리 역시 아쉬워하고 있다.

다만 다른 것은 그러한 갈망을 충족시키기 위해서 맥루한은 TV에서 하나의 메시아를 찾고 있지만 우리는 거꾸로 TV가 더욱더 그런 갈망을 목타게 만들어줄 뿐이라는 정반대의 결론을 얻고 있다는 점이다.

TV는 밤을 죽였다. 반성의 밤, 영혼의 밤, 고백의 밤, 침묵의 소리를 듣는 제신諸神들의 밤……

TV는 이러한 밤을 나이트클럽의 휘황찬란한 또 하나의 '연장된 대낮'으로 만들어가고 있다.

TV, 그것은 밤이 부재하는 현대인의 운명이다. 밤은 사상의 능금을 열게 하고 그것을 성숙하게 하는 과수원의 문을 닫고 만 것이다.

소의 문화와 말의 문화

신발은 우리를 돌아다니게 한다

형제가 똑같이 돈을 내서 장화 한 켤레를 샀는데 언제나 형만 그것을 신고 다녔다. 아우는 억울한 생각이 들었다. 그래서 형이 잠들기만 하면 밤새도록 그 장화를 신고 아무 데나 돌아다녔다. 형보다 덜 신으면 그만큼 밑진다고 생각한 탓이다.

그 장화가 다 닳아 꿰어지게 됐을 때 형은 다시 새 장화를 사자고 했다. 그러자 아우는 고개를 내저으면서 이렇게 대답했다.

"형님! 난 이제 잠을 자야겠수."

이 이야기는 중국 고전에 나오는 유머다.

신을 사자는데 '잠을 자야겠다'는 엉뚱한 대답이 재미있다.

그러나 이 웃음 속에는 인간과 신발의 관계가 표면적인 의미 이상으로 잘 암시돼 있다.

신발은 걸어다닐 때 신는 것이다. 말하자면 볼 일이 있어서 걷는 것이 주主이고 신발은 그 목적을 위한 수단에 지나지 않는다.

그러나 이 유머에서는 그것이 거꾸로 돼 있다. 아우는 장화(신발)를 신기 위해서 밤새껏 돌아다닌다. 걸어다닐 일이 있어 장화를 신는 것이 아니라 장화를 신기 위해서 걸어다닌다.

장화 때문에 밤잠을 자지 못하는 어리석고 딱한 아우의 모습이 실은 인간의 리얼리즘일 수도 있다.

신발은 그 자체가 하나의 의지意志이다. 신발은 우리를 유혹한다. 밖으로 끌어내며 걷기를 권유한다. 멋있고 경쾌한 신발은 사람들을 돌아다니게 해주지만 거북하고 낡은 신발은 사람들에게서 활동성을 빼앗아버린다. 마치 분홍신의 전설처럼……

신데렐라의 유리 구두처럼 신발은 인간의 마음과 행동을 지배하기도 하고, 때로는 자기 자신을 증명하기도 한다.

말의 문화

그렇다. 우리는 이상한 신발, 동화나 전설 속에 등장하는 환상적인 신발 이야기를 하지 않으면 안 된다.

인간은 돌아다니기 위해서 여러 가지 신발을 만들었다.

네 굽의 다리를 가진 신발이 바로 말[馬]이고, 바퀴와 엔진을 단 신발이 또한 자동차라는 현대인의 신이다. 그러나 그것을 단순한 교통수단으로 알아서는 안 된다.

인간이 만든 새로운 신발은 새로운 도시를, 새로운 인간관계를 그리고 새로운 인간의 운명과 그 의지를 만들어내고 있기 때문이다.

기사騎士가 있기 때문에 말이 생겨난 것이라고 생각해서는 안 된다. 말이 있기 때문에 기사가 생겨났고, 서부 활극이 생겨났다고 생각해야 한다.

경쾌하고 날씬한 준마駿馬를 볼 때 사람들은 무엇을 생각하는가. 안방에 앉아 책을 읽고, 뜰에서 화초를 가꾸는 명상의 세계, 그 정지 된 세계를 거부할 것이다.

말 안경은 인간을 나그네가 되게 한다. 고향을 떠나 어딘가 혼자 내닫고 싶은 충동을 일으킨다. 멀고 먼 지평선 너머로 시선을 돌린다. 거기에는 행동과 속도와 움직임이 있다.

말을 신발로 삼을 때 기사적인 인간이 탄생하고 전쟁과 정복과 개척의 행동적인 역사가 펼쳐진다. 그리고 그것은 근본적으로 여성들의 신발이 아니라 남성들의 신발이었다.

로버트 프로스트Rober Frost의 상징적인 시 「눈오는 저녁 숲가에 서서」를 읽어보면 말은 그 자체가 하나의 의지라는 것을 알 수 있을 것이다.

이 숲의 임자를 생각한다. 그가 누구인가를 나는 안다.

그의 집은 그러나 마을에 있어

그는 모를 것이다. 내가 멈춰 서서

눈에 뒤덮인 그의 숲을 지켜보고 있는 것을.

내 작은 말은 이상하게 여기리라.
동짓달의 캄캄한 저녁에
농가도 가까이 없는 먼 호수와
그 숲의 중간에 내가 멈춰선 이유를.

무슨 잘못된 일이나 없느냐고 묻듯이
말은 목에 달린 방울을 한 번 흔든다.
그 밖에 들리는 소리라고는
눈송이가 떨어지는 소리와 소슬바람 소리.

숲은 자랑스럽다. 어둡고 그윽하다.
하지만 나에게는 지켜야 할 약속이 있어
잠들기 전에 몇 마을이라도 더 가야지
잠들기 전에 몇 마일이라도 더 가야지.

'나'는 그 정적의 숲 속에 멈추어 그 속에 파묻히기를 원하지만
말은 그 정적과 정지를 뿌리치고 몇 마일이라도 더 가야 한다는
의지를 가르쳐준다.
'눈내린 숲'의 정지와 말의 행동은 서로 대결한다. 말방울 소리

는 은둔과 휴식과 죽음의 유혹 속에 빠져가는 '나'를 다시 꿈틀거리는 생과 행동의 세계로 나아가게 한다. 말방울 소리 그리고 말채찍, 이것이 바로 서구 사상을 움직여 온 힘이라고 할 수도 있다.

우리의 옛 시조는 정반대로 '쉬어 간들 어떠리'이다. 달빛에 젖어 있는 숲의 적막, 백구가 날고 있는 강호, 그것은 잠들기도 전에 나를 멈춰 서게 한다.

청산리 벽계수야 수이 감을 자랑 마라
일도 창해하면 다시 오기 어려워라
명월이 만공산하니 쉬어 간들 어떠리.

황진이는 달리는 말고삐를 잡는다. '수이 감을 자랑 마라'는 표현은 말의 속도를 거부하고 비웃는다.

스피드보다는 슬로 템포가 옛날 한국인들의 생활 감정에 더 잘 어울렸다.

소의 문화

갑작스러운 비약을 용서해준다면 한국인은 '말'이라는 신발을 별로 좋아하지 않았기 때문에, 또 그러한 신발이 많지 않았기 때문에 행동적이고 정복적인 인간형과 그러한 문화 형태가 생겨나지 않았던 것이라고 할 수도 있다.

가령 신라 시대의 「헌화가獻花歌」라는 향가를 보자.

미스 신라라고도 할 수 있는 수로 부인水路夫人이 벼랑에 핀 꽃을 탐했을 때, 그것을 꺾어 바친 사람은 소를 끌고 지나가던 어느 노인이었다.

만약 그것이 말을 타고 가던 중세의 기사였다면 시의 무드 전체가 바뀌게 되리라는 것을 우리는 짐작할 수 있다.

위험을 무릅쓰고 천인단애千仞斷崖에 핀 철쭉꽃을 꺾어 미녀에게 바쳤다는 우리의 향가는, 동해의 그 맑은 바닷물처럼 사뭇 조용하기만 하다.

극적이라고 하기 보다는 승화된 점잖은 아름다움이 있다. 이글이글 타오르고 마주치면 피가 흐르고 소리가 나는 요란스러운 행동의 세계가 아니다. 명상적이며 초연한 로맨스, 봄바람에 나부끼는 노인의 하얀 수염처럼 은근한 흔들림이 있을 뿐이다.

그렇기에 '나를 부끄럽게 생각하지 않으신다면……'이라는 겸허하고 섬세한 억제감이 시 전편을 지배하고 있다. 소처럼 듬직하고 덕이 있다. 그러나 방정맞고 경쾌한 서구의 기사라면 꽃을 꺾어 바치는 드라마 역시 승마식乘馬式으로 했을 것이 틀림없다.

우선 그것은 '노인'이 아니라 새파란 '젊음'이어야 했을 것이고, 마치 '포겟 미 낫[勿忘草]'의 전설처럼 그 기사는 앞뒤를 가리지 않고 잽싸게 벼랑부터 기어 올라갔을 일이다. 마치 전차戰車를 몰고 적진으로 쳐 들어가는 로마 군사들처럼 말이다.

"나를 부끄럽게 여기지 않으신다면 꽃을 꺾어 바치리이다"라는 대사는, "내 목이 부러져 죽을망정……"이라고 수정됐을 것 같다.

사실상 말을 타고 돌아다닌 중세의 기사들, 그 로망스 문학은 모두가 그런 식이었다. 돈키호테 같은 환상가도 기사가 되기 위해서는 무엇보다도 우선 준마가 있어야 한다는 것을 알고 있었다.

서양의 기사도는 말을 떠나 존재할 수가 없다. 포장마차와 기병대가 없는 미국의 서부활극을 상상할 수 없는 것과 마찬가지다.

로망스 문학은 고향을 떠나 낯선 땅에서 벌어지는 무용담武勇談들이다. 그것은 이탈과 모험과 정복의 삼부 합창으로 이루어진다.

서부활극 역시 칼이 총으로 바뀌고, 아름다운 공주가 광맥鑛脈이나 목장의 가축으로 둔갑한 정도의 차이가 있으나 중세의 로망스와 본질적으로 다를 것이 없다.

'행동! 행동!'이라고 그들은 말하고 있으며, 이 행동이란 곧 '말[馬]! 말!'이라고 외치는 것과 같다. 느린 소를 타고 다니던 소박한 농부들의 문화와는 여러 면에서 대조적이다.

심지어 어느 한국의 선비는 '말'은 너무 빨라 아름다운 자연 경치를 감상할 겨를이 없다 하여 일부러 느린 소를 타고 다녔다고 말한 적이 있다.

재너머 성권농成勸農 집의 술 익는단 말 어제 듣고

누운 소 발로 박차 언치 놓아 덥석 타고,

아이야 네 권농 계시냐 정좌수 왔다 사뢰라.

말을 탄 드라마는 칼이나 권총의 소도구를 원한다. 그리고 말을 타고 찾아가는 연장에는 대개의 서부극처럼 사람을 죽이기 위한 싸움이 벌어진다.

그러나 '소'를 타고 가는 사람의 드라마는 정철鄭澈의 경우처럼, 우정의 친선 방문과 소탈한 주연酒宴이 벌어지게 마련이다.

"아이야 네 권농 계시냐 정좌수 왔다고 사뢰라." 이것이 말을 신발처럼 끌고 다니는 서부극이라면 '협박'의 대사로 들릴 것이 뻔하다.

그러나 그 아이는 안심해도 좋다. 그것은 말을 탄 건 맨gun man의 노크가 아니기 때문이다.

대체 소를 타고 와서 멱살을 잡을 사람이 어디 있겠는가. 그렇게 과격하고 흥분할 사람이라면 답답해서라도 그 느린 황소를 타고 오지는 않았을 것이다.

몽골족의 비밀

'무엇을 타고 다녔느냐'의 교통수단은 동과 서의 문화를 그리고 옛날과 현대의 문명에 하나의 팻말을 지른다.

현대를 알기 위해서는 현대인이 만들어낸 신발인 자동차란 것을 먼저 알아야 한다. 그리고 지루하지만 서구의 문화를 알려면 '말'과 그 자동차의 공통점과 차이점을 따지지 않으면 안 될 것이다.

말은 무엇보다도 빠른 신발, 이를테면 날개 돋친 헤르메스의 신발 같은 것이라고 할 수 있다. 빠를 뿐만 아니라 원거리도 갈수가 있다.

'보다 빨리, 보다 빨리!' 말은 인간을 그렇게 바꿔놓는다. 이 '모빌리티mobility'는 그 자체의 의지를 갖고 인간의 역사와 문화를 바꿔가고있다.

어느 역사학자는 미개한 몽골족이 세계를 정복할 수 있었던 것은 오직 말 때문이었다고 말한 적이 있다.

칭기즈칸이나 쿠빌라이는 말안장 위에서만 평생을 지냈기 때문에 다리도 O형으로 굳어져버렸다는 전설도 있다. 말 위에서 태어나 말 위에서 죽은 사람들이다.

금金나라가 영유領有하고 있는 북부 지나支那에서는 거의 말을 생산할 수가 없었다. 만주 지방에서도 일부 지역을 제외하고는 수림 지대樹林地帶라, 그 말을 사육할 적당한 땅이 없었다. 그런데도 남송南宋 국경 지방에는 많은 말을 보급하지 않으면 안 되었다.

그 국경은 습지가 많아 말을 사육할 수도 없었고 또 말의 사망률이 높았다. 그래서 금나라는 말을 몽골에서 수입해 올 수밖에 없었다.

이 때문에 결국 몽골은 말의 수출로 경제력이 생겼고, 이 경제력과 말의 기동력이 합쳐 자체의 통일과 세계 정복의 힘이 생겨나게 되었다는 것이다.

두말할 것 없이 이는 돈과 속도(기동력)가 세계를 지배한다는 예증이다. 그것은 침략의 욕망을 불러일으키는 한 폭의 깃발이기도 하다. 말 위에 올라탄 사람은 다른 사람보다 높고 커 보인다.

그것은 지배의 허영심을 타오르게 하는 한 자루의 부채이다.

몽골족은 무덤이란 것이 없다. 칭기스칸 같은 대왕이 어디에 묻혀 있는지도 모른다. 피라미드와 같은 제왕의 무덤들이 몽골에는 없는 것이다.

따라서 한 장소(고향)에 대한 애착심도 없다. 그래서 하루아침에 생겨났다가는 하루아침에 꺼져버리는 것이 몽골의 도시다. 그들의 고향은 언제나 현재 머물러 있는 곳이다.

멀고 먼 전쟁터에서도 몽골인들은 홈시크homesick에 걸리지 않았기 때문에 그렇게 강하게 싸울 수 있었다.

자유로운 이동 속에서 산다는 것이 '말'의 문화요 그 체질體質이다.

그러므로 말은 무덤(전통)과 고향(지역)을 거부하는 인간들의 집단을 만들어낸다.

모든 사람들이 말을 타고 다닐 수만 있다면 거기에는 몽골족과 같은 사태가 벌어지게 될 것이다.

자동차는 현대인의 말이다

그런데 자동차가 이제 그 말을 대신하는 시대가 왔다. 셰익스피어의 『헨리 5세King Henry』에 나오는 프랑스의 왕세자 도핀은 자신의 말을 이렇게 예찬한다.

"나는 내 말을 다만 네 다리로 걸을 줄밖에 모르는 어떤 말과도 바꾸지 않겠노라…… 내 말을 올라타기만 하면, 나는 하늘을 난다. 나는 한 마리의 매가 된다. 그놈은 바람을 차고 뛴다. 대지는 그것이 달리기만 하면 노래를 부른다."

퍼킨슨은 셰익스피어의 명대사를 현대식으로 번안할 때 그 말[馬]은 그대로 자동차로 옮겨질 수 있다고 말한다.

"나는 내 자동차를 다만 네 바퀴로 굴러다니는 어떤 차와도 바꾸지 않겠노라. 내가 운전대에 오르기만 하면, 나는 하늘을 난다. 나는 한 마리 매이다. 그것은 우주를 난다. 그 밑에서 아스팔트길은 노래를 부른다."

느낌만 그런 것이 아니다. 자동차를 신발처럼 끌고 다니는 미국인들은 여러 모로 말 위에서 생활한 몽골인들과 비슷한 점이 있지 않은가.

고향도 전통도 없는 현대의 그 유목민遊牧民들은 자동차를 타고 아스팔트의 사막 속에서 산다.

자동차는 지역 사회의 의미라는 것을 실질적으로 해체시켜 버렸다고 할 수 있다. 아침에 자동차의 핸들을 잡고 액셀러레이터만 밟고 있으면 저녁에는 수백 마일 떨어진 이역異域의 도시에서 산책을 즐길 수 있는 것이다. 언제나 그럴 가능성이 신발처럼 자기 문 앞에 놓여 있다.

말은 소수자小數者들만이 탔기 때문에 기사라든가, 카우보이라든가 하는 특수한 집단을 만들어냈지만 일인 일차一人一車의 미국에서는 그 사회 전체가 기사요 카우보이와 같은 생활을 한다. 그것도 몇 십 배나 더 기능이 강해진 기사이며, 카우보이인 셈이다.

미국의 서부활극에 등장하는 말을 자동차로 옮겨놓은 것이 갱 영화이다. 은행을 터는 악당들이나 그들을 뒤쫓는 FBI나 그 활극에는 반드시 자동차란 것이 있어야 한다. 말이 없으면 이미 서부활극이 아닌 것처럼 자동차가 없으면 이미 그것은 갱 영화라고 할 수 없다.

옛날의 순례자들이 말을 타고 다녔듯이 현대의 관광객 역시 자동차가 없어서는 안 된다. 말이 있기 때문에 낯선 고장을 편력해 모험을 할 수 있었던 기사들처럼 오늘의 틴 에이저들은 자동차가 있기 때문에 비로소 한곳에 얽매이지 않고 철새들처럼 여기저기를 떠돌아다닐 수가 있다.

잭 케루악Jack Kerouac의『길 위에서On the road』라는 소설을 보면 안락한 가정, 안정된 직장을 거부하고 자동차를 타고 정처 없이 길 위에서 인생을 보내는 비트닉스beatniks의 생활이 펼쳐진다.

이들은 꼭 말을 타고 성배聖盃를 찾아 방랑하는 중세의 원탁기사圓卓騎士와 닮은 데가 있다.

자전거는 안식일을 없앴다

빅토리아조 때의 안식일安息日을 완전히 해체시켜버린 것은 자전거라고 말한 사람이 있다. 자전거가 널리 보급되자 사람들은 쉽게 자기 교구敎區를 떠날 수 있었기 때문이다.

걸어서는 도저히 자기 교구를 떠날 수 없었던 시절에는 안식일에 낚시질을 한다든지, 여자 친구와 피크닉을 하는 일은 상상도 할 수 없었던 일이다. 자신의 얼굴을 아는 이웃 사람들이 지켜보고 있었기 때문이다.

그러나 일요일에 자전거를 타고 페달을 밟으면 불과 몇 시간만 달려도 다른 교구로 탈출할 수가 있다. 거기에서는 누구도 자신의 얼굴을 모를 것이기 때문에 어떤 행동이라도 할 수 있다. 이래서 자전거는 안식일을, 낡은 도덕과 지방의 보수적인 그 울타리를 사멸시키고 말았다.

그러니 자동차는 더 말할 것도 없다. 가면무도회처럼 언제나 자기 정체를 감추고 행동할 수 있는 타향으로 손쉽게 옮겨갈 수 있다.

범죄의 증가 그리고 틴에이저의 프리섹스 증가는 바로 자동차 시대와 함에 묻어 들어온 부산물들이라고 할 수 있다.

소를 타고 다니던 한국의 은자 생활에도 자동차의 홍수가 밀어닥쳤다.

자동차 문명 때문에 우리가 어떻게 변하게 될 것인가, 그것을 알기 위해서도 우리는 자동차 왕국인 미국의 경우를 생각해 봐야 할 것 같다.

현대인의 운명과 자동차

새로운 부족의 탄생

마이카 시대와 함께 자동차는 이제 신발이 아니라 사람 그 자체가 돼가고 있다. 자동차형이 그대로 사람의 개성과 신분 그리고 그 인격을 대신해주는 까닭이다.

자동차가 충돌해서 부서지면 사람도 죽는다. 인간은 자동차와 함께 생사生死를 같이한다.

대개 기계라면 부서진다 하더라도 물질의 파괴감 이상의 것이 생겨나지 않지만 자동차는 그렇지 않다. 충돌 사고로 자동차가 깨어진 것을 보면 마치 인간이 상처를 입은 것 같은 생각이 든다.

부서진 유리창, 쭈그러진 보닛, 빠져나간 바퀴…… 이러한 광경은 꼭 구급실에 누워 있는 사상자를 보는 느낌이다. 그러므로 그것은 기계 이상의 것, 말하자면 인체와 다름없는 존재이다. 사람들은 자동차로 화해가고 있다.

헤드라이트는 그의 눈이며, 엔진은 그 사람의 정력이다. 핸들은 바로 신경이고 자동차의 스타일은 그의 얼굴이며 자기 자신의 몸맵시이다. 피엘 마치노의 말대로 자동차는 '개성과 지위의 움직이는 심벌'이다. 그래서 자동차형에 따라 새로운 부족들이 형성돼가고 있다.

아무리 젊어도 구형차를 타고 다니면 그는 멜라네시아인처럼 도태淘汰되어 가는 인종에 속하게 된다.

단순한 비유가 아니다. 우리나라에서도 자가용 차를 가진 사람을 마이카족이라고 부른다. 그리고 그 종족은 다시 벤츠족, 캐딜락족, 크라운족, 코로나족, 퍼블리카족 등의 부족으로 나뉘어 있다.

자동차는 현대 부족을 지배하는 추장酋長이다. 미국의 어느 학자는 미국인들의 성격을 그들이 타고 다니는 자동차로 분류한 적이 있다.

캐딜락 족은 고소득자, 책임 있는 지위, 호화판으로 사는 부족들이다. 그리고 출세한 하이 소사이어티high society의 구성원으로 짜여 있다. 그러나 포드는 가난하지만 정력적인 부족이다. 젊고 활동성 있고 부지런하며 일을 잘한다. 그런데 디소트는 반대로 보수적인 부족이다. 주부들이 아니면 완고한 사장들이 여기에 속해 있다.

스튜드 메이커는 지적知的이고 깔끔한 부족이나 전문직을 가진 사람이 많으며, 폰티악족은 사뭇 점잖다. 매사에 중도적中道的이며 인습에 젖어 있는 어머니 그러나 바쁜 부족들이다. 여기에 비해 머큐리는 열심히 벌어 먹이는 아버지, 세일즈맨이라는 현대의 유목민들이다.

그래서 사람들은 사람 자신을 보지 않고 그가 타고 온 자동차의 인상을 본다.

그가 어느 부족에 속해 있는가를 알기만 하면 그에게 어떤 말씨를 써야 하며, 악수를 할 때 어느 정도 흔들어야 하는지 그 계산은 금세 풀리게 된다.

자동차는 자기의 신분이며 곧 신체이다. 불편해도 대형차를 타고 다니는 것은 누구나 난쟁이가 되고 싶지 않다는 욕망 때문이다.

크라이슬러 자동차 회사는 운전하기가 불편한 대형차에 도전하여 간편하고 차체가 짧은 차형을 개발하면 많은 고객이 있을 것이라고 생각했다.

그러나 그 결과는 참패를 당하고 만 것이다. 그것은 마치 사람의 신장을 줄이려 한 것이나 다름없는 모험이었기 때문이다. 거추장스러워도 사람들이 대형차를 원하고 있는 것은 자동차를 곧 자기의 몸으로 생각하고 있다는 증거다.

심지어 자동차 문이 닫히는 소리까지 신경을 써야 한다. 그 소리가 묵직할수록 고객들은 좋아한다. 거기에서 자기 인격의 소리를 듣고 있는 까닭이다.

가정과 도시를 바꾸는 자동차

자동차가 인간의 구실을 하고 있다는 것은 미국의 파티 광경을 보아도 알 수 있다.

파티에 손님을 초대하려 할 때 옛날에는 자신과 친분이 있는 사람의 리스트를 뽑아 그 숫자를 결정했다. 그러나 현대는 주차장에 차를 몇 대 세울 수 있느냐 하는 조건에 따라 초대 손님의 수를 결정한다는 이야기다.

주차장이 비좁으면 방이 아무리 넓어도 소용이 없다. 사람이 앉아 있는 의자보다도 밖에 세워두는 자동차의 스페이스가 더욱 문제다.

"그놈의 파티에 갔다가 혼이 났지, 원 들어설 자리가 있어야지."

50명이 왈츠 춤을 추고도 남을 파티 장소에 겨우 20명이 참석하고도 주차장이 좁으면 손님들은 이렇게 불평할 것이다. 마이카 시대에는 모든 생활이 자동차 위주로 바뀌어간다.

미국의 핵가족화는 자동차와 밀접한 관련이 있다. 한 가족은 자동차의 대수에 따라 분화되어가고 있는 탓이다. 한 가정에 차가 한 대밖에 없을 때는 싫어도 온 가족이 뭉쳐 다녀야 한다. 부모와 자녀들이 한솥밥을 먹듯 자동차에 의해 결합된다.

그러나 만약 두 대라면 어떻게 되는가?

우선 아버지파와 어머니파로 나뉜다. 아버지는 낚시질을 가려고 하고 어머니는 자선 바자회에 나가기를 원한다.

옛날 같으면 다수결로 하나를 선택해야겠지만 차가 두 대면 그럴 필요가 없다. 아이들은 각기 취미대로 낚시질이냐, 바자회냐 원하는 곳을 선택하면 된다. 그런데 차가 세 대라면 어떻게 되는가? 아이들은 퍼킨슨의 증언대로 부모와 굳이 행동을 같이할 필요가 없다. 아이들은 아이들끼리 뭉쳐 스키장이나 캠프를 갈 것이다.

이렇게 자동차는 부부를, 부모와 자식들 사이를 갈라놓게 되고 제 각각 자기 생활을 선택하게끔 한다.

도시도 마찬가지다. 도시는 구역에 따라 일정한 성격을 갖고 있다. 어떤 구는 주로 예술가들이 모여 살고, 어떤 구는 은행가와 기업가들이 뭉쳐 있다. 또 어느 곳은 유행과 사치를 만들어내는 소비의 구역이 되기도 한다.

그러나 자동차는 이러한 장소의 개성을 파괴해가고 있다. 식물처럼 한곳에 뿌리를 박고 지내던 옛날과 달리 자동차는 인간을 마음대로 돌아다닐 수 있게 만들어 놓았다.

직장은 도시에 있어도 시골에 주택을 가질 수도 있다. 도로가 좋고 자동차만 있다면 도시에서 100킬로나 떨어져 있는 시골에서 전원생활을 즐길 수도 있다.

대체 이 자동차가 낳은 근교 생활자들은 도시 사람인가, 아니면 시골 사람인가?

한 장소는 그곳이 도시든 숲이든 인간의 생활을 키워주는 요람의 구실을 해왔다. 그것이 이제는 어디에도 소속해 있지 않는 인간형, 우주유영宇宙游泳을 하듯이 허공에 떠 있는 뿌리 없는 인간들로 바뀐 것이다.

그들은 전원田園이란 지역 사회에도 애정이 없으며 도시에도 또한 관심이 없다.

아스팔트 정글

자동차는 녹색을 죽이고 있다. 마치 마라푼다처럼 자동차는 녹지대를 갉아먹고 까만 아스팔트 길을 뱉어놓고 있다. 도시도, 전원도, 늘어가는 자동차의 대수만큼 녹색의 공간은 검은 아스팔트 길로 먹혀 들어간다.

자동차는 인간이 녹색의 수목과 함께 숨 쉬며 살아온 그 숲들을 아스팔트의 사막으로 바꾸어가고 있다. 그리고 쉴 새 없이 내뱉는 배기가스는 푸른 하늘까지도 죽이고 있다.

'자동차인自動車人'은 녹색을 거부하며 신선한 공기를 추방하고 그 대신 스피드란 것을 불러들였다. 녹색과 푸른색은 생명의 빛깔이다. 그것은 대지를 어머니로 삼고 있는 자의 마음인 것이다. 그러나 자동차가 낳은 빛깔은 아스팔트의 흑색과 교통표지의 황색이다. 검은빛은 죽음의 빛이며 황색은 경계의 빛이다.

노란색은 멀리서도 금세 눈에 띈다. 그것은 불안과 긴장감을 불러일으킨다. 그래서 자동차 사고를 막기 위해서는 도로표지는 무엇이든 모두를 황색으로 칠해야 한다.

자동차로부터 어린아이들을 보호하기 위해서 노란 헬멧, 노란 제복까지 생겨나고 있다.

우리나라에서도 황색은 나날이 불어간다. 교통순경의 완장, 거리에서 일하는 시청 소제부의 헬멧, 고속도로 용원들의 제복 그리고 고가도로의 교각……. 어디를 보든지 황색 투성이다. 자동차는 페인트공처럼 녹색의 캔버스를 검은 아스팔트 빛과 뉴로틱한 황색의 페인트로 이겨 바르고 있는 것이다.

스피드란 무엇인가? 그것은 대지에 뿌리를 박고 있는 식물적 세계의 부정否定이다. 한 장소에 멈춰 있기를 거부하는 행위이다. 그러므로 스피드의 빛은 아스팔트의 검은색과 교통 표지의 황색으로 상징된다. 그 빛깔은 식물의 빛인 녹색을 침식하고 있다.

골프는 보행에 대한 향수

골프의 유행은 우리가 자동차 시대에서 무엇을 상실했는가를 말해 주고 있다. 녹색의 힐, 그 초원을 그리워하기에 사람들은 골프장을 동경 한다.

골프는 초원을 갈망하는 녹색 스포츠이다. 아스팔트의 포장도로에 지쳐 있는 현대인들은 잃어버린 푸른 잔디밭에 향수를 느끼고 있다.

그리고 거기에는 감옥의 창살 같은 교통 표지가 아니라 평화로운 깃발이 나부끼고 있다.

골프가 특권층의 스포츠가 된 것은 바로 그 특권층이 마이카족이라는 이유와 깊은 관계가 있다. 그리고 녹색의 향수와 함께 골프는 또한 보행의 그리움 속에서 붐을 일으키게 된 스포츠이다. 골프는 걷는 스포츠인 것이다.

자동차만 타고 다니는 마이카족들은 걸음을 상실했다. 누군가 보행은 사고思考의 차량이라고 말한 적이 있다. 걷는다는 것은 주위의 풍경을 자기 내부로 끌어들이는 행위이다.

걸음걸이에는 시의 운율을 낳게 한 원시의, 그리고 생명의 리듬이 있다. 그러나 자동차는 풍경 속을 스쳐간다. 출발지와 목적지의 그 거리를 생략해 버린다.

보행을 빼앗긴 현대인들은 골프장에서 다시 자신의 두 다리를 확인하고 잠재적으로 보행의 본능을 충족시키고 있다. 골프가 아니라도 서구 각국의 틴에이저들 사이에서는 도보 경주가 유행하고 있다. 스포츠를 통해서 보행의 의미를 찾고 있는 현대인의 모습은 그대로가 하나의 아이러니이다.

골프장에서 돈을 내고 걷는 사장님은, 걷지 않으려고 값비싼 자동차를 굴리고 다니는 바로 그 사장님이기도 할 것이다.

현대인은 걷지 않으려고 돈을 쓰고 또 걸으려고 돈을 쓴다. 그러므로 이래저래 돈은 벌어야 한다.

자동차는 사색인을 치어 죽였다

현대인은 이미 사색인思索人, 내면생활을 글을 통해 키워가는 그런 종류의 인간이 아니라고들 한다. 현대생활은 머리(관념)가 아니라 직접 인간의 오관五官을 통해서, 귀나 눈을 통해서 파악된다고 르네 위그René Huyghe 교수는 지적한다.

관념에서 감각으로, 쉽게 말하면 글자에서 그림(이미지)으로 현대인의 성격이 바뀐 데는 자동차의 영향을 무시할 수 없다.

자동차는 빨리 달린다. 차창으로 스쳐 지나가는 풍경들은 정지되어 있는 사물이라 하더라도 빠른 속도로 움직이게 된다. 그것은 발로 걸어다니며 바라보던 광경과는 다르다. 더구나 안락의자에 앉아 책을 들여다보고 있는 그런 정지된 여유를 발견할 수 없다.

자동차 생활을 하고 있는 현대인들은 모든 사물을 스쳐 지나가며 언뜻 일별一瞥하는 습관이 몸에 배어 있다. 지그시 사물을 깊이 뜯어보고 마음속으로 그것을 새김질하는 사색적 태도는 보료 위에 앉아 천자문을 읽던 시절의 습관에 지나지 않는다.

모든 것을 빨갛고 파란 교통 신호등을 바라보듯이 대한다. 자동차를 타고 가며 바깥 풍경을 내다보면 알 것이다. 벽에 붙어 있는 문자는 거의 눈에 띄지 않는다. 그것을 읽으려고 조심한다 하더라도 금세 또 다른 광경이 눈앞으로 다가온다. 언뜻 지나치면서도 눈에 띌 수 있는 것들이란 하나의 영상(이미지), 한 형태의 패턴들이다.

교통 표지들에, 논리적인 글자가 아니라 감각적으로 금세 한눈에 들어올 수 있는 영상적인 기호를 많이 사용하고 있는 까닭도 그 때문이다.

'돌아가시오'라고 쓰기보다는 화살표 그림이 '서시오', '가시오' 보다는 색채의 신호나 사람이 걸어가거나 멈춰 서 있는 그림으로 보여주고 있는 것이 훨씬 더 효과적이다.

한국에는 그런 것이 별로 눈에 띄지 않지만 유럽의 교통신호는 대개 그림으로 그려져 있는 것이 많다. 신호등의 색채는 색맹자에게 불편을 주므로 그림의 형상으로 나타내는 것이 안전하기 때문이다. 그리고 문맹자를 위해서가 아니라 문자를 읽는 시간보다는 그림이 더 빨리 눈에 띄기 때문이다.

자동차 시대에는 간판의 디자인도, 쇼윈도도, 포스터도, 모두가 읽는 문자를 없애고 한눈에 들어오는 이미지 중심으로 대치된다. 거리에 심는 화초 하나만 봐도 그렇다.

한 송이 한 송이 뜯어보며 완상하는 장미라든가 모란 같은 꽃들은 보행 시대나 어울리는 꽃이다. 자동차가 달리는 길가의 로

터리나 광장에서 피는 꽃은 그런 꽃들보다는 매스게임을 하듯 군집해 있는 꽃들, 제라늄이나 팬지 같은 것이어야 한다.

자동차를 타지 않았을 때도 마찬가지다. 엄격한 의미에서 옛날 사람 같은 보행자의 개념은 존재하지 않는다. 차를 타지 않고 걷는다 하더라도 보행자의 머리는 항상 자동차를 의식하고 있다. 언제, 어느 때 자동차가 나타날지 모른다.

앞에서, 좌우에서, 그 뒤에서, 도시의 거리에서는 항상 자동차에게 쫓겨야 하며 바쁜 걸음으로 걷지 않으면 안 된다. 사람들이 밀려온다.

차도에 먹힌 인도人道는 멸망해 가는 로마 제국처럼 그 판도가 자꾸 좁아져서 어깨 넓이만 한 여유조차 얻기 힘들다.

인파人波라는 문자 그대로다. 자신의 의사대로 걷는 것이 아니라 사람의 물결에 포말처럼 떠서 둥둥 떠다닌다고 하는 편이 정확하다. 길을 건널 때는 말할 것도 없다. 시신경에 계엄령을 내려야 한다. 상하좌우로 급히 눈알을 굴려야 한다.

거기 꽃이 있다 하더라도, 양귀비 같은 미녀가 있다 하더라도 자세히 뜯어볼 시간이 없다. 모든 것이 보행자들에게 있어서는 바람처럼 그저 스쳐 지나갈 뿐이다. 그러므로 자동차 시대는 곰곰이 뜯어봐서 좋은 것보다 첫눈에 언뜻 띄는 것이 좋은 것이다. 그래서 여성의 미는, 얼굴에서 팔등신의 몸 전체의 균형으로 옮겨가고 있다.

스쳐 지나며 본다는 것, 이것이 바로 현대인의 생리이다. 책을 읽듯이 지그시, 사물을 하나하나 따져가며 이해하려고 하지 않는다. 피부에 와 닿는 바람 같은 감각으로, 언뜻 접촉하는 것으로 그 대상을 인식해 갈 뿐이다.

그러고 보면 책보다 TV와 영화를 더 좋아하게 된 이유를 알 만하지 않은가.

자동차의 인간들이 명상에 잠긴다는 것은 곧 교통사고를 의미한다. 한곳에 몰두한다든가, 책을 읽듯 이유를 따져가며 산다는 것은 곧 교통사고를 의미한다. 교통사고, 그것은 죽음을 의미하며, 이 사회에서 추방당하는 자격정지 처분을 의미한다.

자동차의 속도 생활은 역마차만을 없앤 것이 아니다. 르네상스 때부터 근래에 이른 사색인 또한 소멸시킨 것이다.

자동차는 세심하게 공들여서 하나하나의 장미꽃이나 난초를 가꾸는 문화를 죽였다. 그 대신 꽃씨를 한 움큼 쥐어 아무렇게나 뿌려 그것들이 색채나 집단적인 한 패턴을 형성하게 하는 제라늄 같은 매스의 문화를 가져다준 것이다.

결국 깊이 있는 사색의 시대는 자동차에게 역사轢死를 당하고 만 셈이다.

자동차와의 정사

어느 얼빠진 비평가가 "자동차는 인간의 생명을 연장시킨다"라고 말한 적이 있었다.

걸어서 십 리를 가려면 적어도 한 시간을 잡아야 한다. 그러나 자동차를 타면 콧노래를 부르며 가도 10분 이상 걸리지 않는다.

한 시간이면 대개 고속도로에서 250리를 달리니까 이런 계산대로 한다면, 25배나 시간을 더 버는 셈이다. 자동차 시대에서 1년을 살았다는 것은 옛날 사람이 10년을 살았다는 것과 맞먹는다. 순전히 돌아다니는 거리만으로 볼 때 자동차는 인간의 수명을 수십 배로 연장시켜 준 것과 다름없다.

그러나 자동차는 인간의 수명을 연장시켰다기보다 교통사고로 수명을 단축시키고 있다는 편이 더 양식에 맞는 말이다. 두 사람당 한 대의 승용차를 갖고 있다는 자동차 왕국인 미국의 경우, 한 해 동안 자동차 사고로 목숨을 잃는 사람은 5만 명 가량 된다. 이 숫자는 전 인구의 비율로 볼 때 70명 중 한 사람이 자동차 사고로 죽는다는 이야기가 된다. 전 세계를 떠들썩하게 하고 있는 베트남 전선에서 전사한 미군보다 열 배나 더 많은 숫자이다.

자동차는 중세 때의 페스트 병균보다도 더 무섭다. 조금도 과장이 아니다. 페스트 환자를 보면 기겁을 하고 도망쳤지만 현대인들은 자진해서 자동차의 페스트 환자가 되기를 갈망하고 있지 않은가.

미국의 사십 대 이상의 과부는 전쟁미망인이요, 사십 대 이하의 과부는 자동차 미망인(남편이 교통사고로 죽은)이라는 조크가 있듯이 자동차는 현대의 전쟁이요, 전염병이라고 부를 수 있다.

자동차는 인간을 직접 살해할 뿐만 아니라 눈에 띄지 않게 서서히 목을 졸라 죽이기도 한다. 쉴 새 없이 자동차는 그 뒤꽁무니에서 유독한 배기가스를 내뿜고 있다. 네 바퀴를 가진 이 괴물은 도시의 공기를 오염시켜 인간들을 질식 상태로 몰아넣고 있다.

그래서 돈푼이나 있는 사람들은 도시를 버리고 근교의 전원으로 이주하기 시작했다. 거대한 도시가 자동차에게 점령을 당하고 봄베이처럼 폐허로 돌아가고 있는 현상은 미래의 한 장면이 아니라 그것은 바로 현대의 이야기이다. 도시의 공해 문제는 불어가는 자동차의 대수만큼이나 커져가고 있다.

그런데 현대인은 어째서 불가사리 같은 이 괴물의 출현 앞에서 무력한가? 제너럴모터스에 이로운 것은 미국에도 이롭다는 교묘한 논법을 생각해 보라. 세계 10대 기업의 그 보좌를 차지하고 있는 것은 거의 모두 자동차 제작 회사이며 석유 회사이다. 세계의 시장을 지배하는 것은 자동차이며 자동차를 지배하는 것은 세계의 대자본가들이다.

그들이 망하면 나라가 망한다. 누가 이 거인 앞에 감히 다윗처럼 돌을 던질 수 있겠는가? 소비자에게 있어서 자동차는 한낱 승용물에 불과하지만 기업 세계에서 볼 때는, 개개 기업의 양 떼를 이끌어가는 셰퍼드와 같은 존재이다.

모든 기업은 자동차 기업을 본받고 있다. 소위 '어셈브리 라인'이라는 현대의 생산 방식도 포드의 자동차 공장으로부터 탄생한 것이며, 님프를 바꿈으로써 소비를 증대시키는 현대의 상술 역시 자동차 판매 작전에서 비롯된 것이다.

모든 길은 로마로 통한다고 하지만 모든 생산 양식이나 그 판매전술의 길은 자동차로 통한다고 말해야 한다. 포드는 단순한 자동차의 왕이 아니라 현대 기업의 왕이요, 또 시대 기업이 아니라 현대 그 자체를 상징하는 현대의 왕이라고 할 수 있다.

자동차와 정사情死할지언정 자동차와 이별해서는 살 수 없는 것이 현대인의 운명이 돼버렸다.

슈바이처의 자전거

아프리카의 미개척지에서 슈바이처가 자전거를 타고 지나가는 것을 보고 흑인들은,

"저 백인들을 보게. 저들은 뛰어다닐 때도 저렇게 앉아 있는 게 으름뱅이들이란 말야"라고 말했다. 그러나 무지無知한 토인들의 말이 의외로 인간 문명의 정수精髓를 찌르고 있지 않은가.

사실 자전거를 타고 있는 사람을 자세히 관찰해보면 희극적인 요소가 없지 않다. 하반신은 백 미터 경주를 하듯 바쁘게 움직이

고 있는데 상반신은 소파에 앉아서 낮잠이라도 자듯 편안하다. 그 부조화 그리고 그 모순 속에 현대 문명의 희극성이 숨어 있다.

앉아서 뛰는 것, 말하자면 뛸 때도 편안히 앉아 있으려는 그 게으름과 모순적인 꿈을 실현하기 위해서 인간은 마차를, 수레를, 자전거를, 오토바이를, 이윽고 자동차를 만들어냈다. 그리고 편안하게 앉아서 스피드를 누리자는 엉뚱한 의욕이 근대 문명을 이끌어온 원동력이었다.

"남보다 게으르고, 남보다 빨리 뛰자!"

이것이 서구 문명의 이상이었다

우리는 앉아 있을 때는 뛸 생각을 하지 않고 뛸 때는 앉아 있을 생각을 하지 않았다.

뿐만 아니라 처음부터 우리는, "청산리 벽계수야 수이(빨리) 감을 자랑 마라"는 황진이의 노래처럼 스피드를 원치 않았다.

창唱을 들어봐도, 거문고 소리를 들어봐도, 열두 마당 판소리 연극을 봐도 유난히 그 템포가 느린 백성이다. 또 우리는 움직이기를 싫어하는 백성이었다. 식물처럼 한자리에서 조상들의 선산을 지키며 살아왔다.

유목민들은 양 떼를 몰고 돌아다닌다. 움직이지 않으면 양떼가 죽는다. 한 고장에서 풀을 다 뜯어먹으면 다른 장소로 이동하지 않으면 안 되기 때문이다.

그러나 농경민은 떠나서는 안 된다. 논밭의 곡식들이 성장하고 열매를 맺을 때까지 그것을 지켜보아야 한다. 여기에 갑자기 양 떼를 몰다가, 말을 달리다가 자동차를 만들어낸 서구 문명이 밀어닥쳤다. 농촌 문화와 자동차 문화의 그 이질적인 틈바구니에서 우리는 자동차의 핸들을 잡고 있다.

그 스피드는 혼란에 더욱 채찍질을 한다. 스피드는 사회의 기동력이라기보다 우리에겐 어지러운 현기증으로 나타난다.

시대의 풍경을 보행으로 체험하는 것이 아니라 자동차의 윈도로 그냥 스쳐보고 있다.

컴퓨터의 신화神話

사고思考의 올림픽

패스포트를 보지 않고도 그 사람이 어느 나라 사람인지 알아내는 간단한 방법이 있다. 이 세상에서는 결코 볼 수 없는 이상한 물건 하나를 그가 지나가는 길목 위에 떨어뜨려 놓기만 하면 된다.

그가 그것을 줍자마자 귀에다 대고 흔들어본다면 그는 틀림없이 베토벤과 슈베르트를 낳은 음악의 나라 독일 사람일 것이다. 그러나 그것을 들고 샅샅이 눈으로 관찰한다면 그는 아마 화가의 나라 프랑스 사람일 것이다. 즉 독일 사람은 귀로써 인생을 이해하고 프랑스 사람은 그것을 눈으로 확인한다.

그런데 그 물건을 줍자마자 귀도 눈도 아닌 입으로 갖다 대는 사람이 있다. 혓바닥의 미각을 통해서 그 정체를 알아보려는 사람이다. 그는 대식가이며 또한 미식가이기도 한 이탈리아 사람, 자고 깨기만 하면 향연으로 인생을 즐긴 로마인의 후예들이다.

그런데 투우鬪牛의 나라 스페인 사람이라면 그 물건을 줍자마자 성급하게 뜯어볼 것이다. 그것이 무엇인가를 알기 위해서 우선 부수어놓고 본다. 그들은 인생을 행동으로 찾는 사람들이기 때문이다.

그가 만일 영국 사람이라면 정반대이다. 소중하게 그 물건을 가지고 집으로 돌아간다. 참을성 있게 일주일쯤 그 물건과 함께 생활을 해본다. 그 물건의 정체를 알기 위해서 오랜 시간을 두고 그것을 여러 군데 사용해 보는 것이다. 전통과 경험을 존중하는 영국인들은 시간을 통해서 그리고 실제 생활을 통해서 인생의 의미를 밝혀낸다.

중국 사람 같으면 어떻게 할까? 우선 물건을 들고 남이 보지 않을까 하고 주위부터 살펴본다. 그러고는 그 물건을 잘 확인도 해보지 않고 우선 허리춤 속에 감춘다. 비장秘藏 취미가 있는 중국인들은 인생을 남몰래 간직해 두려는 좀 음흉한 버릇이 있다.

그가 일본 사람이라면 무조건 그 물건과 똑같은 것을 하나 만들어본다. 일본인들은 모방을 통해서 인생과 그 사물을 이해하려는 버릇이 있기 때문이다. 그러나 그것을 주워가지고 흔들어보지도 않고 눈으로 살펴보지도 않고 맛보거나 부수거나 그렇다고 괴춤 속에 감추지도 않는 사람들이 있을 것이다.

도대체 그들은 생각하지 않는다. 어떤 반응도 보이지 않는다. 자신이 알아보려는 호기심도 없는 것 같다. 한 사람은 소련(러시아)

사람이요, 또 한 사람은 미국인일 것이다. 그들은 귀찮게 낯선 물건을 알아보려고 직접 애쓸 필요가 없는 까닭이다.

소련(러시아)인은 줍자마자 그것이 무엇인가를 당에 문의할 것이고 미국 사람은 그것을 컴퓨터에 물어 해답을 얻을 것이다.

그런데 이들이야말로 우리가 가장 주목해야 할 사람들이다. 왜냐하면 현대 문명과 역사는 민족성에 관계없이 점차 그들과 같은 방향으로 진행돼가고 있기 때문이다. 개인의 눈이나 귀나 그 경험은 사라지고 당과 컴퓨터가 인간의 사고를 대신해 주는 문화가 낯선 물건(인생과 사회) 알아맞히기 올림픽에서 메달리스트의 위치를 점유한다.

개인의 사고를 당에 의존하는 옛 소련(러시아)의 획일주의 문화에 대해서는 별로 논할 가치가 없다. 궁금한 것은 미국뿐만이 아니라 과학문명에서 살고 있는 현대인에게 메시아처럼 나타난 컴퓨터의 정체이다.

컴퓨터피아

유토피아를 꿈꾸지 않았던 시대는 없었다. 그러나 유토피아의 풍경은 시대에 따라 제각기 달리 나타난다. 현대인이 꿈꾸는 유토피아는 영원히 시들지 않는, 백화가 난무하는 에덴동산이나 무릉도원이 아니다. 현대인은 컴퓨터에서 미래의 유토피아를 그린다. 그래서 그것을 컴퓨터피아라고 부르고 있다.

즉 컴퓨터computer와 유토피아utopia란 말에서 컴퓨터피아compu-terpia라는 새로운 합성어가 만들어진 것이다.

이미 앞에서도 지적한 바 있지만 기껏해야 벼 한 섬의 무게만도 못한 작은 인간이 코끼리나 사자 같은 동물을 장난감처럼 지배하며 살 수 있는 힘을 얻게 된 것은 인간의 몸을 연장하고 확대시킨 도구, 즉 기계를 사용할 수 있었기 때문이다.

인간의 이빨은 결코 사자를 따를 수 없지만 그 이빨을 연장시킨 펜치나 망치를 사용하면 사자를 묶어놓은 쇠사슬이라도 끊을 수 있다. 원시 때부터 지금에 이르기까지의 문명은 인간의 제2의 신체인 도구와 기계를 만들어내는 작업이었다.

그러나 지금까지 인간이 만들어온 기계는 인간의 손과 발을 대신하거나 또한 통신술처럼 눈이나 귀와 같은 신경을 대신해 주는 역할을 해온 것들이다. 따라서 그 수족과 신경을 움직이는 두뇌만은 인간 본래의 것이다.

기계를 만들고 그것에 명령하며 또 그것을 제어하는 것은 어디까지나 45~50온스 남짓한 인간의 뇌였다. 그렇기 때문에 인간은 거인이라기보다도 균형이 잘 잡혀 있지 않은, 손발만 큰 불구자와도 같았다. 그러던 것이 드디어 컴퓨터의 출현으로 인간의 두뇌마저 기계에 의해 확대되게 되었다.

이런 점에서 컴퓨터는 인간의 날개 구실을 한 비행기나 인간의

목소리를 무한대로 확대시킨 전파의 발견 같은 것과는 결코 같을
수가 없다.

컴퓨터는 다른 기계와 어떻게 다른가

인간의 문명은 기계를 낳았다. 그러나 기계의 성질을 크게 나
누어보면 그것을 낳은 문명의 성질 또한 다르다는 것을 쉽게 알
수가 있다. 인간이 처음 만든 기계들은 대개 다 인간의 근육을 대
신하는 것들이었다. 그저 인간의 노동력을 기계로 바꾼 것들이
19세기의 산업주의 문명이다.

그 다음에 나타난 기계들은 근육이 아니라 신경을 대신해주는
기계들이었다. 시신경과 청신경을 대신해 주는 소위 매스미디어
라는 전화, 텔레비전, 텔레타이프 같은 기계들이다. 이것이 20세
기 문명이다.

그런데 근육의 힘에서 신경으로, 즉 노동력에서 통신의 힘으로
발전해 간 그 기계는 이제는 한층 더 차원 높은 기억과 지식과 모
든 정보처리를 맡은 정신 분야의 기계, 즉 컴퓨터라는 인공 두뇌
의 기계를 출현시켰다. 이것이 지금까지 인간이 볼 수 없었던 새
로운 사회의 혁명을 낳고 있다. 손오공의 여의봉 같은 힘을 인간
에게 부여한 셈이다.

그러므로 컴퓨터는 근본적으로 지금까지 인간이 만든 다른 기

계와는 판이한 성격을 지니고 있다.

기계는 이미 만들어질 때 뚜렷하고 특수한 목적이 부여된다. 옷감을 짜는 면적기나 인간을 운반하기 위해 만들어진 비행기와 자동차는 분명히 그 용도가 처음부터 제한돼 있으며 그러기에 사람들은 기계를 대할 때 그것이 무슨 일을 하기 위해 있는가를 뚜렷이 알고 있다. 그런데 컴퓨터는 특정한 용도가 없는 것이다. 인간의 뇌, 그것처럼 기계이면서도 사람이 부리기에 따라 어느 분야에든 적용되지 않는 곳이 없다. 이를테면 백지와 같은 기계이다.

마치 분만대의 갓난아이와도 같다. 그놈은 커서 정치를 할 수도 있고, 상업을 할 수도 있고, 운동선수가 될 수도 있다. 그놈은 길들이고 교육시키기에 따라 무한정한 미래의 가능성을 잉태하고 있는 하나의 존재자이다.

컴퓨터는 이런 신생아처럼 태어난다. 어떻게 쓰느냐에 따라 컴퓨터는 유능한 기업인이 될 수도 있고, 환자를 진찰하는 의사가 될 수도 있으며, 교육자나 심지어 그림을 그리고 작곡을 하는 컴퓨터 아티스트가 되기도 한다.

대개 기계는 처음 공장에서 빠져 나올 때 그 기능이 완비되어 있다. 자동차 같으면 뛰는 마력수나 그 속도가 이미 결정되어 있어서 그것을 사용함에 따라 그 능력이 감퇴할지언정 결코 늘어나지는 않는다. 기계는 어른이 되어 태어나 그 순간부터 늙는다.

하지만 컴퓨터는 젖먹이 아이처럼 자질만 가지고 이 세상에 출현한다. 그때부터 컴퓨터의 일생이 시작된다. 지식을 하나하나 외워가고 각각을 익혀간다. 즉 컴퓨터는 교육을 받으며 성장하는 기계이다. 묵을수록 똑똑해져간다.

구체적으로 말하면 처음 공장에서 나온 컴퓨터는 실제로 사용될 수 있는 능력을 가지고 있지 않다. 그 기억 장치에 여러 가지 인식과 자료의 데이터를 집어넣어주어야 한다. 그것들은 인간처럼 기계 언어를 습득해 후각과 미각을 제외하고서 시각·청각·촉각과 같은 인간의 감각까지를 배워간다.

컴퓨터를 사용하려면 입력을 해야 한다. 그것을 다루는 프로그램 시스템 여하에 따라 컴퓨터의 능력이 판가름된다.

인간처럼 교육을 잘 받으면 컴퓨터는 유능한 실력을 발휘할 수 있고 그렇지 않으면 융통성 없는 바보나 문제아 구실을 한다. 그렇기에 기계와 달리 컴퓨터에게는 인간처럼 세대라는 것이 있다. 즉 진공관이 컴퓨터의 주요 부분에 사용된 시대는 제1세대, 트랜지스터가 사용되고부터는 제2세대, RL이 사용되고부터는 제3세대가 되었다.

기억력과 계산 능력과 자료 분류에 있어서 컴퓨터도 세대 차이라는 것을 갖게 된다. 앞으로는 RSL이 사용되는 세대가 오리라는 것이다.

한마디로 말해서 인간은 지금까지 기계를 인간의 의사에 따라 사용해왔지만 컴퓨터의 발명으로 이제는 인간과 기계가 대화를 하는 시대에 들어섰다. 컴퓨터가 가지고 있는 기계 언어와 인간이 가지고 있는 인간의 언어 사이에 대화가 오고 간다. 컴퓨터에 종사하는 기술자들은 일종의 통역관이다.

이렇게 해서 인간은 마치 오랑캐로써 오랑캐를 치듯이 기계로써 기계를 부리는 시대로 접어든 것이다.

컴퓨터는 원시인이며 여자다

가장 현대적인 것이 가장 원시적이라는 아이러니를 지금까지 많은 역사를 통해서 발견해 왔다. 문명의 극치인 현대가 야만적인 원시 상태를 모방해 가고 있다는 역설을 우리는 도처에서 찾아볼 수가 있다.

라디오와 텔레비전이 문자 이전의 보다 원시적인 말의 커뮤니케이션으로 돌아가게 한다든지, 히피들의 헤어스타일이 동굴에 살며 멧돼지를 잡던 원시인의 더벅머리를 모방한 것이라든지, 현대인들이 부르는 재즈가 토인들이 부르는 노래를 흉내 낸 것에 불과하다든지……

현대의 원시 모방은 컴퓨터에서도 발견할 수 있다. 원시인들의 수는 이진법二進法이었다. 말하자면 하나와 둘밖에 세지 못했다.

1을 의미하는 영어의 one은 어원으로 볼 때 '거기에 무엇이 있다'는 의미이고, 2의 two는 한 '짝'을 표현한, 어떤 것과 대립되어 있는 것을 의미하는 것이라고 한다. 그런데 3의 three는 이미 셀 수 없는 것, 그저 많다는 것을 의미하는 말이다. 원시인들은 둘만 넘으면 셋이든 넷이든 많다는 것으로 얼버무려 놓았다.

프랑스 역시 셋을 trois라고 하는데 지금도 프랑스인들이 기분 좋을 때 흔히 쓰는 trés bien(아주 좋다)의 trés와 그 족보가 같은 말이다. 트루아는 트레로서 아주 많다는 뜻이다.

지금도 오스트레일리아 북부, 뉴기니아 섬 남부의 트래서 해역 부근에서는 1과 2만을 가지고 모든 수를 계산하는 종족들이 있다고 한다. 1을 우라밤, 2를 오코사 그래서 가령 7이라는 숫자를 나타낼 때는 '오코사, 오코사, 오코사, 우라밤'이라고 한다.

이런 원시적인 진법을 토대로 해서 만들어놓은 것이 컴퓨터이다. 이 단순성이야말로 복잡한 현대 문명을 제어할 수 있는 컴퓨터의 사상을 출현시켰다는 것을 상징하는 것이 아니겠는가. 그리고 그 기계 언어의 기초를 봐도 yes, no, or를 기본으로 하고 있다. yes, no, or의 결합으로 사고해가는 것이 컴퓨터의 논리이다.

그리고 또 그 기계 자체의 성질을 보자. 맥루한은 컴퓨터를 여성이라고 부른다. 감기에 잘 걸리는 소녀처럼 습기와 온도에 아주 민감한 기계일 뿐만 아니라 매우 섬세한 기계이다. 럭비 볼을 다루듯이 컴퓨터를 다루다 간 말을 듣지 않는다. 여성을 대하듯이 정중하게 다루어야만 한다.

토스터에 비해 컴퓨터는 백조百兆 분의 1의 전력으로 움직이고 있다. 이 사실 하나만 보더라도 그것을 섬세한 여성에 비하는 것도 무리가 아니다.

컴퓨터는 무슨 일을 하는가

"컴퓨터는 무슨 일을 하는가?"라고 묻는 것은 꼭 인간은 무슨 일을 하느냐고 묻는 것처럼 어리석은 질문이다. 컴퓨터가 앞으로 어떻게 무슨 일을 하게 될지는 인간이 앞으로 어떤 일을 하게 될지를 의논하는 것과 마찬가지다.

인생 그것처럼 컴퓨터도 미래지향적인 존재이다. 우리는 그 물음을 이렇게 바꾸는 것이 현명할 것이다.

"컴퓨터가 등장함으로써 인간들은 무슨 일을 안 하게 되는가? 그리고 또 자동차가 나옴으로써 달구지가 사라져가듯이 컴퓨터가 나옴으로써 인간 사회에서 무엇이 사라져갈 것인지……."

그것이 아마 컴퓨터가 어떤 역할을 하는지를 가장 손쉽게 이해할 수 있는 물음이 될 것 같다.

서류와 돈을 없애는 사회

컴퓨터는 서류를 없앤다. 인간 사회를 지배해 온 것은 서류라는 하나의 종이쪽이었다. 종이(서류)는 인간의 문화를 키워준 유모의 구실을 했지만 앙드레 지드의 말대로, 현대는 인간이 종이의 노예로 전락하게 된 데 그 비극이 있다.

나면서부터 호적에 등록되어야 한다. 엄연히 숨을 쉬고 멀쩡하게 살아 꿈틀대는 인간이라 할지라도 호적이 없으면 죽은 사람과 다름없다.

신분증이 그렇고, 관청 일이 그렇고, 회사를 움직이는 장부, 법원의 재판 기록과 높으신 중역들의 회의록들…… 종이에 담는 이런 기록들이 인간보다도 더 높은 구름 위에 올라앉아 역사를, 사회를, 생활을 굽어보고 있다.

그런데 컴퓨터 시대의 사람들은 이 서류를 향해 굿바이라고 손을 흔들게 될 것이다. 먼 훗날도 아니다. 미래학 교수님들 가운데는 서류 없는 세계의 출현을 20년 뒤의 일로 예측하고 있다.

인간이 기억할 수 있는 모든 자료는 컴퓨터의 자석 테이프 속에 보관된다. 디스플레이 시스템이라고 불리는 표시 방법으로 종이 없이도 그것을 언제나 꺼내 비춰볼 수 있는 컴퓨터피아가 이루어지게 되는 까닭이다

지금까지 인간의 기억을 대신해 준 것은 서류라는 종이쪽이었다. 한국의 경우를 생각해 보라. 달팽이처럼 서류라는 껍질을 등에 지고 돌아다녀야 하지 않는가. 해외여행의 즐거운 맛은 패스포트를 낼 때 그 까다로운 서류 심사로 다 무너져버리고 만다.

그러나 컴퓨터가 생활화되고 있는 나라에서는 그의 모든 경력과 이력들이 컴퓨터의 버튼을 누르기만 하면 그대로 나타난다. 그리고는 패스포트를 내주어야 할 사람인지 아닌지를 판단해서 해답과 함께 즉석에서 여권이 찍혀나온다.

재판을 받을 때도 변호사들은 일일이 판례를 뒤지거나 복잡한 법전을 들춰볼 필요가 없다. 컴퓨터가 그 모든 서류를 대신해 그 자료를 관리한다. 앞으로는 도서관에서도 책들이 사라질 것이다.

컴퓨터는 돈이라는 것을 없앤다. 소위 캐시리스 소사이어티 Cashless Society(현찰 불필요 사회)도 컴퓨터로 가능해진다. 플라스틱으로 만든 크레디트 카드만 가지고 다니면 식사를 하고, 이발을 하고, 물건을 살 때도 그것을 레지스터에 꽂는 것만으로 서로간의 모든 계산이 끝난다.

은행에 잔고가 얼마이며, 앞으로 지출될 금액과 수입금의 밸런스가 어떤지 등등의 금전에 대한 세세한 정보가 컴퓨터에 의해서 알려진다.

여행가가 갑자기 병이 났는데 현금이 없어 병원 응급실에서 방치되는 일이 생긴다든가 갑작스레 소매치기와 맞닥뜨려서 신사가 거지와 다름없이 곤욕을 겪는 일들이 컴퓨터피아에서는 과거의 우스갯소리로나 남게 될 일이다.

뿐만 아니라 금융기관이 컴퓨터화하게 되면 위조지폐, 가짜 보수, 사기 협잡 들이 사라져버린다. 지금 당장 미국에서는 100억

장이 넘는 수표의 남발을 컴퓨터가 깨끗이 처리해주고 있다. 그나마 앞으로는 수표마저 사라져 카드 번호 하나로 물건 값을 자동으로 계산, 전화계로 연락하고, 전화계에서 센터로, 센터에서 은행의 계좌로 숫자만 오고 가는 컴퓨터 시스템으로 바뀐다.

그래서 안전한 캐시리스 소사이어티가 도래하게 된다. 뿐만 아니라 모든 공공요금은 컴퓨터가 책정하게 되고 또 청구를 해 그것을 자동적으로 받아들이는 수금원 불필요 시대가 된다. 수도, 전력 검침원들이 이 땅에서 사라지게 되는 것이다.

지역차와 획일성을 없애는 사회

컴퓨터는 지역 차이라는 것을 없애준다. 사람들이 도시로 모여드는 까닭은 도시에 문화 시설이 집중돼 있기 때문이다. 병을 고치는 데도 도시에 살아야 의사의 믿을 수 있는 진단을 받게 된다. 그러나 컴퓨터에게 모든 질환의 자료를 주입시켜두면, 아무리 변두리에 살아도 환자의 증상만 보내주면 정확한 진단과 처방까지 받을 수 있게 된다.

말하자면 컴퓨터 시대가 오면 오진을 한다거나 무의촌의 환자가 무당굿에만 의존하는 불합리한 일은 없어지게 될 것이다. 모든 생활 정도가, 문화 시설들이 컴퓨터의 조정으로 균등하게 된다. 대개 시골에 가면 점포에 물건이 품절돼 고객들이 며칠씩 기다리는 불편을 느낀다.

그러나 모든 상점이 컴퓨터 시스템으로 물건을 팔게 되면 안 팔려서 쌓아두거나 품절이 되어 못 사는 불편은 깨끗이 사라지게 된다. 상품의 수요 공급이 합리적으로 이루어진다.

주먹구구로 상품의 수급을 계산하던 시대는 사라질 것이다. 컴퓨터의 계산에 의해서 물품의 주문이나 탁송이 자동적으로 이루어진다. 이것은 이미 컴퓨터가 발명된 초기 때부터 실현된 일이다.

컴퓨터는 흑판을 없애고 시험 제도를 없앤다. 컴퓨터를 교육에 이용하면 선생 혼자서 40~50명의 학생을 개인 교사를 하듯 맨투맨으로 가르칠 수 있다. 선생이 학과를 설명하고 있을 때 학생 하나하나가 그것을 어느 정도 이해하고 있는지 그때그때의 학생들의 반응도가 컴퓨터에 의해 측정된다. 시험을 따로 칠 것도 없이 시간마다 학생들의 학습 능력이 컴퓨터로 옮겨지게 된다.

평가만이 아니라 학생 하나하나를 대상으로 한 학습지침서까지 컴퓨터에 의해 알려진다. 지금까지 인간이 만든 기계는 융통성 없게 모든 것을 획일화하고 집중하는 폐단을 낳았다.

인간의 손으로 만든 물건은 비록 그것이 상품이라 하더라도 다양한 개성을 지닌다. 그러나 기계에서 찍혀나오는 물품은 규격이나 모양이 획일적이다. 그런데 컴퓨터는 반대로 인간을 다양하고 개성적인 활동을 할 수 있도록 만들어주는 역할을 한다. 학급 전원을 같은 수준과 진도로 가르치던 종래의 교육이 컴퓨터 시대에 들어서면 개인 본위로 얼마든지 그 학습 내용을 다양하게 가르칠 수 있다.

비단 교육만이 아니다. 존 메카시 교수의 말대로 컴퓨터는 획일화된 사회에서 다양화 시대로 옮겨가게 하는 데 그 의의가 있다. 지금까지 사회는 한 사람 한 사람에 신경을 쓰고 그 적성을 살려주고 취미를 존중해줄 수가 없었다.

집단 사회는 언제나 개인을 무시하고 일정한 틀 속에 그들을 몰아넣는다. 그러나 컴퓨터를 이용하게 되면 개개인을, 개개인의 정보를 토대로 얼마든지 집단 사회를 움직여나갈 수 있는 사무 처리 능력을 갖게 된다.

상품도 지금까지는 매스 프로덕션(대량 생산)으로 획일화돼 있지만 컴퓨터 시스템으로 그 공정 계획이 바뀌면 개별 주문을 받아 백만 인이 각각 다른 디자인을 제공받을 수가 있다.

기다림과 정실이 없는 사회

컴퓨터는 또한 인간에게 기다리는 괴로움을 없애준다. 차표를 사고 호텔을 예약하고 극장표를 사는 데 컴퓨터는 그 정보를 일일이 알려주며 한 개인의 스케줄까지도 일러준다. 모처럼 애인끼리 만나 주말을 즐기려고 했는데 그 극장이 만원이라서 표를 못

샀다든지 교외선이 붐벼 데이트 시간을 맞추지 못했다든지 하여 모든 계획이 수포가 되거나 쓸데없이 시간을 낭비하는 그런 불합리는 사라지게 된다.

컴퓨터는 사랑의 신 에로스보다도 더 친절한 것이다. 두 남녀의 데이트 시간, 장소 그리고 그 비용, 그들이 사랑의 밀어를 나누며 냉면을 먹는 것이 좋은가 비프스테이크를 먹는 것이 더 나은가 하는 식당 메뉴까지도 짜줄 수 있다. 뜻밖의 사고로 데이트가 어긋나고 그 오해로 인해서 로미오와 줄리엣 같은 비극이 생겨나는 일은 없을 것이다.

무엇보다도 컴퓨터는 인간의 불합리성이나 우연성을 없애줄 것이다. 컴퓨터로 관리를 하게 되면 아첨을 잘한다 해서 진급이 빠르거나, 상사의 편견 때문에 개인의 능력이 발탁되지 않은 채 그늘 속에서 훌쩍거리게 되는 그런 모순이 없어지게 된다. 정실이나 부정부패가 개입될 여지가 없다. 모든 계획과 관리를 눈대중으로 하는 데서 정실이 생기고 부정이 생긴다.

컴퓨터가 예산 편성을 하게 되면 그 직장에서 1년 동안 소비하는 볼펜과 잉크 값까지도 정확하게 계산해낼 수 있다. 비품대로 막연히 10만 원을 청구해놓고 그중 2만 원이 계장의 생일 파티 비용으로 유출되는 유치한 부정들은 컴퓨터 이전의 희극이다.

3C 혁명과 탈공업화 사회

결국 컴퓨터는 우리의 문명을 어떻게 바꿀 것인가. 한마디로 말해서 컴퓨터의 발명은 3C 혁명을 이룬다. 즉 계산Computation, 통신Communication, 제어Control의 비약적인 기술 진보는 지금까지의 공업화 시대를 드러커Peter Drucker가 말하는 지식 사회로 바꿔 나간다. 컴퓨터 시대는 모든 산업이나 기업 관리가 컴퓨터에 의해 처리되므로 창의적인 인간이 아니고서는 행세를 못 하게 된다.

기억력이 비상하다든지 사무 처리를 잘 한다든지 사교술이 능란하다든지, 이러한 인간들은 컴퓨터의 출현으로 빛을 잃게 된다. 이젠 컴퓨터가 하지 못하는 것, 예술과 같은 정신문화나 지식 욕망의 추구를 최우선으로 하는 창의적 인간만이 존경을 받게 된다.

물자 중심의 사회는 지식정보 사회로 바뀌어가서 인간 자체가 무엇보다도 소중하게 되는 인간 본위의 사회가 되고 그리고 그런 지식인들이 지금까지 이 사회를 지배해온 물자 생산업자보다도 우세한 지위를 차지하게 된다.

컴퓨터피아에서는 이렇게 인간이 인간다운 일을 하면서 살 수 있다. 장부를 정리하거나 숫자를 암기하거나 계산하는 판에 박힌 사무 행위는 컴퓨터에 맡기기만 하면 된다.

마치 옛날 희랍 문화가, 물질생활에 관계된 것은 노예에게 맡기고 귀족들은 철학이나 예술과 같은 정신문화에만 온 정력을 기울였던 것처럼, 컴퓨터피아의 인간들은 모든 생활의 관리를 컴퓨터와 기계에게 맡기고 시를 쓰는 일, 음악을 감상하는 일 그리고 사랑하고 종교적인 열반涅槃을 구하는 새로운 인간주의 문명으로 들어서게 된다.

그러나…… 그러나…… 그러나……

그러나 과연 우리는 컴퓨터피아의 환상 앞에서 할렐루야만을 외치고 있을 것인가?

사태는 정반대일 수도 있다. 인간은 컴퓨터의 자기滋氣 테이프 속에서 태어나 컴퓨터가 지시하는 지식을 습득하고 컴퓨터가 책정해 주는 일터에서 그 봉급과 발령장과 인사장의 지시를 받으며 생활하게 된다. 그러다가 컴퓨터가 정해준 여자와 결혼해서 컴퓨터가 계산해준 날에 부부 관계를 하고 그 숫자대로 자식을 낳는다.

컴퓨터는 어느 날 그의 퇴직을 명령할 것이고, 그러다가 이윽고 컴퓨터가 지시해주는 무덤 속에서 잠들게 된다. 벌써부터 인간들은 태어나면서 컴퓨터의 한 자료로 등록되고 있지 않은가.

스웨덴과 프랑스 같은 곳에는 마치 군번처럼 낳자마자 하나의 번호를 배정받는다. 이 번호는 컴퓨터에 등록되며 그가 죽을 때까지 쫓아다닌다. 인간 생의 의미는 자기 테이프 속에 수록된다.

마치 중세 시대처럼 컴퓨터피아의 인간들은 이렇게 말하는 것이다.

"하나님(컴퓨터), 하나님의 의사인 것을 제가 어찌하겠나이까."

옛날 우리나라의 부부들은 서로 상대를 하늘에서 맺어준 천생배필이라 여겼다. 싫어도 좋아도 할 수 없는 숙명으로 돌렸다.

컴퓨터 부부도 그럴 것이다. 몇억의 인간 가운데 컴퓨터가 알아서 짝을 지어준 연분인데 별수 없는 일이 아닌가.

이러한 새로운 숙명론이 인간을 지배하게 될는지도 모른다.

무슨 일만 있으면 사원寺院을 찾아가 무릎을 꿇던 저 중세의 어둠 같은 것이 이제는 컴퓨터라는 기계 앞에서 되풀이될지 누가 아는가.

그러나 같은 말이라도 그것을 타는 기수騎手 여하로 승부의 차이가 생겨나는 것이 경마이다. 같은 자동차라 하더라도 그것을 모는 운전사 능력의 차이로 오토레이스는 가능해진다. 맨발로 뛰는 육상만이 인간의 시합은 아니다.

컴퓨터와 인간이 체스를 둘 때 컴퓨터가 이겼다 하여 인간이 기계에게 패했다는 것을 의미하지는 않는다. 왜냐하면 컴퓨터와 컴퓨터가 장기판을 놓고 대결할 수도 있기 때문이다. 어느 컴퓨터가 이기느냐 하는 것은 곧 그 컴퓨터를 다루는 인간에 따라 결정된다.

컴퓨터 만능 시대에도 인간들의 여지는 이렇게 열려 있다. 컴퓨터를 일개 악기로 생각한다면 앞으로 인간들은 이 악기를 연주하는 하나의 예술가여야 한다. 그럴 때만이 컴퓨터피아는 인간의 진정한 유토피아가 될 것이다.

후기

친구여! 잃어버린 것을 이야기하자

여름 밤의 반딧불과 겨울의 그 화롯불이 지금 어디에 있는가
하고 친구여, 당신은 물어보지 않았는가? 등잔불 밑에서 긴 편지
를 쓰던 그 많은 밤들이 어디로 갔는가 하고 친구여, 당신은 물어
보지 않았는가?

친구여! 잃어버린 것을 이야기하자.

돌담을 돌아 막 사라진 시집간 누이의 그 가마 꼭지 같은 혹은
수풀 너머 사라진 연과도 같은 혹은 빈방에서 울려오던 할아버지
의 기침 소리나 담뱃재를 터는 장죽長竹 소리와 같은 그리고 친구
여! 이제는 가사도 곡조도 희미해져버린 옛날의 그 노랫가락과도
같은 사라진 우리들의 그 생활을 기억하지 않는가?

흙은 콘크리트로 변했다. 호롱불은 형광등으로 바뀌고, 숲의
나무들은 고압선 전주의 철골을 닮아가고 있다. 이제는 귀를 기
울여도 다듬이질 소리가 들려오지 않는 이 도시에 갑작스레 울려
오는 저 생소한 소음의 의미는 무엇인가?

친구여! 잃어버린 것을 이야기하자.

어느 제과 회사의 공장에서 일제히 파하고 돌아오는 우리 소녀들의 그 말씨와, 낡은 종이봉투를 끼고 엘리베이터 입구에서 머뭇거리는 우리 아버지들의 굽은 어깨를 이야기하자. 문명의 계절에서 무슨 꽃이 피던가를 이야기하자. 잃어버리고 나서야 가졌던 것을 알고, 가졌던 것을 알아야 무엇인가를 찾을 수가 있다. 이 문명의 밤에 당신은 한 마리 곤충처럼 의식의 촉각을 세우고 더듬거려봐야 할 것이다.

친구여! 잃어버린 것을 이야기하자.

도시의 어느 골목에 놓고 온 것을, 타이프라이터 소리에 짓눌려버린 그 목소리들을 그리고 오전 9시의 출근 시간과 오후 6시의 그 퇴근 시간에 미처 챙기지 못한 우리들의 꿈을 이야기하자. 동혈洞穴 속에서 짐승과 비를 피하던 그 옛사람들처럼, 어두운 의식의 동굴 속에서 잠시 눈을 감고 있으면 상실한 것들의 말소리가 들려올 것이다.

새로움을 찾기 위해서 친구여, 우리가 잃어버린 것을 이야기하자.

작품 해설

뒤집고 파헤치기, 새롭게 보기

김용직 | 국문학자, 전 서울대학교 명예교수

1. 디오니소스적 세계

비평가 이어령은 남다른 분석력과 논리적인 머리를 가지고 있다. 그는 대상을 포착하면 잽싸게 그것을 토막 내고 예리한 눈길로 검토한 다음 재조직, 편성한다. 또한 매우 명석한 문장으로 대상을 해석, 제시한다. 아울러 그는 조리정연한 담론의 방법을 터득해 낸 비평가다.

그러나 그 의식의 계보로 본다면 비평가 이어령은 아폴론적이라기보다 디오니소스적에 가깝다. 우선 그의 많은 비평들은 발상의 초동단계가 서사 또는 담론 쪽이라기보다 서정적인 목가의 편이다. 그는 화강석 구조물의 틈새를 보고 그 건물의 안전을 걱정하는 사람이 아니다. 그 이전에 돌이 갈라진 틈새로 고개를 내민 민들레에 주목한다. 그를 통해 민들레의 숨결을 느끼며 하늘과 땅의 섭리를 가늠하는 것이다. 이런 점에서 이어령은 머리와 함께 가슴의 사람이며 서술 체계를 세우는 일과 병행해서 대상을 아끼고 사랑할 줄 아는 비평가다.

당연한 논리로 비평가 이어령은 주정적 차원에 시종하지는 않는다. 그는 발상의 다음 단계에서 반드시 그의 언어와 의식을 새 세기의 첨단 문화가 있는 차원으로 탈바꿈시킨다. 여기서 새 세기의 첨단 문화란 어느 비평가의 시각을 빌리면 현대 도시의 그것이다.

그에 따르면 목가조의 주정적인 세계는 이성이 뒷전으로 돌려진 점에서 디오니소스적인 것이다. 그러나 디오니소스적인 것의 독주는 감상주의의 홍수를 빚어내면서 세계를 온화 식물의 계역界域으로 만든다. 이어령은 그 이전에 감성과 이성의 문맥화를 시도한다. 그는 대상을 향한 사랑의 눈길과 함께 파헤치고 뒤집어 보기를 꾀한다. 그 다음에 그는 그들을 재조직, 편성해서 제3의 차원을 뜻하는 예술적 구조물로 만들어낸다. 이것으로 이어령의 비평은 비평이면서 한 편의 노래를 이루고 생명력이 된다.

2. 문제의식, 발견의 미학

이어령 비평에서 두드러진 특징으로 지적되어야 할 것이 그 날카로운 문제의식이다. 그 이전에 한국 비평은 대체로 두 가지 형상을 지니고 있었다. 그 하나가 중간 여과 과정을 거치지 않고 해외 비평의 이론을 수용한 경우였다. 우리 문단과 시인, 작가들이 많은 경우 그런 기준에 따라 해석, 평가되었다. 또 다른 유형의 비평은 논전 형태의 것이었다. 특히 1920년대 후반기에 성행한 카프 대 국민문학파의 논쟁과 8·15 직후에 빚어진 문학가동맹 대 청년문학가협회의 격돌이 그 좋은 보기였다. 새삼스레 밝힐 것도 없이 이때 카프나 문학가동맹이 비평의 논거로 삼은 것은 이데올로기였다. 그에 맞선 국민문학파나 청년문학가협회 역시 이데올로기를 비평의 좌표로 삼을 수밖에 없었다.

그런데 이때 문제되는 것이 외재적 진실과 문학성의 문제다. 시와 소설에는 그 자체의 진실이 있고 그 해석은 그런 각도에서 작성되어야 한다. 그런데 이데올로기나 그 밖의 사실이 표준으로 사용되는 경우 그것이 불가능해진다. 한국 비평은 오랫동안 이런 사실에 맹목이었다.

등장 초기부터 이어령의 비평은 해외 문학 추구파의 그것이 아니었고 이념 독주, 문학 부차화의 것과 근본적으로 달랐다. 그는 우리 평단에 등장하자마자 곧 우상의 파괴를 선언했다. 그가 파괴를 시도한 우상에는 이데올로기와 외국 문학 이론이 포함되어 있었다. 특히 그에 선행한 한국 비평의 현상 해석에 대해서 그는 예리 그 자체라고 할 수밖에 없는 칼날을 들이댔다. 이런 경우의 좋은 보기가 되는 것이 『사상계』 임시 중간호에 발표한 「한국소설의 맹점」이다.

이 글에서 이어령은 「표본실의 청개구리」와 「메밀꽃 필 무렵」

등의 재래형 읽기에 폐기 선고를 내렸다. 그에 따르면 「표본실의 청개구리」는 과학실험식 논리로 이야기될 수 있는 자연주의 소설이 아니다. 또한 「메밀꽃 필 무렵」의 해석에도 이의를 제기했다. 이 작품에는 부자간의 혈맥 확인을 위해서 왼손잡이라는 매개항이 이용되었다.

그런데 이어령은 이런 통념이 터무니없는 발상이라고 지적했다. 그에 따르면 「표본실의 청개구리」가 곧 자연주의 소설이라는 논거는 개구리를 실험관 속에서 꺼낸 장면에서 김이 모락모락 난다는 묘사가 있기에 그렇다고 돼 있다. 그러나 실제 실험에서 개구리 같은 피실험물을 실험관에 담갔다가 꺼내보면 김은 전혀 나지 않는다. 「메밀꽃 필 무렵」에 대해서도 이와 똑같은 논리가 적용되었다. 「메밀꽃 필 무렵」에는 허생원과 동이가 등장한다. 허생원은 떠돌이 장돌뱅이이며 가정을 가진 적이 없다. 동이는 홀어머니가 있을 뿐 아버지를 모른다. 그런 그들이 달밤에 산길을 가다가 서로 왼손잡이임을 알게 된다. 그것으로 허생원이 동이가 그의 아들임을 짐작한다는 것이다. 이런 논리를 전제로 이효석의 작품의 이야기를 읽어왔다.

그러나 이것은 허구가 못 되는 거짓임이 밝혀졌다. 이어령은 그의 비평적 논거를 확인하기 위해서 의과대학의 전공자들을 찾기까지 했다. 그리고는 우리의 신체적 여건 형성에서 왼손잡이가 유전적이 아니라는 사실을 확인받았다. 이런 각도에서 그는 「메밀꽃 필 무렵」 명작설의 가장 유력한 논거가 되어온 허생원과 동이의 왼손잡이 공통론을 뿌리채 뒤엎어버렸다.

3. 고속질수, 문화론의 시도

이어령이 한국 문단에 등장한 것은 1950년대 중반기다. 그때 그는 대학 학부 재학생이었고 아직 나이가 이십 대 초반이었다. 그런 그가 우상 파괴의 상징처럼 활동하기 시작했다. 그는 일간지와 월간잡지를 통해서 가차 없이 한국 문단의 맹점을 적발해냈다. 그 시각이 신선했고 그것을 밑받침하는 논리 역시 적절, 명쾌하기 그지없었다.

어느 종합지에서 춘계호를 꾸미려고 그에게 에세이를 청탁했을 때다. 그는 글 제목을 「인간입춘人間立春」이라고 붙였다. 이런 제목만을 보고는 잡지 편집자가 얼마간 당황했을지도 모른다. 그에게 원고 청탁을 했을 때 잡지 편집 담당자는 참신한 에세이를 기대했을 것이다.

그런데 봄을 제재로 한 에세이가 제목을 「인간입춘」으로 한 경우 그럴 가능성이 별로 크지 못했기 때문이다. 본래 우리 사회에서는 봄이라면 입춘을 생각한다. 그리고 입춘에는 '입춘대길立春大吉 건양다경建陽多慶' 등 입춘첩을 써 붙이는 것이 상식으로 되어 있다. 거기에는 이미 인간과 그 생활감정이 깊숙이 내포되어 있다. 그럼에도 이어령의 에세이 제목이 「인간입춘人間立春」이었다.

그러나 실제 에세이를 읽어보면 편집 담당자가 품었음직한 기우는 문자 그대로 기우인 채 끝난다. 「인간입춘」의 허두는 "춘설春雪은 꽃보다 오히려 다감하다"로 시작한다. 그리고 이에 이은 문장은 눈을 "겨울의 마지막 잔치"라고 한 구절로 이어진다. "애들은 봄눈을 뭉쳐 눈사람을 만든다. 긴 겨울밤과 황량한 들판에 작별을 고하는 기념비 같다." 이것은 시적인 관계 설정이며 상당히 농도가 짙은 서정적 문장이다.

우리 통념 속에서 봄이란 따뜻한 날씨를 뜻하며 낮게 드리운 구름과 강, 아지랑이에 곁들여지는 꽃이며 산들바람을 가리킨다. 겨울은 그 반대편에 위치한다. 얼음과 솜옷, 삭풍에 흔들리는 나뭇가지와 특히 눈이 그 객관적 상관물이다. 이 통념을 이어령은 깡그리 뒤엎어버렸다. 그리하여 눈과 꽃을 일체화시켰는가 하면 눈사람조차 겨울에 종지부를 찍는 '기념비'로 둔갑시켰다.

이런 이어령의 비평은 그 이전 비평집이 팔리지 않는다는 관례조차 뒤엎어버렸다. 그의 비평집은 출간과 동시에 재판이 준비되었다. 특히 제2비평집인 『지성의 오솔길』이 나온 다음 이런 사태는 두드러지게 가속화되었다. 본격 비평집이라기보다 장편 에세이에 해당되는 『지성의 오솔길』은 비평가의 글이 소설가의 것보다 더 잘 팔린다는 기적을 낳았다.

이 무렵의 이어령의 근무처는 『한국일보』에 이은 『경향신문』

이었다. 그런데 책이 얼마나 놀랍게 팔리는지 부속실의 아가씨가 출근하자마자 진종일 인지 찍기에만 매달렸다. 그리고도 혼자 손으로는 그것을 다 처리하지 못해 보조원이 필요했을 정도다.

1960년대 접어든 다음 이어령의 시야는 문학의 테두리를 넘기 시작했다. 그는 문예 비평을 쓰는 한편 한국의 역사와 문화에 대해서도 담론을 펴는 입장을 취했다. 그 구체적 표현으로 나타난 것이 『흙 속에 저 바람 속에』이다. 이 장편 에세이의 부재는 '이것이 한국이다'로 되어 있다. 여기서 그는 우리 주변에 흔히 보이는 한국의 여러 문화적 소재를 문제 삼았다. 그에 따라 「울음에 대하여」, 「굶주림의 그늘」 등 제목이 붙여지고 윷놀이와 돌담, 백의白衣, 장죽, 토정비결, 지게, 바가지까지가 다루어졌다.

이들 제재를 이야기한 이어령의 시각은 매우 날카롭다. 그리고 그들을 말한 담론 방식은 아주 기발하여 독특하다. 가령 「귀의 문화文化와 눈의 문화文化」에서 그는 한국 문화의 특징을 앞의 유형에 속한다고 보았다. 논증을 위해서 그는 '푸르다'는 단어를 들었다. 서구에서는 엄연히 블루와 그린으로 구별되는 색채어가 우리말에서는 하나로 쓰인다. 그러나 잠을 말하는 의태어는 색색, 콜콜, 쿨쿨 등으로 서양어를 아예 뒷전으로 돌린다. 이런 전제 위에서 이어령은 눈의 문화가 지적이며 이성적이며 논리적이며 능동적인데 반해서 귀의 문화는 정적이고 감상적이며 직감적이며 수동적이라고 규정했다. 그러고는 우리 사회의 그런 경향이 빚어낸 문화 현상에 대해 다음과 같이 지적을 했다.

……더욱이 우리는 유난히도 음악을 좋아하는 민족이었다. 옛 설화를 보면 '도둑'까지도 피리를 좋아했고 그 피리 소리에 호랑이까지도 놀아나 목숨을 건진 이야기가 나온다. 우리의 행동은 언제나 싸늘하고 합리적인 이론 위에 기초를 둔 것이 아니라 은은하고 정겨운 감성 속에 그 힘의 근원을 두었던 것이라 할 수 있다.

이어령의 이런 한국문화에 대한 해석, 파악은 '기침'을 제재로 한 글에서도 그 참신성이 두드러지게 드러난다. 서양 사람은 남을 찾는 경우에 노크를 한다. 그에 반해서 한국 사람은 넌지시 그가 나타났음을 알리는 신호로 기침을 한다는 것이다. 노크는 상대방과 일대일의 상태에서 이루어진다.

그러나 거기에는 정이 없고 사려와 믿음이 두텁게 자리 잡지 않았다. 이것은 서양인의 철저한 개인주의 성향에서 빚어진 것이다. 그러나 한국의 기침에는 두터운 정과 서로에 대한 믿음이 있다. 이런 논지를 세우면서 이어령은 김유신의 고사를 이끌어들였다.

무장 김유신이 군사를 거느리고 그의 향리를 지나칠 때도 그러하였다. 거기 생가가 있다. 달려가 문을 두드리기만 하면 그리운 노모老母의 얼굴을 볼 수가 있다. 그러나 유신은 부하를 시켜 자기 집에 가 간장을 좀 얻어오라고 했을 뿐이다. 그는 그것을 마상馬上에서 마셨다. 유신은 그 간장 맛이 예와 다름이 없는 것을 알고 노모가 여전하심을 믿었다. 유신은 그 자리를 묵묵히 떠나고 그의 어머니는 대청마루에 숨어서 아들의 늠름한 모습을 넘겨다보고 눈물지었으리라. 그것뿐이다.

그것은 기침 소리만 남기고 간 해후이며 이별이었던 것이다. 요란스럽게 문을 노크하고 나타나는 카우보이의 활극에서는 도저히 도저히 목격할 수가 없는 정경이었다.

이런 이어령의 한국 문화론에서 두드러지게 주목되는 것이 있다. 그 하나가 그의 모국에 대한 절절한 애정이다. 앞의 보기에서도 드러난 바와 같이 그의 제재에 대한 눈길은 어김없이 날카롭다. 그러나 그의 해석에는 언제나 따뜻한 가슴이 느껴진다. 이와 함께 또 하나 지나칠 수 없는 것이 그의 창조적 사고능력이다.

『흙 속에 저 바람 속에』에는 그 마지막 자리에 참고서의 이름이 적혀 있다. 대충 그들을 살펴보면 최남선의 『조선朝鮮의 상식常識』, 야나기무네요시[柳宗悅]의 『조선朝鮮의 예술』, 송석하宋錫夏의 『한국민속고韓國民俗考』, 손진태孫晉泰의 『한국설화연구韓國說話硏究』등이다. 이들 몇 개의 책에는 한국 문화와 민속에 대한 일차적 정보, 자료들이 실려 있을 뿐이다. 그런데 이것을 바탕으로 이어령은 참신한 문화론을 엮어낸 것이다. 이것은 그의 비평적 감각이 얼마나 생동하는 정신의 물결을 탄 것인가를 넉넉하게 증명해 준다.

4. 바다 넘기 또는 일본문화론

『흙 속에 저 바람 속에』 다음에 이어령은 눈길을 서구 쪽으로 뻗쳤다. 그 구체화 판이 『바람이 불어오는 곳』이다. 이 장편 에세이는 부제목이 '이것이 서양西洋이다'로 되어 있다. 이 여행자의 시각을 빌린 에세이를 통해서 이어령은 희랍과 로마 그리고 이태리와 프랑스 등 서구 문화를 두루 다루었다. 우선 그는 서구 문화에 날카로운 메스를 가했다. 구체적으로 그는 샹제리제 거리에서 보도에 발을 헛디디고 넘어지는 아이를 보았다.

그런데 그것을 본 부모는 끝내 아이가 일어서기를 지켜볼 뿐 뛰어가 아이를 일으켜 세우지 않았다. 이것을 보고 이어령은 "산부인과의 분만대에서 떨어지는 순간부터 그들은 어머니의 육신에서 단절된다. 완벽한 보호를 받아도 육신의 따스함은 모르고 지낸다. 그 고독의 기계체조 속에서 그들은 독립성을 키워나가는 것이다. ……이것이 과연 아동복지인가. 나는 아직 해답을 얻을 수 없다"라고 적었다. 서구에서는 유난스럽게 아이들의 개성이 강조되고 태어날 때부터 복지가 논의된다. 그러나 개성이나 복지는 사랑의 부수 형태일 것이다. 어버이의 아들에 대한 사랑은 많은 경우 논리를 넘어서 있으며 본능적이다. 그런 부모가 길바닥에 나동그라지는 아이를 보고도 뛰어가 뺨을 부비지 않는 것은 문제가 없는가. 이어령의 이때 시각의 한 자락에는 이런 생각이 엿보인다.

70년대에 접어들면서 이어령 비평의 팽창 계수는 기하급수가 되어 불어났다. 이 무렵부터 그는 N. 프라이의 원형비평이론을 수용해 들였다. 이것은 그가 오랫동안 머문 신비평류의 미시적 세계에서 벗어나 문명론의 방법도 익히기 시작했음을 뜻한다. 이와 함께 이어령은 물질적 상상력 또는 역동적 상상력 이론으로 집약이 가능한 바슐라르의 비평 이론을 수용해 들였다.

사실 신비평이 시를 정치하게 분석할 수 있는 장치를 제공한 것임에는 틀림이 없었다. 그러나 거기서 얻어낼 수 있는 구조의 개념으로는 작품의 역동성까지가 설명될 수 없다. 이어령의 바슐라르의 발견은 이런 신비평의 결극을 보완하는 데 매우 기능적인 장치가 되었다.

이때부터 이어령은 G. 바슐라르, J. P. 리샤르Richard도 주목하게 되었다. 그리고는 모든 현존의 겉보기를 넘어서 있는 존재의 제 모습 읽기에 매달리기 시작한다. 그런 결과 바슐라르 학파의 얼음이 물이 되고 물이 다시 수증기가 되어 하늘로 치솟아 오르는 것에서 유추되는 심상 읽기에 적지 않게 매료된 듯 보인다. 그에 따르면 수증기는 불 또는 태양의 전 단계다. 그런 논리의 연장선 상에서 나무 뿌리는 얼음에 해당되고 그 가지는 물이다. 그리고 꽃은 불의 유사 심상을 지닐 수 있는 것이다.

이어령의 이런 비평적 날개 달기는 그 후 또 다른 혁신기를 맞는다(최근에 그가 깊이 빠져들고 있는 기호론 취향도 여기에 이미 씨앗이 묻혀 있었다).

한편 그의 이런 방법론 탐색은 횡적으로 공간적 확장과 짝이 된다. 1982년 이어령은 1년 동안 일본에 체재하게 된다. 그 무렵 이화여자대학의 교수로 있었던 그에게 일본 외무성이 주선하는 연구 장학비가 지급되었기 때문이다. 그것을 계기로 그는 그 전에 이미 구상이 이루어진 일본 문화론에 착수했다. 자료가 준비되고 윤곽이 작성되자 그는 한동안 비상한 열기로 일본 문화론에 매달렸다. 이 책이 탈고되자 그는 후기로 다음과 같은 말을 붙였다.

내가 일본인이 지닌 축소지향적인 문화를 분석해 보고 싶다고 생각하게 된 것은 지금부터 8년 전의 일이다. 그러니까 1973년 봄 나는 한국의 어느 신문사의 특별 취재로 하여 유럽으로 가는 길이었다. 그때 나는 며칠을 동경에 묵게 되었다.

그때 친구 몇몇과 회식을 하는 자리에서 그 무렵 일대 붐을 일으키고 있는 일본론이 화제로 올랐다. 그 자리의 분위기에 이끌려서 나는 "토양의 분석으로는 꽃의 아름다움이 설명될 수 없다"고 할 수 있는 것과 같은 이유에서 이제까지의 이와미 데쓰로[和辻哲郎式] 풍토론風土論이나 베네딕트 등의 일본론은 이제 설득력이 없다고, 호언장담일 수도 있는 말을 해버렸다. 그리고는 덧붙여서 "수원水源은 몰라도 지금 강물이 우리 눈앞을 흐른다"라는 포앙카레의 말을 인용하면서 왜 그렇게 되었는가를 문제 삼아 원인을 파헤치는 문화의 인과비평因果批評(Causal Criticism)보다는 그것이 우리에게 어떻게 나타나 있는가를 말하는 현상 그 자체에 대해 깊이 생각하는 시각이 필요하다는 의견을 덧붙였다.

　여기에 나타나는 바와 같이 이어령의 일본 문화론은 일종의 현상분석론이었다. 그 이전의 일본 문화론은 베네딕트의 『菊花와 칼』로 대표되고 있었다. 본래 이 글은 제2차 대전이 발발하자 미국 정부가 일본 사회를 인식하기 위한 한 방법으로 쓰게 한 것이다. 따라서 이 책에는 일본인 또는 일본 문화의 특질이 기독교적 시각에서 논의되어 있다.

　베네딕트에 의하면 일본 문화는 은혜 갚기, 의리, 명예, 수치심, 인정 등의 개념으로 집약이 가능하다. 그것을 상징하는 것이 '국화와 칼'이라는 것이다. 의리, 명예, 인정 등은 서릿발 속에서도 향기를 날리는 국화꽃에 대비된다. 그리고 은혜를 갚기 위해서나 명예를 지키기 위한 상징이 칼이라는 것이다. 이것을 베네딕트는 '수치심의 문구'라고 규정했다.

　일본과 달리 서구의 문화는 '죄의 문화'다. 그리고 이때 죄란 유일신이며 절대자를 뜻하는 예수 그리스도에서 출발한다. 그런 관습적 원리와 규범이 있기 때문에 서구에서는 타자가 없어도 개인은 도덕적 기준을 갖는다.

　베네딕트에 따르면 일본에는 이런 절대적인 기준이 없다는 것이다. 일본 사회를 특징짓는 것은 인간관계이다. 일본 사람들은 대사회적이며 상대적인 생활을 한다. 그 나머지 다른 사람의 비난, 배척을 받거나 웃음거리가 되고 멸시, 천대받는 것을 크게 두려워한다. 그 결과가 수치심의 문화를 낳았다는 것이다. 『국화와 칼』의 영문판이 나온 것은 1946년이었다. 그리고 그 두 해 다음에 일본 문화론의 가장 권위 있는 논저라는 평가를 받았다. 적어도 이어령의 『축소지향의 일본인』이 나오기 전까지 말이다. 그러나 베네딕트의 주장에는 명백히 지적될 수 있는 논리의 빈터가 있다. 한 사회의 행동 양태를 지배하는 경향이 비논리적이며 상대적인 정도로 따지면 일본보다는 한국이 훨씬 그 농도가 짙을 것이다.

중국 역시 그에 뒤떨어지지는 않는다. 그런데 한국에서나 중국에는 일본 무사에 해당되는 선비나 사족土族이 칼을 휘둘러 남의 목을 베고 자기 배도 가르고 죽는 극단적 행동을 취하는 일은 극히 드물다. 그렇다면 베네딕트의 논리에는 어딘가 모순이 내포되어 있다는 이야기가 가능하다.

이어령의 일본론의 바탕이 된 것은 바로 이런 인과론, 나아가서는 역사주의 비평을 극복하려는 시도였다. 우선 그는 일본 문화의 양면성에 착안했다. 제2차 대전으로 표상되는 바와 같이 일본인들은 틈만 있으면 팽창욕에 사로잡힌다. 도요토미 히데요시[豊臣秀吉]는 일개 병졸에서 일본 전국을 호령하는 대장군이 되었다. 그럼에도 팽창 야욕에 들떠서는 바다를 건너 조선을 침략했고 중국을 넘보았다.

그런가 하면 일본인들은 큰 것, 긴 것을 작고 짧게 만들어서 아기자기한 맛을 내는 데도 한몫을 하는 사람들이다. 자연의 산과 물이 일본 귀족의 정원에서는 조그만 모형의 산과 돌로 축소된다. 중국인이 쓰는 부채를 일본인들은 접는 것으로 만들었다. 특히 일본 단가의 한 양식은 7, 5, 7인 19자로 되어 있다.

그런데도 바쇼[芭蕉]나 부송[蕪村] 등의 시인에 이르러서는 아주 감칠맛이 있는 작품을 만들어냈다. 이어령은 이런 일본 문화의 양면성을 지적했다. 그리고는 일본인이 살 수 있는 길은 팽창이 아니라 축소라고 규정했다.

그에 따르면 히데요시의 패배는 확장의식만 지닌 채 병사들을 조선과 같은 낯선 땅에 투입한 데에서 빚어진 오산의 결과였다. 중일 전쟁이나 태평양 전쟁도 그와 똑같다. 이어령에 의하면 일본인의 싸움은 씨름에 한 원형을 둔다.

그런데 일본인의 씨름판은 두 사람이 들어서면 꽉차버린다. 즉, 테두리가 매우 제한되어 있는 것이다. 그런 일본인이 중국대륙과 태평양에서 싸움을 벌였다. 그들에게 대륙과 바다는 씨름판에 익숙한 가슴으로 보아 너무나 광막했다. 여기에 이미 태평양 전쟁에서 일본이 패배할 인자가 있었다는 판단이다.

『축소지향의 일본인』은 일본 문화의 진단으로 그치지 않았다. 이어령은 여기서 일본인들이 다음 시대를 살아가는 데 필요한 처방까지 제시했다. 그에 따르면 일본인은 잇슨보시[一寸法師]가 정벌한 오니[鬼]가 되어서는 안 된다. 오니는 팽창주의의 상징이다. 그 결과는 일본인에게 고도 성장의 시대를 열게 할 수는 있다.

그러나 그와 함께 세계를 좁다 하고 돌아다니면서 시장을 점령해 나가야 한다. 거기서 빚어질 부작용은 뻔하다. 세계 각국은 일본 상품을 견제하게 될 것이다. 무역 마찰이 격심하게 일어난다. 그 결과 일본은 다시 한 번 국제 사회에서 고립되고 패배의 쓴 잔을 들 수밖에 없다. 이어령의 일본 문화론은 다음과 같이 끝났다.

오니가 되지 말고 잇슨보시가 되라. 배를 태워 고도[琴]를 만들어 그 소리가 7대양에 울리도록.

여기 나오는 잇슨보시가 내실을 기하는 일본 문화의 상징임은 이미 밝힌 대로다. '고도'는 그 중요 재질의 하나가 나무다. 일본 고대사의 기록인 『고지끼古事記』에 나오는 설화가 있다. 거기서는 하늘에 닿을 듯 높은 거목이 등장한다.

그 거목을 잘라서 일본식 거문고인 고도를 만들었다. 그것을 탔더니 온 세계를 뜻하는 일곱 바다에 울려 퍼졌다는 것이다. 그러니까 일본 문화에서 고도는 예술의 경지인 동시에 평화, 사랑의 상징이기도 하다. 이어령은 그의 일본론에서 다음 시대를 사는 일본인의 슬기가 안으로 스스로를 가꾸고 사랑하며 이웃에게 평화를 나누어 가지는 것이라고 보았다.

즉 오니나 배로 표상될 침략과 확장이 아니라 잇슨보시, 고도
로 집약될 문화이며 축소라고 본 것이다. 그의 이런 일본 문화론
은 발표와 동시에 공전의 반향을 불러왔다. 일본을 대표하는 일
간지 《요미우리》, 《아사히》, 《마이니치》 등이 입을 모아서 그에
게 찬사를 보냈다. 그리고 곧 이 책은 일본 여러 문화 단체와 산
업체들의 필수교양 도서로 선정되었다.

우리는 오늘에도 붓이 칼보다 강함을 굳게 믿는다. 그런데 이
어령은 그런 뚜렷한 보기를, 바로 한때 우리를 무력으로 침략한
일본 문화론에서 갈파해 냈다. 이 어엿한 몫을 차지한 비평가가
바로 이어령이다. 이제 이어령의 비평은 우리만의 것이 아니라
바다 밖에서도 웅장한 풍경을 이루었고 넓은 음역을 가진 음악이
된 셈이다. (2001)

김용직(1932~2017)

서울대 국문과, 동대학원에서 현대문학 박사학위를 받았다. 서울대 국문과 교수, 한
국현대문학회 회장, 한국비교문학회 회장을 역임하고 서울대 명예교수와 학술원 회
원을 지냈다. '현대문학상'을 비롯한 '도남국문학상', '세종문화상', '대한민국문학
상', '제38회 3·1문화상' 등을 수상하였다. 주요 저서에는 『한국현대시연구』, 『한국
근대문학의 사적 이해』, 『한국근대시사(상,하)』, 『한국현대시해석 비판』, 『한국현대시
사(상,하)』, 『한국현대시인연구(상,하)』 등이 있다.

이어령 작품 연보

문단 : 등단 이전 활동

「이상론 – 순수의식의 뇌성(牢城)과 그 파벽(破壁)」	서울대 《문리대 학보》 3권, 2호	1955.9.
「우상의 파괴」	《한국일보》	1956.5.6.

데뷔작

「현대시의 UMGEBUNG(環圍)와 UMWELT(環界) – 시비평방법론서설」	《문학예술》 10월호	1956.10.
「비유법논고」	《문학예술》 11,12월호	1956.11.
* 백철 추천을 받아 평론가로 등단		

논문

평론·논문

1. 「이상론 – 순수의식의 뇌성(牢城)과 그 파벽(破壁)」	서울대 《문리대 학보》 3권, 2호	1955.9.
2. 「현대시의 UMGEBUNG와 UMWELT – 시비평방법론서설」	《문학예술》 10월호	1956
3. 「비유법논고」	《문학예술》 11,12월호	1956
4. 「카타르시스문학론」	《문학예술》 8~12월호	1957
5. 「소설의 아펠레이션 연구」	《문학예술》 8~12월호	1957

학위논문

단평

국내신문

외국신문

국내잡지

15. 「이상의 소설과 기교-실화와 날개를 중심으로」 《문예》 1959.10.

16. 「박탈된 인간의 휴일-제8요일을 읽고」 《새벽》 35호 1959.11.

17. 「잠자는 거인-뉴 제네레이션의 위치」 《새벽》 36호 1959.12.

18. 「20세기의 인간상」 《새벽》 1960.2.

19. 「푸로메떼 사슬을 풀라」 《새벽》 1960.4.

20. 「식물적 인간상-「카인의 후예」, 황순원 론」 《사상계》 1960.4.

21. 「사회참가의 문학-그 원시적인 문제」 《새벽》 1960.5.

22. 「무엇에 대한 노여움인가?」 《새벽》 1960.6.

23. 「우리 문학의 지점」 《새벽》 1960.9.

24. 「유배지의 시인-쌍죵·페르스의 시와 생애」 《자유문학》 1960.12.

25. 「소설산고」 《현대문학》 1961.2.~4.

26. 「현대소설의 반성과 모색-60년대를 기점으로」 《사상계》 1961.3.

27. 「소설과 '아펠레이션'의 문제」 《사상계》 1961.11.

28. 「현대한국문학과 인간의 문제」 《시사》 1961.12.

29. 「한국적 휴머니즘의 발굴-유교정신에서 추출해본 《신사조》 1962.11.
    휴머니즘」

30. 「한국소설의 맹점-리얼리티 외, 문제를 중심으로」 《사상계》 1962.12.

31. 「오해와 모순의 여울목-그 역사와 특성」 《사상계》 1963.3.

32. 「사시안의 비평-어느 독자에게」 《현대문학》 1963.7.

33. 「부메랑의 언어들-어느 독자에게 제2신」 《현대문학》 1963.9.

34. 「문학과 역사적 사건-4·19를 예로」 《한국문학》 1호 1966.3.

35. 「현대소설의 구조」 《문학》 1,3,4호 1966.7., 9., 11.

36. 「비판적 「삼국유사」」 《월간세대》 1967.3~5.

37. 「현대문학과 인간소외-현대부조리와 인간소외」 《사상계》 1968.1.

38. 「서랍 속에 든 '不穩詩'를 분석한다-'지식인의 사 《사상계》 1968.3.
    회참여'를 읽고」

39. 「사물을 보는 눈」 《사상계》 1973.4.

40. 「한국문학의 구조분석-反이솝주의 선언」 《문학사상》 1974.1.

41. 「한국문학의 구조분석-'바다'와 '소년'의 의미분석」 《문학사상》 1974.2.

42. 「한국문학의 구조분석-춘원 초기단편소설의 분석」 《문학사상》 1974.3.

43. 「이상문학의 출발점」	《문학사상》	1975.9.
44. 「분단기의 문학」	《정경문화》	1979.6.
45. 「미와 자유와 희망의 시인 – 일리리스의 문학세계」	《충청문장》 32호	1979.10.
46. 「말 속의 한국문화」	《삶과꿈》 연재	1994.9~1995.6.
외 다수		

외국잡지

1. 「亞細亞人の共生」	《Forsight》 新潮社	1992.10.
외 다수		

대담

1. 「일본인론 – 대담:金容雲」	《경향신문》	1982.8.19.~26.
2. 「가부도 논쟁도 없는 무관심 속의 '방황' – 대담:金璟東」	《조선일보》	1983.10.1.
3. 「해방 40년, 한국여성의 삶 – "지금이 한국여성사의 터닝포인트" – 특집대담:정용석」	《여성동아》	1985.8.
4. 「21세기 아시아의 문화 – 신년석학대담:梅原猛」	《문학사상》 1월호, MBC TV 1일 방영	1996.1.
외 다수		

세미나 주제발표

1. 「神奈川 사이언스파크 국제심포지움」	KSP 주최(일본)	1994.2.13.
2. 「新潟 아시아 문화제」	新潟縣 주최(일본)	1994.7.10.
3. 「순수문학과 참여문학」(한국문학인대회)	한국일보사 주최	1994.5.24.
4. 「카오스 이론과 한국 정보문화」(한·중·일 아시아 포럼)	한백연구소 주최	1995.1.29.
5. 「멀티미디어 시대의 출판」	출판협회	1995.6.28.
6. 「21세기의 메디아론」	중앙일보사 주최	1995.7.7.
7. 「도자기와 총의 문화」(한일문화공동심포지움)	한국관광공사 주최(후쿠오카)	1995.7.9.

8. 「역사의 대전환」(한일국제심포지움)	중앙일보 역사연구소	1995.8.10.
9. 「한일의 미래」	동아일보, 아사히신문 공동주최	1995.9.10.
10. 「춘향전'과 '忠臣藏'의 비교연구」(한일국제심포지엄)	한림대·일본문화연구소 주최	1995.10.
외 다수		

기조강연

1. 「로스엔젤러스 한미박물관 건립」	(L.A.)	1995.1.28.
2. 「하와이 50년 한국문화」	우먼스클럽 주최(하와이)	1995.7.5.
외 다수		

저서(단행본)

평론·논문

1. 『저항의 문학』	경지사	1959
2. 『지성의 오솔길』	동양출판사	1960
3. 『전후문학의 새 물결』	신구문화사	1962
4. 『통금시대의 문학』	삼중당	1966
* 『축소지향의 일본인』	갑인출판사	1982
* '縮み志向の日本人'의 한국어판		
5. 『縮み志向の日本人』(원문: 일어판)	学生社	1982
6. 『俳句で日本を讀む』(원문: 일어판)	PHP	1983
7. 『고전을 읽는 법』	갑인출판사	1985
8. 『세계문학에의 길』	갑인출판사	1985
9. 『신화속의 한국인』	갑인출판사	1985
10. 『지성채집』	나남	1986
11. 『장미밭의 전쟁』	기린원	1986

| 『다시 한번 날게 하소서』 | 성안당 | 2022 |
| 『눈물 한 방울』 | 김영사 | 2022 |

칼럼집

| 1. 『차 한 잔의 사상』 | 삼중당 | 1967 |
| 2. 『오늘보다 긴 이야기』 | 기린원 | 1986 |

편저

1. 『한국작가전기연구』	동화출판공사	1975
2. 『이상 소설 전작집 1,2』	갑인출판사	1977
3. 『이상 수필 전작집』	갑인출판사	1977
4. 『이상 시 전작집』	갑인출판사	1978
5. 『현대세계수필문학 63선』	문학사상사	1978
6. 『이어령 대표 에세이집 상,하』	고려원	1980
7. 『문장백과대사전』	금성출판사	1988
8. 『뉴에이스 문장사전』	금성출판사	1988
9. 『한국문학연구사전』	우석	1990
10. 『에센스 한국단편문학』	한양출판	1993
11. 『한국 단편 문학 1-9』	모음사	1993
12. 『한국의 명문』	월간조선	2001
13. 『뜻으로 읽는 한국어 사전』	문학사상사	2002
14. 『매화』	생각의나무	2003
15. 『사군자와 세한삼우』	종이나라(전5권)	2006

    1. 매화

    2. 난초

    3. 국화

    4. 대나무

    5. 소나무

| 16. 『십이지신 호랑이』 | 생각의나무 | 2009 |

17. 『십이지신 용』	생각의나무	2010
18. 『십이지신 토끼』	생각의나무	2010
19. 『문화로 읽는 십이지신 이야기 – 뱀』	열림원	2011
20. 『문화로 읽는 십이지신 이야기 – 말』	열림원	2011
21. 『문화로 읽는 십이지신 이야기 – 양』	열림원	2012

희곡

1. 『기적을 파는 백화점』	갑인출판사	1984
* '기적을 파는 백화점', '사자와의 경주' 등 다섯 편이		
수록된 희곡집		
2. 『세 번은 짧게 세 번은 길게』	기린원	1979, 1987

대담집&강연집

1. 『그래도 바람개비는 돈다』	동화서적	1992
* 『기업과 문화의 충격』	문학사상사	2003
* '그래도 바람개비는 돈다'의 개정판		
2. 『세계 지성과의 대화』	문학사상사	1987, 2004
3. 『나, 너 그리고 나눔』	문학사상사	2006
4. 『지성과 영성의 만남』	홍성사	2012
5. 『메멘토 모리』	열림원	2022
6. 『거시기 머시기』(강연집)	김영사	2022

교과서&어린이책

1. 『꿈의 궁전이 된 생쥐 한 마리』	비룡소	1994
2. 『생각에 날개를 달자』	웅진출판사(전12권)	1997
1. 물음표에서 느낌표까지		
2. 누가 맨 먼저 시작했나?		
3. 엄마, 나 한국인 맞아?		

8. 『느껴야 움직인다』	시공미디어	2013
9. 『지우개 달린 연필』	시공미디어	2013
10. 『길을 묻다』	시공미디어	2013

일본어 저서

* 『縮み志向の日本人』(원문: 일어판)	学生社	1982
* 『俳句で日本を讀む』(원문: 일어판)	PHP	1983
* 『ふろしき文化のポスト・モダン』(원문: 일어판)	中央公論社	1989
* 『蛙はなぜ古池に飛びこんだのか』(원문: 일어판)	学生社	1993
* 『ジャンケン文明論』(원문: 일어판)	新潮社	2005
* 『東と西』(대담집, 공저:司馬遼太郎 編, 원문: 일어판)	朝日新聞社	1994. 9

번역서

『흙 속에 저 바람 속에』의 외국어판

1.	* 『In This Earth and In That Wind』 (David I. Steinberg 역) 영어판	RAS-KB	1967
2.	* 『斯土斯風』(陳寧寧 역) 대만판	源成文化圖書供應社	1976
3.	* 『恨の文化論』(裵康煥 역) 일본어판	学生社	1978
4.	* 『韓國人的心』 중국어판	山东人民出版社	2007
5.	* 『В ТЕХ КРАЯХ НА ТЕХ ВЕТРАХ』 (이리나 카사트키나, 정인순 역) 러시아어판	나탈리스출판사	2011

『縮み志向の日本人』의 외국어판

6.	* 『Smaller is Better』(Robert N. Huey 역) 영어판	Kodansha	1984
7.	* 『Miniaturisation et Productivité Japonaise』 불어판	Masson	1984
8.	* 『日本人的縮小意识』 중국어판	山东人民出版社	2003
9.	* 『환각의 다리』 『Blessures D'Avril』 불어판	ACTES SUD	1994
10.	* 「장군의 수염」 『The General's Beard』(Brother Anthony of Taizé 역) 영어판	Homa & Sekey Books	2002
11.	* 『디지로그』 『デヅログ』(宮本尙寬 역) 일본어판	サンマーク出版	2007
12.	* 『우리문화 박물지』 『KOREA STYLE』 영어판	디자인하우스	2009

공저

1.	『종합국문연구』	선진문화사	1955
2.	『고전의 바다』(정병욱과 공저)	현암사	1977
3.	『멋과 미』	삼성출판사	1992
4.	『김치 천년의 맛』	디자인하우스	1996
5.	『나를 매혹시킨 한 편의 시1』	문학사상사	1999
6.	『당신의 아이는 행복한가요』	디자인하우스	2001
7.	『휴일의 에세이』	문학사상사	2003
8.	『논술만점 GUIDE』	월간조선사	2005
9.	『글로벌 시대의 한국과 한국인』	아카넷	2007

전집

5. 『한국과 한국인』　　　　　　　　　삼성출판사(전6권)　　　　　　　1968

    1. 한국인의 정신적 고향(상)

    2. 한국인의 정신적 고향(하)

    3. 노래여 천년의 노래여

    4. 생활을 창조하는 지혜

    5. 웃음과 눈물의 인간상

    6. 사랑과 여인의 풍속도

지성의 숲을 걷기 위한 길 안내

34종 24권 5개 컬렉션으로 분류, 10년 만에 완간

이어령이라는 지성의 숲은 넓고 깊어서 그 시작과 끝을 가늠하기 어렵다. 자칫 길을 잃을 수도 있어서 길 안내가 필요한 이유다. '이어령 전집'의 기획과 구성의 과정, 그리고 작품들의 의미 등을 독자들께 간략하게나마 소개하고자 한다. (편집자 주)

북이십일이 이어령 선생님과 전집을 출간하기로 하고 정식으로 계약을 맺은 것은 2014년 3월 17일이었다. 2023년 2월에 '이어령 전집'이 34종 24권으로 완간된 것은 10년 만의 성과였다. 자료조사를 거쳐 1차로 선정한 작품은 50권이었다. 2000년 이전에 출간한 단행본들을 전집으로 묶으며 가려 뽑은 작품들을 5개의 컬렉션으로 분류했고, 내용의 성격이 비슷한 경우에는 한데 묶어서 합본 호를 만든다는 원칙을 세웠다. 이어령 선생님께서 독자들의 부담을 고려하여 직접 최종적으로 압축한 리스트는 34권이었다.

평론집 『저항의 문학』이 베스트셀러 컬렉션(16종 10권)의 출발이다. 이어령 선생님의 첫 책이자 혁명적 언어 혁신과 문학관을 담은 책으로

1950년대 한국 문단에 일대 파란을 일으킨 명저였다. 두 번째 책은 국내 최초로 한국 문화론의 기치를 들었다고 평가받은 『말로 찾는 열두 달』 과 『오늘을 사는 세대』를 뼈대로 편집한 세대론 『거부하는 몸짓으로 이 젊음을』으로, 이 두 권을 합본 호로 묶었다. 베스트셀러 컬렉션의 세 번째 책은 박정희 독재를 비판하는 우화를 담은 액자소설 「장군의 수염」, 보카치오의 『데카메론』 형식을 빌려온 「전쟁 데카메론」, 스탕달의 단편 「바니나 바니니」를 해석하여 다시 쓴 한국 최초의 포스트모던 소설 「환각의 다리」 등 중·단편소설들을 한데 묶었다. 한국 출판 최초의 대형 베스트셀러 에세이 『흙 속에 저 바람 속에』와 긍정과 희망의 한국인상에 대해서 설파한 『오늘보다 긴 이야기』는 합본하여 네 번째로 묶었으며, 일본 문화비평사에 큰 획을 그은 기념비적 작품으로 일본문화론 100년의 10대 고전으로 선정된 『축소지향의 일본인』은 베스트셀러 컬렉션의 다섯 번째 책이다.

여섯 번째는 한국어로 쓰인 가장 아름다운 자전 에세이에 속하는 『하나의 나뭇잎이 흔들릴 때』와 1970년대에 신문 연재 에세이로 쓴 글들을 모아 엮은 문화·문명 비평 에세이 『현대인이 잃어버린 것들』을 함께 묶었다. 일곱 번째는 문학 저널리즘의 월평 및 신문·잡지에 실렸던 평문들로 구성된 『지성의 오솔길』인데 1956년 5월 6일 《한국일보》에 실려 문단에 충격을 준 「우상의 파괴」가 수록되어 있다.

한국어 뜻풀이와 단군신화를 분석한 『뜻으로 읽는 한국어사전』과 『신화 속의 한국정신』은 베스트셀러 컬렉션의 여덟 번째로, 20대의 젊은이에게 들려주고 싶은 말을 엮은 책『젊은이여 한국을 이야기하자』는 아홉 번째로, 외국 풍물에 대한 비판적 안목이 돋보이는 이어령 선생님의 첫 번째 기행문집『바람이 불어오는 곳』은 열 번째 베스트셀러 컬렉션으로 묶었다.

이어령 선생님은 뛰어난 비평가이자, 소설가이자, 시인이자, 희곡작가였다. 그는 남들이 가지 않은 길을 가고자 했다. 그 결과물인 크리에이티브 컬렉션(2권)은 이어령 선생님의 장편소설과 희곡집으로 구성되어 있다.『둥지 속의 날개』는 1983년《한국경제신문》에 연재했던 문명비평적인 장편소설로 10만 부 이상 팔린 베스트셀러이고, 원래 상하권으로 나뉘어 나왔던 것을 한 권으로 합본했다.『기적을 파는 백화점』은 한국 현대문학의 고전이 된 희곡들로 채워졌다. 수록작 중「세 번은 짧게 세 번은 길게」는 1981년에 김호선 감독이 영화로 만들어 제18회 백상예술대상 감독상, 제2회 영화평론가협회 작품상을 수상했고, TV 단막극으로도 만들어졌다.

아카데믹 컬렉션(5종 4권)에는 이어령 선생님의 비평문을 한데 모았다. 1950년대에 데뷔해 1970년대까지 문단의 논객으로 활동한 이어령 선생님이 당대의 문학가들과 벌인 문학 논쟁을 담은『장미밭의 전쟁』은 지금도 여전히 관심을 끈다. 호메로스에서 헤밍웨이까지 이어령 선생님과 함께 고전 읽기 여행을 떠나는『진리는 나그네』와 한국의 시가문학을 통해서 본 한국문화론『노래여 천년의 노래여』는 합본 호로 묶었다. 한국인이 사랑하는 김소월, 윤동주, 한용운, 서정주 등의 시를 기호론적 접근법으로 다시 읽는 『시 다시 읽기』는 이어령 선생님의 학문적 통찰이 빛나는 책이다. 아울러 박사학위 논문이기도 했던 『공간의 기호학』은 한국 문학이론사에서 빼놓을 수 없는 명저다.

사회문화론 컬렉션(5종 4권)은 이어령 선생님의 우리 사회와 문화에 대한 관심을 담았다. 칼럼니스트 이어령 선생님의 진면목이 드러난 책 『차 한 잔의 사상』은 20대에 《서울신문》의 '삼각주'로 출발하여 《경향신문》의 '여적', 《중앙일보》의 '분수대', 《조선일보》의 '만물상' 등을 통해 발표한 명칼럼들이 수록되어 있다. 『어머니와 아이가 만드는 세상』은 「천년을 달리는 아이」, 「천년을 만드는 엄마」를 한데 묶은 책으로, 새천년의 새 시대를 살아갈 아이와 엄마에게 띄우는 지침서다. 아울러 이어령 선생님의 산문시들을 엮어 만든 『시와 함께 살다』를 이와 함께 합본 호로 묶었다. 『저 물레에서 운명의 실이』는 1970년대에 신문에 연재한 여성론을 펴낸 책으로 『사씨남정기』, 『춘향전』, 『이춘풍전』을 통해 전통 사상에 입각한 한국 여인, 한국인 전체에 대한 본성을 분석했다. 『일본문화와 상인정신』은 일본의 상인정신을 통해 본 일본문화 비평론이다.

한국문화론 컬렉션(5종 4권)은 한국문화에 대한 본격 비평을 모았다. 『기업과 문화의 충격』은 기업문화의 혁신을 강조한 기업문화 개론서다. 『푸는 문화 신바람의 문화』는 '신바람', '풀이'라는 키워드를 통해 고급의 예화와 일화, 우리말의 어휘와 생활 문화 등 다양한 범위 속에서 우리 문화를 분석했고, '붉은 악마', '문명전쟁', '정치문화', '한류문화' 등의 4가지 코드로 문화를 진단한 『문화 코드』와 합본 호로 묶었다. 한국과 일본 지식인들의 대담 모음집 『세계 지성과의 대화』와 이화여대 교수직을 내려놓으면서 각계각층 인사들과 나눈 대담집 『나, 너 그리고 나눔』이 이 컬렉션의 대미를 장식한다.

2022년 2월 26일, 편집과 고증의 과정을 거치는 중에 이어령 선생님이 돌아가신 것은 출간 작업의 커다란 난관이었다. 최신판 '저자의 말'을 수록할 수 없게 된 데다가 적잖은 원고 내용의 저자 확인이 필요한 부분이 있었으니 난관이 아닐 수 없었다. 다행히 유족 측에서는 이어령 선생님의 부인이신 영인문학관 강인숙 관장님이 마지막 교정과 확인을 맡아주셨다. 밤샘도 마다하지 않으면서 꼼꼼하게 오류를 점검해주신 강인숙 관장님에게 이 지면을 빌려 감사의 말씀을 드린다.

KI신서 10643

이어령 전집 06

하나의 나뭇잎이 흔들릴 때·현대인이 잃어버린 것들

1판 1쇄 인쇄 2023년 2월 17일
1판 1쇄 발행 2023년 2월 26일

지은이 이어령
펴낸이 김영곤
펴낸곳 (주)북이십일 21세기북스

TF팀 이사 신승철
TF팀 이종배
출판마케팅영업본부장 민안기
마케팅1팀 배상현 한경화 김신우 강효원
출판영업팀 최명열 김다운
제작팀 이영민 권경민
진행·디자인 다함미디어 | 함성주 유예지 권성희
교정교열 구경미 김도언 김문숙 박은경 송복란 이진규 이충미 임수현 정미용 최아림

출판등록 2000년 5월 6일 제406-2003-061호
주소 (10881) 경기도 파주시 회동길 201(문발동)
대표전화 031-955-2100 **팩스** 031-955-2151 **이메일** book21@book21.co.kr

© 이어령, 2023

ISBN 978-89-509-3827-7 04810

(주)북이십일 경계를 허무는 콘텐츠 리더

21세기북스 채널에서 도서 정보와 다양한 영상자료, 이벤트를 만나세요!
페이스북 facebook.com/jiinpill21 포스트 post.naver.com/21c_editors
인스타그램 instagram.com/jiinpill21 홈페이지 www.book21.com
유튜브 youtube.com/book21pub